台灣の讀者の皆さんへのコメント

海を越えて旅したことのない私の書いた小説が、
海を越えて多くの讀者の皆様のもとに届いていることを、
心から嬉しく思っています。
この作品も、どうぞお樂しみいただけますように！

致親愛的台灣讀者

從未出國旅行的我，
這次很高興自己寫的小說能跨海與許多讀者見面，
希望這部作品能帶給您無上的閱讀樂趣。

宮部みゆき

糊塗蟲

ぼんくら

宮部美幸

林熊美——譯

宮部美幸

作品集/19
MIYABE MIYUKI

糊塗蟲

Contents

導讀——張亦絢

進入「宮部美幸館」，就是進入最具原創力與當下性的新新羅浮宮

宮部美幸並不是不容錯過的推理作家——她是不容錯過的作家。她不只值得我們在休閒時光中，一飽推理之福，也爲眾人締造了具有共同語言的交流平台，讓我們得以探討當代的倫理與社會課題。

在這篇導讀中，我派給自己的任務，是在高達六十餘部作品中，挑出若干作品，介紹給兩類讀者，一是還未開始閱讀宮部美幸者；二是面對她龐大的創作體系，雖曾閱讀一二，但對進一步涉獵，感到難有頭緒的讀者。

入門：名不虛傳的基本款

在入門作品上，我推薦《無止境的殺人》、《魔術的耳語》與《理由》。

《無止境的殺人》：對於必須在課業或工作忙碌時間中，抽空閱讀的讀者，短篇集使我們可以自行調配閱讀的節奏——小說其實具備我們在小學時代都曾拿到過的作文題目旨趣：假如我是

×××——本作可看成「假如我是某某的錢包」的十種變奏。擬人化的錢包是敘述者。如何在看似同一主題下，變化出不同的內容，本作也有「趣味作文與閱讀」的色彩，是青春期讀者就適讀的想像力之作。短篇進階則推《希望莊》。從短篇銜接至較易讀的長篇，《逝去的王國之城》則是特別溫馨的誠摯之作。

《魔術的耳語》：這雖不是作者的首作，但卻是作者在初試啼聲階段，一鳴驚人的代表作。北上次郎以〈閱讀小說的最高幸福〉讚譽，我隔了二十年後重讀，依然認爲如此盛讚，並非過譽。媚工、心智控制、影像——分別代表了古老非正式的「兩性常識」、傳統學科心理學或醫學、以至商業新科技三大面向的操縱現象及後遺症——這三個基本關懷，會在宮部往後的作品，比如《聖彼得的送葬隊伍》中，不斷深入。雖是作者的原點之作，也已大破大立。

《理由》：與《火車》同享大量愛好者的名作；雖然沒有明顯資料顯示，是枝裕和的《小偷家族》受到《理由》一書的影響，但兩者除了有所相通，寫於一九九九年的《理由》更是充分顯露宮部美幸高度預見性天才的作品。住宅、金融與土地——社會派有興趣的主題，偶爾會得到若干作家略嫌枯燥的處理——《理由》則以「無論如何都猜不到」的懸疑與驚悚，令人連一分鐘也不乏味地，就看完了批判經濟體系的上乘戲劇。說它是「推理大師爲你／妳解說經濟學」，還是稍微窄化了這部小說。除了推理經典的地位之外，也建議讀者在過癮的解謎外，注意本作中，無論本格或社會派中，都較少使用的荒謬諷刺手法。

冷門？尺度特別的奇特收穫

接著我想推三部有可能「被猶豫」的作品，分別是：《所羅門的僞證》、《落櫻繽紛》、與《蒲生邸事件》。

《所羅門的僞證》：傳統的宮部美幸迷，都未必排斥她的大長篇，比如若干《模仿犯》的讀者非但不抱怨長度，反而倍受感動。分成三部、九十萬字的《所羅門的僞證》可能令人遲疑，節奏太慢？眞有必要？事實上，後兩部完全不是拖拉前作的兩度作續，三部都是堅實縝密的推理。最後一部的模擬法庭，更是將推理擴充至校園成長小說與法庭小說的漂亮出擊：宮部美幸最厲害的「對腦也對心說話」，更是發揮得淋漓盡致。此作還可視爲新世紀的「青春冒險小說」。說到冒險，過去的未成年人會漂到荒島或異鄉，然而現代社會的面貌已大爲改變：最危險的地方，就在「哪都不能去」的學校家庭中。誰會比宮部美幸更適合寫青春版的「環遊人性八十天」？少年少女之於宮部美幸，恰如黑猩猩之於珍．古德，或工人之於馬克斯，三部曲可說是「最長也最社會派的宮部美幸」。

《落櫻繽紛》：「療癒的時代劇」，本作的若干讀者會說。但我有另個大力推薦的理由，我認爲，這是通往小說家從何而來的祕境之書。除了書前引言與偶一爲之的書名，宮部美幸鮮少掉書袋。然而，若非讀過本書，不會知道，她對被遺忘的古書與其中知識的領悟與珍視。如果想知道，小說家讀什麼書與怎麼讀，本書絕對會使你／妳驚豔之餘，深受啓發。

《蒲生邸事件》：儘管「蒲生邸」三字略令人感到有距離，然而，融合奇幻、科幻、歷史、愛情元素的本作，卻可說是一舉得到推理圈內外矚目，極可能是擁護者背景最爲多元的名盤。如果對

「二二六事件」等歷史名詞卻步，可以完全放下不必要的擔憂。跳脫了「你非關心不可」與「你知道也沒用」兩大陣營的簡化教條，這本小說才會那麼引人入勝。我會形容本書是「最特殊也最親民的宮部美幸」。

以上三部，代表了宮部美幸最恢宏、最不畏冷門與最勇於嘗試的三種特質，它們有那麼一點點專門的味道，但絕對值得挑戰。

中間門：看似一般的重量級

最後，不是只想入門、也還不想太過專門——介於兩者之間的讀者，我想推薦《誰？》、《獵捕史奈克》與《三鬼》三本。

《誰？》：小編輯與大企業的千金成婚，隨時被叫「小白臉」的杉村三郎成爲系列作中，業餘到專業的偵探。看似完全沒有犯罪氣氛的日常中，案中案、案外案——至少有三案會互相交織連鎖——其中還包括一向被認爲不易處理的陳年舊案。喜歡生活況味與懸疑犯罪的兩種讀者，都容易進入；宮部美幸還同時展現了在《樂園》中，她非常擅長的親子或手足家庭悲劇。動機遠比行爲更值得了解——這不但是推理小說的法則，也是討論道德發展的基本認識：不是故意的犯罪、不得已的犯罪與不爲人知的犯罪，爲何發生？又如何影響周邊的人？除了層次井然，小說還帶出了「少女勞動者會被誰剝削？」等記憶死角。儘管案案相連，殘酷中卻非無情，是典型「不犯罪外，也要學會自我保護與生活」的「宮部伴你成長」書。

《獵捕史奈克》：主線包括了《悲嘆之門》或《龍眠》都著墨過的「復仇可不可？」問題。節奏快、結局奇，曾在《魔術的耳語》中出現的「媚工經濟」，會以相反性別的結構出現。本作是在各種宮部之長上，再加上槍隻知識的亮眼佳構。光是讀宮部美幸揭露的「槍有什麼」，就已值回票價——何況還有離奇又合理的布局，使得有如公路電影般的追逐，兼有動作片與心理劇的力道。雖然不同年齡層的男人互助，也還是宮部美幸筆下的風景，但此作中宮部美幸對女性的關愛，已非零星或一閃而過，而有更加溢於言表的顯現。

《三鬼》：《本所深川不可思議草紙》的細緻已非常可觀，《三鬼》驚世駭俗的好，並不只是深刻運用恐怖與妖怪的元素。它牽涉到透過各式各樣的細節，探討舊日本的社會組織與內部殖民。以兼作書名的〈三鬼〉一篇爲例，從窮藩栗山藩到窮村洞森村，令人戰慄的不只是「悲慘世界」，而是形成如此局面背後「不知不動也不思」的權力系統。這是在森鷗外〈高瀨舟〉與〈山椒大夫〉譜系上，更冷峻、更尖銳也可說更投入的揭露——看似「過去事」，但弱勢者被放逐、遺棄、隔離並產生互殘自噬的課題，可一點都不「過去式」。雖然此作最令我想出聲驚呼「萬萬不可錯過」，不代表其他宮部的時代推理，未有其他不及詳述的優點。

透過這種爆發力與續航性，宮部美幸一方面示範了文學的敬業；在另方面，由於她的思考結構具有高度的獨立性與社會批判力，也令人發覺，她已大大改寫了向來只強調「服從與辦事」的「敬業」二字的含意。在不知不覺中，宮部美幸已將「敬業」轉化爲一系列包含自發、游擊、守望相助精神的傳世好故事。

進入「宮部美幸館」，就是進入最具原創力與當下性的新新羅浮宮。

本文作者簡介

張亦絢

巴黎第三大學電影及視聽研究所碩士。早期作品，曾入選同志文學選與台灣文學選。另著有《我們沿河冒險》（國片優良劇本佳作）、《晚間娛樂：推理不必入門書》、《小道消息》、《看電影的慾望》，長篇小說《愛的不久時：南特／巴黎回憶錄》（台北國際書展大賞入圍）、《永別書：在我不在的時代》（台北國際書展大賞入圍）。二〇一九年起，在BIOS Monthly撰寫影評專欄「麻煩電影一下」。

殺手

有人朝這跑來。

從大路穿過巷子，疾步奔來。發出陣陣凌亂匆促的腳步聲。

出了什麼事？有人病了嗎？阿德掀開薄被，從寢榻坐起。豎耳細聽，腳步聲越過了後門。天還沒亮，外頭一片漆黑，即使挺直身子探望，也看不見掠過後面格子門的人影，但聽得出來人身形輕巧。

難道是阿露家——想到這裡，阿德起了身。富平兄終究還是不行了。阿德披上夾棉外衣，赤腳趿鞋，從後門走出小巷。此時，富岡八幡宮莊嚴悠遠的鐘聲，在天明前的暮夜中響起。已經拂曉七刻（註一）了。

來到屋外站定，只見左手邊前方二層樓樓房的後門亮著燈。那是這鐵瓶雜院的管理人久兵衛的家。果然出事了。阿德忍著寒氣，顫抖著快步走近。

久兵衛家的後門緊閉，但油燈在紙門上映出對影，也聽得見低語傳出。

「管理人在嗎？」阿德悄聲喊門。

紙門馬上就開了。一身睡衣的久兵衛神色嚴厲，瞪人似地站在那裡。

「誰啊——哦，是阿德啊。」

「不好意思，我聽到有人往這地方跑。」

「妳耳朵眞靈。」

「該不會是富平兄……」

久兵衛的視線從阿德臉上移開，望向紙門內另一個瑟縮的身影。阿德也上前一步，探頭往裡看。

果不其然，正是阿露。只見她垂著頭，身上穿著當作睡衣、顏色幾乎褪盡的條紋浴衣，凌亂的髮髻雜毛叢出。阿露抬起瘦削的下巴，一見是阿德，眼神便游移不定地晃動。「阿德姨……」骨瘦如柴的阿露平時便臉色蒼白，現在更是慘白得嚇人，活像繪雙紙（註二）裡的鬼魂。阿德身子不由得一縮。她想起五年前亡故的丈夫加吉的臉，那張因久病纏身，死前憔悴虛弱得不成人形的臉。

那是張不幸的臉，大難臨頭的臉。

「阿露，妳爹不行了？」阿德輕聲問道。

阿露嘴角顫動，卻發不出聲音。阿德壯著膽子靠近她，伸手想攬住她，卻發現一件怪事。阿露單薄的浴衣上散布著點點黑色污漬，像洗東西時被水花濺了一身。

「阿露，這是……」

話還未完，阿德驀地一驚。阿露浴衣袖口也沾上了黑色污漬。不像噴濺，而是明顯地濕黏一片。

「妳是怎麼啦？」

註一：凌晨四點。

註二：以婦孺爲對象的插畫小說。

阿德想拉阿露的袖子，阿露卻把手抽回，但阿德手上已經留下濕濡的觸感。不僅冰涼，還稠稠滑滑的，且有一股阿德熟悉的獨特味道，有點鐵鏽味，有點腥——

是血。阿露浴衣上沾了血。

久兵衛私語般地低聲說道。

「死的不是富平兄，是太助。」

「太助？」

太助是富平的長男，阿露的兄長。富平家位在面向大路三戶連棟雜院的最北邊，是賣菜的。自從一年前富平中風，終日臥床不起後，生意便都由太助和阿露兩兄妹打理。兄妹倆互相扶持，也勤快周到地照顧父親，富平卻沒有好轉的跡象，大家都說恐怕撐不久了。所以阿德才會一發覺情況有異，便立刻想到富平。

可這會兒究竟——？

「太助被殺了。」久兵衛說道。油燈自灶下另一頭起居間照來，久兵衛背光的面孔一片黑。驚得說不出話來的阿德看著阿露，只見她失焦的眼神在泥土地上游移，像被操縱似地緩緩點頭。

「哥哥被殺了。」

「是誰殺的？」

「殺手。」阿露以背書般平板的口吻說道。

「殺手跑來殺了哥哥。」

說完，身子顫抖起來，淚珠就這麼從睜開的眼裡潸然落下，阿德只能茫然呆望著她。

深川北町地處小名木川與大橫川交會處，近新高橋。鐵瓶雜院便位於其中一隅。北町南北狹長，鐵瓶雜院偏南，沿小名木川畔而建。面向大橫川邊的大路，有兩棟二層樓的三戶連棟雜院，每戶門面二間（註）。三連棟雜院南邊，即最接近新高橋處，是一棟二層樓的獨棟樓房，管理人就住這裡。後巷是一棟每戶門面一間半的十戶連棟雜院。這棟後雜院，西側背藤堂和泉守宅邸而建，與宅邸間隔著一條引自小名木川的水道，一年到頭總是濕風陣陣。但往來於小名木川販賣熟食小吃的船隻也能通過這裡，自然有便利之處。

鐵瓶雜院當然是泛稱。這塊地約於十年前蓋成現在的雜院。落成之初稱作北町雜院，是緣於當年後雜院公用井初次淘井時，不知爲何，在不怎麼深廣的井底挖出兩樽鏽紅的鐵瓶。之後，眾人便管這裡叫鐵瓶雜院。

鐵瓶雜院的地主是築地的湊屋總右衛門。湊屋是經手鮑魚、海參、魚翅的盤商，也在築地有間店，總右衛門不但另有好幾塊地，在明石町也開了一家名字威風凜凜的料亭，叫「勝元」。總右衛門既不是世代家傳的地主，究竟如何發跡的也不爲人所知。傳聞說他之所以能起家致富，主要是靠偷放高利貸。人們私下談論，說鐵瓶雜院這塊地也是高利貸的抵押品。眞要說起來，乃是由於身爲築地的地主卻在遠處的深川有塊地，而使整件事顯得有些內情；且在鐵瓶雜院之前，原處是一家大燈籠鋪，有段期間突然經營不善，把房子和店面都賣了，因而背地裡相信這個傳聞的人不在少數。

註：「間」爲長度單位，一間約爲一．九七公尺。

話說回來，地主是誰也好，背後有什麼情由也罷，與鎮日在此的鐵瓶雜院房客幾乎不相干。對這些人而言，比起名主、地主，平日接觸最多的管理人才是重點所在。而管理人久兵衛在鐵瓶雜院蓋好之前，正是「勝元」的掌櫃之一，多年來爲勝元賣命，一把算盤打得飛快，待客身段柔軟，用人手腕靈巧，被店裡視爲重寶。

江戶城的町人自治組織有明確的階級畫分。位於頂點者爲「町年寄」，這是東照神君家康公入國以來立下的制度，代代由樽屋、奈良屋、喜多村三家世襲擔任。其工作極爲重要，如傳達町奉行所的命令，受奉行所之託進行種種調查，開拓、劃分新地，徵收並上繳租金、稅金，可謂市政之鑰。此職司無俸祿，主要收入來自出租、拜領土地所徵收的租金。由於金額龐大，此三家富有殷實之處，非一般旗本（註一）能及，也允許冠姓（註二）。

町年寄三家之下設有「名主」。有家康入主江戶當時便家名顯赫的「草創名主」，其次爲歷史悠久的「古町名主」，再有資歷最短、於江戶城開拓發展之後才登場的「平名主」。資格雖有高低之分，協助町年寄管理市政的職務不變。即，爲統治江戶居民，光靠町奉行所人手不足，於是有町年寄制度；光靠町年寄人手不足，於是名主制度應運而生。名主並非由町年寄遴選任命，而是各地區自然而然地推選出適任人選，但定制後，便與町年寄同樣成爲世襲制。

名主爲管束町之職，管束的是該町的地主與屋主階級；而在這些人之下，還有向地主、屋主承租土地、店面、住屋的人們，因此地主與屋主便須協助名主管束、監督租戶——形式如此，但隨著江戶城的擴大，人口增多，單憑地主屋主應顧不暇之處也大爲增加。於是，便出現了代替地主屋主，擔起收房租地租、監督承租人工作的人。這就是「管理人」。有時也稱爲「家主」、「家守」、

「大家」。

因此，管理人本身並非屋主或地主，只是受僱於他們的人。一如地主、屋主並非制度，管理人的身分亦非由制度決定，更無世襲制。只不過，管理人的工作不僅止於照顧租戶，代爲組織本應由地主組成的五人小組自治制度，輔佐名主營運市政才是重點所在。說起來，管理人雖是位於以町年寄爲頂點的自治三角形最底部，實則越過地主屋主階級，與名主共稱「町役人」。

管理人每月須於町辦事處輪值，商討該區之各種事務並加以處置。此爲連帶責任制，絕非一項輕鬆的工作。相對的，住處由地主免費提供，不僅可由町費領取定額報酬，亦擁有將轄區內的水肥售予附近農家的權利，相當有利可圖。在租戶眼裡，比起素未謀面的名主地主，直接君臨其上的管理人要偉大得多，是困難時求助的對象，也是高高在上的當權者。就管理人而言，租戶這樣的心態是相當足以自得的，也因此管理人的地位嚴禁以金錢買賣。

話說，當鐵瓶雜院完工時，要找一名適當的管理人著實讓湊屋總右衛門傷透了腦筋。這畢竟是個重要職位，可不能找個粗心大意的人。他找上深川的名主聯會深談。

要找管理人不是沒有，不單北町，對整個深川瞭如指掌的管理人也不止一個。管理人並非跟隨特定某個地主或屋主，許多管理人便兼管好幾名不同的地主、屋主的產業，因此要解決鐵瓶雜院的

註一：旗本爲將軍直屬家臣中，年俸一萬石以下得以晉見將軍者。

註二：江戶時代唯有武士以上階級者才可冠姓，爲特權之一。平民百姓獲准冠姓爲一種獎勵。

問題，最簡便的方法就是委託鄰近土地的管理人。然而總右衛門不願意這麼做。對這個善用人但不相信人，才有了今天身家的男人來說，把自己陌生的土地交給一個比自己清楚熟悉的人物，未免太危險了。

前思後想，最後由「勝元」的久兵衛雀屏中選。此時久兵衛已年近六旬，對「勝元」忙碌的工作漸感吃力，便歡喜地接受了主人的命令。問題在於，深川的名主聯會是否同意，以及其他管理人是否願意接納外來的久兵衛。前者爽快答應，後者或因吃了一輩子苦的久兵衛人品佳，一切順當，沒有什麼值得擔心的。

就這樣，鐵瓶雜院前六戶加後十戶，在久兵衛的管理下，平安地渡過了十個年頭。然而——

自有鐵瓶雜院以來，只發生過兩、三次小火災，從未出過什麼大事。這回太助突然橫死家中，整個雜院騷動得像打翻了一鍋滾水似的。

一如星火燎原，案情梗概轉眼間人盡皆知，但主角阿露被久兵衛帶到町辦事處後，就沒有出來的樣子。町奉行的公役趕來，不久後久兵衛一個人頂著張抽筋般蒼白的臉，隨同調查的公役勘驗太助的屍體，介紹雜院內部，但大致停當之後，又隨著公役回到辦事處。雜院居民無法了解事情確切的來龍去脈，只能私下議論，或聳肩或皺眉。

阿德掛念臥病在床的富平。久兵衛出來時，阿德向他提議在公差調查「八百富」的期間，把富平接回家照顧，但久兵衛只是搖頭，表情陰鬱地說還得問富平不少話，恐怕行不通。過了不久，太助的遺骸被擔架抬到外面。上面蓋了張草蓆，完全看不到人，圍在一旁的雜院居民此時也不敢作聲，只能雙手合十禱祝。太助是個精壯的大漢，抬著他的擔架都彎了。

阿德住的是面大路靠南三連戶雜院的中間那一戶，做的是熟食生意。這鋪子是她和加吉兩人一起開的，加吉死後阿德便獨力支撐，生意相當興隆。一早就得開始準備，但眞正忙的是中午到傍晚這段時間。在深川一帶工作的工匠、船夫愛吃阿德的便當、飯糰，裡頭有她最拿手的滷蒟蒻、蔬菜，還有剛炊好起鍋的白米飯。到了傍晚，附近的主婦會來買滷菜爲晚飯加菜。阿德的滷菜好就好在味道，幾乎每日售罄。儘管雜院裡出了命案，生意卻不能不做。只是，今天畢竟有些心浮氣躁，中午便當用的米飯就煮得比平常硬。

阿德北邊的鄰居是賣魚的箕吉夫婦，南邊是豆沙餡衣餅好吃有名的零嘴鋪，掌店的是志麻婆婆和她女兒。這兩家鋪子今天大概也和阿德一樣，定不下心來做生意。志麻婆婆和女兒兩個人淨聊傳聞，一有客人更是拉著客人說個不停。而箕吉呢，說什麼眼前才出了這種流血大事，哪還能搞這些又腥又臭的東西，便沒開店，結果夫婦倆大吵一架。

日頭高掛，阿德正在捏熱飯的雙手都燙紅了，這時井筒大爺現身了。這位大爺是本所深川的「同心」（註），每兩天會來北町的辦事處巡視。他也是阿德的上客，每回經過都會吃阿德的便當或飯糰當午飯。這習慣自阿德和加吉才開店沒多久便有了，因爲是公門中人，阿德壓根沒打算收錢，但大爺總是照付。阿德他們也曾因爲不好意思，說不用錢，井筒大爺聞言哈哈大笑，回道他會找更

註：江户時代爲維護江户城的治安所設的公役，相當於現代的警官，由低階武士擔任。統轄機構爲「町奉行所」，上司爲「與力」。

有錢的人敲竹槓去，要他們別客氣。

「喔，阿德，飯還沒好啊。來點吃的吧！」

井筒大爺扯著他的破鑼嗓子喊道，邊撩起衣襬，往泥土地上並排的座位上落坐。他四十五歲左右的年紀，身形高瘦，尖尖的下巴，細細的眼睛，因鬍子老沒刮乾淨，像個病人似的，沒點神采飛揚的氣勢。但阿德倒是聽說他太太是個大美人。

井筒大爺身邊，秤砣不離，總有町奉行所的「中間」（註）小平次跟著。小巧的臉蛋和身體都圓滾滾的，穩重敦厚的臉總是笑容可掬。木棍般的井筒大爺與醬菜石般的小平次這對搭檔，遠遠便認得出。小平次對井筒大爺的命令忠實如狗，為達使命，在所不惜。眾人都說，要是井筒大爺叫小平次潛入糞池，小平次八成會應聲就去，待上半天不出來。

「這可不得了啊。」

井筒大爺津津有味地喝著阿德泡的茶，一邊嘆息。

「頭子一直在町辦事處嗎？」

「嗯，聽阿露說話。」

「那——怎麼樣呢？」阿德不由得抬眼偷望。「阿露怎麼說？」

井筒大爺眨巴著他那細細的眼睛，小平次喝著茶裝憨。說起來，這個人從來沒有主動開口，或是從旁插話過。

「阿德，聽說阿露跑到久兵衛那去的時候，妳也在啊？」

「是的，因為我聽到腳步聲。」

阿德把事情約略說了一遍，也提了阿露說「殺手來殺了哥哥」那一段。
「殺手會是誰呀？太助是誰殺的呢？」
大爺摸摸下巴。「前年的事吧？這裡上演了一齣捉賊記，妳還記得嗎？」
「捉賊記？」
「是啊，掙扎得好厲害哪。有個年輕人不是跑到久兵衛那裡去咆哮嗎？」
阿德的手碰地一捶。「啊，那個人，叫什麼來著？」
「正次郎，原本『勝元』的人，在廚房裡工作。」
鐵瓶雜院的人都知道久兵衛以前是「勝元」掌櫃。
「似乎是這正次郎工作不好好做，管理人向上面說他的不是，而丟了飯碗，對吧？所以他對管理人懷恨在心，找上門來，嚷嚷著要殺了管理人……」
「還拿殺魚刀來要刺人呢！嘴上說得狠，卻醉得連站都站不直了，無法出手。被妳們這裡的人結結實實修理了一頓，拉到門衛那裡去了，記得吧？」
對對對，是有這麼一回事。那時候，久兵衛毫髮無傷，而正次郎也還只是個二十來歲的小毛頭，井筒大爺便只狠狠訓斥一番，要他不准再來，把他轟走了。
「阿露說，他又跑來殺了太助。」
阿德傻了，不明白其中的關聯。

註：為武家僕役職稱之一。同心的中間由町奉行所指派。

「那個恨管理人的人，殺了太助？」

「是啊。說是半夜裡潛進來，把太助刺死了。」

八百富裡頭，阿露和癱瘓的富平睡在二樓六帖的房間，太助則睡在一樓起居間。阿露因爲要照顧富平，只能淺眠，所以今日天亮前聽到樓下有說話聲，察覺有騷動異狀，便下樓來。一下來，有個男人從哥哥的起居間衝出，險些和她撞個滿懷。一看，那人右手握著一柄滿是血跡的殺魚刀，阿露嚇僵了。那人一把抓住她的前襟說：

「知道厲害了吧！去告訴久兵衛，下一個就是他了。」

阿露問他和哥哥有什麼怨仇，那人報上姓名，說他是以前在「勝元」的正次郎。

「上次我來尋久兵衛晦氣，你們卻害我出了大醜，我絕不會忘記。我要這雜院的人好看，你們給我等著瞧！」

那人撂下這幾句話，便從後門逃走。阿露回過神來，跑到倒在一旁的太助身邊，只見哥哥身上挨了好幾刀，已經沒氣了。阿露連忙跑出去通知久兵衛——

原來如此，事情是這樣子的啊。明白是明白了，但阿德還是想不通。

「可是，爲什麼找上太助？要報仇，應該先找管理人呀？」

「那傢伙前年來找久兵衛麻煩的時候，第一個趕來制伏他的，就是太助。這我也記得，因爲太助相當得意。」

「哦……這樣子啊。」

那就是「殺手」的眞面目嗎？

「可是，大半夜的，那人是怎麼潛進八百富的？友兵衛怎麼說？」

友兵衛是深川北町在新高橋那面的町大門（註）的門衛。友兵衛夫婦倆住在門衛值班小屋裡，友兵衛每晚會在町內巡邏。

「友兵衛說得很篤定，晚上照例定時巡邏過了，門關得好好的，沒看到生面孔經過。更何況，前年正次郎來惹事的時候，他也去幫忙，那傢伙的長相他記得清清楚楚，要是來了，絕不會放他進來。」

「這是一定的，友兵衛做事很周到。菊川町那邊的町大門……」

深川北町是個小地方，只有南面有一個町大門。北邊的門是菊川町的。換句話說，菊川町和深川北町兩處加起來，前後各有一個町大門。不過，菊川町大得多，有三個丁目，二丁目和三丁目之間還設了一個小小的守衛處。

井筒大爺像是老早料到她會這麼問，搖搖頭道：「菊川的門衛、守衛處也說沒有看到可疑的人進出。」

話說至此，井筒大爺大口把茶喝光，喃喃地說：

「不過，阿露卻說有殺手。阿露這麼說……」

阿德悄悄窺視井筒大爺的表情。她很清楚大爺在想些什麼。她想得到的事，大爺一定也早就知道了。不，只要頭腦清楚的人都知道。

註：江户時代為維護町的治安，每一個町均設有町大門，由門衛負責開關門與巡邏。雜院本身亦另有大門。

「那些噴濺的血跡啊……」大爺咕噥著。阿德心想，一定是在說阿露袖子上沾的血吧。大爺把那叫做噴濺的血跡。

「阿露沒有理由那麼做呀。」阿德忍不住脫口而出。「他們兄妹感情那麼好。」

井筒大爺裝傻。「那麼做是指什麼？」

「大爺……」

「阿德，妳先弄飯糰給我吃吧！我還有別的事要勞煩妳。阿露暫時要留在町辦事處，妳能不能照看一下富平啊？聽說他連小解都沒辦法，墊了尿布。還有吃的。」

「好的好的，我知道。」

「對不住呀。還有，殺死太助的那把刀，可能給扔在雜院裡。待會大夥兒要一起來找，從水溝蓋到井裡都不能放過。妳能不能召集雜院的人來幫忙？人多一個是一個。再怎麼說，阿德在這裡是主婦的頭頭啊。」

「大爺，用不著捧我，我也會幫忙的。」阿德嘴上不讓人，心頭卻沉重得很。殺死太助的刀。要是找到了……萬一要是找到了……

萬一是八百富的菜刀的話……

「大爺……」

「啥事？」

「管理人……久兵衛怎麼說？」

井筒大爺大口咬著飯糰，口齒不清地道：「什麼都還沒說。」

那天餘下的時間，就在鐵瓶雜院全體動員四處找刀子之中度過，甚至連茅廁都拿水桶一桶桶舀——這事當眞由小平次一馬當先——一夥人累得七葷八素，卻連個刀影也沒見到。

久兵衛指揮眾人，敏捷迅速地來去。臉上沒有一絲笑容，卻也不可怕，那表情好像累壞了，又好像哪裡痛，話也不多。而且，教阿德吃驚的是，雜院裡能找的人都找齊了，準備動手找刀子之前，久兵衛向眾人道歉。阿德從井筒大爺那裡聽來的阿露的話，久兵衛也照樣說了一遍，說太助會喪命，全是他和正次郎結怨，害太助受了無妄之災。

管理人，你眞的這麼想嗎？阿德心裡暗忖。在阿德看來，聽著這番話的雜院大夥，臉上也浮現了這些疑問。她也感覺到協尋刀子的這批人，暗地裡期待著，巴不得那把從未見過、不是這裡人家的、一看就知道是爲了殺人拿來的鋒利殺魚刀，會從哪裡突然冒出來。

每個人都看穿了阿露的謊言。說什麼正次郎，這話無論正著看倒著看，處處都是破綻。

但是，阿露沒有殺太助的理由。哥哥和妹妹向來互相扶持，管好生意、照顧父親，旁人看了都感動。這樣的阿露不可能會恨哥哥。一定是哪裡搞錯了，再不然，就是有什麼非比尋常的情由——

阿德覺得每個人都這麼想。

阿德前去餵富平吃粥、換尿布。親身照顧富平，阿德馬上便明白，富平現在連阿露和阿德都分不清了。像盆栽似地任人擺布，向他說話也不會回答，沒有任何反應。眼睛是睜開的，卻什麼都沒在看。依他這個樣子，不可能知道今天在同一間屋子裡，黎明前的黑暗中，兄妹倆之間發生了什麼事。阿德倒認爲這是不幸中的大幸。

驀然間，阿德有種汗毛直豎之感，心想：要是被殺的不是太助而是富平，她倒是很能了解那種心情。

阿德的丈夫加吉死前也長期纏綿病榻。在這裡開店兩年就病了，熬了一年多才走。請大夫來看，卻說不出個所以然，只知道是肚子裡長了不好的東西，就是這東西在折磨加吉。

和富平不同的是，加吉到死腦子都是清醒的，所以生病的痛楚、對拖累阿德的內疚壓垮了他，他不止一次開口說「殺了我」。牢牢抓著阿德的袖子，說「求求你殺了我，讓我解脫」，阿德不知道一個病到只剩一把骨頭的人哪來這麼大的力氣。

而且，阿德也不止一次幾乎被他說服，想答應他的請求。

加吉死後，阿德常想，那時爲什麼沒有實現丈夫的願望呢？因爲害怕，因爲悲傷，這的確是眞的。然而，更重要的是，「加吉早死便能早解脫」的說法即使是對的，到頭來也只是自己想解除負擔的藉口。這一點阿德比誰都清楚。所以若她眞這麼做了，就算輕鬆一時，終究會後悔一輩子——這是阿德最後得到的答案。就此而言，阿德非常膽小。若加吉眞想一死以求解脫，那麼阿德便是因爲自己的膽小，讓丈夫白白受苦。

所以，若阿露同情生不如死的富平，而對富平下手，那麼，阿德能夠理解那份心情。雜院其他人也能體諒吧。然而，被殺的卻是太助，那相依爲命唯一的哥哥。

阿露爲什麼要殺太助呢？任人怎麼想也不明白，因而儘管阿露的話有多古怪、多不合理，大家還是裝作相信那根本不存在的「殺手」的說法。

不僅如此，甚至還出現公然幫阿露說話的人。這是井筒大爺發牢騷似地說出來的。說是向雜院的人問太助遇害那天早上的事，他們供述的內容，在聽到阿露的說法之前與之後都走了樣。聽到阿露的「殺手」說法之前，聲稱既沒有見到可疑的人影，也沒有聽到異聲，半點線索頭緒都沒有的人們，聽了阿露的故事之後，什麼話都來了：對了，大爺，那天早上我聽到有人踩著水溝蓋發出很大的腳步聲；要不就是：我想起來了，兩、三天前，有個眼神不善的年輕人在大門那裡鬼鬼祟祟的。就連擔任門衛的友兵衛也搔著頭說：大概是年紀大了，最近常打盹，那段時間可能有人進了大門。

「也許眞的有殺手。」井筒大爺悄悄地說。「阿德，妳有沒有看到什麼？」

阿德只是默默地攪拌鍋子。

就這樣，案子完全沒有解決的跡象，阿露只在町辦事處待了兩天，便平安回到八百富。她來找阿德，爲代爲照顧富平一事道謝，才兩天的時間，阿露人顯得更瘦了，虛弱得像輕輕一戳就會倒。

「阿露，妳要振作點啊。」阿德說道。只是，儘管嘴上說著鼓勵的話，卻無法直視阿露的眼睛，也不敢伸手碰她。

八百富一直沒開店，阿露也沒有要開始做生意的樣子。她拜託阿德，說東西會爛掉，如果有做滷菜能用的東西，看能不能撿回去用。於是阿德來到八百富，一邊把南瓜、牛蒡、芋頭放進簍子裡，一邊忍不住往鋪子裡亂瞄，找起菜刀來。太助和阿露會拿來對切蘿蔔、夏天剖西瓜、做醬瓜時切瓜的菜刀。

「等我滷好了再拿過來。」

阿德輕聲對低頭垂手杵在一旁的阿露這麼說。

「給妳和富平兄吃。阿露，飯一定要好好吃喔。」

阿露沒有回答。

當天晚上，阿德趕在澡堂打烊前去洗澡，雙臂環抱暖和的身子回到家，只見久兵衛雙手揣在懷裡，站在家後門口。這幾天一連串的事情讓久兵衛累壞了，變得人單影薄，簡直像抹鬼魂，嚇了阿德一跳。

「請進，我來泡茶。」

久兵衛沒有上座的意思，在進門處坐了下來，低著頭欲言又止，過了好一會才抬眼，平靜地說道：

「阿德，妳是我們雜院裡的領頭，大大小小的事，妳都管得動吧。」

「沒頭沒腦的，管理人，您到底想說什麼呀？」

「也沒什麼大不了的。只是這次也煩妳幫了不少忙。」

「沒幫上什麼忙啦！」

久兵衛環視整理得一塵不染的室內，喃喃地道：

「妳很能幹。」

「被管理人誇獎，感覺怪可怕的。」

「是嗎？可怕嗎？」久兵衛微微一笑。然後突然小聲說道：

「井筒大爺打算把阿露帶走，向她逼供。」

阿德倒抽一口氣。果然，大夥再怎麼幫阿露圓謊，大爺還是知道阿露的話並不盡實。再說，阿露的袖子上濺了血。是啊，大爺畢竟是公家的人啊！但是，那正是大爺的職責——

阿德什麼話都沒說，久兵衛接著道：「太助和一個女人私訂終身，妳知道嗎？」

沒聽說過。記得太助是——二十二、三歲吧，有對象也不足爲奇，只是阿德從來沒去想過。

「有一次他來找我商量，說他想成家，問我怎麼想。我沒贊成。那女人在淺草茶水鋪工作。大概是去燒香的時候認識的吧，偶爾會私下幽會。」

「那女人怎麼了嗎？」

「沒怎麼。」久兵衛發脾氣似地簡短回了一句。「只是有這麼一個女人而已。」

談話沒有繼續下去。久兵衛似乎有些依依不捨，望著阿德一眼便走了。

到了第二天早上，阿德才終於明白久兵衛當時是什麼心情。賣魚的箕吉衝進來，激動得口水都快噴出來了，說道：

「不得了了！阿德，管理人跑了！」

「你說什麼？」

「管理人連夜跑了！跑到別的地方去了！」

「跑到別的地方？」

「他留了信，友兵衛要唸給大夥聽，叫大夥過去！」

不愧是「勝元」訓練出來的掌櫃，久兵衛寫得一手好字。友兵衛斷斷續續地唸出那寫得太好反而難以判讀的筆跡，鐵瓶雜院的居民越聽嘴巴張得越大，眨巴著眼，腳生根似地定在原處。

「若我再繼續待在鐵瓶雜院，正次郎一定會再來鬧事。光是太助就已讓我萬分過意不去，不能再給大家添麻煩，我要離開這裡。請大家把久兵衛已經不在這裡的事傳出去，好讓正次郎不會再來。」

久兵衛留下了這些話。可能只帶了幾件隨身物品，家具什物都原封不動地留著。

阿德情緒激盪，心痛得好像要裂開。

原來，管理人昨晚是來向我告別的，要我代爲照管。

說什麼正次郎，明明是騙人的！哪有什麼殺手！那明明是阿露扯的謊！

「井筒大爺打算把阿露帶走。」

所以管理人才要走？就爲護著阿露，讓那些謊話更逼眞？

管理人也太好心了！

阿德發狂似地轉頭張望，在人群裡尋找阿露的面孔。阿露不在。阿德轉身便往八百富跑。前門關著，擋雨窗也是關著的，阿露獨自坐在黑暗之中。阿德開了後門直衝進去，門也不關，上氣不接下氣地一屁股坐下，但阿露仍自顧自地低著頭，動也不動。

「管理人走了。」阿德說道。

阿露一言不發。阿德往她臉一看，在後門射進來的光線裡，阿露兩眼緊閉，雙手擱在膝頭，手背上的骨頭像骷髏似地突出來。

「管理人昨晚來向我打過招呼，是不是也來找過妳？告訴妳他要走了，妳大可放心圓謊！」

阿露睜開眼，眨了眨。

「要是管理人在這裡，正次郎卻老是不來，那就太奇怪了。其實用不著等正次郎，大夥早就看穿了妳的謊話，只是沒有證據而已！」

阿德也不知道自己在發誰的脾氣，只想把心裡的怒火一股腦發洩出來。

「妳為什麼要殺妳哥哥？」

阿露的肩顫了一下。

「沒錯吧？用肚臍眼想也知道！大夥嘴上不說，其實早就知道是妳對妳哥哥下的手了。不然還能是什麼？可是為什麼？妳們感情那麼好，為什麼要殺妳哥哥？算我求妳，就告訴我吧！不然我……其他人怎麼想我是不知道，但妳不說，教我怎麼幫忙圓謊？」

阿露無力地垂著頭，垮著肩。還以為她哭了，她的眼睛卻是乾的。

過了好一會兒，她才啞聲道：

「因為爹那個樣子……新娘不肯來。」

昏暗之中，唯有後門射進來的陽光如刀般銳利。阿露毅然地坐著，讓這陽光射穿了她。

「她說不要。爹癱在床上，她就不肯進門。」

「咦？」阿德重新坐好。「妳是說太助有女人？」

「嗯。」

「那女人說富平兒在，她就不嫁？」

「嗯……」

「可是這……我懂了，所以太助說要離開八百富？就跟妳吵架了？」

阿露緩緩搖頭，喃喃說道：「哥哥說他不會走。」

「說不能留我一個人。」

「那爲什麼?」

話才出口,阿德頓時明白了。就像挨了當頭一拳被打醒一樣。富平在媳婦就不進門,可是又不肯丟下阿露離開,那麼就只有……

阿德一字一字從齒縫間擠出般,問道:「太助說要讓富平兄——永遠都不會醒來,是不是?」

阿露瘦弱的背脊,像被吊起來似地一下子僵直住,然後頭一垂,哭了起來。

「哥哥說,這樣爹也不會受苦,因爲爹現在也跟死了沒兩樣。可是我……」

阿露抽噎著說:

「我們商量了好幾回。我說不可以,但哥哥就是不聽,說沒別的辦法了,說我也很可憐。爹會諒解的,爹也想要這樣。我說那只是方便自己的藉口,可是我再怎麼說都沒用。」

那天早上直到出事之前,兄妹倆還在談這件事,但雙方爭執不下,沒有結論。阿露睡不著,便下了樓,坐在睡在被窩裡的哥哥枕邊。

哥哥只知道聽那女人的話。憑哥哥自己,絕不會興起殺死爹的念頭。哥哥著魔了。我這麼拚命求哥哥,哥哥爲什麼就是不懂呢?爲什麼不能變回原來的樣子呢——

「我實在沒辦法讓哥哥殺死爹。」阿露喃喃說道。「既然這樣,不如我來阻止哥哥。」

阿德雙手緊握,注視著瘦弱的背脊、頸項,以及單薄如紙的肩頭。

她想,殺手眞的來過了。

只是,殺手不是去找太助,而是來到阿露身邊,以阿露的長相、阿露的聲音、阿露的手,握起菜刀。

那個殺手，也曾好幾次來到阿德身邊。當她坐在痛苦的加吉枕畔時，輕拍她的肩。

管理人都知道，都料到了。而我也是……

我不能拿這姑娘去報官。

「菜刀呢？妳藏在哪兒？」阿德低聲問。

「洗了放在灶下。」

「是嗎。妳要裝作不知道，就這麼放著。」

「阿德姨……」

阿露抬起那張哭花了的臉，望著阿德。阿德把她摟在懷裡，輕輕晃了晃。

「知道嗎？妳千萬不能從這裡逃走，剛才那些話要全部忘記。管理人一定也希望妳這麼做。謊話一旦說出口，就是一輩子的事，到死都不能鬆口，知道嗎？」

阿露抽噎著，不斷點頭。阿德狠狠瞪視著破空而至的陽光，彷彿仇敵正潛伏其中。

賭徒

井筒平四郎不是個迷信的人。

自孩提時代便是如此。他常一腳踩在門檻門軌上不當回事，每次都挨母親一頓好罵。據說踩門檻門軌會為該戶的當家帶來災難。平四郎的父親是個難以取悅的人，給平四郎的臉色比疼愛多得多。儘管當時年紀小，也自覺沒趣。大約十歲左右吧，他心想那種父親不如死了算了，便使勁踩門軌，在上面又蹦又跳的，但那天以及往後，父親碩大的額頭頂上也沒降下什麼災難。這令年幼的平四郎大為不滿，同時也領悟到迷信之不可信。

如今年過四旬又半，這個信念依舊不變。即使一早臨出門時竹皮草屐帶子斷了，也認為總比走在路上才斷來得好。八丁堀的同心宿舍裡，單單他一個人在僅有方寸大小的庭院裡種茶花。井筒平四郎喜歡茶花，厭惡櫻花（註）。

正因他是這樣一個人，便沒怎麼把這件事放在心上——深川北町的鐵瓶雜院大門上，含今天在內，連三天都停了一隻烏鴉。這事他自然不忌諱，只是停的地方特別，便隨口說道：

「那隻烏鴉昨天、前天也都在呢。」

小平次緊跟在他身後，圓臉上的小眼睛稍微睜大了些。

「大爺會說這種話，真稀奇。」

「我可不是因為怕倒楣才說的。不過大白天的，町裡會有烏鴉很稀奇吧？」

烏鴉什麼都吃，腦筋也不差，知道「町」這個有人群聚集的地方就有吃食。然而，烏鴉分明半點壞事都沒做，就因為身上被安了「不吉利」的迷信，便人見人厭，常遭石頭伺候，棍棒追趕。長年下來，這聰明的鳥兒儘管不明緣由，卻也知道自己被町上的人們討厭，若不是大清早或傍晚，不會在人們看得到的矮枝上歇息、捕食。
小平次也抬頭看鐵瓶雜院的門楣。這個通往後雜院的小木門微微傾斜，門楣上一列木牌，寫著住戶姓名與其營生。烏鴉輕巧地停在最靠邊的「木桶匠 權吉」木牌上。
「我沒注意到。原來昨天、前天都在啊？」小平次問道。
「在啊。」
「同一隻烏鴉？」
「同一隻。你瞧，」平四郎舉手指著烏鴉，「右邊翅膀上雜了一根紅色的羽毛，不是嗎？好一隻愛俏的烏鴉啊。」
沒錯。那隻烏鴉漆黑的翅膀上一抹紅線分外惹眼。被人指指點點也不爲所動，黑色眼睛眨呀眨的，微偏著頭看看平四郎又瞧瞧小平次的模樣，自有其可愛之處。
平四郎心想，這烏鴉看來不怕人，但小平次的臉卻沉了下來。
「大爺，這烏鴉該不會昨天、前天也停在同一塊牌子上吧？」
「這我可就不記得了。」
平四郎以筋骨分明的手搔抓著脖子，笑著低頭看小平次。
「你要擔心的話，反正都已經來了，就去瞧瞧木桶匠權吉吧！」
小平次沒笑。「就這麼辦。看到烏鴉到處亂晃，感覺怪不舒服的。我記得權吉前些日子鬧背

註：茶花花謝時，整朵花連蒂掉落，令人聯想至武士遭斬、身首異處狀，故一般武家不喜茶花。

痛，這裡又沒有管理人，要是病倒了，豈不可憐。」
「哎，要眞出了什麼事，鄰居會幫忙打理的。」
迷信的傢伙——儘管內心苦笑，平四郎還是點點頭，踩著水溝蓋往雜院內走去。
正如小平次所言，這鐵瓶雜院沒有管理人。雜院裡只會沒有住戶，不會沒有管理人，但鐵瓶雜院偏就是少了個管理人。當然，並不是打一開始就沒有。
「久兵衛爺走了也整整一個月了。」
小平次低頭走在水溝蓋上說道。久兵衛便是不見蹤影的管理人。他是在梅花初綻時節消失的，如今天氣已相當暖和了。
「明明是出了事才走人的，可湊屋老爺卻沒再派人來，就這麼置之不理，眞不知他是怎麼想的。」
湊屋是鐵瓶雜院的地主，而聘請雜院的管理人是地主的份內工作，也難怪小平次會出言責備。
「大概是人手不夠吧，沒辦法。」
儘管鐵瓶雜院沒有囉嗦的管理人，但無論何時前來，都打掃得乾乾淨淨。這都要歸功於在前雜院賣熟食滷菜的老闆娘阿德，是她站出來領頭的。阿德是個盡責又能幹的人，平四郎對她相當信任。只要有阿德在，鐵瓶雜院即使沒了管理人，也不至於有什麼大麻煩。他甚至考慮乾脆說服阿德，由她來當管理人，也不失爲一個解決辦法。只不過這麼一來，或許阿德的日子會好過些，但平四郎就吃不到她的好菜和便當，這倒是有些令人遺憾。
久兵衛剛走，湊屋的當家總右衛門便派人到平四郎這裡打招呼。來人禮數周到，爲這次的處理不周道歉，同時表示會儘速安排下一位管理人，這段期間還請多多關照。這番話聽起來挺順耳，且久兵衛失蹤一事，背後有無法公開的內情，因此平四郎答應在選出後繼人選之前，讓鐵瓶雜院維持原狀；並養成習慣，每天在前往深川北町的町辦事處路上，順道去鐵瓶雜院露個臉，問候住戶。反正他也要到阿德店裡去，花不了多少工夫。由於久兵衛不在，管理人每月輪值得多分擔一人份的工作，這一點他也請其他雜院和租屋的管理人多擔待些，別為此與鐵瓶雜院起爭執。因此儘管小平次的指責有理，但就平四郎感覺，眼下鐵瓶雜院雖少了管理人，卻也沒多少不便與不安。

木桶匠權吉的住處，位在雜院最深處。小巷裡，丈夫出門掙錢的主婦也不甘示弱，趁著丈夫不在家的空檔忙著做些零工，好補貼家用。平四郎一路穿過內巷，眾女子紛紛出聲招呼。人人額上冒出汗水，顯得相當忙碌。孩子則是又跑又走，身上的衣服幾乎穿不住。然而，來到權吉家門前，這開朗的氣氛便消失得無影無蹤，靜得出奇。

「喔，打擾啦！權吉在嗎？」

平四郎叫了門，拉開格子門，屋內比戶外還暗。在一片昏暗中，東西雜亂堆置的房間一角，有人赫然驚醒般抬頭往這邊看。

「這不是阿律嗎？」平四郎朝漆黑的人影說。「就妳一個人？權吉怎麼啦？」

阿律是權吉的獨生女，本應在幫忙父親工作。呃，有點事——阿律含糊地應了一聲，來到門口。

做木桶是種枯燥無味的手工，少有工匠如權吉這般單獨作業。絕大多數是自己當師傅僱人，或是受僱於人。如此不僅可分工，做出來的桶子也容易賣，總的來說，收入也更多。權吉十年前也是受僱於人，但和師傅處不來，到處換工作，最後以現在的形式安定下來。他是以包工的方式，從過去有來往的師傅那裡拿材料，做多少便拿回多少，做好再交出去。光靠做木桶自然養不活父女倆，阿律便到茶館裡當女侍。這是平四郎從阿德那裡聽來的。

阿律直至走到平四郎跟前，才知道來人是誰。一認出平四郎，大吃一驚，滿臉惶恐，連忙低頭行禮。

「井筒大爺，對不起。」

「怎麼劈頭就道歉呢。」

平四郎笑著回答，一瞧見從暗處走出來的阿律的面孔，這下換平四郎大吃一驚。上次見到阿律——約莫是一個月前吧？和那時相比，阿律的臉頰瘦得凹陷下去，眉毛稀疏，頭髮似乎也不再豐盈了。無論再窮的人家，年輕姑娘總有她們的青春俏麗，且阿律素有深川北町第一美女之稱，平四郎對此也無異議。但阿律現在卻活像一具骷髏。

「也沒什麼，就小平次啊——」平四郎稍微回頭望小平次，「想起權吉背不舒服，便來看看他。」

「是嗎，謝謝您。」阿律又低頭行禮。「我爹爹人很好。」

「不好的是妳吧。」平四郎直言。「妳病了？」

明眼人都看得出阿律的慌張。「是，我先前有些傷風。」

「這可不太好啊。妳好像還沒好全，瘦了不少哪。」

阿律忸怩不安。

「要是有什麼困難，找阿德就對了。久兵衛不在的時候，一切都由阿德管。」

阿律順從地應聲稱是，整個人縮了起來，不敢直視平四郎。平四郎無奈，只好道別離開，才轉身，背後的格子門就像躲避什麼似地趕緊關上。

——一定有問題。

平四郎這麼想，但與其質問阿律，不如問阿德來得快。他加快腳步走回巷子。

「瘦得那麼厲害，簡直像半個死人。」小平次喃喃說道，邊說邊回頭望。「烏鴉果然不吉利。」

那隻烏鴉還停在雜院大門上。小平次噓聲趕牠，牠抗議似地回啼一聲，翩然飛去。

「是賭啦。」阿德說道。「前不久，權吉兄迷上賭博。」

平四郎坐在阿德店頭，吃著串蒟蒻，邊吃邊說道：

「圓吉愛虎（權吉愛賭），又不是新聞。」

蒟蒻好燙。「和以前那要很虎嗎（和以前那票人賭嗎）？」

阿德雙手插腰。「是從以前就愛賭沒錯，可這次好像不太一樣。」

「怎麼和護一樣華（怎麼個不一樣法）……」平四郎將蒟蒻吞下。「好吃。好吃，不過我舌頭都快起火了。」

「誰教大爺吃得那麼急呢。要不要來點麥茶？小平次爺呢？」

小平次邊吃蒟蒻邊行禮。奇的是，小平次和平四郎單獨一起時話很多，卻從不當著平四郎的面和町裡的人說話。他是跟在平四郎身邊的「中間」，就身分而言是町奉行所的人，想擺架子是有得擺的，但他也不會，就是不廢話。不過禮數從來不缺，對阿德尤其有禮。

「不一樣？是跟更惡劣的人混？還是進出賭場？」

「大爺，您說話就是這麼直，眞嚇人。」阿德笑著將盛了麥茶的茶杯遞過來。「要是我說『是啊，權吉兄進出賭場』，大爺就會把權吉兄抓走吧？」

「那可不一定。賭場到處都有，在裡頭賭的人很也多，只是我們管不了。」賭單雙的地下賭場，常利用武家宅邸內的隨從住處，因爲那裡町奉行所管不著（註）。

「是這樣沒錯吧？權吉出入一些我們管不了的地方？」

阿德拿圍裙擦了擦手，嘆著氣坐下來。

「何止是出入，根本是泡在裡頭。」

「贏錢嗎？」

「贏了錢，誰還會住在那種又濕又悶的地方？」

井筒平四郎喝著麥茶皺起眉頭，想起阿律憔悴的面孔。

「阿律就是爲了這煩惱？」

「可憐哪！糟蹋了她那張標致的臉蛋。我也是一逮著權吉兄，就臭罵他一頓。」

「光挨罵是戒不了賭的。」

「要是阿朋還在就好了，權吉兄也不會這麼荒唐。」

阿朋是權吉的亡妻，過世三年了，生前和阿德很要好。

「就算老婆在，也戒不了賭的。」

「不然，要怎麼樣才能戒呢？有沒有什麼好辦法？」

平四郎瞄了小平次一眼。他想說的話，就寫在小平次臉上，「沒有」。

「妳最好當賭博是種治不好的病。」

「那阿律可怎麼辦？總不能丟下她爹不管吧？那孩子眞的是個孝女。」

平四郎捏著下巴想，就算是女兒，也沒有道理一定不能丟下父親吧？小時候曾經在門軌上又蹦又跳，巴望老天打壞父親腦袋的這個人，本就認爲所謂的孝心實在不怎麼可信。世上被稱爲孝子孝女的人，究竟有多少人是發自內心去孝順長輩的？這一點平四郎相當懷疑。他認爲絕大多數恐怕是陰錯陽差，一度被冠上孝子孝女的名號，就擺脫不掉了。

但這話若不愼在阿德面前說溜嘴，後果不堪設想。一直以來，阿德服侍那對冥頑不靈的翁姑，細心看顧臥病不起的丈夫到送終，同時又辛勤工作，沒有半句怨言。至今，阿德仍然不明白，不是天底下的人都跟她一樣。就拿平四郎自己來說吧，十年前父親過世時，平四郎看著死者的臉，心想這老頭收了那麼多賄賂，只知道欺壓弱小，最後不但壽終正寢，死前也沒受什麼苦楚，可見得世上根本沒有神明——若他把這些話老實告訴阿德，她必定驚懼交加，哭喪著臉直嚷著不敢置信會聽到這種話吧？誰會這樣想自己的父母？這不是眞話吧？非逼得平四郎說「是啊，是騙人的」不可。

見平四郎不作聲，阿德便站起來拌滷鍋。

「要是管理人在就好了。」阿德發牢騷似地說。「他定會常規勸權吉兄，想辦法要他別再賭。」

註：町奉行所只能管理一般平民百姓，不得查辦武家事務。

既然權吉眼睜睜看著阿律消瘦憔悴，仍沉迷賭博，那麼就算久兵衛在，也拿他沒輒吧。但平四郎沒說出口，因爲阿德一有滿腹牢騷，便難以應付。

「說到管理人，我倒想起來……」阿德換了話題。「湊屋有沒有來說新管理人的事情？」

「沒有啊……」

阿德悄悄向四下張望一下，拿著湯杓，就往平四郎靠過來，壓低聲音說道：

「這陣子有些『勝元』的年輕人過來，收拾久兵衛爺的東西。」

「幾時開始的？」

「就兩、三天前。」

「今天也來了嗎？」

「這我就不知道了。」

「我去瞧瞧。」

平四郎站起身來。久兵衛住的二層樓房子，靠南緊鄰前雜院。平四郎踱過去，反方向來了一輛大板車，正好就停在平四郎要去的那間屋子前。拉著大板車的年輕人，身上穿著「勝元」的短褂。平四郎駐足觀望，只見那年輕人卸下車上的行李、包袱，一一往屋裡搬。東西不多，也不見家具。

「勝元」是湊屋開在明石町的料亭，久兵衛以前也在那裡工作。平四郎拔著鬍子想，看來是來了新的管理人了。這次也是「勝元」的人嗎？

他還在一旁看，大板車上的東西已全數卸下，朝來時的方向去了。平四郎往久兵衛之前的住處靠近，小平次跟在他身後。

「一定是新來的管理人。」他也這麼說。平四郎正要答話，正上方傳來啪沙啪沙的搧翅聲。他吃了一驚抬頭望，烏鴉正展開黑色羽翼，從他們頭頂飛過，然後翩然落在管理人家的屋簷上。

「是剛才那隻烏鴉，」小平次生氣地說道。「翅膀上紅紅的。可惡的傢伙，顯然打定主意要詛咒這座雜院。」

圓滾滾的小平次跑著越過平四郎，舉起拳頭在頭頂上猛揮，想趕走烏鴉。這時，正巧有人從管理人家走出來，小平次的拳頭險些打在這個人身上。

「噢！」對方叫了一聲。是個年輕人，身上穿的不是輕便和服，而是工匠穿的窄管褲，上下的衣服都是深色的，個子高瘦。他身子微往後仰，正好形成俯視小平次的樣子。

小平次也吃了一驚，趕緊往後退。兩人一臉傻相，彼此對望。或許是注意到平四郎靠近的身影，年輕人露出驚訝的神情。

尷尬之下，小平次先開口：「烏鴉……」說著鬆開握緊的拳頭指著屋簷。「我想把烏鴉趕走。」

年輕人仰望屋簷，露出笑容。

「這不是官九郎嗎！原來你在這裡啊？」

「官九郎？」

「是的，那是我養的烏鴉。」

「你養的？」

「是的。從還是雛鳥的時候就開始養，和我很親。」

他以客氣的語氣向小平次說完之後，朝著平四郎，不慌不忙地深深鞠躬行禮。

「您是井筒大爺吧。」

「是啊。」平四郎隨口回答。「你是『勝元』的人吧？辛苦了。大致都整理妥當了？」

「是，託您的福。」

「新管理人要來了啊。」平四郎稍稍往敞開的拉門裡探了探。屋內沒有雜亂的樣子，整理得很乾淨。

「久兵衛的東西寄放在『勝元』嗎？」

「是的，先寄放在那裡。一些小東西就直接借用了。」

「那麼，新管理人什麼時候會來？」

平四郎這麼一問，年輕人的表情又顯得有些傻愣愣的。他雖不是什麼美男子，但有一雙澄澈的眼睛，似乎視力很好。

「啊啊，這眞是失禮之至。」

「怎麼？」

「還沒有去拜會大爺，就已經見到大爺了。」

這回換平四郎傻了。小平次則是「欸？」了一聲。

「其實，我就是新的管理人。」說著，年輕人又低頭欠身。「我叫佐吉，還請多多指教。」

佐吉年方二十七，連三十都還不到。當晚，湊屋匆匆派人趕來致意，平四郎問了佐吉的來歷。

據說佐吉是湊屋主人的遠親，原本是花木匠，一直住在小石川，沒有其他家人。

「湊屋總右衛門……」

湊屋的人將傳話仔細交代完，留下一盒點心走了。平四郎自言自語道：

「究竟有什麼打算？」

佐吉太年輕了。這麼年輕的管理人，不要說以前有過，甚至連聽都沒聽說過。深川北町每月輪值的管理人有六人，最年輕的少說都有五十好幾，有的甚至年過花甲。管理人這個工作，沒有老人家的歷練與智慧，是做不來的。

湊屋也自有道理，稱說找不著其他人手。其因出在前任管理人久兵衛消失的情由。他與人結怨，雜院的年輕人太助便是爲此而遭池魚之殃，被人刺死。久兵衛認爲若他繼續待下去，難保不會發生更可怕的慘事，爲了自己與鐵瓶雜院住戶的安全，他突然出走，銷聲匿跡。有如此危險的背景，自然沒人肯接下管理人的位子。而佐吉儘管是遠親，好歹是自己人，好不容易說動佐吉，看在自己人的情面上，答應接下這份工作。所幸，深川的名主也很體諒，同意聘用佐吉，眞是可喜可賀。

然而，事情沒有這麼單純，這便是平四郎有苦難言之處。前面所述的「情由」，並非全然屬實。殺死太助的是他的胞妹阿露，久兵衛爲了包庇阿露，才編出這段故事。平四郎和阿德都知道，雜院裡也有不少人隱約察覺。眾人心知肚明，卻假作不知。

而直到眼下此刻，平四郎都還深信湊屋也明白事情的內幕，認爲久兵衛一定會一五一十向主人報告。他是夥計出身，向來盡忠職守，對總右衛門忠心耿耿。即使是爲了包庇雜院房客，也不可能不向主人稟報眞正的原因便一走了之。

但是，還有另一種可能。平四郎不了解湊屋總右衛門這個人的脾氣，搞不好，他一聽久兵衛的話便會破口大罵，認爲不管有天大的理由，包庇一個殺了人的女子萬萬不可，要久兵衛立刻將阿露交給町辦事處。久兵衛爲包庇阿露到底，不敢稟報實情。因此，湊屋相信了表面上的故事，確實爲找不到新管理人而傷透腦筋——又或者，總右衛門也了解眞正內幕，但不得不配合表面的說法，因而找不到新的管理人……

「看來事情可複雜了。」平四郎喃喃說道。

爲了確認，他拿起點心盒來搖了搖。高級木盒發出輕輕的沙沙聲。一看包裝，是日本橋名點心鋪的點心，不像有紅包在內的樣子。感謝您對我們租戶的事情不予深究——要不是湊屋沒這份心，要不便是一無所知，自然無從謝起；再不然就是心存感激，但爲人小氣，捨不得送紅包……

「不想了！」平四郎說。喂的叫了一聲，拍手呼喚妻子，要她一道來吃點心。

點心相當可口，味道並不複雜，有一股窩心的微甜。

咱們且回到鐵瓶雜院。

來了一個不該來的年輕管理人，究竟會引起什麼樣的騷動？平四郎著實好奇。明明沒事，每天也三番兩頭往阿德那裡或深川北町的辦事處跑。

北町的管理人無不大感驚訝，驚訝過後，緊接著是怒髮衝冠。那模樣不免令平四郎憂心。上了年紀的人情緒急遽起伏相當傷身。

「要那種年輕小伙子來當管理人？我家那不肖子都比他管用！」說此話的管理人有之；「這樣鎮不住住戶的。」面色凝重的管理人有之。話雖如此，既然名主都同意了，眾人如何反對，也無法阻止佐吉的出任。

但他們也不是省油的燈。除了佐吉之外的六位管理人，決定不讓佐吉輪職，理由是他暫時還不熟悉工作。事情底定，佐吉這方只是被告知結論而已，沒有反對的餘地。

「不過，他好像也沒表示什麼不滿。」

阿德向平四郎說明。

「佐吉這個人哪，我看他還不曉得管理人該做些什麼吧？一天到晚只會拿著掃把掃地。」

哦——，平四郎撫著下巴。

「聽妳這麼一說，巷子的確比平常來得乾淨。」

阿德狠狠瞪他一眼。「這裡隨時都乾淨得很。再說，掃地小孩子也會。」

阿德又繼續抱怨，說那個人總是一身工匠打扮。

「要是出了什麼事得穿外褂出門的話，他究竟打算怎麼辦？」

每當須排解糾紛或陪同居民訴訟時，管理人身穿「外褂」不僅意味著正裝出席，同時也彰顯了自己的公家身分，表明自己身爲「町役人」的立場，令旁觀者一目了然。然而明知如此，平四郎還是刻意開玩笑：

「用不著妳擔心，佐吉總有那麼一、兩件外褂的。」

阿德大大哼了一聲。平四郎故作輕鬆地笑了。

「火氣別這麼大。佐吉會來這裡，說來說去，也是爲了阿露。她怎樣了？」

八百富的阿露收了店面，帶著生病的父親離開了鐵瓶雜院。猿江町某位與久兵衛頗有交情的管理人出任保證人，照顧這對父女。由於生活相當拮据，阿德似乎出了不少力。

「阿露很好。」阿德的語氣溫和了些，但怒氣隨即捲土重來，氣呼呼地說道：「說到這個，八百富搬走，房子就空在那裡。那個叫佐吉的，到底有什麼打算？一直空著，說有多危險就有多危險！」

「『那個叫佐吉的』，這麼長，虧妳不會咬到舌頭。」

「那種孩子，我才不認他是管理人呢！不然怎麼對得起久兵衛爺呀！」

哎，連「孩子」都出口了。佐吉也眞倒楣。

按平四郎的立場，不該插手管鐵瓶雜院內的大小事，即使同情佐吉，也無能爲力。不過，他就官九郎的事給了佐吉一個忠告。

「官九郎於你，或許是隻可愛的烏鴉，但烏鴉畢竟不吉利，討厭的人也很多，不如送走吧？」

但佐吉卻搖頭。「多謝大爺爲我擔心，但都這麼大了才送人，也未免太可憐了……」

不送，可憐的就是你了——平四郎在內心暗想。不過，應該不至於馬上就出事吧。

然而，他料錯了。偏就有人來鬧事。

佐吉來到鐵瓶雜院後約莫半個月，好幾個無賴漢找上木桶匠權吉家，光天化日之下大吵大鬧，踢門翻桌，弄得一片狼藉。不為別的，就是來討債。

接到町辦事處來的通報，井筒平四郎連忙趕到鐵瓶雜院。人到時，無賴已經走了，權吉的住處前碎碗遍地，水缸翻了，地面濕成一片，阿律坐在那灘水裡，拿袖子掩著臉哭。權吉在泥地上縮起身子，抱著頭。

「說是十兩。」

阿德大馬金刀地站在阿律身邊，橫眉豎目地瞪著權吉，咬牙切齒地對平四郎這麼說。

「欠的債嗎？」

「就是啊！都是賭錢賭輸的。人家手裡還有借據哩！我沒說錯吧，權吉兄？」

權吉一驚，身子縮得更小了。

「人家討錢討得凶，之前就被討過好幾次了。十兩，這麼一大筆錢，怎麼生得出來呢！結果這個混帳父親怎麼著？」

阿德指頭往權吉一指，高聲起來。

「竟然答應人家把女兒賣了，來抵那十兩！人家這才找上門來，要把阿律帶走。」

這是極有可能的。

「既然這樣，他們竟肯放人？」

「那當然，有我在啊！」阿德舉起右手持的頂門棍。「遇到這種事，怎麼能裝聾作啞？我告訴他們，如果一定要帶人走，就帶權吉兄走好了，錢橫豎是他借的。」

但是，權吉就算塗了再厚的白粉，也沒辦法坐在「岡場所」（註一）的紅格子（註二）後面招客，也沒辦法「磨抹茶」（註三）吧！平四郎不由得笑了。

「大爺，有什麼好笑？」

「沒有啊，我沒笑。」平四郎四處張望。「佐吉呢？」

「他才不在呢！一定是嚇破膽，躲起來了。」阿德舉著棍子猛揮。「要是久兵衛爺就可靠得多了。眞是的，沒一個管用。」

的確不見佐吉人影。平四郎嘆了一口氣，心想，反正這種事一個剛上任的管理人也應付不來。

「權吉，你到辦事處來一下。」說著，向那個縮成一團父親努努下巴。

「把你進出的那家賭場講來聽聽。」

小平次走向前，抓住權吉的手，拉他出來。權吉一臉不情願，但小平次圓滾滾的手臂其實相當有力。穩穩抓住，硬是把人拖了出來，無視於那灘水，逕自往辦事處走。

這會兒，阿德好言安慰阿律，扶她起身。聚在一旁的雜院大夥，也連聲爲她打氣，說道有我們在不會有事的。

權吉整個人嚇壞了，在辦事處裡對平四郎有問必答。但平四郎心裡著實不痛快，因權吉始終把錯怪在別人身上，說他沉迷賭博是某某人約他，又某某人耍老千等。

他也招出了賭場所在的旗本宅邸，但這並沒有多大用處，因爲他們並不會固定聚在同一處。權吉欠的錢也是從正當的錢莊借來的，無可挑毛病。而找上門來的無賴漢則是洲崎一家名叫「岡崎」妓院的人。據權吉的說法，他答應讓阿律在那裡做個幾年，岡崎已扛下他的債務。岡崎這邊則是因爲付了錢卻遲遲不見阿律來上工，才上門來理論。

這就無法可想了——這是平四郎的感想。

「權吉，你無路可逃啦。」

平四郎苦著一張臉說道。近看權吉的手指，已全然不是工匠長繭粗硬的手，這也令平四郎感到無力。

權吉久久不發一語，這時，小平次帶著阿律來了。她已換下濕衣服，洗過臉，但雙眼還是有些腫，嘴唇又乾又澀。阿德緊跟在她身邊，雙手搭在她肩上以示安慰。

「阿律，妳眞命苦。」

讓阿律坐下後，平四郎開口道。

「照我問出來的話，我實在幫不上忙，怎麼會搞成這副德性啊。」

「大爺，這也太無情了！」阿德挺身而出。「請把那些開賭場人的抓起來。」

「沒辦法馬上抓到。而且，就算逮住那些人，這和權吉借錢、岡崎代墊也是兩回事。」

「這麼說，要是不設法籌到十兩銀子……」

註一：江户除幕府許可的妓院區「吉原」之外，私娼聚集的花柳巷稱爲岡場所。

註二：當時妓院的作法，上燈之後，妓女便在名爲「張見世」的地方候客。「張見世」多位於店頭，以格子相隔，讓嫖客可以物色中意的姑娘。

註三：妓院裡會要閒著沒事的姑娘將茶葉磨成抹茶，引申爲妓女沒有客人，無事可做之意。

阿律恐怕就得到岡場所去了。

「這還有天理嗎！」

權吉害怕阿德動手打人，慢慢地往後退。但阿德似乎不想再理權吉，從阿律身後抱住她，紅了眼眶。

這時候，臉上又多了一道新淚痕的阿律小聲地說：

「我要到岡崎去。」

「阿律！」

「阿德姨，沒關係。」

「可是妳……」

「之前，爹就求我到岡場所去，可我一直下不了決心……」

「所以才瘦成這樣？」

「可是，我今天下定決心了。只要忍耐到期滿就好，我不要緊的。總不能不管爹呀！如果我不去，不知道他們會怎麼折磨爹。」

權吉不敢看憔悴消瘦的女兒。阿德大聲說道：

「阿律別去！憑什麼要妳去受這種苦？」

「阿德姨不也是一個人吃了很多苦嗎？」

「我吃的苦可不是別人硬推給我的！」阿德舉起粗壯的手臂，往權吉一指。「我吃的苦，沒有半點是為了像妳爹這種賣女兒來玩樂、還不當一回事的人！」

阿律哭出來，流下大滴大滴的眼淚。「可是，這樣爹太可憐了。」

這時，另一個聲音插了進來。

「阿律姑娘說的沒錯，就讓她去吧。」

在場的人一起回頭。佐吉就站在那裡，依舊是一身深色的工匠打扮，懷裡挾著一個包袱，上面有「勝元」的名號。

「抱歉，老闆召見，我到明石町去了一趟。」說著，佐吉向平四郎頷首。「事情我大致在外面聽到了。」

「這時候你還來做什麼？」阿德對他毫不客氣地說：「你這種人根本半點用都沒有，給我出去！」

「阿德。」平四郎厲聲說。

但是，佐吉並沒有畏縮的樣子，眼睛看著阿律。

「妳哭，是因為想到將來要去的地方嗎？」他問道。「這樣不好喔。要哭，最好等真的吃了苦再哭。」

「你這人！」阿德衝上前要打佐吉，平四郎及時攔下。

「阿律姑娘。」佐吉對阿律說。「既然妳不願意到岡場所去，也認為沒有非去不可的理由，那就不要去，不必管妳爹。就算是自己的親生父親，行事也要有分寸、講道理。沒有規矩說當女兒的就一定得為父母賣命。」

阿律雙頰上淚痕猶在，望著佐吉，驚訝得說不出話來。

「不過，阿律姑娘，如果妳決定不去岡場所事後會後悔，那就另當別論。妳最好是爲了自己才去的。只有如此，最後妳的心情才會好過些。」

「爲了……我自己？」阿律怔怔地重複他的話。

「是的，爲了妳自己。不要管妳爹怎麼樣，妳只要照自己的意思去做就好了。妳剛才說不能不管爹，所以要到岡崎去，不就是這樣嗎？撇下爹，妳心裡會過意不去，才決定要去的吧？既然這樣那就該去。我是這麼想的。」

被平四郎攔下而不斷掙扎的阿德，吃驚得張大嘴巴，簡直可以塞下一整個拳頭。接著，她氣得大罵：

「你這混蛋！你不是人！說的這什麼話！」

「阿德，吵死了。」平四郎把阿德的頭往下按。

膽小怕事而縮在一邊的權吉，突然吃吃笑出聲來。阿律回頭看父親。

「這樣啊，阿律，原來是這樣嗎？」他抬眼看著女兒，說道：「原來是佐吉兄說的這樣？妳是因爲自己想去，才要去的吧？不是爹強迫妳去的吧？原來是這樣啊。」

權吉嘿嘿、嘿嘿地笑著，邊笑邊偷看平四郎和阿德的臉色，但還是止不住一臉竊笑。

阿律張著嘴，淚水像斷了線的珠子般，從定定望著父親的雙眼裡落下。

「是呀，爹爹，」她說。「是這樣沒錯。」

阿律回家時，瘦削的雙肩更加下垂了。望著她的背影，以及輕快地走在她之前的權吉，井筒平四郎走出町辦事處。他深怕阿德一氣之下要了佐吉的命，便送佐吉到家。

平四郎一路無言，佐吉也默默不語，但他也沒有心情特別激動的樣子。平四郎正想對他說，我認爲你的話很有道理，又覺得要說這話還早，便沒作聲。

幸好沒說。因爲翌日一早，事情便有了結果——阿律留下父親，離家出走了。

「你早料到事情會有這樣的結果，昨天才對阿律說那番話的吧？」

接到通報，平四郎立刻去找佐吉。佐吉正爲修一塊壞掉的水溝蓋，在泥土地上拿鐵槌敲敲打打。

「這個……」他嘴裡含著鐵釘偏著頭。「我只是想到什麼說什麼罷了。」

當時，聽到佐吉那番話，權吉笑了，一派輕鬆地說：「不是爹的錯，妳要岡場所去，是爲了妳自己。」那一句話，讓阿律這個孝順的女兒下定決心，放下身上的重擔。

她絕了望，寒了心。在那當頭，即使是謊話也好、演戲也好，權吉都應該哭著向阿律賠不是。這麼一來，阿律就會執起父親的手，自願到岡場所去吧。權吉的眼淚，能夠爲阿律帶來勇氣。

然而，權吉卻不三不四地笑了，讓阿律看傻了眼。

平四郎思忖，權吉的確是個無可救藥的米蟲，他那幾句自私自利的話，結果卻救了阿律。搞不好，這比哭著向女兒賠不是，卻賣掉女兒的男人來得好些？

平四郎低頭看把水溝蓋敲得咚咚作響的佐吉，露出笑容。

「你這人眞有意思，搞不好挺適合當管理人的。」

佐吉臉上沒有半點笑容。「您怎麼會這麼說呢？我又趕走了一個房客。而且，權吉兄在這裡待不久吧。」

「沒了要找的姑娘，怎麼催討都沒有用。岡崎那些人總不會把權吉帶去招客，他不會有事的。」

「債務怎麼辦？」

「沒錢還能怎麼辦。」

平四郎說，也只有去向岡崎說情，每個月要權吉還一點。佐吉這才放了心，點點頭，但又說：

「阿律姑娘呢……」

「這就眞的隨她高興了。不用擔心，看是要去幫傭也好，去端茶倒水也好，去住在人家家裡當下女也好，工作多的是。不過，要是你有那姑娘的消息，也馬上告訴我一聲。」

「我會的。」

留下佐吉，離開屋子，平四郎走向權吉的住處。敞開的油紙門後，權吉失了魂似地癱坐在那裡，呆望著阿律掛在廚房邊的圍裙。

「怎麼樣啊？權吉。」平四郎出聲招呼。

權吉眼神呆滯地轉頭看平四郎，什麼話都沒說，又恍惚地轉過頭去。

「你要感謝佐吉。多虧有他，你才不必賣女兒。」

權吉咕噥道：「那種年輕小伙子，哪當得來管理人啊。」

「是嗎？或許他會是個很好的管理人喔。」

一聽這話，彎腰縮背的權吉突然挺直了背脊，眼睛也有了光輝。

「既然這樣，大爺，要不要賭一把？」

「賭什麼？」

「賭佐吉在這裡待不待得住，能不能好好幹！」

這下平四郎也覺得有意思了。

「賭多少？」

「當然是十兩了。」

平四郎雙手往胸前交抱，仰天而笑。

「好，就賭吧！我賭佐吉能繼續幹下去，你賭不能。只不過，」平四郎指著權吉，「要是你為了贏錢，私下搞鬼把佐吉趕出去，我可不饒你。我一定會想辦法讓你到牢裡蹲，知道嗎？」

平四郎心情大好，吹著口哨自小巷裡走回來，見官九郎停在大門上。

「喂，官九郎！你多使點勁，去權吉頭上拉幾把屎吧！」

平四郎哈哈大笑，烏鴉不解地歪著頭。

通勤掌櫃

井筒平四郎有細君（註），但沒有兒女。成家二十餘年，始終沒有喜信。如今四十好幾的年紀，也早就不再指望了。

後繼無人難免寂寞，但他本就不是個喜歡孩子的人。天下這麼大，有些大男人不顧自己的年紀，一看到孩子爬樹、拿樹枝當劍耍，照樣開心地湊過去，和孩子打成一片，但平四郎完全不是這一路人。

然而，他卻很有孩子緣。若去問平四郎的細君，她會說，這是因為他自己也是個孩子。不單是他，天底下不喜歡小孩卻受孩子歡迎的大男人很多；但凡這類人，自己本質上都是孩子，沒有例外。也就是說，孩子一找到同伴，便物以類聚地湊將過來。

我哪裡是孩子了？平四郎噘嘴問細君。她呵呵笑著，舉手細數：吃飯時專挑愛吃的菜；別人送的禮，當場就想打開；一看到柿子結了實，不管身邊的人如何勸「那是澀柿子，別吃」，非得親自去摘來嚐過才罷休；看到貓狗就去逗弄；嗜甜，若有幾樣甜點甘味擺在眼前，一定選最大的拿。

「全跟吃脫不了干係嘛！那也只能說我貪吃啊。」

所以才說你是孩子！細君取笑他。

「對了還有，不管走到哪裡，沒帶著小平次就不敢去，這也像是小孩子。」

「胡扯。小平次是我的中間，我才不得不帶著他走。」

「早晨上澡堂，也一定得帶他去不是。」細君也毫不退讓。「人家我也希望你能像帶小平次一樣，帶我去賞個花。」

「那妳就得跟小平次一樣機伶哪。」

早飯桌上淨聊著這些[二]，使得井筒平四郎匆匆逃離同心宿舍。

——賞花啊。

春天的天空是一片淡藍，帶著濕氣的風送來一絲暖意。今年櫻花盛開的季節又到了。

但是，他討厭櫻花。

櫻花這種花啊，只要折一把樹枝來瞧就知道，每一朵都是朝下開的。平四郎認爲這花再喪氣不過了。

還不止呢，連性情也差。百年來——不，何止百年，遠古以來，這花便被文人墨客稱頌不已，至今卻仍低著頭向下開，不明白過度謙虛反易招嫌惡。

「大爺眞是小孩心性。」

說這話的是鐵瓶雜院的阿德，平常眼睛便已經夠大夠靈活了，現在更是骨碌碌地轉。她在前雜院開的一家小滷菜熟食鋪，幾乎形同平四郎的第二個家，他每天巡視途中，不止一次會到她鋪子來，今天更是來得特別早。因爲和細君爭辯，早飯吃得太急，以至於口乾舌燥。

平四郎沒細問過，不過阿德年紀比平四郎來得大，身子像勤勞的作實人家一樣又胖又壯，腕力也強。雖說她的鋪子就像平四郎的別館，但阿德就像她做的滷菜一樣，形狀完好，湯面上一絲菜屑都不見，沒半點女人味。至少，平四郎感覺不到，也因此能放心把細君的事拿來說。

而阿德聽完平四郎這一頓牢騷，說的卻是：大爺眞是小孩心性。

註：妻子的謙讓語，故事中特用於指稱平四郎的妻子。

「天底下有哪個人會因爲櫻花被捧上了天還不向上開，就嫌棄櫻花的？大爺，眞虧你想得出。」

「妳不覺得那花很討人厭嗎？」

「不會呀！我倒是擔心大爺你的腦袋。」

阿德說話比細君更不客氣。但平四郎不會生氣，而無論他到哪都跟到哪——照阿德的說法，是「茅坑底也照去」——的中間小平次，也端坐在鋪子一角，逕自喝著開水，不笑也不氣。

阿德停下削芋頭的手，刻意大嘆了一口氣。

「大爺的太太眞了不起，能服侍大爺這麼久。」

「這是彼此互相，我也很了不起。」

平四郎抓抓後腦，小平次事不關己地在旁看著。平四郎知道小平次有妻有子，且相當疼愛。但每次向他提起這類話題，小平次一概三緘其口，平四郎也很清楚他不會吐露半個字。

「不過，大爺，你也眞奇怪。」

似乎是綁衣袖的帶子繫得太緊，阿德活動肥壯的肩膀鬆了鬆帶子，聲音帶著一種佩服。

「聽說，太太是個大美人，不是嗎？美得只要看上一眼，就會痴了。有那麼漂亮的太太，不會想要炫耀一番嗎？」

「有什麼好炫耀的？美的又不是我。」

「又說這種話……」

「再說，又不是我千方百計去討來的老婆，是老一輩的說年紀到了該娶親，擅自安排的婚事。

成親前，我連她長什麼樣子都沒見過。」

「咦？當眞？」

阿德不問平四郎反而問小平次：

「小平次爺，你從大爺年輕時就跟著大爺了吧？大爺的太太眞是這樣嫁過去的？」

小平次的圓臉一派認眞，愼重其事地回答：

「大爺年輕的時候，是我父親在伺候，所以我不知道。」

阿德噗哧一聲笑出來。「哎呀，是嗎。小平次爺每次不知道怎麼回答，都會這麼說。」

平四郎喝完開水，茶杯往旁邊一放，拿著刀起身。

「阿德，削妳的芋頭吧！傍晚我回來之前，妳可要煮好。」

「我知道。還有，我做了點涼拌嫩菜，回頭包了讓大爺帶回去，請太太嚐嚐。」

平四郎微微抬手，離開了阿德的鋪子。一跨出門檻，就撞上一個猛衝過來的東西。那東西又小又瘦，動作又快，緊緊抓住平四郎的腰帶不放。

「嗯？怎麼了？」

那是個瘦巴巴的孩子，一個男孩。一身破舊的和服，赤著腳，臉上髒兮兮的。不知道在怕些什麼，什麼都不說，只是緊抓著平四郎。

「好了好了，快放手。」

小平次連忙來拉開孩子。

「有人在追你嗎？不用怕，來，抓得這麼緊，教大爺怎麼動得了呢。」

好不容易拉開了他，細看他的長相，卻眼生得很。凡是鐵瓶雜院、附近雜院和商家的孩子，平四郎和小平次大多認得——

從鋪子裡走出來的阿德也歪著頭。

「你是哪一家的孩子？過來，我給你洗把臉。」

連阿德都不認得，這孩子肯定是外來的。

「你跟家人走失啦？也沒有戴走失牌（註）。你叫什麼名字？從哪裡來的？來我們鐵瓶雜院有什麼事？」

阿德一面幫他擦臉、理衣服，一面不住地問。阿德幫他重新繫好衣帶，他就向右晃，幫他抹臉就往左閃，整個人毛毛躁躁的定不下來，只會不停地眨眼，問他話也不回答。

「這就傷腦筋了。」平四郎搔頭。

「看來是嚇壞了。」

阿德已是一臉慈母模樣。

「吃飯好不好？你肚子餓了吧？」

孩子只是一個勁地眨眼。

阿德道先進來再說，便要牽孩子的手，平四郎阻住她，說道：

「且慢，先帶這孩子到管理人那兒去吧。」

阿德睜大了眼。「管理人？鐵瓶雜院沒有管理人啊？」

「哎，有啊。」平四郎苦笑。「妳也知道的，不就在那裡嗎，佐吉。」

「那種乳臭未乾的小鬼，是哪門子管理人呀！連自己都照顧不來了。」

「就算這樣，現在他就是這裡的管理人。這是地主湊屋決定的，名主也准了。」

「天曉得湊屋老爺是怎麼想的！」阿德一點也不客氣。「沒人知道他是何方神聖。」

的確，湊屋總右衛門名號響亮，見過他本人的人卻少之又少，是個神秘人物。但無論如何，肯定是個有權有勢的大商人，連身爲同心的平四郎都不得不格外看重。

「佐吉人不錯啊，腦筋也好。正好可以藉這個機會，看看他怎麼處置這孩子，不是嗎？」

平四郎正要點頭，小平次已上前牽起孩子的手。阿德不滿地雙手往腰上一插。

「湊屋老爺不要久兵衛爺，我們要！」

平四郎等人往佐吉住的屋子走去，阿德生氣的聲音趕了上來。

「在我們心裡，這裡的管理人只有久兵衛爺一個！」

佐吉在家。

他坐在日照良好的窗邊，攤開帳本似的冊子，讀得正專心。

「喂，做學問啊？」

聽到平四郎取笑，一抬頭，佐吉臉上笑容立現。

「大爺。」

註：掛在孩子身上，註明名字、住址，以防走失的牌子。

這張面孔，要當管理人確實太年輕了。佐吉身材高䠷，臉龐、手腳也瘦瘦長長的，體格看來不怎麼結實。

佐吉在這裡落腳當管理人之後，也一直作工匠打扮。這又惹得阿德罵「沒氣派、不像樣」，但上一個管理人久兵衛也不是一年到頭都穿外褂，所以平四郎認爲這也無可厚非。

佐吉雖不是什麼美男子，但一張臉生得討人喜歡。注意到小平次牽著一個衣衫襤褸的男孩，笑容便從臉上消失，站了起來。

「是走失的孩子嗎？」

「像是，又像不是。」

平四郎進了那狹小的起居間，把方才的情形告訴佐吉。佐吉不住點頭，望著孩子，但那男孩卻仍一語不發，只是毛毛躁躁，頻頻眨眼，手腳不斷動來動去。

「不過，身上髒得眞厲害啊。」

佐吉蹲下來，很快將孩子的身子檢視一番，皺起眉頭。

「你在外面露宿，對吧。肚子餓不餓？」

孩子沒有回答。一雙黑色眼珠轉來轉去，像追逐四處亂飛的白蟻似的，不管是對佐吉也好，平四郎也好，小平次也好，都不肯定睛正視。無論問他名字、歲數，都不作聲，只是惶惶不安。

「他什麼都不說，所以我想最好還是寄放在管理人這裡。」

佐吉點點頭。「暫時由我來照顧。」然後苦笑，抬頭看著平四郎說道：「阿德姊生氣了吧？」

「是啊。」平四郎也笑了。「辛苦你了。」

佐吉彎身配合孩子的視線高度，雙手放在他瘦弱的肩上，對他說：

「我是這裡的管理人，名叫佐吉。你是哪家的孩子、叫什麼名字，現在都無所謂，等你想說再告訴我。反正，從今天起你就住在這個家裡，知道嗎？不用再到別的地方，也不用睡在路邊了，還有飯給你吃，所以你放心吧。」

平四郎很滿意。雖然阿德那麼瞧不起佐吉，但他畢竟相當值得信賴。

無名男孩雖對佐吉的話顯得心不在焉，但當佐吉說要幫他準備衣服，叫他去井邊沖水，他倒是乖乖聽話出去了。

「小心，水不要亂潑喔！」佐吉朝著他背後喊。

一聽這話，小平次說道：「不要緊的。剛才我們來的時候，阿緣正在井邊洗衣服，應該會幫忙照看。」

阿緣住在後雜院口，是轎夫的老婆，年紀與佐吉差不多，卻已是四個孩子的母親。而最要緊的是，她是少數幾個對佐吉懷有善意的房客之一。

平四郎和小平次一直等著，直到阿緣帶著光溜溜的無名男孩回來。阿緣已將男孩身上破爛不堪的衣服洗乾淨了。佐吉有禮地道了謝，接過衣服。

「孩子交給你，看來是沒問題了。」

「但願他能早點開口說話。」

然而，無名男孩沒有開口說話。平四郎每天來佐吉家，但無論來的是一天之中的哪個時刻，男孩總是在起居間一角抱著膝，呆愣仰望著天花板。

「他吃飯嗎？」

「會，可是……」

佐吉的擔心似乎也與日俱增。

「他不太會拿筷子，手也會抖。」

佐吉表示，那孩子不太能處理自己日常生活的瑣事。

「可能是生過什麼重病。」

佐吉到各處的町辦事處和商家鋪子去，說鐵瓶雜院有這麼個男孩，拜託若有任何消息麻煩聯絡，也到附近的迷路石（註）張貼告示。

但事情沒有任何進展。過了十天，男孩依舊無名，也沒有親人前來找尋。

「會不會是棄兒啊？」

第十一天中午，平四郎拎著孩子愛吃的點心，來到佐吉家。孩子高興地吃著點心，卻還是不說話。而且，的確如佐吉所說，吃東西的模樣動作著實令人擔憂。那情景真教人感到不忍。

「您是說，父母親把孩子丟在這裡走了嗎？」

「嗯……」

「可是，那孩子來這裡時，樣子不像才剛失去了家。大概一個人在町裡過了有半個月吧。」

平四郎還記得佐吉第一眼見到這孩子時，說過「你在外面露宿，對吧」的話。

「你對這種事很了解啊？」

他半開玩笑地問。不料佐吉毫不遲疑地點頭。

「是的，我以前也常露宿在外。每當受不了師傅嚴厲的管教，逃出來就在外面露宿。偷跑進稻荷神社啦、廟裡啦。那時候會偷東西，也偷過香油錢和供品。被帶回去之後，又因爲偷東西挨罵。」

說著，他笑了。

「招出這些，會被大爺抓走嗎？」

「都多少年前的事了，町奉行所可沒那麼閒。」

但平四郎感到相當訝異。他雖不曾想過佐吉的孩提時代，但既然佐吉這個花木匠是湊屋的遠親，便一心以爲他家裡應該還過得去。

「……你也吃了不少苦啊。」

「哪裡，這很平常。」

平四郎心想，佐吉會對那男孩照顧有加，或許是因爲想起了自己的孩提時代。

無論如何，佐吉把孩子照顧得很好。就連在一旁幫忙的阿緣，也稱讚佐吉能幹。

「一個單身漢要帶孩子，眞的不容易。」

平四郎聽她對佐吉盛讚了一番，心想，既然這麼佩服，至少也該喊他一聲「管理人」，別再叫「佐吉」了。

「大爺，這也許是我們外行人的想法……」

註：一種由民間所設、供人刊登尋人啓事的石柱，多設於橋畔或神社寺廟等人多熱鬧之處。

聽到有人叫喚，平四郎才回過神來。佐吉一臉欲言又止的樣子。

「什麼事？說來聽聽。」

「就是那孩子身上穿著的那件破衣服。」

阿緣洗好晾乾之後，佐吉拿來細看。

「上面到處都是補釘，其中一塊，用的是印了商號的手巾，不過只有一小塊。」

平四郎也細看佐吉拿出來的破衣服。果然，補釘的布上印著店名。

「牛込通下，風見屋，是嗎。」

眞遠，平四郎心想。

「我想到這風見屋去瞧瞧。也許靠這塊手巾，能查出一些關於這孩子出身的蛛絲馬跡。」

小平次一臉有話要說的樣子，平四郎搶先說了出來。

「這由我來吧。調查是我們的看家本領，也許可以找出什麼線索。」

佐吉送平四郎和小平次出門，無名男孩就蹲在出入口旁，拿著一根小木棒專心畫畫。定睛一看，畫的似乎是鳥。

「對了，官九郎怎麼樣了？」

官九郎是佐吉養的烏鴉。自雛鳥便開始飼養，因此與人非常親近。

「自由自在地到處飛呢！」佐吉笑了。「對了，這孩子好像也很喜歡官九郎。牠要是停在附近，會伸手想去摸。」

「不會被啄嗎？」

「官九郎不會啄人的。」

走出雜院大門時，官九郎正好從高空俯衝而下，動作之靈敏，每次見到都不由得令人讚嘆。牠在木門正上方一個轉向，輕巧著地。一見平四郎抬頭望，便嘎的叫了一聲。

下令搜查時並不抱太大期待，但風見屋的手巾竟意外成爲有力線索，爲無名孩童的身分提供了指引。託熟悉牛込一帶的同事派出手下一名捕吏著手調查，第三天便前來通報，說牛込有個名叫卯兵衛的雜院管理人，正四處尋找一個行蹤不明的房客小孩。

牛込這個地方舊衣鋪很多，風見屋也是其中一家。三年前初春時發生過一場小火災，燒掉一部分鋪子和少許商品。由於當時受到附近舊衣鋪同行大力相助，事後便特地訂製了手巾四處發送，做爲謝禮。那孩子舊衣服上用來補釘的，肯定是那時的手巾——事情便是這麼來的。

那捕吏不厭其煩，一家家探訪牛込的舊衣鋪，終於打聽到有個名叫阿紅的女子，經常在舊衣鋪出入，論件計酬爲人修改衣服。她很早便與丈夫分手，獨立養育一個小男孩，但她約在半年前死於流行病。無依無靠的男孩由雜院的管理人收養，不久小男孩自己也生了病，發高燒燒壞了腦袋。

據說，這小男孩十四、五天前從管理人卯兵衛家失蹤了。他不是個會自己出遠門的孩子，因此卯兵衛深怕他不是掉進河裡，便是被人擄走，每晚都睡不安枕。

「這就錯不了了。」

平四郎立刻將消息告訴佐吉。佐吉大喜，先將男孩寄放在阿緣那裡，當天便到牛込拜訪卯兵衛。卯兵衛也非常高興，隨佐吉一同前往鐵瓶雜院。

平四郎在阿德店裡等卯兵衛。阿德仍舊滿腹牢騷，但由於同情小男孩的身世，不得不承認佐吉的確爲小男孩盡心盡力，因此臭著一張臉攪著滷鍋。

日頭已漸西沉。工作一整天回到雜院的男男女女，經過阿德的店，都出聲問候在店裡坐鎮的平四郎。一方面平四郎已經和這雜院混熟了，再者可能是他爲人隨和，有些人打招呼便不夠恭謹，這也挨了心情不佳的阿德的罵。

其中，只有一個人的問候畢恭畢敬，無可挑剔。他就是住在後雜院的善治郎。善治郎在富岡八幡門前町的梳妝鋪「成美屋」當通勤掌櫃，年紀已過半百。

「井筒大爺，您巡視辛苦了。」

這深深一禮，連平四郎也不覺有些難爲情。

「喔，多謝。你今天回來得很早啊。」

聽阿德說，善治郎極少在天黑之前回家。

「他勤快又老實，聽說鋪子也很器重呢！」

善治郎十歲初到成美屋工作以來，便一心以忠勤爲本。他的努力有了結果，當上了掌櫃。成美屋生意極爲興隆，本來應該會要求能幹的掌櫃長駐店內，但爲了回報善治郎的勤奮，便讓他成家，通勤工作。這不過是短短三年前的事。妻子名叫阿舜，有個今年兩歲的女兒美代。阿德說，善治郎把她們兩人看得比自己的性命還重要。

「看到善治郎兄和阿舜、美代在一起，連我都覺得心頭暖了起來。我可從來沒見過有哪個男人，像他那麼愛惜家人。」

平四郎身爲同心，在武士當中身分低微，常教人瞧不起，但武士總是武士，不清楚商人的想法。但是，他想，對善治郎而言，這個家庭是奮力不懈爲東家工作了四十多年，才終於獲准得以建立的，會愛惜是當然的吧。何況阿舜才二十五、六歲，年輕得可以當善治郎的女兒，也難怪他會鍾愛妻女。

聽到平四郎這麼說，善治郎開心而又忸怩地縮起了身子。年紀老大不小了，竟會出現這種態度，若在平常平四郎會拿來取笑，但一想到這是善治郎好不容易得到的幸福，便覺得不能在這時揶揄他。

「因爲美代好像有些染上風寒的樣子，老闆給了我一些湯藥。」

「這樣啊，那你一定很擔心了，多保重啊。」

正說著，便看到佐吉穿過薄暮中的街角，快步走來。在他身邊有個上了年紀的男人，腳步也同樣匆促。那應該就是卯兵衛吧。一身整齊的外褂布襪，怕趕不上年輕的佐吉的大步伐，拚命跟著。

「喔，這裡、這裡。」

平四郎站起來招呼。佐吉注意到了，碰碰身旁卯兵衛的手肘，對他說了幾句話。卯兵衛的臉上立刻出現嚴謹管理人應有的表情，微微躬身行禮，一面向平四郎走近。

「你可能已經聽佐吉說過了，孩子寄放在雜院主婦那裡，健康愉快得很……」

說到這裡，平四郎突然說不出話了。

卯兵衛是個臉形如蛋的小老人，幾乎沒有頭髮，髮髻只是徒具形式。現在，即使在傍晚微暗的光線中，仍可清楚看見那光溜溜的大額頭上，血氣正急遽消退，表情也變得咬牙切齒般猙獰。

怎麼回事？平四郎大吃一驚，佐吉也嚇了一跳。然而，他看的不是卯兵衛，而是別的地方。平四郎順著佐吉的視線望過去——

是善治郎。而善治郎的臉色也變得慘白，和卯兵衛不相上下。

「啊啊、你——」卯兵衛開口說話了。「原來你住在這裡？」

善治郎鐵青著臉，向後退了一步又一步。然後，頭無力地虛頓了幾下之後，說聲「我——我失陪了」，聲音低得像說給自己的腳聽，一轉身邁步便走。

「喂！等等！」

佐吉想喊住他，善治郎卻沒有回頭，見鬼似地逃走。

井筒平四郎轉頭看卯兵衛，卯兵衛的臉上已經恢復血色，這回顏色變得和燙熟的章魚沒兩樣。

「這是怎麼回事？」平四郎問道。

腦充血的卯兵衛，連管理人對奉行所公役應有的禮數都忘了，粗聲粗氣地說道：

「哪有什麼回事！那男人就是長助的父親。就是那個不會說話、流浪街頭、全身髒兮兮又餓得半死時，被你們撿到的長助，他的親生父親。」

在牛込過世的阿紅，曾在成美屋當下女。

「長助今年八歲，所以少說也是九年前的事了。」

在佐吉的住處，就著煤油燈的光，卯兵衛說道：「聽說那時善治郎和阿紅要好起來，約好兩個人要成親。偏偏成美屋的老闆就是不許，說一個當掌櫃的竟背著主人和下女私通，成何體統。」

成美屋老闆的怒氣無論如何都無法平息，最後是阿紅被趕走了。

「善治郎被留了下來。想來成美屋要是少了他，也會很頭痛吧。」

阿紅獨自來到牛込，投靠以前也當過下女的朋友。卯兵衛就是在這時認識她的。在幫她找房子、兜攬論件計酬的工作期間，聽說了她的身世，對她深感同情，卻也幫不上忙。

「就在這當口，阿紅發現自己懷孕了。」

當然，孩子是善治郎的。

「阿紅似乎打算自己生養，但我的看法不同。我以阿紅保人的身分前往成美屋，說明了情由。當然啦，我不是上門理論，我是去勸成美屋老闆，希望他答應讓善治郎和阿紅成親。」

然而成美屋卻堅決不允。

「也不知是恨善治郎還是恨阿紅，總之就是談不下去。而且，善治郎也眞是沒骨氣，對成美屋老闆唯唯諾諾，半句話也不敢吭，只一味表示和阿紅犯了錯是自己不好，對不起鋪子，萬不敢奢望成家什麼的。」

商家的夥計下女幾乎毫無立場可言，日常生活的一切生殺大權都操在主人手裡，無論有多不得已的理由，只要傷了或殺了主人，便不容分說地斬首示眾。善治郎運氣好得以成家，但他是例外；世上爲店家奉獻一生，沒有絲毫自己的生活與幸福可言的掌櫃、大掌櫃，多不勝數。

然而，他們自覺幸福。牢牢綁住他們的「店家的恩惠」，便是如此強而有力。

「阿紅很懂事，」卯兵衛嘆著氣繼續道，「沒有強求。善治郎的事，在得不到東家同意的那一刻起，她好像就放棄了。從此她便在我的雜院裡勤勤懇懇地生活，把長助健康地養大。只是……」

阿紅卻病死了。

「長助也因爲生病的關係，變得有些呆頭呆腦的。我收養了他，打算一直照顧下去。我老伴也先走了，這把年紀要照顧孩子是不容易，但我可從沒想過要長助來投靠善治郎。」

「即使如此，長助還是來到這裡了。」

佐吉以沉思般緩慢的口吻說道。

「這應該不是巧合吧。長助一定是知道親生父親就住在這鐵瓶雜院裡，所以才不怕吃苦，即使弄得混身是泥，也還是找到這裡來了。」

「會是阿紅告訴他的嗎？」卯兵衛喃喃說道。

油燈火光晃動，照得年老的管理人臉光影參半。

「每次我一提到善治郎，阿紅都笑著打斷我的話，說事情都過去了，她不恨他，他也很可憐。」

「但是，既然長助來到這裡，那就表示至少善治郎住在這裡的事，阿紅是知道的？」

平四郎說完，雙手交抱擱在胸前。阿紅是怎麼知道的？是從成美屋的下人那裡問出來的嗎？她知道的時候，是什麼樣的心情？知道後心裡又是怎麼想的？

善治郎在鐵瓶雜院這裡，並非孤身一人。阿紅那時苦苦哀求都得不到許可，如今善治郎卻在成美屋老闆作主之下，有妻有女。

知道這件事之後，原本對善治郎早已放棄的感情——不，對當初或許能夠抓住的幸福的憧憬，可能便在阿紅心中油然而生，所以阿紅才告訴兒子長助——你眞正的爹，是大鋪子裡的掌櫃，住在深川北町的鐵瓶雜院裡喔。

初遇長助時，他盲目地死命抓住平四郎不放。那孩子有些受傷的小腦袋，是不是一時分辨不了武士和商人，眼裡有的只是父親的身影？

「長助在佐吉那住了將近半個月，但善治郎卻沒發現長助——管理人收留的迷路小男孩就是自己的兒子。」

平四郎一這麼說，佐吉也點頭。

「長助也沒認出善治郎。」

卯兵衛的手撫著寬大的額頭。眼角似乎紅了，但看不清。

「無論如何，都不能再讓長助待在這裡了。我帶他回去。佐吉，受到這麼多照顧，眞是謝謝你了。回頭我會再來道謝，麻煩向你爹打聲招呼。」

佐吉揚起雙眉，平四郎也看著卯兵衛。卯兵衛愣住了。

「鐵瓶雜院的管理人不是佐吉的爹嗎？」

佐吉笑了出來，平四郎也笑了，只有卯兵衛不明所以。

「我就是管理人。」佐吉正色說道。「我想和您商量一下，卯兵衛爺，若長助肯的話，可以讓他留在我這嗎？剛才您也說了，您要帶孩子也不輕鬆吧。若您不嫌棄，請讓我來照顧長助。」

卯兵衛眨巴著小眼睛。

「這麼做當然好……可是，善治郎不會有好臉色的。」

佐吉聳聳肩，很乾脆地說道：

「那一家人要找其他的住處容易得很。」

卯兵衛去看長助時，他在阿緣夫婦家睡著了。和阿緣的孩子臉湊著臉，手腳挨著手腳取暖。看到這樣子，卯兵衛似乎放心了。阿緣上前打招呼，說長助眞的是個老實的好孩子，和自己的孩子一樣可愛，已答應幫忙佐吉照顧長助。

「長助也——哎，好不容易知道了名字，卻和我家老大同名呢！眞是——長助和佐吉很親呢。而且和官九郎也很要好。」

「官九郎？」

「烏鴉。」佐吉和平四郎異口同聲地回答。

「長小弟很會畫畫，畫了很多官九郎的圖。翅膀張得大大的，像這樣在飛的樣子。」

卯兵衛的表情顯得有些訝異。平四郎注意到了，但還沒來得及問，卯兵衛便垂下眼睛，誠懇地說道：

「我也會不時抽空過來。長助就拜託了。」

接下來幾天，平四郎和佐吉找善治郎談了幾次。善治郎像挨打的狗似地垂頭喪氣，頻頻道歉，卻絕口不提收養長助的話。不僅如此，幾乎是哭著懇求千萬不要讓妻子女兒知道這件事。

佐吉沒有在言語上爲難善治郎。聽著善治郎的話，頻頻點頭應聲地聽善治郎說：鋪子對我恩同再造——當年善治郎只是個孩子，險些就要成爲路邊屍，是成美屋把他撿了回來，栽培他成爲獨當一面的商人，因此成美屋交代的事，他怎麼也無法忤逆。

「但是，你不是也有家室了嗎？阿紅不行，爲什麼現在的老婆就可以？」

成美屋行事也太隨興了——平四郎正要這麼罵時，佐吉平靜地說道：

「那是因爲善治郎現在的老婆，是成美屋老闆的女人。」

善治郎的臉色立刻白得像剛洗好的白菜。

「還有，女兒也是成美屋老闆的孩子。因爲老闆娘善妒，他沒膽包養，於是連同肚子裡的孩子一起推給了善治郎。」

善治郎開始發抖，連放在膝頭的手也抖得厲害。

「就算這樣……我……我也很滿足。」

「那就好。誰也不會說你的不是。」

三天後，善治郎一家離開了鐵瓶雜院。

但是，平四郎實在百思不得其解。

「那種事你是怎麼知道的？」

「那種事是指？」

「善治郎的老婆是成美屋老闆的女人這件事。」

「哦，」佐吉微笑。「是久兵衛爺。他把這件事情寫下來，留在這裡。」

平四郎想起帶長助到佐吉家時，他好像正在看筆記類的東西。

管理人眞可怕。

「簡直就和間諜一樣，大意不得。」

「久兵衛爺的確很像。」

「混帳東西，你也一樣。」

長助的事，就此告一段落。只要讓那孩子在鐵瓶雜院日子好過就好——櫻花盛開時，平四郎相當忙碌，除此之外並沒有多想。

直到有一次，碰巧自成美屋前經過。

過去也曾路過幾次，但若非有事，梳妝鋪這種店家不會引起平四郎的注意，因此他也沒留心過。這回是因爲腦子裡記著長助的事情，才會留意到。

「咦，這個……」

小平次也注意到了。

成美屋的招牌，在商號旁畫了一隻展翅的鳥。從鳥喙的形狀看來，多半是老鷹吧。

平四郎晃進店裡，對堆滿笑臉的夥計說「沒別的事，不過想請教一下」，問起招牌上老鷹的緣由。

「是這樣的，上一代的老闆夢見金色的老鷹，畫出來後，店裡生意突然興旺起來。從此，爲了討好彩頭，便畫上去了。」

平四郎雙手揣在袖子裡回到路上。然後，再一次抬頭看招牌。

長助經常畫的鳥，原來不是官九郎。他這才明白卯兵衛當時爲何會露出詫異之色了。

明白歸明白，也無可奈何。

平四郎「哼」了一聲。

告訴他老鷹由來的成美屋夥計，不知是機伶個什麼勁，包了個紅包遞過來。就拿這買點心給長助吃吧！嗯，就這麼辦。

他喊小平次說「走吧」，小平次便回道：

「就買長命寺的櫻餅吧。」

平四郎一驚。小平次這傢伙，也不能掉以輕心哪。

平四郎忙不迭抬起腳步，小平次快步跟在後頭。只見櫻花滿枝椏。

賣身婦

井筒平四郎既不是呆頭鵝，也不是柳下惠，但這輩子沒有花錢買過女人。為免誤會，先把話說在前頭。是他英俊瀟灑、風流倜儻，使得女人芳心盪漾，投懷送抱，用不著花錢買嗎？沒這回事。井筒平四郎的長相，活像一頭勞累苦幹之餘打起呵欠的馬。個子高卻駝背，看來比實際年齡的四十六更顯老態。「定町迴同心」（註一）的卷外褂（註二）威風氣派，帥勁十足，是人人稱羨的江戶風情之一，可這也得看人穿。平四郎的卷外褂總是垂在他清瘦的身體兩旁，好比洩了氣的旌旗。

公役通常成家得早，沒必要花錢買女人——這說法也不太對。好女色的男人，管他是老婆生氣發潑、孩子啼哭不休、老母臥病在床，對所好之道仍會義無反顧——拳腳加身不為所屈，以死相脅不為所動，鼻翼總無法克制地朝脂粉味飄來之處抽動。

平四郎認為，說來說去，就是因為自己懶。且不說尋歡，要和女人調笑，除了要銀子，同樣也少不了熱情。這多麻煩。

不單是女人，自己對任何事都懶，這點自覺他是有的。實際上，連現下身為町奉行所同心的立場，也嫌麻煩得不得了。

他本就不想繼承這個家業。同心、與力的職務形式上雖僅止於一代，實質上是世襲的。平四郎人如其名，為井筒家的四男，也是老么。按理，由他繼承父親成為同心的希望渺茫，而這可讓他高興極了。人常笑窮同心家小孩多，且繼承人之外全都是米蟲；因此他也以為，井筒家一定也想早早擺脫他這個麻煩。他老早盤算好了，滿心期待著早日離家與町人混在一起，教他們習字練武，輕鬆度日。

偏偏天不從人願，上面三個哥哥一個個要不是病弱、夭折，就是被別家收爲養子，紛紛離去，眼見父親的衣缽就要傳到平四郎這來了——這是他即將元服（註三）時的事。

在此再次強調，平四郎並不想繼承家業。他根本就討厭同心這個職務，暗想著能否設法推到別人身上。

於是他有了主意。平四郎的父親大人極好女色。這樣一位父親大人，說不定會讓外面的女人生下孩子。找出那個孩子來，把家業推給他——

平四郎開始熱中地尋找。然而，一個劉海都還沒剃掉的少年，專在父親大人流連的花叢之中到處打探消息，不可能不引人側目。事情馬上就被父親大人及其同僚上司得知，平四郎被拎著後領回家修理。

此時，父親的上司與力之中，有個敏銳的人，從平四郎興起尋找父親私生子的念頭，以及尋人的手法中，看出平四郎的「素質」。亦即身爲同心的素質。如此一來，平四郎已無路可逃，家業這個從天而降的大餅，便落在他頭上。

註一：同心的職稱之一，又稱「定迴同心」，工作內容以巡視市容、偵查犯罪、逮捕犯人爲主。

註二：同心平日執勤時，身穿輕便和服，外罩外褂，但爲與一般武士有所區別，將外褂下襬向內塞入腰帶，稱爲「卷外褂」。

註三：成年儀式。江户時代男孩的元服儀式於十五歲時舉行，屆時會剃掉前額劉海，改梳爲成人髮髻。

由於這一段波折，老實說，平四郎一度相當怨恨這名與力。然而，儘管心裡想著有機會要加以報復，卻連這也嫌麻煩。拖拖拉拉之中，對方已退休，不久便駕鶴西歸了，家業則由嫡子繼承，如今是奉行所的高官。平四郎曾向小平次發過牢騷，說這也是一種孽緣。小平次是跟隨平四郎的中間，說起來，他首次爲平四郎奔走，便是那次找父親私生子時。這同樣是種緣分。

井筒平四郎爲人隨和——不如說，這也是因爲人懶，嫌端架子麻煩——但別人問起他的事，倒也不會不開口。因此，他身爲四男卻繼承家業的來龍去脈，有不少人知道，鐵瓶雜院的阿德便是其中之一。

阿德年紀較平四郎來得大，對平四郎幾乎毫不忌憚，說起話來粗聲粗氣的，但阿德不知怎地，突然用她那天生不客氣的態度問道——我說大爺，大爺的父親喜歡尋花問柳，那麼大爺，你有沒有想過要去外面找女人？

事情便從這裡開端。

那是個細雨綿綿的春日。長在鐵瓶雜院茅草屋頂上的雜草也被春雨濕透，豎耳細聽，後雜院的家家戶戶裡，滲漏的雨水往擺在地板上、榻榻米上的碗盆滴落，叮咚有聲。

井筒平四郎正坐在阿德滷菜鋪店頭，吃著味噌蒟蒻。塗滿甜味味噌的這道蒟蒻是他最愛的吃食之一。他渾不理會時而滴在臉上的小雨，好整以暇地休息。

每日巡視途中，必定來這家鋪子一回、吃點東西，這是他的樂趣。說他是爲此而上街巡視也不爲過。又吹又咬地吃著熱騰騰的蒟蒻，眞是幸福。就在此時，阿德問起找女人的事。

平四郎吐著蒟蒻的熱氣笑了出來，然後回道：

「怎麼，阿德，妳這問題倒是問得挺妙的。該不會是在打啞謎吧？想來是孤枕難眠？對不住，找別人去吧。」

當然，他是在開玩笑。阿德寡居已久，平四郎只是稍微調侃一下而已。他想專心吃他的蒟蒻。不料阿德竟突然發起脾氣，而且還是大發脾氣。

「就算天塌下來，我也不會找大爺的！什麼嘛，竟然拿我開玩笑！有些玩笑能開，有些玩笑不能開，你難道不知道嗎！」

阿德翻臉了。平四郎慌了手腳，但已經太遲。

「何必生這麼大的氣？我也不是當眞……」

連解釋的空檔都沒有。

「給我出去！我最討厭大爺了！」

阿德漲紅了臉，把平四郎和他的跟班小平次趕出店頭。動作若是慢了，恐有熱滷汁潑頂之虞。平四郎連忙逃到對街去。只見阿德走進鋪子裡，留下滷鍋咕嘟咕嘟地冒著熱氣。

平四郎拿著味噌蒟蒻串愣在那裡。

「她是怎麼了？」

同樣拿著蒟蒻串的小平次也瞠然不知所措。

「是怎麼了？」

阿德的鋪子位在三戶連棟的前雜院正中央，北鄰賣魚的箕吉夫婦，和南鄰豆沙餡衣餅好吃有名的零嘴鋪，都開了門在做生意。兩家鋪子前都冒出了吃驚的臉，和平四郎與小平次一道眨巴著眼睛。

「大爺。」賣魚的箕吉叫道。

「沒事吧？」

平四郎嚼了嚼蒟蒻。「完全不知道是怎麼回事。」

「阿德姊在生什麼氣？」

平四郎正想回答，一張嘴卻發現這件事實在難以解釋。既然不明白阿德為何會問起那種話，似乎就不好隨便提起。

「我也搞不懂。」

箕吉撇撇嘴，身旁他老婆正在抱怨，說嚇了好大一跳，打翻了裝魚凍的碗，真是賠錢啊。這對夫婦怨氣衝天，鋪子生意清淡就是這個緣故。牢騷多的魚鋪子，和火氣大的米鋪子一樣難纏。

（——話說回來，這也太奇怪了。）

再怎麼想，阿德的樣子都不對勁。發生了什麼事嗎？

把吃完的蒟蒻串竹籤往路旁隨手一插，平四郎向小平次努努下巴。

「去找佐吉吧。要是出了什麼不尋常的事，那傢伙應該都知道。」

佐吉人在他的住處，和長助兩個就著木箱充當書桌，正在榻榻米上教寫字。

「哦，好乖啊。要好好學寫字喔！」

平四郎先摸摸長助的頭，把佐吉叫到身邊。佐吉知道平四郎有話要說，立刻結束習字，要長助到門衛小屋的店去買糖果，把長助支開了。

平四郎才一提話頭，佐吉的眼睛便亮了起來。

「阿德姊問了這種話呀。」說著，露出了沉思的表情。

「怎麼？原來阿德身邊眞有事？」

平四郎摸摸後頭，嘆了幾聲。

「若在平常，她不是開不起玩笑的人。誰知她會生那麼大的氣，差點沒讓我嚇破膽。」

「哦……原來被阿德姊一罵，連井筒大爺也會怕啊。」

「這什麼話，你說話還眞有禮貌。」

「這話，在我有點不太好說。」這回換佐吉撫著後腦杓。

「對阿德來說不太好嗎？」

「要說不好嘛……」

「不過，也眞是突然。我每天都會過來，昨天這時候，阿德可沒半點異樣。這麼說來，有件對阿德而言不太好、對你來講難以啓齒的事，跟著今天的日頭一起蹦出來了？」

「是，您可以這麼說。只不過，今天一早就下雨，日頭沒露臉就是了。」

「別挑我的語病。」

佐吉哈哈一笑稱是。然後收起笑容，低聲說道：

「南辻橋邊，不是有個幸兵衛雜院嗎？」

「啊，我知道，在柳原町三丁目吧。」

每天離開這裡之後，平四郎便會到那一帶巡視。管理人名叫幸兵衛，雜院因而得名。那是座小雜院，戶數比鐵瓶雜院少。

「有人想從那裡搬過來我們這。今天早上，幸兵衛帶人過來看。您也知道，八百富還有善治郎掌櫃那裡，都一直空著。」

「是什麼樣的人？」

「那個……」

佐吉撫著後頸苦笑。

「這麼說有損口德，不過幸兵衛爺有些心機。之前他很親切地對我說，像鐵瓶雜院這種大小的地方空著兩間房，想必很頭痛，所以一開始我也很高興。」

佐吉來鐵瓶雜院前後那陣子出了一些事，且初來乍到也還不習慣；但連續走了兩戶房客，又有一戶出了離家出走的女兒，佐吉的確是對湊屋不好交代。有新房客要來，他想必很高興。

「哈哈——！你且別說，我猜到了。」平四郎點點頭。「幸兵衛會做的事，我料得到。那個老頭，一定是想把他手裡的燙手山芋丟給你吧？」

「似乎正是如此。」

幸兵衛早已年過七十，外表又乾又癟，但腦袋顯然還靈光得很。

「這老頭眞是大意不得。」

想搬來的房客，是個年約三十的女子，名叫久米。

「幸兵衛雜院的久米。」平四郎喃喃說著，往回憶裡找。「該不會是那個青樓出身的女人？眼尾像這樣吊起來，像狐狸一樣。」

平四郎用兩根指頭提起眼尾，佐吉一看，雙手碰地互擊了一下。

「就是她。打扮得很樸素，卻怎麼都甩不掉脂粉味的一個女人。」

「是嗎……我也不太記得名字，只是那張臉見過一次就很難忘記。」

「還有聲音也是。那聲音好像從頭頂上發出來似的。」

「嗯。幸兵衛雜院的人連成一氣討厭那女人，簡直把她當糞坑裡的蛆。」

「只是，幸兵衛爺說，付房租的規矩倒是不壞。」

「這個嘛……」平四郎皺起眉頭。

「若是付錢爽快，再麻煩的房客，幸兵衛也不會輕易放手。那個老頭的心臟長得跟算盤珠子一個樣，走起路來還會答答作響。再說，幸兵衛雜院的人，可說是靠討厭久米團結起來的。雜院就是會這樣，有個共同討厭的對象，其餘事反而好辦。」

「原來如此……這麼說，我們這裡那個討厭鬼就是我了。」

平四郎失笑。「怎麼，你今天倒是挺洩氣的嘛。」

「哪裡，沒這回事，只是學了點乖。」

佐吉說道，視線落在長助墨跡尚未乾透的習字上。習字紙上寫著「ちょうすけ」（長助的日文拼音）。想來是先教他學寫自己的名字。

「你也盡力了。不久一定能跟大家打成一片的。」

「但願如此。」

據說久米剛見面便對佐吉態度親暱，最後還甩著袖子，說他是深川長得最俊的管理人，明天就想搬進鐵瓶雜院，非常起勁。

「危險哪！」平四郎皺起眉頭。「剛才說到幸兵衛，他是頭老狐狸，算盤精得很。久米搬家這事，我總覺得背後有文章。」

「她是做什麼營生的？」

「表面上是在東兩國的——店名叫什麼來著？一家茶水鋪工作。」

「嗯，她本人也這麼說，但實情呢？」

「哎，說什麼女侍、女僕的，只是表面話，其實是賣身的。」

茶水鋪或小餐館暗地裡僱用女子來賣春——規模雖有大小之別，卻不罕見。此舉當然違法，一經發現脫不了罪責。

「她是青樓出身的，應該本來就知道門路吧。大概賺了不少，否則幸兵衛——不，就是這樣，幸兵衛會趕久米出來才叫人想不透。不過，這件事和阿德大發脾氣有什麼關聯？」

佐吉仰頭，不住沉吟。他年紀雖輕，但個性相當穩重，至今也沒見他露出過激動不安的樣子。今天卻偏偏顯得爲難。平四郎不禁感到奇怪。

「你怕不知怎麼應付久米那種女人？」

平四郎本身是如此，便隨口問問，而且也深信會聽到肯定的回答。

然而，佐吉搖搖頭。

「倒還好。我認爲那位久米姊不是壞女人，也不怕。」

平四郎感到驚訝，但在泥土地口乖乖等候的小平次似乎是大吃一驚。他發出大聲：

「嗚嘿。」

「像她那種人其實很容易懂。」佐吉接著說，然後淺淺一笑。「有這麼令人意外嗎？」

小平次不是朝著屋內，而是看著外面。接著又說了聲「嗚嘿」，站了起來。

隨後又說：「嗚嘿——爺。」

「啊？什麼？」

平四郎轉過頭朝門口望，小平次拭著額頭解釋道：「剛才那幾聲不是驚呼。是牛込的卯兵衛爺來了（註）。」

話還沒說完，卯兵衛便牽著長助的手露臉了。這位雜院管理人，以前照料過長助在牛込故世的母親。長助由佐吉收養之後，也經常像這樣來探望。

「打擾了。」他的聲音又粗又澀。

「我剛好到附近，就來瞧瞧長助。方便打擾一下嗎——哦，這不是井筒大爺嗎，您辛苦了。」

阿德與久米間的事，原本佐吉就「不方便說」，這麼一來又更難打聽了。平四郎無奈地站起身來。要問阿德是不可能的——有遭竹籤刺眼的危險——因此平四郎往南辻橋方面去。他想，直接問久米也是個辦法。

註：「卯兵衛」的日文發音正是「嗚嘿」。

她若當眞打算明天就搬到鐵瓶雜院，這時候應該正忙著準備。即使是儉樸的雜院生活，女人家總會有些意想不到的行李。

他料中了。踩著幸兵衛雜院的水溝蓋進去，便看見久米家門口的矮屏風敞開。她本人正在架高的木頭地板上拿著粗繩綁一件大行李。

「久米，妳一個人準備搬家啊？」

一聽有人叫，女人眨著細小的眼睛回過頭來。一認出來人是井筒平四郎，便尖聲道：

「哎呀，這可不得了。大爺，您有什麼貴事？」

平四郎踏上泥土地，雙手揣在袖裡，低頭看久米。

「我聽說妳要搬到鐵瓶雜院。從這裡到那裡是不遠，不過搬家可是件大工程。」

「您要幫忙嗎？哎呀！您人眞好。」

久米向小平次拋去一個討好的笑容，說道：「哎呀，多令人高興呀！」扭了扭身子。

久米長得並不出色，身材也骨粗肉瘦的，就近一看，頭髮似乎也日漸稀薄，髮髻小小的。也許是多年來不自然的生活，令她年華早逝。

話雖如此，她並未失去活力，也沒有不健康的樣子，輕手快腳地招呼平四郎與小平次入內，用相當高檔的茶具款待他們喝茶。

她以自己的炭爐燒水。一般在雜院裡，炭爐都是輪流使用，只要錯開用餐時間，十戶人家有個二只便綽綽有餘，故平常都是好幾戶共同出資，買一只小心使用。而久米竟擁有自己的炭爐，可見得她在金錢上相當充裕。

「久米，聽說妳跟鐵瓶雜院的阿德拌嘴？」

這茶眞好喝——平四郎嘴上問話，心裡暗讚。

「就是賣滷菜的阿德，嗓門很大的那個。」

「哦，我知道了。」久米笑著點頭。一笑，眼睛就瞇得更小、吊得更高，和狐狸一模一樣。

「就是今天一早的事，一下子而已。」

「妳們吵些什麼？管理人很頭痛哪。」

「佐吉兄？那眞是爲難他了。我得向他賠不是才行。」

聽她扭著身子說要「賠不是」，要怎麼賠，不免令人往歪的方向想去。

「阿德是很要強，不過也很明理，肯聽人解釋，所以很少跟人吵架。妳做了什麼？」

「我沒跟她吵架呀。」久米態度坦然。「我只是說了聲，『啊，好懷念哪。』而已。」

「妳懷念什麼？」

「因爲我認識阿德姊的丈夫加吉兄呀。他是個好客人呢！所以過去我有時候會裝作不認識，跑去買滷菜，去看看加吉兄。」

久米害羞似地咬著袖子。平四郎嘴裡的茶差點噴出來，小平次又「嗚嘿」了一聲。

「妳這話可是眞的？」

「當然是眞的。加吉兄眞是個好男人。」

「妳是說他去找妳——那個，他去過妳店裡？」

「對呀，好幾次呢，大概一個月一次吧。在他病倒之前，他照顧了我好長一段時間。」

小平次「嗚嘿」了一聲，連忙又加上一句：「大爺，這次是眞的驚訝了。」

平四郎大口喝茶。

「所以，妳今天早上到鐵瓶雜院去時，當著阿德的面說了這件事？」

久米的手搧了搧。「我可沒有打一開始就說。只是，我嘆了一聲『好懷念』，阿德就問『妳懷念什麼』，臉上的表情好恐怖——」

「所以妳就說了？」

「嗯，一五一十。」久米大大方方，沒半點怯色。「加吉兄都死了嘛，有什麼關係呢。人家加吉兄對我眞的很好，還說『要是鋪子再大一點、能多賺一點，我就包養久米，讓久米過輕鬆的日子』——」

「妳連這也講了？」

「對呀。」

這就難怪阿德不高興了。

所以她才會問平四郎——會不會一時昏了頭想花錢找女人，有沒有想過在女人身上花大錢（想包養這個女人）。她想知道是不是每個男人都一樣。這時，平四郎卻給了一個不三不四的回答，於是內心早已波濤起伏的阿德翻臉了。

阿德和加吉是一對恩愛夫妻，兩人吃了不少苦才開了那家鋪子。生意好了起來，還以為日子總算可以好過一點，加吉卻在這時候病倒，阿德一面照顧臥病在床的他，一面照顧生意。在他死後也獨自奮鬥，把店撐了下來。加吉的病很折磨人，走得並不平靜，而阿德全部看在眼裡，獨自承受。

她之所以辦得到，是基於她對加吉的感情及信賴，也是深信他們倆之間強烈的羈絆無人能及吧。

然而，加吉死了五年之後——

「這樣不行嗎？」久米天眞地擺弄著袖子低聲說道。

「沒什麼行不行的——妳這女人也眞狠心，難怪會被討厭。」

久米一臉找到久尋不獲東西的表情。

「哎呀，原來我被討厭了嗎？怪不得我一說要搬家，大家都對我親切了起來。」

她呵呵地笑著。平四郎與小平次對望一眼。

「我說，久米，妳若就這樣跑到鐵瓶雜院去，也不會事事順心的。我去跟幸兵衛談，妳仍舊待在這裡如何？」

久米向大致整理妥當的室內環視一圈，搖搖頭。這個動作，在她脖子上形成明顯的皺紋。

「大爺，我不能再待在這裡了。」

「爲什麼？房租妳不是都照規矩付了嗎？我聽佐吉說，幸兵衛是這麼說的。」

「哎喲，討厭啦大爺。我從來沒付過房租。」

這次平次郎和小平次也顧不得發聲表示驚訝，直瞅著久米看。

「幸兵衛爺從來沒向我收過房租。」她繼續說道。「但是，我也沒向幸兵衛爺收過錢。」

平四郎重複她說的話：「沒向幸兵衛爺收過錢……」

「是啊，從來沒有。」

「妳是說，幸兵衛和妳……玩的時候？」

「是的。」

久米露齒一笑。這時平四郎才發覺，她的齒列很美。一顆顆小巧的牙齒整齊地排在一起，簡直像小孩子一樣。只有不正經的女人才會留著一口白牙（註），但久米卻給觀者純眞無垢之感，令平四郎有種新鮮的驚奇。

「這十年來，我們就是這麼辦的。」

久米刺耳的聲音裡沒有絲毫內疚，用的是一派談生意的口吻。

「可是，這一年來，幸兵衛爺越來越不行……那方面啦。所以，交易也就漸漸不成立了。我觀望了一陣子，好像還是沒辦法。」

「哦。」小平次應了一聲。

「這麼一來呀，照規矩，我應該要付房租，對不對？可是我不想要這樣。總覺得……對不起幸兵衛爺。他收了我的房租，每收一次，就會覺得自己老了、不中用了，不是嗎？這樣豈不是有傷他的尊嚴嗎？他也還有男人的面子要顧，一定也不想收我的房租吧。」

所以，她才會提出搬家這回事。幸兵衛也很贊成。

「鐵瓶雜院是幸兵衛爺給選的。喏，那裡的管理人很年輕嘛。比我還年輕吧？所以，幸兵衛爺一本正經地對我說，那個佐吉的話，可以撐很久喔。」

久米嘻嘻笑出聲來，平四郎也差點跟著笑了。

「幸兵衛爺呀，也不想我到管理人跟他年紀差不多的雜院去。我在那裡會不會用我的價錢來抵房租，幸兵衛爺不會知道；但畢竟還是不願意吧，一定會東想西想的。可是，如果管理人像佐吉兄那麼年輕的話，生的氣也不一樣吧。要說比較容易死心呢？就是會想說佐吉他現在再怎麼年輕——」

平四郎接口道：「上了年紀也跟我一樣。」

「對對對，您說是不是？」

兩人齊聲笑了。小平次或許是謹守中間的角色，勉強保持正經神色。

「那，妳會怎麼做？打算把這裡的規矩拿到鐵瓶雜院去？拿房租跟妳的那個……妳的價錢來抵？」

「這個就不是我自己能決定的吧？再說，佐吉兄看起來好像很正派。」

「是啊。」

但是，佐吉並不討厭妳——平四郎本想這麼說，卻打住了。而且，我之前似乎誤會妳了。我好像也有些喜歡妳了——這句話本想出口，也打住了。

「我可以搬家吧？」

久米第一次露出窺探平四郎臉色的表情，不是故意做作，而是真的想知道「大爺，我錯了嗎」。

「這個嘛，不是我該阻止的事。」平四郎這麼說。

「那我就放心了。大爺，我好高興喔。」

「可是啊——」平四郎垂下眉毛。「這樣阿德太可憐了。妳可能不知道，她對加吉真的是盡心

註：江戶時代的已婚女姓會將牙齒染黑，有「一女不事二夫」之意。

盡力。可是，加吉卻背叛了她……」

「討厭啦，大爺，我又沒有說加吉兄背叛了阿德姊呀。」久米驚訝地說道。「只是說加吉兄跟我一起玩而已。」

平四郎嘆了一口氣。「這種想法啊，久米，不是女人的想法。」

「是嗎？可是，身爲女人的是我，大爺是男人，不是嗎？怎麼說我的想法不是女人的想法呢？」

「嗯……」

平四郎想了想，想不出更好的說法，只好橫了心隨便應付。

「久米，妳賣身賣了多久了？」

久米老老實實地歪著頭想。「前前後後二十年了吧？從十三那年就開始了。」

那時候根本還是個孩子啊。

「妳也吃了不少苦哪。」

「大爺，您嘴巴眞甜。」

久米碰地拍了平四郎一下。小平次移開目光。

平四郎乾咳一聲。「二十年啊。賣了這麼久的身，身爲女人的部分差不多都賣光了。所以，妳已經不會用女人的想法來想了。」

久米露出佩服的神情。「哎呀大爺，您眞會說話。說得好，很容易懂。」

然後，又吃吃笑了。

「照這麼說，阿德姊還是很女人的女人了，大爺？」

平四郎想起阿德氣鼓鼓的那張臉，著實惹人憐愛。

「是啊，阿德是女人。所以，妳能不能去跟她說，妳和加吉的事是騙人的，是妳編出來的？否則阿德沒法重新振作起來。」

久米微偏著頭。「嗯，好呀。可是即使我跑去說對不起，我是騙人的，阿德姊也不會相信的。女人是很多疑的，如果說那是騙人的，那又爲什麼要說那種謊呢？一定得編個像樣的理由。」

「那該怎麼辦才好？」

「交給我吧，大爺。」久米笑了，又露出白色的牙齒。「包在我身上，您放心好了。」

久米不知爲何自信滿滿，平四郎心想就交給她吧。感覺肩上的重擔好像卸下來了。說實話，像他這種懶人，實在無法自力平息和阿德之間的齟齬。

他們在幸兵衛雜院的入口，與幸兵衛本人擦身而過。

「這不是大爺嗎，您有何貴幹？」

幸兵衛停下倉促的腳步，殷勤地行禮，恭敬地問道。

「沒什麼大事，不值一提。」

「這樣啊。」

可能是出門辦公事吧，幸兵衛穿著外褂。頻頻眨眼的模樣顯現出對銀錢斤斤計較的氣息，表面上禮數周到的說話方式也不討人喜歡。但想起久米適才那番話，平四郎驀地對這男人湧出了一股體恤之情。

——他也還有男人的面子要顧。

——那個佐吉的話，可以撐很久喔。

「幸兵衛。」平四郎叫他。

「是，什麼事？」

「你要長命百歲。」

說完，平四郎邁出腳步，小平次連忙跟上。被留下來的幸兵衛，一臉好似被狐仙偷擰一把——不，被久米偷擰一把的表情。

結果，久米三天後搬進鐵瓶雜院，住進原本善治郎一家所住的空房。

平四郎每天都到鐵瓶雜院去巡視，卻不到阿德店裡。最後總算去露面，因爲久米搬來之後，見平四郎前來巡視，趕上來拉著他的袖子說道：

「那件事，我已經順利騙過阿德姊，沒事了。您就照以往那樣，去找阿德姊吧。」

於是平四郎便去了。距阿德大發脾氣的那天，已過整整十天。

在滷菜鋪前，阿德勤奮賣力一如往常。一見平四郎，便叫道：

「哦，大爺。」一臉的難爲情。「上次眞是對不住。」

「哪裡，別放在心上。」

鬆了一口氣的平四郎，還是感到在阿德那裡的氛圍不同以往。阿德似乎——莫名其妙地害臊。

這麼一來，久米那句「沒事了」就叫人費思量了。她是編造了什麼故事，來向阿德解釋她與加吉之事是謊話的？

一問，久米如此答道：「簡單得很。我就說呀，我愛上大爺了。」

「什麼？」

「我說，我久米姑娘真心喜歡上井筒大爺，可大爺眼裡完全沒有我。因爲大爺中意的是阿德姊。」

「什麼？」

「我打翻了醋罈子，起了想捉弄阿德姊的心，讓她難過。於是扯了謊，編派說我睡過她去世的丈夫。我跟她就是這麼說的。」

「什麼？」

久米得意洋洋地搓搓人中，狐狸般的細眼閃閃發光。

「喏，大爺，人家我也不是完全不懂女人家的心思喔。」

小平次噗哧笑了出來。平四郎回頭瞪了他一眼。「什麼？」

「大爺，您流汗了喲。眞可愛。」

「什麼？」

就這樣，鐵瓶雜院少了一間空房，但似乎又埋下了另一紛爭的種子。

信男

井筒平四郎是個不信神佛的人。他不是討厭信仰，也不是不虔誠。直截了當地說，就是不信。

若問他為何不信，定又會是一個直截了當的回答：因為既麻煩又沒有效驗。這一點他倒是答得信心十足。

會問這話的人，多半是信仰虔誠或是偏好信仰的人物，聽到平四郎的回答，便一臉不滿。信奉神佛還嫌麻煩，眞不像話。平四郎也能了解對方如此出言責備的心情。

只是，的確就是麻煩，故也沒別的說法。莫名其妙，什麼早起、冬日裡潑冷水、大費周章地走到離江戶老遠的地方、禁食的，就是得花工夫。因此，每當有人呵責他不信神佛，他不道歉、不說以後要洗心革面的話，反而這麼道：我（或是小的）不會妨礙你（您）的信仰，所以你（請您）就別理會我（小的）的怕麻煩吧。

這不是藉口，平四郎的確不曾嘲笑別人的信仰或加以阻撓。平四郎的中間小平次和他正好相反，信心堅強。他和老婆及年紀尚幼的孩子三人住在八丁堀的雜院裡，這雜院之後就有個昏暗的稻荷神社。凡是神佛，小平次無不虔敬有加；其中信奉最深的，便是這稻荷神。每天早上必定灑掃參拜。

話說這稻荷神社為何昏暗，就因這小神社旁不知為何淨長柿子樹，五、六株枝繁葉茂地圍住了神社。這些柿子樹結實纍纍，偏又是澀柿子。由於是稻荷神的柿子，沒人敢摘；再加上是澀柿子，別說人了，連鳥獸都不屑一顧，那些可憐的柿子就這麼掛在枝頭上發爛。

平四郎經常路過這稻荷神社。因此前年入秋，柿子轉紅成熟的季節，他曾經向小平次提議說：身邊老是有結滿柿子的枝枒沙沙作響，稻荷神也會被搞得心煩意亂吧；不如摘乾淨，樹枝也給修剪修剪，不是很好嗎？一聽這話，小平次正色力辯，說那是稻荷神的供品，萬萬摘不得。但是啊，平四郎重申，那些全都是澀柿子，一顆顆熟透爛掉落在地上，味道實在難聞，稻荷神其實也嫌棄吧。

結果，小平次的表情好像出其不意地遭冷手巾捂臉一般，說「原來如此，的確是這樣沒錯，大爺您說的話有道理」，還畢恭畢敬向平四郎行禮。

平四郎這邊，話說過就算，從此把柿子樹的事拋在腦後。不想十天之後有事路過稻荷神社，見柿子樹枝剪得乾淨清爽，吃了一驚。一問小平次，他說事後和雜院大夥商量過，一致認爲大爺的話合情合理之至，便動手整理樹枝，也摘了柿子。摘下來的柿子由雜院裡的主婦分頭拿回去做柿餅。待做好之後，先供過稻荷神，再拿一些來給大爺。說這話時，小平次又是異常恭敬。平四郎愛吃柿餅，感到很高興。

事情至此，平淡無奇。然而第二年，也就是去年入秋，怪事發生了。稻荷神社那向來只結出澀柿子的樹，今年竟全是甜柿子。

小平次興奮極了，深信是稻荷神顯靈，從此信仰更加虔誠。他像個孩子似地紅通著臉頰來向平四郎報告，還說第一個想到整理柿子樹枝的大爺，一定也會有福報。

平四郎搔著長出鬍碴的下巴，隨口應付。他在肚子裡是這樣想的：既然能顯靈把澀柿子變甜，早這麼做不就得了，何必勞師動眾。

但他並沒有把這想法說出來。當時，他沒有揶揄勤於參拜稻荷的小平次，現在也不會。再說，稻荷神的規矩簡單明瞭，許的願若實現，只要照當初許諾的謝神即可。姑且不論靈驗與否，沒有那些莫名其妙的規矩，這樣的神明，平四郎一旁看著也舒服。整個町上到處都有稻荷神，想拜的時候不必多花工夫，這一點也很不錯。

偶爾會遇上一些仁兄，將井筒平四郎的不信神佛，與他身爲八丁堀同心相提並論，做出了然於胸的神情——原來如此，井筒大爺的工作讓他見多了世上的骯髒、罪孽、造業，才認爲人間多慘事，神佛何在。有理有理——自顧自地做出結論。

就平四郎看來，這眞是想太多了。平四郎的職務沒那麼淒慘。況且，會說這種話的人，根本不知道眞正悲慘貧困的生活是怎麼回事。老實說，平四郎討厭好做這類解釋的人。

在八丁堀家裡的緣廊一面想著這些，一面大嚼別人送的鶯餅。這時，先前才端餅過來的廚房小下女又走來，說有人來傳話，是個小男孩。

他說不要緊，把人帶來，小下女便規矩地帶著孩子到庭院。那孩子有些眼熟，平四郎正想著是誰，孩子便報上名，說是鐵瓶雜院豆腐鋪的阿三。這下平四郎認出來了。

位於深川的鐵瓶雜院，前雜院有兩排三連戶建築。靠南的三戶中間是勤勞的寡婦阿德獨力經營的滷菜鋪，兩旁是牢騷多的魚鋪子和賣好吃豆沙餡衣餅的零嘴鋪。這三戶之後是後雜院，靠前雜院那一頭都是賣吃的，其中一戶是豆腐鋪。當然，鋪子靠裡，所以沒有開店，而去外面叫賣；但他們是在自己家裡泡、蒸、磨、濾、煮豆子，是家十足十的豆腐鋪。這裡的老闆夫婦年紀都三十好幾，兩人個頭小，連平四郎的肩頭都不到，且圓臉的臉頰就像微彎飽滿的豆子，雜院的人都喊他們「豆子夫婦」。

這對豆子夫婦孩子很多。從十三歲的老大起，一連八個。孩子生得多，旁人也沒資格說三道四。只是豆腐鋪的工作得從大清早忙到深夜，否則做不來生意。忙得有首打油詩形容：

豆腐人家終日忙　才入羅帳就起床

眞不知這兩人是如何生下八個孩子的。也許，既然是豆子夫婦，孩子也像豆莢裡的豆子，一胎來上三個也未可知。實際上所有孩子也都是豆子臉。

先撇開這些不談，阿三是豆子夫婦的三男，故得了這個名。記得這孩子應該快十歲了。

「哦，怎麼啦？」平四郎向阿三招手。「來，這邊坐。你從深川跑來一定渴了吧。要喝水嗎？還有鶯餅喔。」

平四郎拍拍身旁的位子，阿三便老實靠過去坐下。眼睛直被餅吸引過去，但這孩子家教挺好，伸手拿吃食之前，先把大人吩咐的事做好。他一手往薄薄和服的領口裡探，拿出一張紙。

「這個，是管理人要我拿來的。叫我送來給大爺。」

那是一張摺起來的習字用紙。打開一看，上面是鐵瓶雜院管理人佐吉的字跡。平四郎未看前先讓阿三吃餅，孩子便猛啃起餅來。

佐吉差人到八丁堀平四郎家，這還是頭一遭。況且，平四郎今天也才打鐵瓶雜院巡視回來，也見過佐吉本人了。當時他正忙著清水溝，平四郎只打聲招呼就回來了。

事後才特地差人過來，必定是當場不能談的事。會是什麼事？平四郎看了信，而後，揚起他那兩道有如兩片海苔貼成的眉毛。阿三已把鶯餅吃個精光，不斷打著甜甜的嗝。

「真教人頭痛啊。」井筒平四郎說道。

「的確教人頭痛。」佐吉附和。

兩人並肩坐在新高橋附近，一家面向小名木川的串糯米丸子鋪前。這附近有座大廟，風裡摻著線香味。川裡貨船頭破水而前，水色清涼。

平四郎大口咬著糯米丸子。佐吉嘆了口氣。

「這種事，總不能硬是阻止。可要依理勸告，我又沒那種智慧。」

平四郎吞下糯米丸子。「沒這回事，你很聰明。只不過啊，要勸退信仰，可不是那麼容易的事。」

鐵瓶雜院的後方靠井的那戶，住著一個名叫八助的男子，年紀已過五十又半，鬍子鬢髮也花白了，臉則皺得跟乾柿有得比。他這人認真又勤快，只是有些懦弱，在待人處世上想必吃了不少虧。都這把年紀了，還在當按日計酬的木工，靠打零工過日子。他老婆名叫阿秀，也是個老實的女人，夫婦倆有個二十二歲的女兒叫阿倫。

阿秀阿倫母女倆都在給人幫傭。就方才聽佐吉所說，客戶少說也有三十戶。她們和單身漢或夫婦皆出門工作的人家談好，替他們洗衣打掃煮飯，收一點微薄的費用。每一戶收的錢雖不多，加起來卻也不少。

一家有三個大人認眞工作，日子並不難過。因此在鐵瓶雜院裡，八助一家算是不用管理人操心的住戶。

然而，這一家人不知怎地，竟拜起了一個怪東西。

「好像是八助兄起的頭。一個月之前，」佐吉搔著頭說。「不知從哪裡帶回一個壺，拜了起來。一開始聽說是早晚膜拜，後來越來越熱中，連工作都不做了。」

這麼一來，家裡自然不平靜。然而，不知該說是信心之可敬或可怕，一家人吵了幾場架之後，竟連阿秀和阿倫都一起拜起壺來了。

這是別人家門裡的事，佐吉也管不著。且這三個人一頭栽進拜壺信仰之後，生計也得兼顧，便又各自出門去工作，那就更礙不著別人了。若拜壺就在八助一家三口這打住，或許至今也不會有人注意到。

但是，信仰往往是止不住的。

「我想您也知道，豆腐鋪的豆子夫婦，本來就和八助一家很要好。」佐吉說道。「阿秀姊和豆腐鋪的老闆娘好像是遠親。」

一邊是一家子大人全在賺錢，一邊是帶著八個孩子食指浩繁；因此豆子夫婦有困難時，不止一次得到八助家的援手。

「所以，人家找他們一起拜壺的時候，很難斷然加以拒絕，是嗎？」

「是的。」

不僅豆子夫婦，八助他們似乎有心向整個鐵瓶雜院傳教；每日一到晚飯時刻，便相準一戶人家去拜訪，熱心地傳起教來。似乎也有二、三戶人家在他們力勸之下開始相信。

「要是在大爺來巡視時提起這件事，再怎麼說畢竟事關信仰，沒弄好聽起來就像告密，而且這也不是做壞事。我心想，要是大家把這當作是管理人出面阻擋，或是官爺來管，反而會火上加油。

這才叫阿三去傳話。」

「嗯，你這麼做很好。這件事的確麻煩。」

平四郎雙手在胸前交抱，望著川面。一、兩隻鶺鴒滑過，一派怡然自得。偶爾倏地往水裡栽，想來是去抓魚。

「豆子夫婦還沒起拜壺念頭吧？」

「還沒有。他們說不想去碰那種騙人的東西。」

「拜壺到底能幹麼？壺有什麼了不起的？」

佐吉又嘆了一口氣。「我也不是很清楚……」

據豆子夫婦說，八助口沫橫飛地宣稱，將邪念封在壺裡，求壺把邪念除得一乾二淨，就是這信仰最要緊之處。要將邪念封進壺裡，只須將心裡邪惡的願望寫在紙上放進去便成了。接下來的十天，每天誠心唸咒拜壺；哎呀多神奇，壺裡只剩下白紙，寫的字不見了。也就是說，邪念跟著字消失了。

「『邪』念消失會怎麼樣？變成直的嗎？」

「不，聽說會有福氣，會有好事。因為福神只會造訪清心之人。」

平四郎大皺眉頭。「因為擁有清淨的心而受福神青睞，這種人我可連半個都沒見過。通常都是相反。」

「是……但是，聽說寫在紙上的字真的會消失。」

「那是種簡單的把戲。寫了字的紙放進壺裡，出來的是張白紙，根本是變戲法嘛。我在兩國的戲法棚就看過，人家的戲法還用不著十天哩。」
「是嗎？」
這回，佐吉說話顯得有些吞吞吐吐。
「該不會連你也開始信了？省省吧！爲你自己好，眞要信神也該找個正派點的來信。」
「沒這回事，我沒被影響。」佐吉猛搖頭，但仍是一臉若有所思的樣子。
平四郎突然想起一件事，便直接說出口了。「難不成是長助——」
佐吉看了平四郎一眼，眼神顯得疲憊至極。他垂下眼睛，點了點頭。「是的，好像是阿倫姑娘告訴他，他就信了。阿倫姑娘好像是對他說，只要誠心信壺，腦子裡的壞東西就會不見，頭腦就會變好，會有平常人的智慧。」
平四郎氣得險些沒將茶碗給扔出去。他最厭惡這種事。
「騙一個年紀還小、而且還是個智能發育得慢的孩子，眞是不能原諒。」
長助腦筋雖不好，卻也盼望自己能變得和其他孩子一樣聰明。竟有人利用這一點，手段眞是卑鄙。
「然後呢？反正又是那種老伎倆吧？說拜壺要捐錢是不？要消掉一個邪念，得花多少錢？」
「這個……聽說不收錢。」
對此，連平四郎都吃了一驚。
「免錢？」
「是的。所以大家也才會一下子就被說動了。」

的確……仔細想想，在窮雜院裡，高收費的信仰不可能盛行得起來。然而，完全免費倒也稀奇。

「搞不好有其他目的。」

佐吉望著川面不作聲。平四郎初次見他如此憂鬱。

「這時候……久兵衛爺會怎麼做呢？」他突然低聲說。

「怎麼做？什麼都沒法做吧。一定也會爲這件事頭痛，來找我商量吧。」

「會嗎？如果是久兵衛爺，一定會巧妙地讓事情平息吧？不，要是久兵衛爺在，這莫名其妙的拜壺之事，根本連滲進來的機會都不會有。」

平四郎直盯著佐吉看。

「你這回還眞是怯懦啊。」

他刻意一笑。

「哈哈，我知道了。你爲了這事挨阿德罵了吧？所以才垂頭喪氣的。也難怪，被她一罵，連我也會很懊惱。」

佐吉沒有跟著笑，搖搖頭。「沒有，阿德姊和這次拜壺的事情沒關係，我想她應該什麼都不知道。而且這陣子，阿德姊精神好像不太好。」

平四郎一副沒出息的樣子地畏縮起來。「是爲了久米那件事嗎？」

久米是個茶水鋪女侍，才剛搬到鐵瓶雜院，與阿德可說是南轅北轍的兩個人。實則前陣子平四郎夾在這兩個女人中間，弄得有點尷尬。

佐吉以足尖擺弄著腳下的雜草，驀地冒出一句。「說來說去，阿德姊還是對大爺有意思。」

平四郎差點從凳子上掉下來。

「你眞是語不驚人死不休。別鬧了，會害我做噩夢。」

「可是，這是實話。大爺也該注意到了吧。」

坦白說，平四郎早就發現阿德對自己有意，只是發現了也不能怎麼樣，也不想怎麼樣。至少，平四郎這方是如此。

「阿德也很寂寞吧。最好是再幫她找個對象。」他笑著說道。「孤家寡人的畢竟不太好，尤其是像阿德這樣的女人。」

「我也這麼認爲。」

說著，佐吉從凳子上站起來，信步走向河岸，從腳邊拾起小石子，往河裡一扔。那負氣洩憤的樣子，實在不像他。

小石子落進河裡，激起圈圈漣漪。在附近游水的鶺鴒受了驚，轉向遠去。

井筒平四郎也站起身來，走到佐吉身畔。河風拂臉，清爽宜人。

「好了，別這麼擔心。拜壺的事就交給我。」平四郎挺起胸膛。

「這信仰來路不明，而且還使了哄騙人的小把戲，有它聰明的地方。照我看，不是八助自己想出來的，一定是去外頭聽來的。這麼一來，拜壺這件事不單是鐵瓶雜院，應該也會散布出去。這我會查查看的。」

「好的。」佐吉低頭行禮。「有勞大爺了——」

平四郎還以爲這工作輕而易舉。信仰跟瘟疫沒兩樣——他這一比喻挨了小平次的罵——不會只在一處停留。好比滴落水中的墨汁，會緩緩擴散開來。鐵瓶雜院的八助便是在那擴大的圈上，順著向內一圈圈找下去，遲早能找出最初落入水裡的那一滴墨——平四郎如此相信，料想事情不會難到哪裡去。

然而，無論他如何調查，甚至將調查範圍擴大到深川本所之外，仍找不出拜壺信仰的起點。

「這話若是八助編派出來的，也未免編得太好了。一定是外頭聽來的。」

他也向奉行所裡其他的定町迴同心打聽，但眾人均初次聽聞，同樣也對不收錢感到不解。

「搞不好是很正派的信仰。再說，既然沒有人受騙或遭人詐財，就沒有我們公役插嘴的餘地，最好是靜觀其變。」

同事如此安撫，平四郎反覺爲難。心情上，他對長助受騙感到氣憤，也感到不忍。因此無法靜觀其變。

然而，同事又如此說道：

「拜了壺，說不定那個叫長助的孩子腦筋眞的會比現在靈光。一味認爲信神無益也有欠考慮。心誠則靈嘛。」

是嗎？所以才會有所謂「信者爲眞」這種說法嗎？

即使到鐵瓶雜院巡視，也不見有何異常——所幸，並不是在雜院門口擺個大壺供眾人跪拜——何況既然都對佐吉那麼說了，平四郎也不能闖進八助家扣押那只壺。

「能不能趁八助他們不在家，瞧瞧那壺？」

他向佐吉提議，但佐吉立刻搖頭說辦不到。

「開始拜壺以來，他們一家三口就不會讓屋子空著，總是會留一人在家看壺。」

無計可施之下，平四郎來到阿德處。阿德的確是有那麼一點文靜、少了點悍勁的樣子。然而自從上回那件事之後，她對平四郎便總有些忸怩，因此這會兒平四郎並不覺得氣氛有什麼不對，享用了她拿手的滷菜。

有異於佐吉的推測，阿德對八助等人拜壺一事，所知頗爲詳盡。她認爲八助他們不收錢，也不會硬拉不願的人入夥，因此無可厚非。

「可佐吉是管理人啊，不能裝作沒事。眼前豆腐鋪的豆子夫婦就被他們找上，頭痛得很。」

「可是，沒有強逼他們吧。」

據阿德所見，鐵瓶雜院前六戶、後十戶的住家之中，拜壺的除了八助一家之外，還另有兩戶。這兩戶都是一對夫妻加上孩子，再普通也不過的工匠人家，從未落入平四郎的網裡。換句話說，都是很安分的人家。

「有段時間，還有另外兩戶，不過好像半路清醒了。」

「阿德果然什麼都清楚。妳可曉得他們是怎麼清醒的？」

「這我就不知道了。不過，大概是只消邪心，眼前看得到的效驗太小了吧？」

「長助呢？」

「信是信了，不過那孩子有佐吉照看，不會有事吧。」

平四郎瞧了阿德一眼，忍不住出口奚落說：

「沒想到妳會說佐吉好話。妳對佐吉另眼相看啦？」

阿德哼了一聲，使勁攪拌滷汁。

「誰對他另眼相看了。我們鐵瓶雜院的管理人，就只有久兵衛爺一個。我只不過是覺得佐吉在照顧長小弟這件事上，做得還算不錯。」

平四郎笑了——這女人眞頑固。

然而，不到三天，便出了一起令人笑不出來的事。八助一家，連同被他們感化的那兩家人——拜壺三戶一同從鐵瓶雜院消失了。

他們並非連夜潛逃。江戶城夜裡可是會關町大門，還有門衛巡邏，要連夜潛逃不是件容易的事。這三戶人家八成是事先便各自將輕簡的隨身物品分批帶出去了。然後，裝作早上出門工作，離開雜院，到了晚上仍不回來——以這種方式離開。平四郎到各家去查看，只見裡頭都只剩棉被碗盤之類的東西。

「眞搞不懂……」

平四郎雙手揣在懷裡，喃喃說道。他一聽到消息，隨即趕來，最擔心的便是長助。得知他好端端地跟在佐吉身邊，懸著的心放下，一種遭狐仙戲弄之感便油然而生。

拜壺的人走得不著痕跡，究竟到哪裡去了？

「既然是信仰，可能是擅離參拜。」小平次說道。

擅離參拜，即商家的傭工下人未經主人允許，便前往伊勢神宮參拜。雖因未經許可而稱爲擅離參拜，但絕大多數都是數人成行，且背上插起擅離參拜的旗子，各自拿著水瓢，一望即知。他們以這水瓢沿途求布施，充當路費。若是擅離參拜，便無法加以苛責或阻止。因他們是受到神的感召，不遠千里前去拜謁，不可因凡人細故加以阻礙。

平四郎也認爲極有可能。雖不知壺神掌管之地位在何處，但也許他們是結伴前往了。壺並未留在八助家，當然應該是他帶走了。據唯一留下的長助所說，那是個小壺，大人單手便可取放。

「你怎麼沒跟著去呢？你信得很誠，不是嗎？」

平四郎蹲下來，眼睛配合長助的高度。一問，長助便哭喪著臉，但仍一個勁揉眼，想忍著不哭，斷斷續續地說道：

「因——爲、我怕。我，不跟哥哥、一起，好怕。」

長助嘴裡的「哥哥」便是指佐吉。即使一心想變聰明，離開佐吉還是令他感到寂寞難耐吧。一聽這話，佐吉拉過長助，摸摸他的頭，他哇的一聲哭了出來。

這些人既是自行消失，也拿他們沒奈何。佐吉先行前往湊屋，通報失去三戶房客之事。長助留在雜院，由阿德帶著看他吃飯。平四郎也留下來作陪。

平四郎打算等佐吉從湊屋回來，見上一面再走，所以一下午都在阿德處打混。其實是擔心佐吉會不會因又失去房客，遭到主人狠狠斥責。甚至打定主意，若主人家追究申斥得過於嚴厲，便要介入仲裁。

果不其然，不過一個多時辰，佐吉便灰頭土臉地回來了。

「怎麼怎麼，臉色跟草紙一樣。」平四郎故意取笑。「別這麼沮喪，你又不能拿繩子繫在人家住戶脖子上。」

佐吉一見平四郎，好像被陌生人叫住似的，一臉不明所以的傻相。然後才用力眨了幾下眼睛，低頭看看擔心地望著他的長助，勉強擠出笑容，說道：

「好好向阿德姨道謝，回家去吧，拿出習字本，復習昨天教的地方。」

長助聽話地點頭說道：

「阿德姨，謝謝妳。」

「好乖，隨時過來玩。」

長助跑回管理人的住屋。看他走了，佐吉便爲代爲照顧長助之事，有禮地向阿德道謝。瞧他那生硬的樣子，平四郎和阿德也不知從何問起。

「怎麼，好鄭重啊。」

平四郎笑著，在他身旁的小平次也驚訝地睜圓了眼睛。佐吉的模樣便是如此僵硬。

「你是怎麼了？發生了什麼事？」

阿德不客氣地問道——然而，從她的語氣裡，可以感覺到一絲擔心與同情——佐吉轉過臉來看著三人。然後，再也憋不住似地嘆了一口氣，話和氣一起吐了出來。

「老爺說，八助大概不是信壺。」

平四郎、阿德和小平次三人齊「咦？」了一聲。彷彿要壓過這一聲般，佐吉搖頭說道：

「我向湊屋老爺說明事情原委，心裡早做好準備，要向老爺賠罪，但老爺卻笑著叫我別放在心上，一句責備的話都沒有。」

「那不是很好？」

「才不好。」

佐吉難得變了臉色。

「老爺說，拜壺信壺是八助他們的藉口，房客想搬家，又不想傷了顏面，才編了這種理由到處散播，所以不怕擔心拜壺信仰會散播出去。還說，房客走就走了，要我不用理會。」

平四郎唔的沉吟一聲。他倒是從未往這個方向想過。

佐吉越說越激動：「可是，若是這樣，不是反而更糟嗎？如果八助他們眞的是爲了搬家，編出拜壺這套話來，那不止是因爲我這個管理人不稱職，更不能一笑置之了，不是？可是，湊屋老爺卻直說別在意別在意——」

平四郎喃喃地說：「會不會是在安慰你呢？」

佐吉伸手抱頭。

「我都搞糊塗了。湊屋老爺是不是打一開始就認定我做不來管理人？既然這樣，那我在這裡究竟在做些什麼？我待在這裡有什麼意思？」

說完，就好像追在長助之後，奔回管理人的住處。

接下來好一會，只有阿德店頭的滷鍋咕嘟作響。

「大爺……這究竟是怎麼回事？」

阿德總算低聲擠出這句話。

平四郎也只能搖頭。且這才發現，自己至今竟從未對佐吉被送來鐵瓶雜院的意義——地主湊屋的打算——認眞思忖過。

想起自因已淡忘
毋忘何需再想起

——小調之一節

長影

一

井筒平四郎的身分是南町奉行所的同心。雖只是年薪三十俵二人扶持（註一）的低階武士，在江戶城裡也算是名威風八面的奉行所公役。

同樣稱爲奉行所的同心，但光是外勤便分爲各種職司。監視木材、商家貨物是否亂堆的「高積見迴」；火災時須趕赴現場的「町火消人足檢」；巡視檢查城內橋墩的「定橋掛」；負責小石川養生所的「養生所見迴」；監視全江戶各物資物價者爲「諸式調掛」；及平四郎眼下所出任的「本所深川方」，負責海埔新生地本所深川的治安。

見習同心於各職司均有所經歷後，再依上司與力之命，出任其中一項。平四郎繼承父親之後，初時出任高積見迴。要親身體驗江戶城活力十足的動態，如江戶的地理、人潮與商家的利害關係等，沒有比這個職司更適合的了，對一名新手同心也不算太難。或許是拜粗枝大葉的個性之賜，平四郎頗受百姓親近愛戴，沒出過啥大差錯便過了六年。細君也是這時候過門的。

高積見迴再怎麼看也稱不上是個風光的職司，但平四郎很喜歡。這職司的工作得整天上街，要蹺班睡午覺容易得很。事實上他本人認爲當一輩子的高積見迴也不錯。

然而，恐怕是這等工作態度被看穿，接下來便被調任爲町火消人足檢。這職位的任務雖須趕赴火災現場，卻不是去滅火，滅火是打火隊的工作。只不過，這些打火弟兄性子之烈有如油紙之易於著火，動不動就大打出手；而火災場上圍觀群眾又情緒高亢容易激動，絕不能掉以輕心。有時打火弟兄鬧事，加上湊熱鬧者引起的大亂鬥，所造成的損失更甚於火災本身。阻擋、勸架，外加閃躲，便是町火消人足檢的工作，其實是要搏命上陣的。

平四郎才一年就叫苦了。這一年當中，他兩度昏倒在火災現場，落得被擔架抬回來，因此上司與力也沒有要他硬撐。只說，原來如此，人總有不適合之事。

接著他被調往諸式調掛。這職司比上一個好得多，雖是監視各物資的物價，但物價若非飆漲得太離譜，便不至於發生暴動。不但和百姓走得近，也頗受大商家尊重，是個相當愜意的工作。監視米價是北町奉行所的差事，因此刁鑽的札差（註二）與大盤商也由他們對付，平四郎所屬的南町奉行所只要監視蔬菜等一干菜類與魚價即可，相當輕鬆。當時所學的事物如今雖已記憶模糊，但拿出來賣弄一番，也足以令賣滷菜的阿德驚訝。平四郎嗜吃，因此這個能增加食物知識的職司，可能是做得最開心的。

平四郎占了這個職司十五年。說到底，擔任諸式調掛的同心以任期長者居多。因要習得正確判斷的知識，少說也得對貨物流通與價格高低觀察個五年以上。只不過，這麼一來便容易與商人掛勾，因此上司與力經常換人，而諸式調掛的工作愉快與否，便取決於這位與力的人品。

如此一路走來，年紀正值坐三望四之際，平四郎突然被任命為「臨時迴」。對此，他著實感到

註一：俵、扶持均為江戶時代以米計價的武士俸祿單位，三十俵二人扶持換算後約為十三兩八。

註二：江戶時代，為旗本、武家承辦俸祿米兌換現金等一切手續的商家。此外，亦以旗本、武家為對象提供高利融資，獲得巨額利益。

訝異，原以爲自己要當一輩子諸式調掛了。

「臨時迴」這個職務，是由於江戶大幅成長，隨著居住其中的人口增加，人數固定的「定町迴同心」不堪負荷，爲彌補其不足而設。換句話說，是支援的臨時部隊。因職稱不同感覺矮了一截，且實情也是如此，但任務與定町迴同心幾乎完全相同。

定町迴在外勤公役中最爲神氣。但相對的，與町火消人足檢同樣有適不適合的問題，必須自年輕時便熟悉工作並累積經驗，否則難以勝任。因此，這算是種提拔，平四郎爲此大感困惑。

而且，進一步了解後，原來上司是要他以臨時迴的身分協助「本所深川方」。納入江戶僅數十年的本所深川，諸事均與德川幕府執政以來便在將軍腳下的江戶有所不同，甚至連滅火隊也是自願組成、自行管轄的。由於是新開闢的地區，自然活力十足，但名主與地主的歷史也短。如此一來，奉行所內掌管該處的本所深川方，對這片土地上所發生的事物必然具有相當大的權力，不時要跨越職務的界線，如萬事通般掌管一切。因此，這個職務雖工作繁重，但收入也多。

要平四郎到這種地方去，再怎麼想都太便宜他了。

百思不解的平四郎，便老實地向上司請教。

「我想找一個像你一樣深諳世情，有點隨便又不至於太隨便的人。」上司如此回答。

「可是儘管是臨時迴，要勝任定町迴的工作，必須擅長搜查，我實在沒這種本事。」

聽到這話，上司哈哈一笑。

「眞要查什麼，有隱密迴在。」

所謂的「隱密迴」，便如字面所述，其任務爲隱瞞同心的眞實身分，暗中進行搜查。

「不是的，我指的不是那麼愼重其事，是日常的搜查。像我這種蠢人，拔著鼻毛到各辦事處巡視，難保不會被老百姓看輕，錯過一些料想不到的大事。」

上司不爲所動。

「若在你這拔著鼻毛到處巡視的人眼裡看來是大事，就眞的是大事了吧。省得大驚小怪一場，這反倒好。那些年輕人就是太過緊張，鬧得我應接不暇，實在煩得很。像你這樣正好。」

既然上司都這麼說了，平四郎也無法再推託。於是便連聲承應，拜伏在地，領受了新職務。

「反正，無論實情如何，至少頭銜是輕的。」

臨時迴終究是臨時迴，要說這身分輕鬆也不算錯。

只是，還有一個問題，那便是平四郎是個不折不扣的旱鴨子。本所深川圳路水道多，舟船在平日交通與物資流通中地位重要，自然與水難脫不了關係。因此本所深川方的奉行所公役與町役人一有需要，便必須乘小型軍船四處奔波。一個旱鴨子想必無法勝任。

然而，向本所深川方的公役請教之後，才知道以前還有過怕水的公役。他們說，不會游泳完全沒妨礙，沒事的啦。萬一要是淹了大水、出了翻船的大事，頂多也只是潑點水，不會怎麼樣的。不會游泳，用不著放在心上。

於是，平四郎便事職到現在。若有人問起他的職稱，答一句「定町迴」即可，小平次應該也是如此回答的吧。但是若要稍加詳述即如下：每日於本所深川一帶四處遊走，既不怎麼忙，亦不必爲其他工作煩心，得以好好享受阿德的滷菜。這對平四郎這種怕麻煩的人來說，拜此職司之賜，眞是好極了。

於是，六年便這麼過去了。

截至目前，揭露大奸大惡、令不見天日之惡公諸於世等事，平四郎一次都沒做過。但是，他也不會因此而感到有虧職守或抬不起頭來。提拔平四郎的上司與力依然健在，愉快地當著他的「吟味方」（註），也不曾對平四郎有何怨言。

同樣出任定町迴的同心，確如上司所言，有些過於緊張、小題大作的傾向。或許是幹勁使然，但看在平四郎眼裡，往往有「連此等小事都要一一深究，鐵打的身子也挺不住」之感。他常想開口勸道：何必如此、何必如此。

人是種必須群聚方可生活的生物，然而群聚必起紛爭。最理想的狀況是，一一處理這些紛爭，細聽雙方分說，再下達仲裁，想來公役理當如此。

然而，平四郎卻認爲，眞的能夠做到一年到頭都沒有任何遺漏、疏失嗎？即使聽了雙方說詞，總不可能每次都能明確判斷是非黑白。

就連一把青菜的價錢，橋這頭與那端便有所差異，而雙方各執一詞「我的菜葉多」、「不不，我的菜莖飽滿」云云。究竟孰是孰非，若要一一追究，一盤涼拌菜還沒做，就累得直不起腰來了。與其如此，不如掂掂自己的荷包，能買哪個便買哪個，速速過橋去。

身爲江戶自治組織最下端的管理人，之所以身負重責大任，便在於必須對終日不斷的小紛爭或仲裁、安撫或勸誡。一般而言，只要交給這些町役人，事情便可圓滿收場。

無法收場而前來勞動定町迴同心的，一是事關重大；另一則是當要平息紛爭，光靠管理人、屋主的權威還不夠「可怕」，即使是形式上，也需動用公家權威的「可怕」。其中又以後者的情況占絕大多數。

換言之，定町迴同心的工作，與其說是查緝犯罪的蛛絲馬跡，不如說是個監視者；成天在江戶信步來去，威嚇瞪視市井小民，警告他們要聽町役人的話。若不止要威嚇瞪視，還得一一出手解決，當眞三頭六臂也不夠用。不僅如此，甚至有原本一瞪一嚇間，對方便該害怕收手的事情，一經插手便演變成動刀見血、出奔、情死等。

「像你這種有點隨便又不至於太隨便的人。」

或許上司的話不是一味挖苦，而有幾分事實在內——平四郎如此認爲……

不，應該說「過去」是如此認爲，一直到前不久爲止。

這陣子，平四郎一想起來就冒冷汗，好像突然有鬼朝他後頸吹涼氣似的。

「我是不是錯了？」

令他如此煩惱的，不消說，自然是鐵瓶雜院裡發生的一連串事情。

以八助爲首的信壺三家人不聲不響地離開鐵瓶雜院，而前去向地主湊屋通報的管理人佐吉，回來時失魂落魄得簡直像隨時會上吊。平四郎見狀，擔心地上前詢問，他卻喃喃說：

「我都搞糊塗了。我在這裡究竟在做些什麼？」

事情便是從這裡起的頭。

註：與力職司之一。主要任務爲調停、審理民事訴訟，審訊、判決刑事案件，行刑。

我都搞糊塗了——意思是指，先前自以爲是明白的，但出了八助這檔事，卻搞糊塗了。那麼，在八助等人拜壺之事發生前，佐吉這個年輕人，對於自己被派來鐵瓶雜院，當起必須熟於世故人情、有威嚴的同時還得在必要時狠得下心來的管理人，是怎麼「明白」的？

不，佐吉並非是自願來當鐵瓶雜院的管理人，而是奉地主湊屋總右衛門之命前來，因此問題應是湊屋總右衛門如何讓佐吉「明白」的。

當然，在佐吉初來時，湊屋方面已有所說明。前一名管理人久兵衛的出走乃基於不得已的理由，後繼人選難找，而佐吉身爲湊屋的遠親，便說服他答應出任管理人——名主聯會也聽進這個說法，認爲此乃情非得已的變通之道。

事情合情合理，當時連井筒平四郎也如此認爲。久兵衛是個極受住戶信賴的管理人，平四郎深知無論誰來繼任都難以令住戶滿意。而佐吉也盡了全力，儘管吃了不少苦，仍將管理人當得有模有樣——至少平四郎對他評價頗高——因此，並未深究湊屋派佐吉前來的理由。

用不著管。用不著管，不久自然便會事事順利。平四郎一直如此認爲，也告訴佐吉，要不了多久住戶就會接納你的。

然而，暫且撇開平四郎一貫的悠哉，冷靜地思考之後，這件事果然打一開始就很奇怪。佐吉還不到而立之年，且原本是個花木匠，壓根無法勝任鐵瓶雜院的管理人。他對待、照顧住戶的方式，以及勤勉的模樣，的確令人極爲感佩，但結果又是如何？至今，佐吉已失去了四家住戶，鐵瓶雜院的空房是越來越顯眼了。

「我在這裡究竟在做些什麼？」

八助等人出走後過了一陣子，佐吉心情已較平復，平四郎便問起這句話的意思。一問，他似乎有些狼狽，眨眼搖頭答道：

「我說過這種話？我倒是不記得。」

「說過。一張臉蒼白得好像白天在暗處見了鬼似的。」

「大爺說話眞有趣。鬼魂不會出現在光天化日之下吧？應該是說，只要還有日頭，都不會出來。」

佐吉哈哈一笑，藉著笑避開平四郎的視線。平四郎認爲此種回答勝於任何雄辯，便沒再追問。

佐吉與湊屋之間，究竟是怎麼談的？

打一開始，湊屋是懷著什麼心思派佐吉來這鐵瓶雜院的？

「湊屋會不會是明知我這人不會去盯一些小事，便在背後搞鬼？」

我是不是該當個更緊張、更囉嗦的定町迴啊……井筒平四郎之所以心生反省，便是源自於此。

八助等人出走後半個多月，八丁堀同心宿舍的井筒平四郎家，叫來了個收廢紙的。自幾天前，平四郎便與友人提起他整理置物間，整理出一大堆老舊廢紙，得叫收廢紙的來。

收廢紙的頭上綁著防塵的手巾，遮頭蓋臉的挑著兩頭掛著大竹簍的扁擔現身了。平四郎好不性急，連連喊著「繞過院子、東西擺那裡，先上來」、「啊，得先洗了腳再上來，否然我會挨老婆罵」等，吵得很。在戶外打掃的小平次見鄰家小下女邊晾衣服，邊舉起袖子掩嘴笑，儘管難爲情也跟著一起笑了。

平四郎將收廢紙的帶進置物間，總算讓外面安靜下來。小平次打掃完，蹲在後門抽菸，遠方傳來賣菖蒲的聲音。這是晴空萬里的一天。

井筒家最靠北的置物間，大小約爲三帖。地上鋪木板，只有一個小小的採光窗，出入口也不是格子門而是木門。繞過短廊便是茅廁，因此在這回暖的季節，無論細君和小平次如何用心打掃，仍是飄著不怎麼討人喜歡的味道。

然而，平四郎與收廢紙的進了置物間關了門，在採光窗筆直射進的明亮陽光下，細認彼此的臉，笑得好不爽朗。

「多少年沒見了？」

取下頭上的防塵罩，收廢紙的終於露出滿是灰塵的臉，問道。

「六年——不，有七年了吧。」平四郎扳著指頭算著。「哪，上次見面是在淺草觀音堂旁，那時候我還在當諸式調掛。」

「這麼多年了啊。」收廢紙的燦然一笑。炯炯有神的雙眼，與那張髒兮兮的臉極不相襯。

「幾歲啦？」

「我嗎？」

「你，還有你那幾個蘿蔔頭。」

「我三十五了。老大十二，老二八歲，最小的女兒快五歲了。」

「女兒？我倒是不知道你有三個孩子了。那麼，奈美也平安吧？」

「是，就是身上肉變多了。」

收廢紙的以原本蓋在頭上的手巾擦了擦臉。去掉灰塵，神情清爽多了。他在木板地上端正了姿勢，向平四郎行再會之儀。

「別這麼拘謹，我就怕這一套。」平四郎連忙揮手。「再說，我也不能留你在這裡太久。趕快來談吧。」

收廢紙的點點頭，抬起臉來。他伸手入懷取出一封信，這是平四郎三天前寫的。

「來信我已拜讀，也大致明白事情了。」收廢紙的說著，將信遞給平四郎。「這個先還給你。」

平四郎接過信。

「那麼，你怎麼想？」

收廢紙的嘴角一緊，正面凝視著平四郎。平四郎很緊張。

但不到一個呼吸的時間，收廢紙的露出微笑。

「首先，不太需要煩惱。現在的平四郎兄，稍稍有些過慮了吧。」收廢紙的平靜地說。

「是嗎？」

「是的。」收廢紙的深深頷首。

「築地的湊屋和明石町的『勝元』都是正派經營。這幾年我專查日本橋札差，對鮑參翅盤商和料亭所知亦不甚多。但收到信後，我立刻找了兩、三個精通於此的手下來問。據他們所言，若要指出湊屋有什麼見不得人的事，大概只有老闆總右衛門好女色這一點了。」

「好女色，是嗎？」

「是的。總右衛門的年紀應該是比平四郎兄長了十歲。」收廢紙的又嘻嘻一笑。

在難得一臉正色的井筒平四郎前端坐的這名收廢紙人，當然不是真的收廢紙人。此人名叫辻井英之介，與平四郎同爲南町奉行所同心。

英之介與平四郎相差十歲，但由於雙方父親是好友，自幼便情同兄弟。英之介爲辻井家長男，是父母盼了許久才盼到的孩子，當然寵愛有加。但他天生就是個不聽話的小淘氣，一年到頭曬得跟黑炭一般，再加上他兒時身材嬌小，平四郎都叫他「黑豆」，對他相當疼愛。

與平四郎同樣繼承亡父之後的英之介，英明果敢不負其名，因此任職數年後便被任命爲「隱密迴」，現今依然任此職司。

隱密迴同心不住八丁堀。雖同爲同心，但擔任其他職司的同心既不知其名，亦不知其人。平四郎是恰巧從小認識，但即使是這種例外，自對方被任命爲隱密迴起，便無法輕易上門拜訪，且他們表面上從事何種職業、以什麼名號生活也變換不定。

隱密迴同心甚至不讓家人知道自己當前的住處與所用的假名、職業，一旦離家，便可能大半年不歸。而這個家的行當，表面上也與公家無關。英之介在雜院裡的名牌上，寫的應該是賣藥小販。

打從湊屋與佐吉的事開始懸在心裡，平四郎便立刻想到藉助英之介的力量。因「黑豆」比任何人都開誠布公，且身爲隱密迴，也能夠爲平四郎提供最確切的建言。

而這英之介正嘴角含笑，說平四郎杞人憂天。平四郎這半個月來，第一次感到肩上的重擔卸了下來。

「是嗎……是我多慮了啊。」

他搔著後頸喃喃說道。

「我認爲，平四郎兄身爲定町迴同心，這一向的做法絕對沒錯。」英之介說道。「在鐵瓶雜院這方面，正如平四郎兄所做的，安撫住戶、鼓勵年輕的管理人、靜待風波平息，是最正確的做法。要說有什麼不得了的事情因平四郎兄不在意，而正在眼前進行，我既不這麼認爲，也沒有這種感覺。」

平四郎雙手在胸前交抱，點頭嗯了一聲。

「平四郎兄會如此煩惱，是因爲那位名叫佐吉的年輕人，自湊屋返回時，樣子看來實在是太過頹喪，而且心神不寧，是嗎？」

「是沒錯……」

當時的佐吉，樣子太不尋常了。即使因再次失去住戶而遭湊屋痛罵，也不至於如此吧。再加上這句話：

「我在這裡有什麼意思？」

就是這句話，令平四郎無論如何也放心不下。

「所以我才會突然想到，佐吉會不會是在自己也不知情的狀況下，被湊屋利用來進行什麼不良企圖。」

「以鐵瓶雜院爲舞台的企圖嗎？」

「應該是吧。」

「以那個雜院爲舞台，能夠行什麼奸計？」

平四郎想了想。

「說的也是，那個雜院再平常也不過了。」

賣滷菜的阿德，子女成群的豆腐鋪，妖嬌的久米……眾人的面孔在腦海裡浮現又消失。

「應該沒辦法吧。」英之介說道。「湊屋是大商人，若非事關大筆金錢出入，不會亂來的。」

這點道理我也懂啊……平四郎心想。即使如此，佐吉那六神無主的模樣，實在令人掛心。他可能受騙，可能遭到利用，又或者對我們有所隱瞞。至少，依平四郎的感覺，一個心思單純、花木匠出身的年輕人，受遠親地主所託，無奈之下答應了雜院管理人的工作，吃著苦頭慢慢成長——此般情節恐怕不足以解釋。

果然，英之介彷彿看穿了平四郎的心思，說道：「的確，幕後似乎有異。」

平四郎一下抬起頭來。

「搞半天，不就是我想的那樣嘛。」

「不不不，請先別急。」英之介搖搖手。「我所說的幕後，應該不是與湊屋的買賣或是身家財產有關的大事。」

英之介說完，微偏著頭，若有所思。

「幕後有異……有些內情。只是，我倒覺得其中牽扯到的，不是湊屋這塊大招牌，而是湊屋家門裡的事。」

「家門裡的事？」

「是的。原本那個名叫佐吉的年輕人，就是湊屋的遠親吧？無論他是遭何人利用，或是隱瞞了些什麼，應該都是與湊屋這個『家』有關。仔細想想，湊屋一根手指便可號令上百上千人，卻特地去找個年輕遠親來，的確很奇怪。假使佐吉遠親這個身分是假的，又何必特地找藉口把他帶來這裡？可見得這不是奸計陰謀，而是有什麼內情或理由在內。」

平四郎緩緩點頭。的確，英之介所言極是。儘管至今他從未如此想過。

「今後我也會幫忙平四郎兄調查。」英之介說道。「關於佐吉這名年輕人的身分，現今湊屋家裡是否發生了什麼值得注意的事情，很多都最好調查一下。調查的結果，我會交給平四郎兄的。」

「可是，我……」

平四郎才說了幾個字，英之介便定睛凝神，準備細聽。如此鄭重其事，反倒讓平四郎感到難以爲繼，而閉上嘴巴。

「我什麼？」英之介催他說下去。

平四郎有些難爲情，擦擦下巴。

「你也知道，我這個人既懶又無能，不知道能不能幫上佐吉忙。」

英之介付以一笑。「不試試看不知道吧？」

「話是沒錯，要是失敗了呢？對方可是湊屋啊。」

「現在還不確定是不是湊屋，搞不好是佐吉。」

「喂喂——」

英之介愉快地笑了。

「平四郎兄一點都沒變，眞教人高興。」

「我沒變？」

「是的，絲毫沒變。」

「無能如我，想變也難吧。」

「這就很難說了。不過，是個大好人這一點完全沒變。」

英之介拿起疊放在身旁的手巾，啪地展開來罩在頭上。然後，再一次抬眼看著平四郎。

「平四郎兄，你可要小心，你必須表現如常。心裡所想的，佐吉與湊屋間的關聯、鐵瓶雜院今後的發展等難題，以及拿我當手下東查西找的事情，千萬不可寫在臉上。」

「『黑豆』，我可沒有拿你當手下！」狼狽之下，平四郎喊道。「那麼不要臉的事，就算是我也做不出來！」

英之介莞爾一笑，迅速罩上手巾。手巾一上頭，立刻變回來訪時那張收廢紙的人的臉。

「那麼，我們該出去了吧。」說著，他站起身來。

當晚，菜餚裡出現了初鰹（註）。然而平四郎卻不怎麼動筷子，甚至連細君驚訝地察看他的臉色也沒發現。

「湊屋家門裡的事。」

「不試試看不知道。」

這件事要由我這種人來管，會不會太過棘手了？

「別管了。」

但是，這次實在不能不管。

「相公。」細君喊道。「相公。」

平四郎眨眨眼。

「嗯？」

「看你都沒動筷子，身體不舒服？」

平四郎看看晚飯，看看細君，然後視線又落在晚飯上。

「不，我沒事。」

說著，又一次細細瞅著細君的臉。

「妳也真有能耐，竟能嫁給我這種又懶又無能的人。」

細君驚訝地睜大了眼睛。

「怎麼突然這麼說？」

接著，突然臉現光彩，膝行而前。

「既然相公這麼體恤我，那麼爲我添件新衣吧？」

平四郎默默進食。

細君也默默伺候他吃飯。飯後喝茶時，收拾了殘餚的細君，自廚房傳來忍俊不禁的偷笑聲。

於是，平四郎也笑了笑。細君是笑給平四郎聽的。

「明天，到鐵瓶雜院去露個臉吧。」

註：初夏時最先捕獲的鰹魚，江户人視爲絕品美食。

平四郎大口喝茶。

二

井筒平四郎收到「黑豆」那封厚實的信，是在與扮成收廢紙的黑豆見面後，約莫二十天的事。此値月份早迭、梅雨紛紛，在平四郎的住處同心雜院，細碎的雨滴滑動般濡濕了薄薄的屋頂。

送信來的是平四郎的細君。細君持家之餘兼了一份差事，這在同心妻子間並不罕見。她每三天便出門到日本橋小網町，一家名號挺氣派的小學堂「櫻明塾」，教導孩子習字。今天也是習字的日子，細君午後回到家，解開包著習字範本、筆硯盒的包袱巾，發現裡頭藏著一封信，一見名字便趕忙送過來。

這一天，平四郎躺在自己的寢室裡。他可不是躺著裝派頭，而是眞的倒下了。實際上連自個小解都不成。

原來，是所謂「閃到腰」找上了他。

「相公，疼得好些了嗎？」

來到枕畔的細君，臉上亦帶著些許擔憂的神情。她本來說今天不到學堂教課，平四郎回道有小平次在不要緊，揮著手要她去了。畢竟有幾分怕羞好面子，不願細君聽見自己唔唔呻吟。

「比昨晚好多了。」

說完，平四郎邊聽細君說話邊接過信。他人在榻上朝右橫躺，雙腿微縮，像個嬰兒。因爲這個姿勢最舒服，他就這麼躺著打開信。

「哦，是『黑豆』寫來的。」

平四郎說道，細君哎呀了一聲。「是那位和你很要好的辻井爺嗎？」

「對。」

「你委託他什麼事？」

細君也知道「黑豆」辻井英之介現任隱密迴同心。

「小事，沒什麼。」

「不過，見包袱裡有信，還眞嚇了我一跳。簡直像變戲法一樣。我收好東西回家時，包袱裡頭是沒有信的。」

「『黑豆』眞的會變戲法啊。」平四郎邊攤開信紙邊說。「說到信，他那個人沒啥弱點，只是從小字就寫得糟。」

細君瞄了文面一眼。

「筆致不差呀，就是有些個性而已。倒是相公，你躺成那樣看信，看出來的字當然是歪的了。我扶你起來吧？」

平四郎連忙哀叫使不得，說著肚子餓了弄點東西來吃，便把細君趕到灶下去。昨天什麼都不想吃，光是躺著就夠他受的，現在有食欲便值得慶幸了。

信的開頭簡單扼要。前文沒有幾句，正文有三。首先便是關於鐵瓶雜院的佐吉的身分。

佐吉爲湊屋遠親的說法，看來並非造假或訛誤。據「黑豆」打聽來的消息，佐吉爲湊屋主人總右衛門兄長的獨生女之子，即姪女的兒子。

湊屋的身家，是總右衛門赤手空拳打出來的。他的前半生與出身來歷有許多不爲人知之處，因此總右衛門兄長其人，在何處以何營生又是何等人物、是否曾助湊屋發展，「黑豆」信中表示目前尚不明白。湊屋與「勝元」老一輩的傭工亦幾乎無人見過總右衛門之兄。

這名兄長的女兒，名叫葵。這名字就一般小老百姓的女兒而言，是雅致了些。這女子據說是約二十年前出現在總右衛門眼前，當時她手上便牽著佐吉了。佐吉那時應該五、六歲左右。

說到二十年前，正值湊屋以成功鮑參翅盤商之姿，於築地開起現今的店鋪。總右衛門聲威大振，也因此葵才會孑然一身地帶著佐吉前來投靠。

葵在躲誰呢？再蠢笨的人也猜得出，定是她丈夫。據說逃到湊屋時，葵和佐吉的臉上、身上，處處是被毆打的傷痕。「黑豆」特地註明，這一點是湊屋現任的女傭領班向前幾年過世的女傭領班打聽來的。

總右衛門將葵和佐吉納入翼下，待他們有如家人。此時，總右衛門自己才迎娶名叫阿藤的妻子不到一年，收留葵母子短短幾個月後，長男便出生了。老一輩的傭工說道，那陣子是湊屋家裡氣氛最明朗、最熱鬧的時候。

佐吉在湊屋健康地長大。當然，他不是湊屋的繼承人。主人有兒子，且繼長男之後又過兩年，次男也跟著誕生，更沒有佐吉出頭的餘地。然而總右衛門似乎很中意這個孩子，視如己出，不時帶他前往集會或盤商同行家，據說身邊也有不少人誤以爲佐吉是湊屋的長男。

在此種狀況之下常有的事：總右衛門越是疼愛佐吉，他的妻子阿藤與佐吉的母親葵之間，關係便越是惡劣。

阿藤姿容出眾，待字閨中時便是出了名的美女，娘家是頗具規模的料理鋪。其實，她嫁給總右衛門之後，明石町才開起湊屋出資的料理鋪「勝元」。「勝元」的廚師是自阿藤娘家出師的，經營的基礎也全來自於阿藤娘家的教導。總右衛門即使是憑一己之力闖出一片天，仍非名門之後。會把這樣一個女兒嫁給他，其中自然免不了兒女情愛，但關鍵在於阿藤的父親看上總右衛門的才幹，認爲此人絕非泛泛之輩。此事在築地一帶據說相當有名：婚禮當時，阿藤的父親還肆無忌憚地大發豪語，說他不是嫁女兒，而是買下總右衛門這男人的將來。因此當湊屋還是個年輕盤商時，他便大力予以援助，爲他擔保、當他的後盾。

換言之，阿藤是背負著父親的光環，下嫁給總右衛門的。一名如此高傲的女子，對依恃自己丈夫保護而舒適度日的葵，以及受到等同於繼承人待遇的佐吉，自然不會有好感，摩擦齟齬也在意料之中。

然而，惡劣的氣氛並未持續太久。葵在投靠湊屋滿四年、佐吉十歲的那年秋天，突然消失蹤影，離家出走了。

據「黑豆」打聽來的消息，葵留了一紙書信給總右衛門，內容是爲至今的照顧表達謝意，託叔叔代爲照顧留下來的佐吉。也就是說，葵獨自離開了湊屋。於是，佐吉形同遭母親遺棄。

對於葵的出走，湊屋內的看法至今仍分爲兩派：一是認爲她被阿藤攆走，一是認爲她有了別的男人，跟著那男人走了。只是，持前者同情葵看法者較爲不利，原因自然在於若她眞受不了夫人的陰損欺侮，不可能留下佐吉不顧。

平四郎捲著長長的紙卷，唔的沉吟了聲。心想，原來佐吉從小就開始吃苦了。他這一聲牽動了腰部，這次眞的因腰痛而唔唔呻吟起來。

灶下有開伙的動靜，大概是在燙青菜吧。小平次的話聲不時傳來。

至於湊屋總右衛門的兩個兒子，平四郎倒也略有所聞。這兩個年輕人的名字是從父親的名字取了一個音，加上長男次男的區別，分別叫做宗一郎、宗次郎。宗一郎將來要繼承父親，屆時應該也會繼承總右衛門的名號。但據市井傳聞，這兩人才幹平平，遠遠不及父親，要說長處就只有生性老實，不會花天酒地狂嫖濫賭。不過平四郎倒認爲第二代是這種安全牌反而好，眾人大可不必爲湊屋擔心。

論年齡，佐吉也比他們來得年長，算是兄長。雖非直系，與總右衛門仍有血緣之親。既然總右衛門曾如此疼愛佐吉，由他來繼承湊屋——當然，免不了會發生種種騷動——也未必說不過去。湊屋本就是總右衛門個人的功業，後繼人選由他來決定似乎也無不可。

然而實際上佐吉僅被稱爲「湊屋的遠親」，派到鐵瓶雜院來當管理人，眾人皆認爲湊屋的繼承人仍非宗一郎莫屬。

「母親出走的影響畢竟不小。」

平四郎繼續看信。「黑豆」個性分明的字綿延不絕。

葵離開湊屋不久，佐吉便被送到出入湊屋的花木匠那當學徒。這多半是阿藤作的主。一個十歲的孩子，失去了母親這座靠山，要煎要煮但憑隨心所欲。在家裡，女人對這類事情的權限較強，也許總右衛門曾加以反對，但最後也只能讓步吧。若被質問忘恩負義的姪女生的兒子和自己的親生兒子哪個重要，便無可反駁了。

從此，佐吉的人生便與湊屋無關。他被送到花木匠處當學徒，兩年後他十二歲時，湊屋的第三個孩子出生了。這次是個女兒，取名為美鈴。首次弄瓦，總右衛門喜出望外，於「勝元」大宴賓客，但即使此時，佐吉仍未受邀。

今年將滿十五歲的美鈴也是個豔名遠播的美人，據說容貌更勝母親阿藤當年。平四郎還無緣得見，但小平次曾經看過，興奮地說她就像個女兒節人偶。她當然是阿藤引以為傲的女兒，有關她的謠言滿天飛，說什麼要到大奧去學習禮儀（註一），某身分高貴的大名（註二）想迎她當側室等。「黑豆」的信中並未有這方面的說明，但附註了這位受到母親的薰陶、高傲無比的美鈴小姐，與父親和兄長感情不睦，對他們沒有絲毫敬意。

然而，這是因為父親兄長這方有失威嚴之處。「黑豆」笑稱湊屋總右衛門好女色，但家人恐怕無法一笑置之。眼見父親女人一個換過一個，而兄長對這個父親不僅不敢有意見，連回嘴都不敢，也難怪美鈴心生忿懣。

佐吉來到鐵瓶雜院前，地主湊屋總右衛門的眾多傳聞，早已傳進平四郎耳裡。他專找身分比自

註一：「大奧」為幕府將軍的後宮。一般平民女子若有機會進入大奧工作，無論工作內容如何粗重卑微，出來後亦如同鍍了金，身價百倍。

註二：江戶時代直屬於將軍之下、幕府所賜之領地為一萬石以上的高階武士。

己低的女人，這在發跡致富的人當中很少見。湊屋的確是殷實商家，但若以在吉原（註一）撒錢、擁花魁（註二）到天明的玩法，再殷實也會立刻玩垮。但總右衛門所挑的，總是小曲師父、蕎麥麵攤的寡婦、人老珠黃而恩客漸稀的辰巳藝妓（註三）等，令那些愛嚼舌根的人也嚼不出個所以然。

他不會將這些女人當成短暫的慰藉之後就予以拋棄。甚至有時同時來往與三名女子之間，分別出錢照顧她們的生活。分手時，總留給對方一筆資產：店面、房子、錢財不拘，令她們在分手後生活不虞匱乏，雙方好聚好散。恐怕沒有哪個女人跟了總右衛門，卻對他抱恨而終。

不僅如此，一旦女人懷了胎，總右衛門二話不說即令生下。只不過，或許是在姪孫佐吉那時學了個乖，他從不將生下的孩子迎入湊屋。且為免這孩子將來上湊屋爭家產，也命女人白紙黑字寫明；女人也由於總右衛門的照顧，自願寫下這紙切結，因而從無血緣繼承之爭。然而，這些孩子自小聽母親教導「你父親是湊屋總右衛門」——這也是無可隱瞞之事——因此對湊屋宗一郎、宗次郎兄弟與美鈴而言，滿江戶到處是我不識人、人卻識我的異母兄弟姊妹，心裡自然不會舒服。

「黑豆」還寫了今年初春美鈴前往王子賞七瀑時發生之事。當時，美鈴在不動堂門前町的茶屋休息，茶屋的小下女衝著她喊「姊姊」，美鈴一氣之下甩了那小下女一巴掌。據查，這名叫阿蜜的小下女十三歲，的確是總右衛門的孩子。其母二十歲那年在淺草的茶館工作時被總右衛門看上，隨即由他包養並生下阿蜜，但產後不久便過世。阿蜜由舅父母收養，生活雖不富裕卻也衣食無缺，這似乎也是出於總右衛門的援助。

平四郎讀著信，感到手肘漸麻。這才好不容易看完半卷。不過，也難怪湊屋會惹人非議。過去渾不在意聽過就算的傳聞，如此重新認知，平四郎不禁有些不快，湊屋究竟是個什麼樣的人物？這事即使在身強體健時知道，也足以令人憤而掩耳，眼下閃了腰正感吃痛，不由得更加火氣衝天。
捲動紙卷，繼續讀下去。才看了兩、三行，平四郎便驚道：「哦？」原來「黑豆」前往王子的茶店確認阿蜜其人時，她正在店頭工作，近處烏鴉啼叫不絕。抬頭一看，烏鴉在上空盤旋。正覺不吉利，只見一隻烏鴉翩然而下，停在茶屋的稻草屋頂上，阿蜜竟開心地湊過去，喊牠官九郎。
「養烏鴉的小姑娘倒挺有意思。」
「黑豆」只短短評了這麼一句，平四郎卻無法看過就算。
上回見面時，他曾對「黑豆」提起佐吉的人品、工作狀況等，但不曾提到他養了一隻名叫官九郎的烏鴉。並非他認爲此事微不足道，而是他壓根兒便沒想起。因此，「黑豆」不可能知道有「官九郎」這麼一隻烏鴉，可見這眞的是巧合。
名爲官九郎且不怕人的烏鴉應該不多。阿蜜喚的那隻烏鴉，一定是佐吉養的官九郎。而佐吉是湊屋總右衛門姪女的兒子，阿蜜則是總右衛門小老婆的女兒。
他們應該認識吧，再怎麼想都是如此。官九郎來回於兩人之間，這對形同年紀相差許多的兄妹之間。
平四郎想起過去讀過的戰記小說裡，曾出現傳信鴿一節。鴿子很聰明，即使被帶到遠方，放出

註一：江户時代，江户城裡公設的風化區。
註二：吉原遊廓裡地位崇高的妓女。
註三：指深川一帶藝妓，身穿男子外褂，藝名也多男性化。以重人情、亢爽有鬚眉氣概，賣藝不賣身著稱。

籠後仍能確然無誤地回到自己原先所在之處。利用鴿子的聰明，將書信綁在鴿腳上，自戰場送往己方陣營或城裡主公處。

烏鴉也能像鴿子一樣？若官九郎只是飛來飛去，便無法傳遞訊；若牠身上不帶著書信便說不通。

佐吉與阿蜜一定是靠這個法子通信。正因如此，阿蜜看到官九郎才會高興地喊牠。失去母親的寂寞少女，遇上一個有著同樣背景的親戚，定然感到很高興吧。若要談情說愛，年齡差距太大了些，但若說會產生近似於血親的情感，便再自然也不過了。

「可這也實在太巧了。」

平四郎有些驚訝。「黑豆」做了結論，指出關於佐吉與湊屋家族，眼下明白的就只這些。平四郎決定吃過中飯再看第二段正文。耳裡傳來小平次邊喊著大爺邊走來的腳步聲。

井筒平四郎為何會閃到腰呢？

小平次目睹了現場。但基於武士的道義，選擇保持沉默。不，其實平四郎之所以會感到面目無光，無顏見細君，純粹是因這「閃到腰的緣由」實在令人難堪。

事情發生在昨天下午。平四郎照例至鐵瓶雜院巡視，照例在阿德的滷菜鋪打混摸魚。此刻回想起來，那天阿德打一開始就沒什麼精神。而他們談的話題，是前雜院與阿德毗鄰的零嘴鋪一家人遷居森下町。阿德又開罵，說這全都是因佐吉那個年輕小伙子當管理人太不可靠，讓房客住起來不安心。然而就連這些話裡，也沒了她平日的勁道。

零嘴鋪搬家，平四郎也頗感痛心。這並不僅是爲了吃不到她們可口的豆沙餡衣餅而感到遺憾。自八助一家拜壺、不告而別一事以來，佐吉便顯得心神恍惚。這陣子神情是平靜了，表面上舉止也很平常，但平四郎仍看出他內心受到不小的震憾，滿腦子胡思亂想。

「我待在這裡有什麼意思？」

事後問他，他卻裝傻不記得說過這句話，但平四郎確實親耳聽到了。佐吉無意間吐露的這句話，與他被破格送來當鐵瓶雜院管理人幕後的內情，肯定有所關聯。

平四郎想探出其中究竟，卻不想爲此而無謂地傷害佐吉。爲佐吉著想，也不希望鐵瓶雜院變得更加冷清。但偏就在這個節骨眼上，像梳子一掉齒便沒完沒了，接連又有人搬家，想必佐吉又更喪氣了。

正因如此，當阿德臉朝爐灶背對著自己，拿杓子攪動鍋裡的滷汁，沒勁地連挑佐吉的不是時，平四郎只隨口附和安撫。然而，正當平四郎端著阿德泡的粗茶就口那刻，阿德手上的杓子就這麼鬆開了。杓子往滷汁裡掉，在又是芋頭又是炸豆皮又是筍子的鍋裡緩緩陷沒。

接著，阿德突然往旁邊一倒。

像這種時候向來慣以「像棍子倒了似的」來形容，但阿德身材肥碩，那光景不如說是倒了根大原木。平四郎彈起來，千鈞一髮之際，在阿德的頭快撞上泥土地前及時趕到。

然而阿德太重了。與其說平四郎抱住阿德，不如說是被阿德壓倒，成了她的靠墊。不過就結果而言，阿德終究沒有撞到頭，因此是抱是壓都無妨吧。

小平次趕上來，立刻抱起阿德。此時她已雙目翻白，小平次嚇壞了，大喊「她肚子痛、肚子痛」，肚子痛自然不可能是這副情景。平四郎身子有一半還壓在阿德之下，扯起嗓子大喊誰去叫佐吉來，只見經過鋪子的女人驚叫了一聲跑走了。

在佐吉趕到之前，平四郎藉小平次之力，總算自阿德底下脫身。阿德衣衫凌亂，胸膛半露，裙襬撩開露出了大腿內側，令平四郎尷尬極了。若在平常，如此手忙腳亂之際他才不會去想這些，這都要怪佐吉，是他說：

「阿德喜歡大爺。」

要不是他說了這種話，平四郎也不會在意。

佐吉趕來一瞧，便提議先把阿德搬進起居間再說。三人合力，應該不至於太吃重。

平四郎與小平次贊成這個意見，各自就位準備抬起阿德，接著低喝聲「預備」。

那一瞬間，平四郎的腰爆出聲響。

實在太痛，平四郎不由得鬆開支撐阿德身體的手，其餘兩個人頓時立足不穩。阿德的和服有一邊袖子全落下，出奇雪白而豐美的乳房自襯衣間蹦出來。本人昏了過去，多半人事不知，但當下真是笑也不是、氣也不是，道歉反而奇怪，更何況平四郎痛得連氣都喘不過來。

結果平四郎便僵在當場，佐吉與小平次兩人使出吃奶的力氣，才將阿德移入起居間。接著，小平次連忙去找高橋的幸庵大夫。匆匆趕來的大夫豪快地笑了，對平四郎說道，等我先瞧了阿德再過來整治大爺，在那之前，大爺就窩在那好生呻吟吧。連小平次都跟著笑了。唯有佐吉同情平四郎，為他摩娑背部。但這也只是片刻之事，不一會滷菜鋪便來了客人，佐吉不得不去招呼。於是曲著身子的平四郎便在泥土地一角動彈不得，挨了半個時辰。

據幸庵大夫說，阿德昏倒主要是積勞成疾，所幸不是大病。不久，本人也轉醒過來，一問之下，原來自今年一月起，便不時感到頭暈目眩，起臥間有時會昏沉噁心想吐。年長阿德十歲的幸庵大夫正色訓誡，年紀也不小了，不可逞強。阿德老實聽訓。那低著頭抓緊襯衣領口的側臉，據小平次說，看來竟像個少女般。那時候，平四郎還在床上弓身成鉤，不知詳情。

幸庵大夫開始治療平四郎的腰時，久米不知從何處聽到風聲，抱著包袱跑來，一臉認眞地問佐吉，阿德姊還好嗎？叫了大夫嗎？哦，已經請大夫看過了？這時候男人幫不上忙，由我來照顧。這個？這是替換的衣服呀，得讓她穿得舒服點。佐吉，你去燒水。咦？就算不是生孩子，有病人就得燒水，你眞是不懂事。嘴上不停碎碎叨念著，腳一踏進泥土地，便問：哎呀，幸庵大夫，您蹲在這做什麼？平四郎閉上眼睛。

幸虧閉上了眼睛，用不著看見久米大笑的模樣。儘管還是得聽聲音。

「阿德姊，哎喲妳醒啦。不用起來，我現在就幫妳換衣服、擦身子。我以前也在家裡昏倒過，那時候一身冷汗難過得要命。我幫妳把髮髻解開，這樣會舒服點。我說，妳命眞是不錯呢。井筒大爺爲了救妳，閃了腰哩！」

就平四郎而言，過去阿德把久米當糞坑裡的蛆般厭惡，若能在此注意到久米善良體貼的心性，一改對她的觀感，是再好也不過了。但阿德爲久米那大剌剌的嘲笑羞得耳根子都紅了的模樣，倒免了吧。

平四郎感到難爲情。小時候家裡有個女管家，平四郎怕她更甚於怕母親。有次這女管家就著水盆沖涼時，他偷看過過一眼，那赤裸的身軀豐滿美麗，嬌豔得令人無法相信她和平日大罵平四郎的女人是同個人。事後有好一陣子，平四郎都不敢正眼看她——他憶起了這段過往。因難爲情，也不好意思向細君解釋閃了腰的詳情，支支吾吾地便撒了謊——在鐵瓶雜院裡，想抱起靠到腳邊的孩子便閃了腰，運氣不好連這種事都會遇到，啊哈哈。

小平次將膳食搬進寢室，讓平四郎用遲來的午餐。痛的只有腰，細君準備的東西卻都是軟爛的，簡直像是給壞肚子的人吃的。平四郎微感不快，至少吃東西想好好地吃。但是，一開始側臥著吃飯，便發現躺著沒辦法好好地咀嚼，明白還是軟爛的東西吃起來容易些。

用完飯，細君露臉了。她心下似乎明瞭，平四郎不太願意讓人看見他弓身成鉤的模樣。

「我到幸庵大夫那裡去取藥。」她說道。「有小平次在，應該沒事吧？」

若在平常，應該是差小平次跑腿，細君留在身邊才對，但現在平四郎寧願倒過來。這一點，細君也看出來了。平四郎心想，老婆眞是種既偉大又可怕的人物。

「回信……」

「我還沒寫，先不用了。別說寫，我連看都還沒看完。」

「哎呀。」細君莞爾一笑。「等寫好了，還是交給我吧。連著筆硯盒一起包進包袱上櫻明塾去，搞不好會在不知不覺間消失。」

「『黑豆』的話，是有可能這麼做。」

細君出門後，小平次低聲說道：

「夫人打算去問幸庵大夫嗎？」

她會去問眞的是想抱孩子時閃到腰的吧。

平四郎躺著搖搖頭。「她什麼都不會問的。」

小平次默默地揉著平四郎的腰。

小平次著手整理灶下，平四郎回頭讀辻井英之介那封長長的信。

出乎意料，信裡提到了讓八助一家滿頭熱的拜壺一事。根據「黑豆」的調查，這奇特信仰竟來自湊屋。

話雖如此，並非是湊屋裡有人想出拜壺這回事。這信仰源自京都，據聞兩年前曾在當地風行一時。隨著物資流通進入江戶，在湊屋這口港下了錨，亦一度於其他鮑參翅盤商與沿海貨船間廣為流傳，有些商家因夥計傭工中亦出現信徒，一時間束手無策。

八助等人自鐵瓶雜院出走，佐吉前往湊屋回來後，一臉既垂頭喪氣又困惑不已的神情說道：

「老爺說，八助他們應該不是真的信了壺。」

「黑豆」信裡寫著，現下即使在湊屋或「勝元」，要找一個清楚拜壺之事的人也很難。這與其說是一種信仰，倒更像一名過客，來了便去。但是，他接著又寫道，八助這個打零工的木匠，正好在湊屋流行拜壺那陣子，因受僱於一件小工程而進出湊屋店內。因此，無論八助是當真信壺或是假裝如此，其源頭十之八九來自湊屋。

平四郎仍歪在榻上，抓抓瘦削的下顎。

「這究竟怎麼回事？」

湊屋在佐吉前去報告八助等人之事前，便已得知何謂拜壺信仰。而且，也應有足夠的線索，能夠察覺這信仰可能便源於自家店裡。

「但總右衛門卻對佐吉說，那是房客編出來的藉口，用不著在意。」

在湊屋裡猶如一名過客般，鬧了一陣又離去的拜壺之舉，身為主人的總右衛門不可能一無所知。為何他不向佐吉提一句：我們這裡以前也發生過類似的事情？姑且不論八助等人的實情如何，告訴佐吉曾經有過這麼一回事才是人之常情吧？

「這豈不奇怪？」

平四郎認真起來，搔著下顎。

八助一家人，以及和他一同消失的兩戶人家，現下住在哪裡？沒有上一個住處的管理人所寫的介紹信，要搬家很難。何人從事何職，在何處與何人生活？為維護治安，政府必須全盤掌握，町役人制度也是為此而生的。

若八助一家真是因信仰而離開鐵瓶雜院，那麼出路就多了，好比投靠同一信仰的信徒。然而，若拜壺是造假，應該不會沒有去處便離開鐵瓶雜院，否則定然會感到不安。若非得到一些保證，想來不至於說走就走。

「黑豆」信裡表示正在追查八助的行蹤。要找到他理應不難，若能從他那裡打聽出一些消息，應該就能解開拜壺與出走之謎。

正要讀第三段正文時，平四郎忘了腰痛，猛地就要起身。一喊痛，小平次手裡還拿著畚箕，便從後頭飛奔而至。雖不知他正在打掃何處，但掃在畚箕裡的灰塵差點就撒在平四郎頭上，因而被平四郎轟了出去。

「黑豆」寫了一長篇卻不見疲累，字跡也絲毫不亂。然而，看著這封信的平四郎，心卻大大地亂了。

信上寫著，至今阿德仍敬爲「只有他才是我們鐵瓶雜院眞正的管理人」，也就是佐吉之前的管理人久兵衛，有人才在半個月之前看到他，而且地點就在鐵瓶雜院附近。

據說他就坐在賣菜小舟的船頭，自緊臨鐵瓶雜院後方的小水道順水滑過。看見久兵衛的，是另一個町與久兵衛相交許久的管理人；但當日天陰欲雨，他戴著斗笠，坐在小舟船頭的人物也頭戴斗笠，身披蓑衣。而且，他是走在水道旁與小舟錯身而過，因此無法確知那人是否眞是久兵衛，憑空引起眾人不安也不好，便將此事按下不說。

「話說回來，『黑豆』那傢伙，是去哪裡查到這些的啊？」

隱密迴眞是了不起。蜷著身子斜斜仰望天花板的平四郎，一心欽佩起自己以外的所有人。

這封長信末尾，以此作結：關於此事尚有許多值得調查之處，小弟將見機行事。請平四郎兄一如以往從旁協助佐吉，方爲眼下最佳處置之道。

平四郎一面捲起看完的紙卷，一面嘆氣。側臥著要深深嘆氣還眞難。

正當此時，平四郎背後的窗戶，傳來啪沙啪沙的鳥兒振翅聲。聲響很近，非常近。到鐵瓶雜院去時，有時站在外面與佐吉談話，官九郎會自高高的空中俯衝向下，分毫不差地停在佐吉肩頭，令平四郎驚歎不已。這聲音和那時像極了。

平四郎心下一驚。但悲哀的是，連翻個身向後這麼簡單的事，現在的他也辦不到。本想喊小平次過來，又怕聲音太大驚走了鳥兒，反而什麼都不知道，便忍住了。

平四郎腳撐著地、背對著窗戶，盡可能將頭扭過去，對鳥兒說道：

「你是官九郎？官九郎來了嗎？」

振翅聲再度響起，比剛才更近，幾乎就在耳際了。平四郎看到漆黑的羽翼往身上落下。

官九郎停在平四郎的側腹上。微微偏著頭，漆黑的眼睛俯視著平四郎。平四郎發現，牠的一條腿上繫著一小張捲成筒狀的紙條。

三

官九郎一仰脖，「嘎」地叫了一聲。

「是嗎是嗎？」平四郎弓身側躺著，只轉動眼珠，對停在腰間的官九郎說道：

「辛苦你了。」

他伸長了手，設法去取繫在烏鴉腿上的那個小紙筒，但就差了那麼一寸，搆不著。

官九郎又「嘎」地叫了。

「好好好。」平四郎安撫烏鴉。「可是我閃到腰了，動不了。」

官九郎頭一偏，漆黑的眼睛望著平四郎。也許多心了，那視線像是瞧不起人。即使烏鴉在鳥類裡算是聰明的，也沒有腰這個部位，不能怪牠不懂閃到腰的痛苦，不能生牠的氣。

「你能不能再靠過來些？」平四郎向烏鴉招手。「來，到我的頭這邊來，那就方便多了。」

官九郎的頭往另一個方向一歪，看向平四郎的目光更冷漠了。

平四郎在臉上堆出笑容。

官九郎叫了聲「啊厚（笨蛋）」，一飛而起。雖只是被烏鴉蹬了一腳，也痛得令人一時難以動彈，平四郎連叫都叫不出聲。官九郎先飛上天花板，轉了向，再落到平四郎的臉旁。

這下，平四郎總算拿到紙筒了。官九郎一副「你這人眞難伺候」的模樣，左右搖了搖頭，從窗戶飛走了。待烏鴉離開視線範圍，全然不見蹤影後，平四郎朝牠消失的方向使勁扮了一個鬼臉。他老是這樣，才會被細君當成小孩。

攤開紙筒，尺寸如同神社裡的紙籤。上面寫著小巧工整的字，應該是佐吉的字吧。

「岡引　仁平頭子　即刻前往」

就只這麼一句。平四郎反覆看了兩次，心裡只有兩個感想：一是佐吉懂的漢字眞不少，另一是就男人而言，他的字很圓潤。

「我可不認識什麼叫仁平的岡引。」

井筒平四郎本就討厭岡引。無論任職何處，都極盡所能不與岡引來往。身邊的人也都深知這一點。

話雖如此，什麼岡引當中有許多人出身不良，或是無論表面上多麼冠冕堂皇，終究只是些出賣同夥爲公役走卒之人，或者是他們畢竟是明文規定之外的編制等，這些複雜的大道理，並不是他討厭岡引的原因。他純粹只是怕麻煩。

就連奉行所指派而不得不用的中間小平次，平四次有時也覺得麻煩。用人這件事本就不容易，既花心思又花錢。沒事不會找事把麻煩往身上攬，這就是平四郎的本事。拜命爲定町迴之後，也決定偷懶到底，一概不碰調查工作，因此不須養岡引，這也助長了他這個本事。

同僚亦深知平四郎討厭捕吏，至今從未有人向他求援：

「我說井筒，你能不能派個手下，幫我查查這個？」

也虧得如此，少做了不少做白工。平四郎能夠借給同僚的人便只小平次一人，而出借的狀況，多半是臨時幫忙煮飯、汲水、看小孩。小平次比平四郎更加不善於調查。

他從未因此而困擾過。況且如果真的有萬一……

「反正我有『黑豆』。」

井筒平四郎便是如此樂天。人真是不能沒有從小一起長大的朋友。

因此，他與岡引幾乎無緣。只通知一句「仁平即刻前往」，完全不知所謂。佐吉那傢伙真要寫，就該連仁平要來做什麼一併寫上，紙上空白處多的是。

可以想見，這個名叫仁平的岡引，雖不知有何事，已經先到過鐵瓶雜院了，且在那裡見過佐吉。他們的對話大約是如此吧——一個問井筒大爺今天會不會往這裡來巡視，一個回道大爺今天因病無法過來。接著，問的人說道，既然如此，我有急事，要前往大爺府邸拜訪，於是佐吉便通知平四郎：仁平頭子要過去了，請留意防範。沒有像平常那樣差豆腐鋪的孩子帶信過來，想必是料想由那些小豆子咚咚咚地跑，不如讓官九郎飛一趟比較快。佐吉便是如此急於通知平四郎——岡引仁平就要過去了。

然而，被通知的這一方卻仍老神在在。從頭到尾就一「愣」字。哎，真是抱歉得很。

「反正，」

平四郎抓抓下顎，

「待會本人一到就知道了。」

讓佐吉的努力付諸流水雖然對不起他，不過，人世間便是如此。平四郎摺起小紙片收進懷裡，感到有些睏倦。既然仁平要來，打瞌睡就不太好，可是好睏，要來就早點來啊——想著想著，終究睡著了，被小平次喚醒。

「大爺，有客人。」

好，平四郎應著眼睛立時睜開。不是自誇，若說到要在醒來時彷彿從未打過瞌睡，平四郎可是天下第一。

「讓我猜猜來客是誰吧。是岡引仁平？」

平四郎背對著小平次，瞧不見他的臉，但小平次聲音都變調了。「大爺怎麼知道的？」

「你不知道嗎？我是千里眼。」

小平次當眞又驚又怕地叫了一聲嗚嘿。平素他雖不敢看輕平四郎，卻也不怎麼尊敬。因此讓他敬畏的感覺眞不錯。

「不必客氣，帶他過來吧。」平四郎說道，邊揉揉眼睛好讓腦子清醒。

來者是個小個頭的男人。

平四郎並非期待一個七尺大丈夫大剌剌登堂入室，然而事先收到了那樣的通知，不免以爲這不速之客會是個難應付的傢伙。老實說，此時眞是洩了氣。

岡引仁平的體格與「黑豆」相仿，骨架小而略瘦，加上駝背，看起來比「黑豆」更嬌小。年齡則應該比平四郎大上許多，髮髻裡有幾絲白髮，因光線照耀而閃現銀光。一張小臉還算端正，年輕時或許頗獲女子青睞。身上那件嶄新的和服漿得筆挺，直紋細得須定睛看才分辨得出。

平四郎再怎麼勸，仁平也不肯進房。殷勤有禮地說那樣太失禮，還想跪在庭前的緣石上，平四郎忙笑著阻止。

「我是這副德性，還想歪著聽你說話呢。你這麼拘禮，我反倒過意不去。何況你又不是我的手下而是客人，至少坐在緣廊吧。」

「那麼，小的恭敬不如從命。」仁平便在緣廊坐了。「不過，大爺是怎麼啦？」

「也沒什麼，說來無聊得很。閃到腰了。」

一聽這話，仁平那兩片薄薄的嘴唇便動個不停，不住口地說著某處的膏藥靈、某人的指壓好、閃到腰的因頭又是如何云云，話多得不得了。幸虧這當中來奉茶的小平次驚嘆於他那源源不絕的話匣子，便留下來頻頻應和，平四郎樂得只在一旁作勢傾聽。

岡引這個名稱，取自於在一旁協助同心、與力辦事者之意。因此這個「岡」字就意義而言，與「岡目八目（旁觀者清）」之「岡（旁）」相同。

早在平四郎尚未出世前，任此職者名爲「目明」，而後有段時期遭政府嚴禁。但這道禁令終究未能持續，只有「目明」這個稱呼消失，由「岡引」取而代之。此外，也有「手先」或「小者」這類稱呼，但「小者」多用於指稱岡引的手下。

儘管爲時不長，但政府會明令禁止岡引，想必是認定此等人的存在所衍生的流弊太大。其中的確有此品性端正的岡引，好比平四郎所知的那位回向院茂七，眾人尊爲深川大頭子，奉行所也極其信任。但這位頭子算是例外，多數岡引自身都曾是罪犯，因此其中難免會出現一些不肖之徒，打著「我乃爲公家做事」的名號欺負弱小，假公家之名行勒索敲詐之實。這種情況太過猖獗，乾脆全部禁止——於是便下了這道禁令。

然而，江戶這個地方人口實在增加太多，光靠南北兩處總共不到數百人的與力同心來保護，也實在太大了。雖有町役人制度，但總不能每每要調查問話或逮捕犯人便將管理人或門衛一一找來。況且，有前科在身的岡引若驅使得當，甚至比良善的公役還管用。於是禁令有名無實，目明實質上依然存在。如此一來，禁令便毫無意義，最後反而是禁令消解，繞了一大圈又回到原處。

關於這方面的情形，平四郎是自父親嘴裡聽到的。不是父親親自告訴他，是在說給被視爲後繼者的大哥聽時，稍微聽到幾句。父親對大哥是這麼說的：

「要用岡引很難。一有什麼事，那些人的眼光比你厲害得多，市面上的消息也靈通，若不格外小心在意，冷不防便會遭暗算。能夠眞心信賴的人少之又少，所以你聽清楚了，千萬不能對岡引掉以輕心。」

諄諄教誨了一番。實則父親也討厭岡引——應是不知如何應付才是——終究沒有找到一個親信。終其一生在身邊服侍的，只有身爲中間的小平次之父。

大哥身體不好，未滿二十歲，便先父親一步得胸病死了。現下回想起來，大哥用了多少心思聆聽父訓倒是相當令人懷疑。他身子雖弱，頭腦卻極聰明，也許早知自己命不久長。他深知如何不招惱父親，實則花了不少時間在自己的喜好上，其中之一便是繪畫。

大哥的畫筆相當出色。過世之後，他那些存放在家裡的畫作，諸如綠竹麻雀、福神釣鯛圖、竹林賢人等，甚至有人歡歡喜喜地要走。平四郎完全沒有繪畫的慧根，也沒有賞畫的眼光，但他素知大哥自磨墨那一刻起便樂在其中。因此每看到他的遺作，總免不了會心痛一陣，哀悼一陣。

水墨畫脫不了一些固定的題材，若畫些莫名其妙的東西，也沒人欣賞。其中，大哥很喜歡畫不倒翁，從瞪大了眼睛的不倒翁，乃至於笑瞇瞇的女娃不倒翁，千姿百態無所不有。每張臉都與井筒家相關的某人神似，雖無法指名道姓，卻總令人感到世上確有其人。許多作品都相當優秀，讓人不禁憶起大哥的繪畫長才。

然而，大哥臨死前所畫的不倒翁，表情卻相當猙獰。那幅畫，大概是在畫一個不倒翁滾動的模樣，計有六個不倒翁東倒西歪，面這向那，時正時反，個個眼神不善。

當時平四郎認爲，那是大哥的病透過畫筆躍然紙上。那不倒翁的表情便是如此令人厭惡，非比尋常。

正面凝視那不倒翁，不倒翁也回望觀者。這麼對看上一會，心下便漸漸感覺不快，彷彿那回望觀者的兩顆眼珠子只是個幌子，不倒翁眞正的第三顆眼睛藏在它臉上某處。它看準了這方瞧不見，毫不掩飾赤裸裸的惡意，冷冷瞅著觀者，令人背脊直發涼。

平四郎自己也疑惑，閃了腰歪在榻上、耳邊響著岡引仁平絮絮不休的話聲，此時此刻何以會想起亡兄所繪的不倒翁？但眨了兩、三次眼，抬頭望望連綿不絕的雨勢，又將視線移回仁平沒停過的嘴唇。驀地，就像清掉了掉進眼裡的髒東西，視野一片清明。

仁平的臉，和那討人厭的不倒翁一個樣。

「啊，原來如此。」平四郎不由得說道。

「就是，大爺。」仁平附和。當然，他全然不知平四郎的內心，而是順著自己的話題，回應平四郎的話。

「所以閃到腰這種事，不會遇上的人一輩子都不必擔心，但只要遇過一次就完啦。就好像被一個要不得的壞女人愛上了，三番兩次地找上門來。」

「那麼我可得小心才是。」小平次當眞了。「啊，糟糕。頭子，您是有急事才特地趕來，我卻在這礙事。」

按理，小平次是平四郎的中間，而仁平既非平四郎的手下也非親非故，兩者無尊卑可言，小平次毋需自貶身分。但這男人好像就喜歡別人矮他一截，小平次行禮退下似乎讓他心情大好。哎，這也罷。

「對了，大爺。」仁平單膝向前，移動一下位子。「小的不顧您身體不適，趕上門來，其實是有點急事。」

嗯，啥事？平四郎隨口應道。

「不爲別的，就是深川北町鐵瓶雜院的事。」

平四郎想挖耳朵的手舉了一半停下。「鐵瓶雜院？」

「是。大爺應該很熟吧？聽說您經常到滷菜鋪那女人那裡去。」

他指的是阿德。然而，仁平這說法聽起來，好像平四郎去阿德那裡，除了大嚼她的滷芋頭、滷蒟蒻之外還有其他目的。這誤會可大了。

「你是說阿德吧。那裡的東西很好吃。」平四郎說道。「而且，她很會照應街坊，就像鐵瓶雜院的女管理人。」

仁平微微點頭，一副無所不知貌。「從上一個管理人久兵衛逃走之後，已經四個月了。來接替他的卻是一個沒有用的年輕小伙子。」

「佐吉絕不是沒有用的人。」

「即使如此，還是不夠老道，小的剛才也去見過了。好吧，就算人不錯，但小的實在不認爲他是當管理人的料。」

平四郎拔著鼻毛問道：「你的地盤裡沒有年輕管理人？」

「當然沒有。老天爺不會允許的。」

「是嗎。你的地盤在哪？」

「這個嘛，說是小的的地盤實在不敢當……」

分明敢當得很，嘴上卻總愛說這種話。說謊的不知是仁平還是仁平的嘴。

「自佐賀町整個往南，到佃町那一帶。不過，一查起案來，不好只顧自己這裡。深川一帶最北邊有茂七這位大頭子，但他年紀也大了；八幡神宮門前町那一帶由富藏負責，小的也經常幫忙。」

平四郎對於那一帶不熟，說聲「噢，那眞是辛苦你了」，拔了鼻毛。

「所以說，深川北町本來不在小的地盤裡，但身爲深川岡引，小的不能不管。」

「那麼你是說，鐵瓶雜院出事了？」

仁平陰陰一笑，斜眼看了平四郎一眼，益發像大哥死前所畫的那個不倒翁了。

「大爺也眞愛爲難小的，您明明就知道。」

「知道什麼？」

「那裡的房客就像倒了樹的猢猻，一個個散了，不是嗎，那究竟怎麼回事？」

原來是這件事啊。平四郎正要笑，一張嘴哈欠卻冒將上來。反正是笑是哈欠，同樣是對仁平那愼重其事的口吻潑冷水，便痛快地打了哈欠。

「沒什麼好說的。」平四郎拖著哈欠尾說道。「房客各有各的情由，都不是什麼大事。只是恰巧碰在一起，顯眼些罷了，那雜院啥事都沒有。」

小的可不這麼想——仁平說得斬釘截鐵，像折斷枯枝一樣又乾又脆。「小的也四處打探了不少消息，對這件事很清楚。」

他倒不是信口開河。打久兵衛不得不出逃走的情由起，孝女阿律的事、找上雜院來的長助與通勤掌櫃善治郎一家的關聯、拜壺的八助一家出走的緣由，以及最近本在阿德隔鄰的零嘴鋪一家人遷居，這些仁平都知之甚詳。眞行，對沒半點好處的事竟如此用心調查。

「你說的沒錯，是走了這麼些人。」

「可不是嗎？」

「但是，也有像久米那樣搬進來的人啊。」

「那個賤貨。」仁平不屑地說道。「大爺，那種人不算數的。」

平四郎拔了鼻毛，打了個噴涕。心想大哥畫的那張不倒翁收到哪裡去了，眞想拿出來瞧瞧。啊，眞是像極了。

仁平斜坐在緣廊，恨恨地瞪著自屋簷低落的雨滴。「小的實在放心不下。」

「別擔心，地主是湊屋。就算少了點房租也不痛不癢吧。」

「就是這一點。」仁平擠眼望向平四郎。「問題就在湊屋總右衛門到底有什麼企圖。」

「企圖？」

「難道不是嗎？叫那種乳臭未乾的人來當管理人，房客自然會住不下去而搬家，這點事情身為地主的人不用想都知道。換句話說，大爺，那傢伙打一開始的目的就在這裡。」

他說的那傢伙，應該就是湊屋總右衛門吧。就算本人不在當場，這種叫法也相當大膽。

「在哪裡？」

「把鐵瓶雜院的房客趕走啊。」

平四郎看看自己的腰，就是才不久前官九郎停的位置。因為他心想：我可能是中邪了，搞不好妖狐附在我腰上。在面前和我說話的這個人，我以為他是仁平，莫非其實是尊石頭地藏？

「大爺，您在看些什麼？有蒼蠅嗎？」

平四郎看向囉嗦插話的仁平，發現他靈活的眼睛正如刺般盯著自己。這仁平果然是仁平，不是地藏。要是有這種地藏菩薩，只怕早就被人拿繩子綑起來扔進河裡了。

「可是，」平四郎摩娑腰部。這時候應該要坐起身來，全盤反駁仁平那奇怪的說詞才是，無奈動不了。「你這話會不會太奇了些？有哪個地主會自己把房客趕出去的？再說，如果這些出走搬家的房客全都是湊屋安排設計的，那可得花不少工夫哪。」

正說著，平四郎腦內一隅卻突然靈光一閃。

八助等人的拜壺信壺似乎是假的。而且，拜壺信仰源自於湊屋。若套上眼前仁平的說法，八助等人便是受到湊屋或與湊屋的人調唆，假作拜壺信壺而離開鐵瓶雜院。此時，爲了讓八助等人依計行事，湊屋那方想必會備好離開後的去處，一干人也用不著擔心住的地方沒著落。

這豈不是合情合理？

同樣的道理，也可以套用在其他房客身上吧。可憐的阿律與負債累累的父親權吉，拉權吉沉迷賭博的，若是湊屋的人的話——

告訴長助他的親生父親善治郎人在鐵瓶雜院的，若是湊屋的人的話——

這次零嘴鋪搬家，實則是爲湊屋的人說服，答應供她們往後的住處的話——

即使如此，疑問仍在。一個比日本橋白木屋（註）正月裡擺在店門口的那個鏡餅還大的疑問。千方百計趕走了房客，對湊屋有什麼好處？目的何在？

啊，對嘛！平四郎往額頭一拍。仁平也說他不明白。然而，即使在道理上說得通，相對於平四郎認爲湊屋不可能做出如此目的不明之事，仁平卻認爲既然是湊屋幹的，裡頭肯定有企圖。

「你好像很討厭湊屋啊。」

對於這句出乎意料的話，仁平著實睜大了雙眼。「沒有，沒這回事。」

「你和他有仇嗎？」

註：源於京都的雜貨、和服鋪。一六六二年於江户日本橋創立分店，自一般百姓乃至大名、將軍內眷均上門光顧。後改發展爲「東急百貨」，日本橋分店已於一九九九年歇業，現址爲「COREDO日本橋」。

「哪、哪裡的話。大爺，您說到哪裡去了。」

「地主想趕走房客，這種事我也不會說一定沒有。的確有可能，好比說想把那片土地上的窮酸雜院，改建成能收更多房租的房子。」

「可是當著公家的人，又不能隨便趕人。」

「對，所以要暗地裡搞鬼。」

「應該就是這樣吧？」

平四郎笑了。「湊屋錢多的是，與其花工夫搞鬼，不如包紅包給房客，幫他們找房子，事情自然就解決了。」

「如果捨不得這些錢呢？」仁平仍不肯讓步。「所以才設法讓房客自己離開。」

這樣便與剛才平四郎腦袋裡設想的腳本不合。無論是公開付錢，還是背地裡運作，要說服八助等人和零嘴鋪搬家，同樣都必須花錢吧。

「湊屋會捨不得這一點錢嗎？」

「那麼，就不是錢的問題。他就是想把房客趕走。」仁平口沫橫飛地說道。「而且，不想讓一般人知道湊屋想趕走房客。肯定是這樣的，大爺，錯不了。」

平四郎盯著仁平直看。由於自仁平進門以來便沒換過姿勢，有些累了。

「你太過慮了。」

「可是大爺——」

「湊屋沒那麼閒。你也一樣，不是閒著沒事幹，就別亂追查了吧。」

最後，還刻意呻吟起「我的腰好痛」，仁平只好不情不願地站起身來。

「那麼，大爺當真什麼都不知道？」

「不知道。」

但是，小的不能不管，一有什麼線索，我會再來打擾——仁平留下這句話，總算走了。平四郎發了會呆，才喊小平次。

「什麼事？」

「我想翻個身，你來幫忙。」

小平次應聲走過來。吆喝一聲讓身體轉向時，平四郎問道：

「小平次，你不覺得臭嗎？」

「啊？」這個圓臉中間像狗般朝半空抽了抽鼻子。「梅雨時節嘛，想來是茅廁的味道吧。」

「是啊，怨苦掉進茅坑裡發爛，臭得鼻子都快掉了。」

「啊？」

平四郎開始思考仁平對湊屋會有什麼舊恨。

過了三天，平四郎總算可以直起腰走路了，但仍依幸庵大夫的建議，暫時拄著拐杖走路。說實話，這樣子好像突然老了好幾歲，心裡難免不願；但有拐杖撐著，走起路來安心得多。所幸，梅雨暫歇、青空露臉，既不必撐傘且地面也乾了。

因仁平來訪，平四郎哪都不去，第一個就先到鐵瓶雜院。佐吉正指揮著雜院大夥，埋頭修理因連日下雨而損傷的屋頂。官九郎在他頭頂上飛舞。

「大爺，您的腰都好了？」

「好了。阿德怎麼樣？」

「鋪子暫時不做生意，不過身體似乎已經好多了。現在由久米姊照顧。」

「那眞是太好了。不過，老是不做生意，日子過得下去嗎？」

「依阿德姊的性子應該不必擔心，一定有些積蓄以備不時之需吧。」

平四郎在佐吉家等的當兒，長助泡上茶來，手勢相當平穩。平四郎喝著茶，在一旁看小平次幫著長助習字。修理屋頂這事，看來是由暫時沒工作的丈夫，以及一些力氣不小的主婦一起動手。想到佐吉其實也挺有人望的，平四郎便心情愉快。遇到修理修繕這類活，比起只會坐鎭指揮的老頭子，率先動手的年輕管理人理應更得房客信賴。

不久佐吉回來了，神清氣爽地揮著汗。這陣子陰鬱的臉色，今天也不知跑到哪去了，想來是爲大家同心協力幫忙感到高興吧。

平四郎提起仁平的事，佐吉開口就先道歉。

「對不起，我不該叫官九郎送那種信過去。」

「官九郎倒是隻挺有本事的烏鴉。」

「很聰明吧。但是，後來我就後悔了，怕是自己太性急了。就算仁平頭子的風評再差，既然要到大爺那裡拜訪，應該是有什麼重要的事。我大概是有些想歪了。」

平四郎吃了一驚。「仁平風評很差？」

這回換佐吉吃驚了。「您不知道嗎？」

「我這人不用岡引的。不過，若說那人風評不好，我也大致料得到。他那眼神哪，就是除了自己，巴不得把全天下的人全送進傳馬町（註）才甘願。」

是啊，佐吉應著，驀地臉色暗了下來。「那位頭子，年輕時好像也吃了很多苦，卻沒有吃過苦的人那種寬容厚道，就是很刻薄……稍稍犯了一點小錯，或是幾近於促狹之類的壞事，一旦發現絕不寬待。別說寬待了，簡直就像在雞蛋裡找骨頭，硬是要拿人當罪犯，風評極差。」

「那個仁平來找你說什麼？」

佐吉聳聳肩。「問我房客一直留不住是怎麼回事。」

「還問你是不是湊屋交代你，故意這麼做的？」

不知是否是平四郎多心，佐吉看來似乎整個人都僵了，沒有馬上回答。

「他對我倒是這麼說的：湊屋定是基於某種目的，想把房客趕出去。揚言一定要查出原因。」

正好在這時候，長助的衣袖勾住硯台，把墨汁給灑了出來。小平次連忙去拿抹布。佐吉趁這一陣亂，離開平四郎身邊。平四郎感覺出他不想再提剛才的話題，便決定別在這時硬逼他。

「不過，你也不必放在心上。」

他對抹著茶几的佐吉背影說了這句話，便來到屋外。繞到阿德那裡，只見房門緊閉，久米看到平四郎便迎出來，告訴他阿德睡了。她雙手滿懷都是待洗衣物。

註：傳馬町為當時牢房的所在地。

「阿德姊好會流汗呢。」

「這可就不太好了。」

「不過，現在已經能吃飯了，這就教人放心得多。大爺你的腰呢？」

「已經沒事了。」

「那太好了。傷了腰，男人哪，該挺的都挺不起來了。」

「妳就是老愛說這些，阿德才討厭妳。」

久米也不害臊，放聲笑了。平四郎轉身往雜院大門走，她先是插著腰目送了一會，又回屋裡再轉出門，跑著追上來。

「我說大爺，你那拐杖好短呀。」

久米說的沒錯，這把拐杖是短了那麼點。

「這個怎麼樣，這根比較好吧？」

平四郎撐著久米遞過來的棒子走了幾步，果然正合適。不過，這棒子有幾分眼熟。

「這是啥？」

「阿德姊家的頂門棍。」

因爲這根棍子，平四郎所到之處都遭遇奇異的眼光。

「井筒大爺，您開始學杖法了嗎？」

歪著頭提問的，是深川大頭子岡引茂七的一名手下，政五郎。茂七今年高壽八十八，腦筋靈活依舊，行動卻大不如前。這十年來，凡事均由政五郎代爲處理。

平四郎不識政五郎，對方卻認得八丁堀的每一位大爺，客氣地讓進屋裡。那是幢有院子而不小的房子，面朝大路的一樓開著一家蕎麥麵鋪，由政五郎的老婆掌管。據小平次說，深川就數這家鋪子的醬汁用料最捨得。

茂七的手下不下於十人，總不可能全部住這裡。但光是有這麼多人進出，便夠熱鬧了。店裡應該很忙，政五郎的老婆卻特地端茶水點心過來打招呼，八面玲瓏地應酬，好一會兒才離開。政五郎苦著臉說老婆話多讓他頭痛，平四郎倒是眞心羨慕，稱讚她是個好女人。

「話說回來，大爺，眞是難得。小的知道您向來不喜與我們有所接觸，這回是爲了什麼事呢？」

政五郎切入正題。平四郎嗯的沉吟了聲。「有件事想請教大頭子。」

「眞是不巧。頭子上個月便到箱根湯療去了，因爲頭子的腳力已經大不如前了。」

「我能不能幫上忙呢？」政五郎客氣地問道。平四郎心下暗忖。

茂七所信任的人，奉行所裡亦無人反對。他的風評平四郎向來有所耳聞，都說他像金座（註）的大秤一樣規矩。既然是那位大頭子培育的後繼者，同等視之應該無妨吧。他決定開誠布公。

「我在想，佐賀町的仁平與築地的湊屋總右衛門之間，是不是從以前就有什麼過節，你知道嗎？」

哦——政五郎發出心領神會的聲音，碰地捶了一下手。

註：爲江户幕府鑄造、發行金幣的機構。

「大爺，您要知道這類過往，有個最恰當的好幫手。」

「現在就在這裡？」

「是的。」政五郎靈活站起，拉開唐紙門，向裡頭喊道：「喂——大額頭，你來一下。」

「大額頭？」

政五郎回原位正坐笑道：

「您請看吧。」

不一會兒便傳來啪韃啪韃的腳步聲。聽見有人道擾之後，唐紙門滑開。一瞧，果眞有個大額頭在那裡。

那是個年約十二歲左右，臉龐光滑可愛的男孩。五官面貌與身形均如伶人般端正秀美。只不過，額頭很寬，異樣地寬。

「他就是大額頭。」

在政五郎示意下，少年恭恭敬敬地行了禮。「還請大爺多關照。」

這情況大出意料之外，平四郎張著口愣住了。

「雙親取的名字是三太郎。」政五郎說道。

「因爲我是老三。」少年接著說道。

「但大額頭好叫得多。」

「是。」少年笑著點頭。

「那麼，這位大額頭老弟要做什麼？」平四郎問道。

「就算我們大頭子再健朗，終究不是神仙，總有壽終正寢的一刻。所以在那之前，趁腦筋還清楚，把該讓後人知道的事故緣由、人名、發生過的案件等，全要他記住。」

「是。」少年再次點頭。「因爲我記性好。」

「大額頭，大爺在問，大頭子有沒有提過佐賀町的仁平和築地的湊屋老爺間的牽扯？」

大額頭三太郎雙眼兜在一起，想了一會。接著，臉色忽地一亮。

「是，有的。」

「有嗎？」平四郎傾身向前。

「是，牽扯得可多了。」

於是，大額頭開始講述。

四

事情要追溯至三十年前。

湊屋總右衛門這個人，發跡致富前的人生不甚爲人知，這一點平四郎也知道。話雖如此，他畢竟是個人，總無法一筆抹消。從他本人提起的，或過往相識的人說到的，儘管只是片鱗半爪，卻也能窺知一二。

既然已經提到了，不妨順帶一提，他並非向來就叫做總右衛門。年輕時似乎每換地方便改名字。這在那些痴心妄想著有朝一日在哪裡發筆橫財的流動傭工當中並不稀奇。只不過，這些人裡頭，眞的像總右衛門這樣發了橫財的人就很稀奇了。實則有關他曾被流放孤島的傳聞，或說他是個忘恩負義的傭工，殺光主人滿門、捲產而逃的傳聞，每隔一段時間便被拿出來流傳一番的原因或許在此。

這總右衛門承認他年輕時用過一個名字，叫總一郎。將總字改爲宗字便是他長男的名字，可見這傳聞不假。而大額頭三太郎所描述的，便是湊屋二十五六歲、叫做總一郎時的事。

「那時湊屋總一郎是在本鄉三丁目一家叫萬屋的鋪子當傭工。」

大額頭舌頭雖有些不夠靈巧，說起話來卻有種討人喜歡的音調。

「當時的老闆是第二代。萬屋原本是賣紙的盤商，到了這第二代老闆，店裡有一半便賣起了茶葉。同樣都怕濕氣，多個茶葉也無妨吧。第二代很會做買賣，茶葉生意很快就興旺起來，萬屋人手不夠，於是新用了一批傭工，湊屋總一郎便是其中之一。由於急著找人幫忙，請人也不講究保證人、介紹信等規矩，而總一郎似乎也不是頭一次在鋪子裡幹活，年紀雖輕，做起事來倒是駕輕就熟。而且工作學得快、算盤打得好，爲人處事圓滑周到。第二代老闆相當賞識總一郎，認爲撿到了寶。從才進萬屋半年便升他爲夥計，讓他緊跟在自上一代便在萬屋的大掌櫃身邊做事，便可想見老闆對他有多滿意。」

平四郎點頭嗯嗯附和，一副在書場聽說書先生講戰記的模樣。碰巧政五郎的老婆又來添熱茶，越發覺得自己像個聽書客。

「不久，萬屋的茶葉生意做得有聲有色，賺的錢多過上一代起家的紙類。這麼一來，負責紙那邊多是在萬屋土生土長的傭工，與茶這邊初來乍到的傭工，便無可避免地形成對立之勢。雖然如此，雙方的掌櫃都是吃過苦、歷練過的，自然不會爲這等無聊小事吵上檯面。遇到這種情況，在暗地裡較勁的，總是那些年輕人。」

這也在情理之中。只不過，這大額頭說話時語調像唱歌般高低起伏，且本人也隨著話聲上下晃動，連聽他說話的平四郎，忍不住也想跟著動起來。

看著政五郎，或許早就習慣了，只見他雙手交抱在胸前，端坐著不動如山，相當有架勢。

「發生這種人多相爭的事情時，雙方必定會出現一個領頭的人物。」大額頭三太郎抑揚頓挫地繼續說道。「可想而知，茶方面帶頭的是總一郎。他是個聰明的年輕人，而且深受第二代老闆賞識，算是眾望所歸。相對的，紙這方帶頭的則是長總一郎兩歲、自小吃萬屋飯長大的，名叫仁平的夥計。」

「喂喂，慢著。」平四郎吃了一驚，打斷大額頭。「這仁平就是那個岡引仁平？」

大額頭三太郎正換氣要繼續說唱，便這麼停下來了。政五郎代爲答道：

「是的。但是大爺，麻煩您忍著點，先聽完再說。」

「最好別附和，是嗎？」

「是的，眞是過意不去，但還請大爺幫這個忙。」

政五郎先行個禮，再向三太郎點頭。大額頭調整氣息，順溜地又開始說唱起來。

「話說，這總一郎與仁平，倒是兩個相像的年輕人，頭腦靈光又是做生意的好手，雙方才能不分軒輊，都是不可多得的人才。然而，仁平有一點比不上總一郎，那就是人緣。不分男女都很喜歡總一郎，畢竟是因爲他較聰明吧。換句話說，他善於展現他的賢能。即使如此受主人賞識，他仍不驕傲、不怠慢，率先奮不顧身地工作，也可說是他做人懂得體諒。他明白光有腦袋是無用的，紅花還須綠葉扶持，腳不動便前進不了，手不做便沒飯吃。」

這不單是湊屋總右衛門，凡是位居人上、能支使人者均是如此。平四郎也深知這個道理。正因如此，他更想避免這種麻煩事，只用上頭不容分說指派的小平次一人，不求表現，懶散至今。

「然而，仁平卻不懂得這個道理。」三太郎的話聲忽地沉重起來。「這種錯誤，頭腦好卻不懂事的人經常會犯。仁平根本瞧不起手下的傭工。在他眼裡，不僅店裡的人，全天下的人看事情都沒有他來得透澈；在他心裡自己最了不起，因此他對任何人都毫不客氣。再者，頭腦好但人緣差的人，常專挑對方最不愛聽的話來明諷暗損，得理不饒人，故實際上人人皆對他極為厭惡、畏懼。他之所以成為紙方傭工的首腦，原因之一雖是他的能力強，但另一方面也是因為眾人怕了他，敢怒而不敢言。」

在此種狀況下，茶與紙雙方的對立也由最初的如野狗亂吠，逐漸走了樣。

「紛爭不斷，使雙方關係越演越烈，但在這你來我往之中，認識對方將領的機會也多了。換句話說，慢慢地紙方的傭工也開始漸漸折服於總一郎的商才與人品。」

萬屋老闆將此視為一舉弭平紛爭的良機。

「第二代老闆竟將紙與茶的領頭對調，讓總一郎到紙這邊，而仁平到茶那邊。而這個主意確實奏效了。」

對調不到兩個月，紙方原本堅決反對總一郎的傭工，也完全為他所收服，紛爭化於無形。若事情就此解決，那眞是再好也不過，但事情畢竟無法盡如人意。

「其他的火種都滅了，卻還有一個麻煩沒有解決。」

那便是如今被降格爲討厭鬼的仁平。

「討人厭的人之所以會再三做出惹人嫌的事，其實都是因寂寞作祟。但是，原本該是很聰明的仁平，在這一點上腦筋就是轉不過來。一開口就討人厭，一出手更是惹人嫌。而總一郎此時最該做的，是挺身而出安撫一干傭工對仁平的厭惡；且他是個聰明人，理應不會不明白這一點，但他卻置之不理。畢竟當時年輕氣盛，心裡對仁平有所不滿，想作弄作弄他吧。」

這不難理解。站在眾人頂端，底下的人全都站在自己這邊，想欺負一下看不順眼的人，也是人之常情。

「事情原本就不是發生在傭工有五十、一百人的大鋪子裡，因此與其分成兩派明爭暗鬥，不如眾人齊心討厭一人，整個形勢便會安定得多。對仁平而言，身在萬屋便如坐針氈。然而，仁平也不肯服輸，一有機會便設法反擊。但這又會激怒其他傭工，結下梁子——」

有一次，總一郎等人想到一個好主意，利用仁平素來自認聰明，反咬他一口。若能讓他狠狠栽個筋斗，就算仁平再狠再霸道，也會因丟不起這個臉而自行離去吧。

「萬屋的錢財出入，由第二代老闆與大掌櫃兩人包辦。總一郎雖深受老闆信賴，也有一本總帳是他不得過目的。」

事到如今，仁平也賭起氣來，硬是想比總一郎先爬到得以看那本總帳的位置。只不過，連大掌櫃也偏愛總一郎，因此這終究是無法成眞的妄想。但越是無法成眞，越是嘴硬要做到，這正是仁平——不，正是人的愚蠢之處。

「總一郎等人準備了一本空白的總帳本，裡頭什麼都沒寫，只把封皮封底弄髒、沾上些手垢，做得像一本用舊了的帳冊，假裝這是店裡的「祕密總帳」——連大掌櫃都不知，只有老闆才曉得的重要帳冊。而總一郎悄悄弄到手，暗中調查，像要設法刺探店裡的內情和買賣的狀況。」

一心憎恨總一郎的仁平簡單地上鉤了。一干人聯手作弄一個人，雖有些缺德，但也是件有趣的事。傭工共同演起戲，可憐的仁平被矇在鼓裡，全然不知。

「總一郎等人邊小心不讓仁平得到那本空白的總帳冊，卻又巧妙地讓他知道他們將帳冊藏在哪裡。仁平一確認總帳冊的所在，便興沖沖地向第二代老闆告密——」

有人告密，老闆總不能不管。老闆押著莫名其妙的總一郎等人，搜出那本總帳。

「翻開來，卻是一本白紙。」

這也是當然，因爲本來就是空白的。

「仁平當場臉都綠了，拚命解釋。表示這太奇怪了，總一郎他們是那樣鬼鬼祟祟，自己的懷疑並非無中生有。這說的也有道理，但總一郎是個聰明人，早爲此備好答案。他事前便在這空白帳冊的好幾處上寫了些字，並解釋道他正在教家裡的傭工寫字，只是不想搞得人盡皆知，好像自己多了不起，便暗中進行。」

平四郎唔了一聲。

「萬屋的第二代老闆相信了總一郎的說辭。仁平只挨了頓罵，但不到十天，如同總一郎等人所料，他悄悄離開了萬屋。被當做眾人的笑柄，在店裡難挨是當然的。可憐歸可憐，但有一半是他自作自受。」

而總一郎更高明的，是在半年後也離開了萬屋。

「說實話，其實是在萬屋裡該學的都已學會，是換到更大的商家的時候了。然而，他以這手法讓仁平吃了鱉，當時眾人雖都笑得直打跌，但沒有一個是壞到骨子裡的惡人，事後氣氛便漸漸有些走調，總一郎的人望多少也受了些影響，於是認爲這裡非久居之地。眞是聰明。」

「是很聰明，但我不喜歡。」平四郎心想。他把心裡的想法直截地說出，政五郎呵呵笑了。

「一點也沒錯，我也比較喜歡爲人處世沒那麼圓滑周到的人。」

「不過，被像我這種沒好處也無礙的人喜歡或厭惡，對那些長袖善舞的人來說都一樣。」

「您這是什麼話。」政五郎似乎很高興。

「事情我明白了。」平四郎對大額頭笑道。「不過，這已經是很久以前的事了，而且也無關乎人的生死，不過就是場有些過了頭的惡作劇。這麼多年來還懷恨在心，這仁平也太會記恨了，眞嚇人。」

政五郎福泰的一張臉，陡然間暗了下來。

「大爺說的沒錯。若是一般人發生了這種事，稍微受了點挫折，應該會反省自己並引以爲戒，堂堂正正地活下去。不巧的是，仁平並非這種氣性的人。離開萬屋之後，不但滿肚子怨氣，生活也跟著荒唐起來，接著便是一連串的不順遂。本人暗自死心眼地認爲，這都是因爲出了那種事被趕出萬屋之故，要是沒有萬屋，自己的人生也不至於如此。」

平四郎唔了一聲。「仁平會當上岡引，也就是那個，自己曾經也身爲罪犯——這種常見的情形嗎？」

「是的。」政五郎將原本已稍稍放鬆的背脊挺得筆直，低聲說道。「大爺不喜歡與我們這種人打交道，大頭子早已提過。因此，仁平成為岡引的前因後果及之後他做了些什麼，這一套長篇大論的贅述，我就不拿來煩大爺了。只不過，仁平為上頭做事以來，許多作為是相當令人不以為然的。」

「什麼樣的作為？收取賄賂或是……」

政五郎搖搖頭。「要件件細說便沒完沒了。簡單一句話，就是欺負弱者。」

平四郎皺起眉頭，總覺得本應治好的腰又痛了起來。

「我們的工作是幫忙奉行所的大爺，本身沒有任何權限。懲治罪人並非我們的本分——不僅如此，正如大爺才說的，我們這些人裡頭，也有不少是犯過律法者。找到做了壞事的人，說起來，就像見著同鄉一樣。」

聽著政五郎語重心長的講述，平四郎不禁想到他本身不知有著什麼樣的過往。

「當然，我們是公役大爺的手下，一舉一動都須遵從大爺的號令。只是，若犯了法的人可憐，或是有什麼不得已的情由才以身試法，那麼我們會稟報大爺，請求從輕發落。因為有些時候，町裡的一些芝麻小事，我們比大爺來得清楚。」

「是啊，你說的對。」

回想起來，令鐵瓶雜院前管理人久兵衛出走的那件事，便是如此。妹妹——疑似——對兄長下手，這種事並非出於憎恨，背後的情由令人同情。當然殺人的確不該，但不能逼得殺人者再去犯下另一樁凶殺案，這一點連平四郎這半調子的公役也懂。

「仁平卻不明白這一點。」政五郎深深嘆氣，語氣彷彿在提一個不長進的自己人。「不，即使心裡明白，對那些因事跡敗露而處於劣勢的人，他就是無法給予一點溫情。」

「這就是他欺負弱者的緣由嗎？」

「是的。再沒有一個岡引，像仁平對罪犯這般不留情了。我忽然想到，以前我曾經對我們大頭子提過，這人似乎以發現罪犯、加以逮捕爲樂。大頭子聽了只說很遺憾，世上就是有這種人，便沒再應了。」

仁平一心認爲，自己年輕時遭同伴聯手欺騙，被迫離開店家，人生也才因此走上歧途。當年被捉弄、取笑之事，是否仍歷歷在目？所以把氣出在無法公然反抗自己的軟弱罪犯身上，既囂張跋扈又冷酷無情？

「也許是想藉由欺凌罪犯，證明自己比所有人偉大，頭腦比任何人聰明。」

平四郎內心想著，不由得脫口而出。「頭腦聰明有什麼好處？」

「啊？」政五郎偏著頭不解。

「說起來，頭腦聰明和讓別人以爲他頭腦聰明，是兩回事吧？」

「哦，的確是。」政五郎拍了一下膝頭。

「無論頭腦有多聰明，要是別人不知道，就不會說他聰明了。反過來，其實頭腦駑鈍，只要能讓別人以爲他頭腦聰明，就是聰明了……啊，不過要讓駑鈍的頭腦顯得聰明，還是得聰明才做得到。」

「用不著聰明，只要夠奸巧就可以。」政五郎一本正經地回道。

「大爺說得很對。」

「別說笑了，我這人嘴裡長不出象牙的。」平四郎吊兒郎當地笑了。「被你這麼像樣的岡引一褒，渾身都不自在。不過……」

他收起笑容。

「我知道仁平是什麼樣的人了，倒是挺難纏的。不過，他對湊屋足以構成威脅嗎？」

政五郎如剛吹熄的油燈般沉下臉色。「仁平忘不了過往的怨仇，多年來一直追查讓他在萬屋栽跟斗的那些人的消息。要是有人運氣不好，讓他有了可乘之機，便立刻出手毀了那人。」

平常人即使腳踏實地過日子，一輩子也免不了出點小錯，好比借錢卻還不起、沉迷於女色誤入歧途、一時衝動因細故打架傷了人、一時大意害人受了傷等。只要被仁平逮到機會，便將小事化大，將他們以罪犯身分逮捕。

「在萬屋跟著總一郎設計仁平的中心人物共有四人。其中三人，有的成為獨當一面的商人離開萬屋，憑一己之力開了小店鋪；也有的去其他地方工作。剩下的一人，被萬屋第二代老闆看上招為女婿。但是，如今這四人下場都很淒慘：有人死在牢裡；有人財產散盡，落魄到住在破雜院裡；有人死了孩子，也有人跑了老婆。萬屋本身自女婿那一代便沒落，現在連個形影都沒有了。」

平四郎睜大了眼睛。「這全都是仁平造的孽？」

政五郎不慌不忙地訂正。「不，是仁平立的功。」

「這實在是……」

「我們大頭子的地盤是在本所深川，之所以會知道仁平的這些作為，其實也是因被他整得生不如死的第四人，也就是萬屋的女婿的緣故。那已經是七年前的事了，當時大頭子住在相生町，這才得以明白事情的底蘊。大頭子想盡辦法別讓事情鬧大，但偏偏是喝酒打架傷人，實在壓不下來。大頭子直說可憐，懊惱了許久。」

眼前似乎可以看到茂七懊喪至極的面孔。

「眼下，對仁平來說，就只剩下帶頭的總一郎——湊屋總右衛門一個了。」

「總右衛門本人知道這件事嗎？」

「應該知道吧。以前夥伴的消息應該會傳進他耳裡。他那個人向來行事謹慎，一般是找不到破綻的。」

平四郎感到一陣涼意，不由得將手揣入懷裡。「謝謝你，讓我知道了這許多消息，很值得參考。對了，之前相生町那第四人叫什麼名字？還有沒有人知道他當時那個案子？」

政五郎朝大額頭三太郎看。大額頭又把兩眼往中間一擠，嘴裡嘰哩咕嚕飛快地念念有詞。看樣子，是在「找尋」他記得的事情。

「哦？」平四郎大感驚異。「原來這大額頭老弟不是把事情記住，而是把聽到的話，原原本本依次背下來了？」

「是的。」政五郎頷首。

「請您稍加忍耐，就快找到第四人的案子了。」

不久，三太郎止住了嘴裡的嘰哩咕嚕，雙眼回到原位，發出可愛的聲音。

「那人名叫清助，在相生町賣菸草。由於吵架打傷了人，被判流放孤島，兩年後死在八丈島。

親人共有妻與子兩人，在清助獲罪之後便離開了雜院，不知去向。聲稱遭清助打成重傷的人，不久也搬了家，沒了消息。據說其實是因爲傷根本不重，但在仁平頭子的教唆下說了謊，在雜院裡待不下去。」

「那就沒辦法了。」平四郎嘆了一口氣。「不過，就算現在找到那個人，也莫可奈何吧。」

「的確。」

「可以再請教一件事嗎？仁平是在誰的手下工作？」

這是在問使喚他的是哪一位同心。然而沒想到，政五郎卻搖頭。

「不知道嗎？」

「不是的，是沒有這麼一位大爺。」

「沒有同心只有岡引？」

「這個嘛，名目上應該算是聽命於某一位吧。但仁平總是獨來獨往，並沒有忠心跟隨哪一位特定的大爺。要是他盯上了什麼蛛絲馬跡，認爲可以立功，便去找可能會買帳的大爺──他向來都以這種辦法行事。當然，並不是哪一位大爺都行，應該有幾位相熟的吧。」

這人當眞奇怪。只不過依剛才聽到的話來推測，平四郎認爲倒也不足爲奇。仁平不當任何人的手下，永遠自己作主。

回程路上，平四郎心想著湊屋總右衛門不會時常作噩夢睡不安枕嗎？走路時不由得微微縮起脖子。

「要是我，有了仁平這種怨念深重的仇人，恐怕一個月都撐不過去。」

湊屋總右衛門果眞是個大人物，平四郎由衷感到佩服。

幾天之後。

一起床，平四郎感覺腰好得差不多了。彎著扭著也一點都不痛，心裡也不再擔心會再閃到腰。或許因爲如此，覺得頭腦極爲清醒，想趁今天好好和佐吉正面談談。

佐吉的出身及母親出走的內情，前幾天才打聽到想找湊屋麻煩的仁平的消息——要在心中獨自盤算這些，還得假作不知情地與佐吉周旋，平四郎可沒這麼能幹。這一點他本人最清楚。把話說開吧，把話說開。

帶著小平次來到鐵瓶雜院，先到阿德那裡去瞧瞧。令人驚訝的是鋪子開著。往裡頭一探，站在爐灶和滷鍋前的，竟是久米。

「哎呀，大爺，」久米轉動著長筷，嬌聲說道。「這幾天都不見您的人影，怎麼可以偷懶不巡視呢！」

「我不是差小平次代我來了嗎？對了，妳在那裡做什麼？」

「看就知道了吧？顧店呀。」

原來如此。鍋裡的食物正咕嘟咕嘟地滾著，冒出阿德滷菜才有的香味。

「阿德已經好了？」

裡面隔間的屛風收起來了，也不見阿德那雙破舊的鞋。

「她到幸庵大夫那裡去了。」

「那，她已經能下床了啊。」

「早就可以了。只不過不好意思見大爺，躲起來罷了。」久米拿長筷往平四郎肩上碰地一敲。

「大爺眞是的，一點都不懂女人心。」

平四郎搔搔下巴。一想起阿德昏倒時的事，他也感到相當尷尬。

「所以她才託妳看店？那妳在她心裡的地位提高了不少嘛。」

久米噘起嘴。「才沒有呢。大爺，您能不能幫我說幾句好話？阿德姊一點都不肯相信我。」

「可是，她不是把鍋子讓給妳管了嗎？」

「事前的準備調味，全都是阿德姊一手包辦，連半──點都不給碰。我可是求她求到嘴都乾了，才讓我看店的。大爺，你相信嗎？久米我竟然求人家讓我看一口滷鍋。」

「阿德不答應？」

「她說，要拿來賣的東西怎麼能交給一個渾身脂粉味、無可救藥的妓女。」如此傷人的話，久米竟說得若無其事。「可她呀，現在光準備就累壞了，等到鍋子開始滾的時候，連站都站不穩。照她那個樣子，開店做生意豈不是危險得緊？可偏又怎麼樣就是不想交給我。」

於是佐吉居中斡旋，總算在昨天把事情說定了。

「哦。」平四郎一笑。「阿德最討厭妳和佐吉兩個，卻被你們說得讓步了？」

久米一雙長筷戳進滷汁裡，攪動著芋頭，又噘起嘴。

「才沒讓步呢。她把我和佐吉兄呀，說得豬狗不如。眞是一點都不可愛。」

「哎，別這麼說。不過，妳心地也眞好，不生阿德的氣？」

久米還在攪著芋頭。平四郎生怕芋頭給攪爛了。一爛，滷汁就會變濁；一濁，阿德肯定又要發火。平四郎從久米手裡取走長筷。

「是啦，是很沒趣。」久米甩著綁起來的袖子，做出小姑娘鬧脾氣的模樣。「可是，我的確是妓女，她也沒說錯。」

「也是啦……」

「阿德姊呀，說我用不著去賣淫，應該也可以靠自己的力量過日子。好比像這樣賣吃的、幫人縫衣服、挑菜去賣，什麼都可以。我不做這些卻去賣淫，都只因爲我是個懶惰蟲。」

啊哈哈，久米揚聲爽朗地笑了。

「說的也是，像我這種賣淫的都是懶人。我本人都這麼說了，一定錯不了。可是，人家我討厭搬重的東西，也討厭沒日沒夜地工作，教我還能怎麼辦呢？」

「所以妳打算來阿德這裡，讓她治好妳的懶病？」

久米一副平四郎問的好像是別人的事般歪著頭，乾脆地說「不知道」。

「可是大爺，這行生意我做了這麼多年，就只有直覺最靈了。我說，要是沒了我，阿德姊一定會很寂寞。所以我每天早上一起床，就往這裡跑。看到阿德姊瞧見我就發脾氣，不知怎地我就放心了。」

「聽妳這麼一說我也放心了。」平四郎說道。「要是全天下的人都像妳一樣，也用不著奉行所了。」

久米大笑，雙手打了平四郎一下。「討厭啦，大爺。要是全天下都是我這種女人，就什麼事都幹不成了，連將軍大人的城都會被毀。像我這種人，偶爾有那麼一、兩個就好。大爺眞是不懂。」

鋪子裡只留久米一人未免令人擔心，平四郎便留下小平次，獨自前往佐吉家。門開著，往裡喊人，只見佐吉弓著身專心寫東西。

平四郎進了房，關上門。因不見長助，一問之下，原來是跟豆腐鋪的豆崽子出去了。

「紀伊大人家要打掉板牆，他們去要木屑了。」

「不會跟澡堂搶嗎？」

「就是把木柴運到那澡堂去，換木屑當工錢啊。」

佐吉剛才像是在記帳，一問之下，他回道向來都會將雜院每個月使出去的錢查清楚記明白。

「因爲總有些小地方在修繕，而夏天之前也還得淘井。」

「你倒挺認眞的。」

「我是個塾檔的管理人，爲後來的人著想，得好好幹才是。」

後來的管理人——原來他是這麼想的，平四郎不由得直瞅著他看。佐吉有些吃驚地縮起下巴。

「怎麼了？」

「沒事。其實我今天來，是有話想和你談談。」

話雖如此，卻也不是要質問他什麼。平四郎只是想問問佐吉現下的心情，其實不說也無妨。

「對你是有些過意不去，不過我稍微查了一下你的事。」

平四郎將先前得知的事，及他的想法原原本本地告訴佐吉。平四郎開始懷疑佐吉的心緒，是八助等人因信壺出走之際，佐吉突然冒出的那句——我爲什麼會待在這裡——以此事爲開端，乃至他的身世與現在的立場，直說到仁平這個岡引盯上湊屋總右衛門的理由。說完，喉嚨都乾了。
佐吉一直默默地聽著。見平四郎口渴了，便倒了開水遞過來。他就只動了這麼一下，其餘時候始終垂著頭，彷彿後頸上壓了塊醬菜石。
平四郎啜著開水，驀地突然難爲情起來，笑了笑。
「這還是頭一次正經八百地和你深談，但是之前該和你正經商量的事可多了，只是我不知道而已。不過啊，佐吉……」
佐吉總算抬起頭來。或許是多心，但看到他的眼神似乎放鬆了些，平四郎也跟著放心了。
「你啊，我倒是一點也不擔心。我是說，你身上沒半件需要深查追究的事，只是仁平讓我放心不下。既然他盯上的湊屋是你的外叔公，就更令人擔心了。」
「謝謝大爺掛心。」佐吉深深低頭行禮。「其實，我會要官九郎飛去向大爺傳訊報告仁平頭子的事，也是因爲差我來這裡當管理人時，湊屋老爺就千叮萬囑，要我小心一個叫仁平的岡引。」
佐吉自然認爲平四郎不會不知道仁平這惡名在外的人，信才會寫得語焉不詳。
「原來，湊屋總右衛門早就知道仁平不好惹了。」
「是的。以前在萬屋吃同一鍋飯的夥伴被整得淒慘無比，老爺都知道。」
「老爺，是嗎？」平四郎雙手往胸前一抱。
「剛才你也是叫『湊屋老爺』吧。不嫌生分嗎？那是你叔公呀，你小時候還跟著他住，關係不也挺好的嗎？半像父親一樣。」

佐吉堅決地搖頭。「以前是以前，現在是現在。」

「你眞古板。」

「老爺對我們那麼好，我娘卻忘恩負義。」佐吉的眼神變得像圍棋子一樣。「那是不能原諒的。」

「你用不著擔那個責任啊。你也可以當作是你娘也因爲相信總右衛門，才放心留下你離開。」

佐吉笑了出來。「這很像大爺會說的話。」

「是嗎？」

「是啊。換成大爺，您不會生氣嗎？不會嗎？收留遇到困難的姪女，供她生活，她卻把孩子推過來，還恩將仇報。」

「恩將仇報……」

「大爺的調查還差了那麼一點，或許湊屋防得就是這麼嚴密吧。」

「差了什麼？」

「我娘離開湊屋的時候，還偷了錢。而且，她不是一個人走的，是跟店裡最年輕的夥計一塊私奔了。那可是湊屋老爺看好而一手提拔的人。」

平四郎嘴張得大大的。「眞的嗎？」

「我不會拿這種丟臉的事來說謊。是眞的，我娘是個忘恩負義、水性楊花的女人。」

這話就佐吉來說相當露骨。平四郎默默喝著開水。

「所以，那時候我就算被趕出湊屋，也不敢有半句怨言。老闆娘本來是這麼打算的……」

「你是說總右衛門的妻子阿藤吧。」

「是的。夫人對我很不客氣，那也是當然的。就算沒發生那件事，我娘和我都太過依賴湊屋老爺的好意了。」

最後，總右衛門安撫了阿藤，將佐吉送到素有往來的花木匠處。佐吉相當感激。

「讓我成爲獨當一面的花木匠，能夠養活自己，這全都要感謝湊屋。所以，當老爺派人前來告訴我鐵瓶雜院的事，問我在風頭過了、找到管理人之前，能不能先來幫忙，我二話不說就答應了。這算是我的一點報恩。」

抱著這種心情前來，房客卻一個接一個跑掉。我怎麼這麼沒用呢——如此一想委實受不住，便不由得氣餒了。

「可是，佐吉，」平四郎謹愼地開口，「八助他們信壺的事，看來是湊屋設計的。」

平四郎說了前因後果，佐吉不爲所動地聽完，一句那是大爺想太多便帶過。

「不說別的，湊屋老爺沒有任何趕走房客的理由。就算有，也沒必要用這麼費事的方法，不是嗎？」

這話極有道理，平四郎也如此認爲，所以才百思不得其解。

「我能做的，就是想法子不讓房客再繼續減少下去。我也會小心，不讓仁平頭子有機可乘，尤其現在是最要緊的時候。」

名繼承人。

總右衛門的獨生女美鈴，親事就快談定了。對象不是商家，而是西國（註）一個頗爲殷實的大名繼承人。

「美鈴小姐將來要先到家世相當的旗本家當養女，再從那裡出嫁。但即使如此，對湊屋而言仍是件名譽之事。」

「對方看上的是湊屋的錢吧？這年頭，沒有哪個大名家是有餘裕的。」

佐吉聳肩笑了，說這仍是出人頭地。「湊屋老爺高興極了。啊，不過這件事還請大爺保密。」

「放心，我沒有說這種消息的對象。」

事情大致談完，平四郎卻還沒向佐吉問起美鈴的異母妹妹阿蜜，以及他們兩人之間的交流關係。他們似乎透過官九郎來傳信。不過——

應該不需要問吧。

那才眞正是人家的私事。當前最麻煩的是仁平的怨恨，與傳信這件事無關吧。

平四郎轉換話題，問起阿德與久米。佐吉笑著說明自己夾在兩造雙方之間如何煞費苦心，平四郎大笑了一場。就算查清了佐吉的出身，就算知道了岡引仁平的目的有多危險，都算不了什麼——他的心情又輕鬆愉快起來。回家路上下起滴滴答答的雨，也不以爲苦了。

五

井筒平四郎之妻以貌美聞名。

平四郎本人倒是認爲「年輕時美是美，現在可差多了」。

細君同樣有個身爲同心的父親，也同樣是在八丁堀宿舍出生長大的。只不過，雙方的父親雖似乎有所交流，但一個在北町一個在南町，兩家人倒是沒有往來，直到婚禮前，平四郎連見都沒見過她一面。不過，聽說是個美人，感覺自然不壞，心裡也懷著期待；及至見到本人確實是個美女，心情就更好了。不過，這都是過去的事了。

細君是家裡第三個女兒。上面兩個姊姊也個個都是美人。不，都曾是美人。長女招贅以繼承父親的職位，次女嫁到商家。因此平四郎有個同爲八丁堀同心的連襟，卻仍是一個南町一個北町，再加上職務屬性相異，平素也幾乎見不著面。聽說這位連襟長於算盤，所做的工作必須窩在町奉行所裡，埋首帳冊之中。藉此追緝惡質的高利貸，或不時對那些靠借大名錢而大發利市的大商家潑潑冷水，好生修理一番，似乎相當能幹。這時世刀劍無用武之地，算盤上的工夫倒趁勢當道。平四郎拔著鼻毛頻感佩服，心想往後或許像這類出人意料的公役才能名留青史也說不定。

說到算盤，小時候拿兩把算盤翻過來綁在腳底下，在家裡廊上飛滑衝撞時被父親逮個正著，還以爲鐵定會劈頭挨轟，不想耳垂突然被扯起，直接扔進倉房，這可是平四郎的切身之痛。因此，他對算盤沒有好印象，事後也不想再靠近。光聽到算盤珠子啪嗒作響，耳垂就會痛。

次女嫁到佐賀町一家名爲河合屋的染料盤商，丈夫據說是個古板規矩的人物。他倆共生了五個孩子，平四郎還記得聽細君說過，二姊一定忙得昏頭轉向，片刻也不得閒。不過，這也是四、五年

註：指日本大阪、京都之西，尤指九州。

前的事了。過了這些年，孩子不用照管也會自然成長，到這時應該已能幫忙生意和家事，或許反倒落得輕鬆。這倒是挺令人羨慕的。

平四郎與細君之間沒有孩子。因此，一提到井筒家後繼應當如何，一族間的氣氛便極爲凝重。細君剛嫁來的那五年，立場似乎相當難堪。「與力同心的職位本就僅限一代，擔心後繼無人對上頭反而是逾越之舉。」當平四郎提出這個正論，卻只換來一陣白眼。八丁堀向來重視約定成俗與慣例，會有這種反應也是當然的。

不久的將來，平四郎與細君必須收一名養子，且得在平四郎垂垂老矣之前安排妥當，否則這對井筒家來說就有些不妙了。因爲即使是身爲非世襲職的武士，也一樣禁止臨終前才收養子。於是，平四郎到了四十歲，這類事情便不時找上門來。至於是從哪兒找來？自然是遠親近戚之中。養子這碼事可不能在街上看中意了就帶回來，得從血親當中挑選。

平四郎的兩個兄長老早就離巢各自成家、有了孩子，有的甚至連孫子都有了。無論是哪戶人家，繼承人只要一個就足夠，因此一般人家總是有孩子多出來。雖想著不必生那麼多個，但要知道孩子夭折之事常有，沒過七歲不算數。孩子得了風邪會死，得了痲疹會死，得了天花會死，瀉個肚子也會死。不能沒有繼承人的武家連一刻都大意不得，須事事小心、步步提防。縱使如此，閻羅王定要帶走的也留不住，只好多生些預備起來。但若全都平安長大，這下反倒又嫌多。這話說得也太直了些，但這有什麼，平四郎自己就是那平安長大多出來的人，並無意冒犯，不過就是說說自己罷了。

兄長似乎也各自考慮著，想把多出來的兒孫送到井筒家當繼承人。他們倆都一樣，不是心機深重之人，但也不是什麼好人。任誰都瞧得出，他們心裡盤算著要把將來沒啥指望的兒子孫子推過來。稍微有點骨幹才氣的兒孫，早從發現自己的多餘起，便開始爲自己的將來打算了。賣剩的蘿蔔糠心多，這原是世間的常理。

不過，這時平四郎又想到自己。他自己也歸在糠心那一夥，這些年來，公役不也這麼當過來了嗎。所以說，就算是兄長家賣剩的蘿蔔也是一樣的道理。這麼一轉念，反正就是同樣的事再來一回——如此，便得出了誰當養子都無妨的結論。

然而，細君卻有異議。繞了這麼大一圈，才又回到她往昔是個美人的話題上。

細君二姊的第五個孩子名叫弓之助，是個今年十二歲的男孩。

取個伶人似的名字是有來由的。母親做了夢——竟夢到如那須與一（註）般的強弓手，咻地向著朝陽放箭，以爲那箭會被日頭吞噬，卻見燦爛金光包覆著箭落下，落在那白霧氤氳、長滿香蒲穗的川邊。夢中的母親追著那箭，撥開香蒲花穗一瞧，那裡竟有個襁褓中的嬰兒。多麼可愛的孩子啊——才抱起來母親便醒了。接著就開始陣痛，生下來的即是這個孩子。

這個帶著美妙得令人難以置信的佳話誕生的孩子，實在是漂亮得不像話。

而平四郎的細君，便是想要這孩子當養子。二姊那方面也沒有異議。

如前所述，平四郎認爲誰來當養子都無妨。細君的心情他不是不了解，比起那些話裡帶刺，說什麼嫁來三年膝下空空就該求去，老是欺負自己的井筒家人，當然較想從自己娘家裡找。細君那邊

註：日本著名的武將，名弓箭手。

也有八丁堀的血統，要繼承同心家也沒有妨礙，所以他全然沒有反對的意思。

只是，細君執著於這弓之助的理由倒是有些特別。

「因爲那孩子實在漂亮得像個人偶呀。」她憂心忡忡地說。「這樣的孩子，眞的一不小心就容易走偏，尤其男孩子更是危險。與其隨便地把他擺在市場上，不如讓他做奉行所公役這種規矩的工作，好好在八丁堀扎根，將來才會幸福。」

接著再加了句「姊姊也是這麼想的」。平日溫馴的細君這時卻莫名堅持，倒讓平四郎很感興趣。

「原來如此，男孩子長得太漂亮，的確是桃花劫難逃。妳說的話我也不是不懂。」

只不過，公役端視各人的處事良心，有時候是相當有甜頭的。此時若又是個顛倒眾生的美男子，豈不是更容易步入歧途？

「所以我才說，你和我兩個人好好地把他教養成材。」

「我可沒這本事。」

「但你也沒做壞事呀。」

細君向來足不出八丁堀，卻對小官小吏的好壞瞭若指掌。聽她篤定地說「你沒做過壞事」，平四郎的耳朵不禁癢了起來。

「在河合屋裡栽培成商人才是上策吧？」

細君猛搖頭。

「那個人不行的。」

一句話便否決了二姊夫。

「他不是個老實的商人嗎？」

「好色貪花。」

平四郎下巴差點掉下來。他全然不知自己連襟的河合屋老闆有這種毛病。

「世間的評價根本不足爲信。既然姊姊這樣說，自然沒有比這更眞確的吧？」

細君一臉的義憤塡膺。

「待在那種素行不良的父親身邊，弓之助不會有出息的。要是將來學會到湯島那一帶的象姑館出入，一輩子就完了。」

這回平四郎的下巴眞要掉下來了。他萬萬沒想到會從細君嘴裡聽到象姑什麼的這種字眼。

「就算不這樣，姿容出眾也對做人沒有幫助。」細君切切細訴。「我和姊姊都深知這一點，才擔心弓之助的將來。其他孩子都不像姊姊她們，皆相貌普通，我們都很放心。可是，弓之助那張臉實在不尋常。」

這幾乎形同詆毀了。

平四郎再次端詳結縭多年的妻子。即使至今，那張容顏依然有著略顯舊的女兒節人偶風情。外貌出眾的人，總是引以爲傲，不可能會厭惡自己的容貌或爲之悲傷，更何況是認定對自己沒有幫助，平四郎這輩子從來沒這麼想過。妻子想必曾因那張臉占過便宜，但不可能蒙受過什麼損失，至少就平四郎所知是如此。

「我知道你想說什麼。」細君先發制人。

「姊姊她們和我，年輕時候都曾被稱爲八丁堀美人，眞是羞人。」

平四郎搔搔下巴。「娶了八丁堀美人當老婆，我倒是很驕傲。」

細君別有深意地一笑。「就是這點。」

平四郎感到有些寒意。「哪一點？」

「我還不怎麼認識你就嫁過來了。當然，我知道井筒家，也知道有你這個人，畢竟住在同一個圈子裡。可是，我一點都不了解你的爲人就嫁過來了。你也一樣吧？那時候應該完全不知道我是什麼樣的脾性。」

平四郎唔了一聲，的確是如此。但是，武家的嫁娶，無論何處皆如此，只憑門當戶對與年紀來決定。

「即使如此，你娶了我還是覺得驕傲。這全是因爲我長得漂亮，對吧？」

細君噘起嘴，以細細的雙眼盯著平四郎看，一副受盡委屈的模樣。

「嗯，對啊。」

「你不是爲了我氣質好才驕傲，」細君嘆了一口氣。「不是爲了我把家管得好才驕傲，不是爲了我性情好才驕傲。」

「可是這……」

「就算這樣，當時我也感到很驕傲。」細君恨恨地說。「我也感覺得出你因爲娶了我而感到驕傲，所以我也很自傲，得意得不得了。」

「妳嗎？」

「是的。丈夫以我爲傲，所以我也很驕傲。但只不過就是長得好一點而已，你又不是眞的認爲我是個好妻子。只不過是長得好了一點才讓丈夫引以爲傲而已。」

平四郎脫口而出。「可是，這也是人之常情啊。」

「所以才說不好。」細君正色說道。「沒用半點心，沒學會半點本事，光因爲長得漂亮就被人家捧上天，這怎麼成？更何況從反面來看，我和姊姊作爲人家的女兒、妻子，即使再怎麼用心付出，也得不到相應的回報。身旁的人每個都只看到我們的外表，不肯正視我們的內在。一直都是這個樣子，相公，這怎教人不氣悶、不心煩。心裡不免會冒出不該有的念頭，想著乾脆就仗著外表出色，輕鬆隨性地過日子算了。」

平四郎想著「不見得吧」，但要反駁太麻煩，便沒作聲。

「連姑娘家都這樣了，男孩子就更不用說了。」

「噢。」平四郎認輸了。

「爲了讓弓之助將來能長成一個正經人，絕不能讓他留在市街上。相公，請把那孩子接到井筒家來吧。我和姊姊都求你——」

談完這段話的隔天。

梅雨總算放晴了。天亮得早，陽光也強。平四郎在刺眼的陽光下瞇起眼睛，在塵埃遍布的路上往鐵瓶雜院走去。口渴得不得了，便在肚子裡盤算，要繞到佐吉那裡要杯茶喝。沿著小名木川晃過去，才過橋，便聽到頭頂上傳來疑似官九郎的嘎嘎鴉啼。一抬頭，只見町大門後、防火瞭望台上的警鐘映著陽光閃閃發亮。夏天到了。

隨著潮濕的梅雨過去，滷菜鋪的阿德也已恢復精神，生意也同先前一般興旺。只是仍老是一臉客氣，說著眞是給大爺添麻煩了。這反而使得平四郎也跟著客氣起來，不好再像以往那樣大剌剌地往她店裡去，讓他扼腕不已。

即使如此，阿德應該不寂寞，因爲店裡有久米在，兩人一起做生意。

一下了床繫起圍裙，阿德便把久米叫到身邊，單刀直入地這麼說了：

「這次著實受到妳不少照顧。」

其實，要不是久米耐著性子聽阿德滿口「沒有用的東西、妓女」的亂罵，還半點也不嫌棄地照顧她，阿德不知道會變成什麼樣子。

「可是，我還是討厭妳這種女人。我討厭妳，所以不能欠妳人情。」

自管理人佐吉起，連同鐵瓶雜院的住戶，聽阿德這麼口無遮攔地說狠話，無不提心吊膽。就算久米人再好，這話也太過分了。

「久米，妳總不能一輩子靠賣身來過日子吧？等妳成了老太婆就完了。不管哪個男人都會說，久米阿婆不收錢都太貴。」

據說，被阿德說得這麼難聽，久米也只是低著頭。

「所以呢，爲了答謝妳的照顧，從今天起，我要把怎麼撐起一家滷菜鋪如實從頭教妳。這滷菜可是鐵瓶雜院阿德的不傳之寶，還有客人特地過永代橋來買呢。我把其中的祕訣教給妳，妳可要知道好歹。」

就這樣，阿德開始鍛鍊久米。

「阿德姊比之前更常罵人了。」

上回來巡視的時候，佐吉苦笑著說道。

「不管阿德姊說什麼，久米姊都老實地應好，卻還是如此。不過，她們倆這樣倒也處得挺好的。」

久米也暗自盤算過將來了吧。用不著別人特地點明，久米自己也知道賣淫不是長久之計。再說，久米善體人意，一定也明白勤勞又剛強的阿德，只知道以那種說教的方式來表達內心的感謝之意吧。

「久米雖不聰明，卻也不笨。」

平四郎相當看得起她。

「只不過，這下就有點爲難了。」

若久米很快就開竅，得到滷菜鋪的眞傳而能獨當一面，接著勢必會自立門戶，那就不能再待在鐵瓶雜院了。總不能跟師傅阿德搶生意。

如此一來，久米便得搬家，這意味著佐吉又要再失去一名房客。

「可是，別的也就罷了，偏偏這是不可抗拒的。」

就像梳子的齒一掉就沒完沒了，鐵瓶雜院的房子也是一間空過一間。前不久，佐吉爲了避免事態再惡化，才重振精神。這時或許該轉個念頭，盤算該去哪裡找新房客才是上策……想著想著，眼睛便往佐吉所住的前雜院最靠邊那幢整齊的小兩層樓房瞟過去……

平四郎停住腳。

佐吉的住處前擠著一群人。一眼望去，少說也有將近十人。每個人都巴著佐吉家門口，拱肩縮背、神情可疑。是在偷看些什麼，還是在偷聽？

心不在焉地跟在平四郎身後的小平次，撞上平四郎的背而停下腳步，「嗚嘿」的叫了聲。一聽到這聲音，站在人群最末端的男子回過頭來，原來是豆腐鋪的豆子老闆。他的頭一退開，平四郎便看到阿德和久米的後腦杓也雜在人群裡。

平四郎撩起衣襬，大步往他們走去。豆腐鋪的老闆縮起身子。

「什麼事？」

平四郎低聲一問，擠在門口的眾人不約而同回過頭來，豎起一根手指抵在嘴邊。

「噓——」

平四郎也學他們拿食指抵住嘴。看到平四郎，阿德好像這才回過神來，眨巴著眼。

「哎喲，這不是大爺嗎？」

「哎喲算招呼是吧。」平四郎蹲下來，與眾人齊高。「這究竟是在做什麼，佐吉怎麼了？」

「有客人哪！」阿德悄聲說。在她身旁的久米，眼睛貼在開了個細縫的紙門上，接著說道：

「佐吉兄這來了客人。」

「什麼客人？」

「就是——」

阿德才開口，門口的格子門突然喀啦地開了。一干人「啊」地同聲喊，如骨牌般倒下，揚起了一片塵土。位在最後頭的平四郎與小平次眼看著雜院的眾人東倒西歪，便迅速起身，恰巧與開門出來的人物正面相對。

「吵死了。」這個人說道。

「這麼想看，進來不就好了嗎？」

是個年紀才十四、五歲，臉蛋精致如人偶的姑娘。肌膚像剛搗好的年糕般雪白細緻，頭髮有如絲絹理成的一般。身著的奢華友禪是清涼的水藍底扇紋，黑領光澤亮麗。澄淨的大眼睛靈活地轉動，把平四郎從上到下都打量過了。

「哎呀，是八丁堀的大爺。」她的話好像是說給誰聽的。其實，她是朝著屋內喊。

「佐吉，八丁堀的大爺來了，快出來吧。」

姑娘稍微往旁邊一讓，只見她打了千鳥結的腰帶後頭，佐吉急忙站了起來，驚慌失措地來到門口。兩道濃眉與其說是驚訝，不如說是既困擾又難爲情似地垂成八字。

年輕姑娘的嘴角像鉤針似地一彎，望著腳邊亂成一團的雜院眾人，開心地笑了。

「既然你們想知道我是誰，我就告訴你們。」姑娘說著，左頰露出一個酒窩。

「我是美鈴，湊屋的女兒。」

平四郎身後的小平次又「嗚嘿」了聲。這人在吃驚的時候就只會喊這一聲。

近看美鈴，平四郎不禁驚嘆：眞是個大美人。雖然從街頭巷議中、從「黑豆」那聽來的消息，早知湊屋總右衛門的獨生女是個標致的姑娘，但本人比傳聞更美。有那麼一下，平四郎心裡想起了細君的年輕時代，這一想不免有些紅了臉。

美鈴望著平四郎害臊的模樣，酒窩更深了。「大爺，您是南町的井筒大爺吧？」

那眼神有著不像小姑娘家的豔麗風情，雙眸水汪汪的。

「對，我是。」平四郎重振精神，極力正色回答。「對了，小姐，妳是一個人來的？」

美鈴身後僅佐吉一個人，只見他一反往常，周章狼狽地雙手交握，並不見伴隨的侍女或僕役。

「嗯，是呀。」美鈴揚起那漂亮的鼻尖，做好準備。對這麼一位大小姐來說，獨自在街上亂晃實在太不像話了，肯定是要挨罵的，也許因爲這樣，她這時才會擺出「哼，要罵就罵呀」的臉色吧。

圍著平四郎倒在地上的雜屋眾人，也懷著期待地看看平四郎又望望美鈴。但平四郎這麼問，並無意責備人。

「哦，我可以進去嗎？」

美鈴的氣勢頓時萎頓，鐵瓶雜院眾人的緊張也應聲潰散。

「沒事，我是想跟佐吉討杯水喝，總覺得口乾得很。我沒打擾姑娘的意思，喝了水就走人。」阿德一臉無力地站起來。「我們這就走了。小姐，眞是失禮了。」說著拍拍和服衣襬。久米也跟著站起來，突然回過神似地匆匆說著：「啊，芋頭會糊掉！」於是，鐵瓶雜院的人便各自作鳥獸散。

「哎，眞是群膽小的人。」美鈴冒出這麼一句，再次對平四郎露出酒窩。「來，大爺請進。」

平四郎不理依然一臉爲難的佐吉，逕自領著小平次打美鈴身邊走過。話雖如此，因屋小地窄，一下便走到架高的木板地邊緣。平四郎往那裡一坐，小平次便在別人家裡熟門熟路地往廚房汲水去。

佐吉背對著平四郎，正小心翼翼地關著門口的格子門。美鈴佇在他與平四郎之間，甩著袖子望著佐吉的背。

「那麼，小姐來找佐吉有什麼事？」平四郎開門見山問道。

門早該關好了，佐吉卻仍巴著那扇格子門。美鈴微微瞥了他一眼，大方地笑著回答平四郎：

「我只是來見他而已，大爺。因爲我一直想見他一面。」

佐吉總算回過身來，以暗示的眼神看著平四郎。平四郎視而不見地笑道：

「那佐吉的福氣當眞不小。」

小平次端著裝滿水的茶杯回來。平四郎大口喝水，美鈴靜靜地看著。

佐吉雙手往胸前交抱，深感無可奈何似地嘆了老大一口氣，對平四郎說道：

「大爺，小姐是來捉弄我的。」

美鈴揚聲辯道：「哪有，我才沒那個意思。」

「又說這種話。」佐吉難得擺出可怕的神色。「小姐，騙人也要有個分寸。」

「我沒有騙人呀。」

美鈴轉個身，一下子來到平四郎身旁——不，應該是想過來，但卻突然絆倒了，還以爲她只是往前一顚，不料她竟猛地撞上架高的木板地。和服的裙襬掀開，內襯翻了出來，一隻鞋子離腳飛上天，兩條白淨的小腿生生映入平四郎眼底。

好一幅驚人的光景。平四郎拿著茶杯看傻了眼。小平次仍蹲在泥土地上，也僵住了。佐吉背對著門口格子門，單手遮臉。

「好痛——」

美鈴就這麼伏在泥土地上，發出孩子般的叫聲。實則她仍是個少女，也許該說是露出本性才對。

「啊啊，眞討厭。」

佐吉總算走近一屁股坐倒在地的美鈴，扶她起來，讓她坐在平四郎身邊的木板地上。美鈴揉著額頭，大概是撞到了。

「我知道了。」平四郎解開謎底。「小姐，妳有近視吧？」

原來那雙水汪汪的眼睛是這麼來的。

「虧我還擺得架勢十足。」少女鼓起了臉頰。「全都白費了。大爺你行行好，別笑得這麼厲害。」

平四郎大笑不已，連小平次都笑了。但是，美鈴並沒有因此而不快，最後揉著額頭，也一起啊哈哈地笑開了。

「所以呀，小姐您一個人亂走是很危險的。」只有佐吉沉著一張臉。「萬一小姐受了傷，教我怎麼對得起湊屋老爺。」

「佐吉用不著跟我爹陪不是，是我自己跑來的。」美鈴已脫下另一隻鞋，愉快地晃動雙腳。

「佐吉，你知道小姐近視？」

平四郎的問題，美鈴本人搶先一步答道：「知道吧。不管是湊屋還是勝元，店裡沒人不知道。對吧，佐吉？」

佐吉一面拾起她的鞋擺好，一面答「是」。

「佐吉識得我，我對佐吉卻幾乎一無所知，所以才來的。」美鈴說著，伸手入懷。「沒這個還是不行。大爺，恕我失禮了。」

她從懷裡取出來的，是一付圓滾滾的夾鼻眼鏡。美鈴把這東西掛在臉上，依序盯著佐吉、平四郎、小平次仔細觀察。

有這麼一會，誰都不敢開口。美鈴觀察完一輪，視線又回到佐吉身上時，平四郎總算說話了。

「小姐，平常沒了那個，妳就認不得人？」

「嗯，對呀。」美鈴戴著眼鏡，朝著平四郎點頭。「可是，我一戴上這個，女人味就全沒了，所以平常時候不能戴。從小大人就是這樣教的。」

「這麼說，妳從小就近視了？」

「是的。第一副眼鏡是八歲配的，還爲了這個到長崎去呢。」

在小平次再次出聲「嗚嘿」前，平四郎便驚呼了聲「嗚嘿」。被搶話的小平次只能張嘴無言。

「做針線活的時候可就麻煩了。」美鈴做出縫東西的模樣說道。「這眼鏡很重，我戴一下就累了。可是最累的是開始學琴的時候。我娘說，戴這麼難看的東西彈琴不像話，我就只能用我這雙近視眼來學琴。」

「一定很難吧。」

「是的。不過，現在我都學會了。」美鈴顯然有些得意。

「大爺，不能佩服小姐。」佐吉插進來。「這時候，湊屋恐怕鐵青著臉到處在找小姐吧。不快點帶小姐回去的話……」

「哎呀，還不要緊啦。這會兒阿紋還以爲我正在習舞。」

美鈴滿不在乎地解釋。今天是她每五天一次的習舞日，午後便出門前往師傅位於越中橋畔的練習場。隨行的侍女名叫阿紋。不單是習舞，凡是美鈴學習技藝，必定由她隨侍坐轎前往。當然，這是她那不尋常的近視之故，也是湊屋夫婦的一片父母心，深怕她跌倒破了相。

但將美鈴送到練習場後，阿紋便到別處辦事，離開練習場，只留轎子在外等候。於是，今天阿紋一走，美鈴不進練習場卻回到轎邊，塞了銀子給兩個轎夫，便一路往鐵瓶雜院來了。

「即使如此，習舞師傅一定也會覺得奇怪吧。還是趁早回去得好。」

佐吉仍不讓步。平四郎碰地往膝頭一拍。

「好，這樣吧。小平次，你跑一趟湊屋把事情交代一下。」

小平次著實不知如何是好。「可是大爺，該怎麼交代？」

「什麼都好，隨便編一個。就說小姐平安無事，雖然沒去習舞，但就算回家晚了，不知道人此刻在哪裡，也不必擔心。」

眞是亂來。美鈴又呵呵笑著說道：「讓他們知道我在鐵瓶雜院我也不怕，就照實說吧。」

「小姐！」佐吉語帶怒意。

「有什麼關係嘛。」美鈴一個轉身，噘著嘴看著佐吉。與其說是脫略形跡，——倒像個小女孩撒起嬌來了。

平四郎反而給引出了一些興趣，也有些欣賞起這位絕美的近視千金了。

先是支開了小平次，河邊大路那邊正好傳來賣甜酒釀的小販叫賣聲。眞是天助我也。

「佐吉，甜酒釀。」平四郎心情極佳。「我想喝甜酒釀。小姐也想喝吧？」

美鈴大喜，應道想喝。

「可是大爺……」

「你去就是了。天氣熱的時候還是來杯濃郁的甜酒釀（註）最好。我請雜院裡的大夥也都喝上一杯。」

平四郎從荷包裡掏出錢來塞給佐吉，要他去追小販。佐吉仰天長嘆，還是經不起平四郎的連聲催促，只好無奈地出去了。

平四郎豎起耳朵，確認賣甜酒釀的叫賣聲中斷，說起「是，謝謝光顧！要幾份？」來招呼客人後，轉向美鈴問道：

「好啦小姐，告訴大爺我吧。妳來這裡做什麼？」

美鈴透過眼鏡看著平四郎。這名美少女光頂著那雙近視眼時，只讓人覺得嬌豔欲滴；一旦隔著這殺風景的圓眼鏡對峙，卻能感到那雙眼睛的慧黠靈動，炯炯有神。眞是不可思議啊——平四郎暗自稱奇。

「就像我剛才說的，我眞的是來會會佐吉的。」美鈴以快活的聲音回答。「因爲爹娘在家裡常提起佐吉。」

註：原是冬日暖身的飲品，後人認爲天熱時喝熱甜酒釀，反而能忘卻酷暑，因而盛行在夏日喝熱的甜酒釀。

湊屋夫婦經常以佐吉爲話題——這平四郎就不能不問了。
「妳是說，在這裡的前管理人久兵衛出走、佐吉來頂替之後，常提起這裡的事嗎？」
「是呀。不過，以前就時不時會提到了。」美鈴望著遠方，那神情像在回想些什麼。「所以，我很久以前就知道佐吉和我是親戚，而且還曾經跟爹娘一起住在湊屋。」
「哦，是啊。對佐吉來說，小姐的爹總右衛門老爺算是叔公吧。」
「佐吉的娘是我爹的姪女，名字叫做葵。」
「嗯。所以，小姐，妳知道葵和佐吉來到湊屋，後來又離開的經過嗎？」
美鈴微微抿起嘴。不單是笑的時候，連做出這種表情的時候也會出現酒窩，眞是賞心悅目。
「詳細經過我不知道。」說著她搖搖頭。「只知道葵姊姊和我娘處得不好，最後我娘把她趕出去了——」
「哦，這是誰說的？」
「我爹。不過，我不是聽他直接說的。有時提到以前的事會講上幾句，把聽到的話湊起來，就變成這樣了。」
原來如此。這麼說來，湊屋總右衛門即使只是在自己家裡話當年，仍爲葵說好話。儘管葵實爲跟湊屋的年輕夥計私奔。
——不，不對。
平四郎心裡暗自懷疑。
葵眞的和夥計私奔了嗎？想到這裡，平四郎開始覺得要照單全收地接受這件事，有些不對勁。

若私奔屬實——而且聽說還偷了錢——即使總右衛門私心再怎麼維護葵，在提起往事時還會包庇她的所作所爲嗎？頂多是承認她實是捲款私奔，但認爲葵之所以會做出這種事，湊屋這方也有錯——不，平四郎認爲這才合常理。自己主動私奔，與被合不來的嬸嬸趕走，兩種說法何止天差地遠。

而這私奔的說法，目前只有佐吉一人提過。「黑豆」的調查中，並沒有出現這樣的情節。對，佐吉深信自己的母親是這麼一個淫蕩無恥、忘恩負義之人。他的口吻裡沒有絲毫虛假。然而，事情發生當時，他只是個十來歲的孩子。他的這個信念，並非來自本身腦海裡的記憶，而是建立於當時身邊大人告訴他的話語上，這麼想才合理。

葵並沒有和男人私奔。

然而，基於某種原因，必須向佐吉如此說明。

葵之所以將佐吉留在湊屋獨自離開，「葵與總右衛門的老婆阿藤關係惡劣」的說法才是事實吧？正因如此，湊屋夫婦至今提起這件事的時候，即使是片言斷語，仍足以令女兒美鈴察覺其中的內情。

——事情越理越亂了。

平四郎雙手在胸前交抱。

這時，美鈴說話了，她聲音篤定，卻像個鬧脾氣的孩子般噘著嘴。「我最討厭我爹和我娘了。」

平四郎將自己從腦中的混亂抽離，回過神來。「咦？小姐，妳說什麼？」

「我最討厭我爹娘。」美鈴重覆一次，狠狠地瞪著半空。

「我爹當我是個能拿去送禮討好別人的人偶；我娘則因爲我長得像葵姊姊而憎恨我。」

平四郎大吃一驚，差點就要跌倒。

「妳長得很像葵？」

美鈴點頭。「爹這麼說，久兵衛也這麼說。」

「久兵衛是之前在這裡當管理人的那位？」

「嗯，對呀。」

久兵衛過去在「勝元」工作，當管理人之後，想必也經常出入湊屋吧。他若曾見過美鈴也不足爲奇。只不過，美鈴竟長得像葵——

美鈴不理會腦筋越發混亂的平四郎，以明快的口吻繼續道：

「親生父母和女兒彼此厭惡，實在是很悲哀的一件事，不過我家就是這樣。爹和娘的關係也早就冷卻到如冰窖一般。我再也不想待在湊屋了。」

「可是小姐，妳不是不久就要出嫁了嗎？」平四郎回想起來。「我聽佐吉說的，好像要嫁到西國哪個很大的大名家……」

美鈴用力按住鼻尖，做出美少女不該有的皺鼻子鬼臉。

「那是爹決定的，我才不想嫁呢。」

「可是……」

「娘也一樣，只管說她自己的，說什麼全都是爲妳好，一天到晚只會罵我，卻一點都不肯讓我做點喜歡的事，也不理會我的心情，眞是可恨。」

美鈴的眸色凝重起來。

「所以我就想，要讓他們兩個知道我的厲害。大爺，所以我才來找佐吉，想看看他是個什麼樣的人。」

「看了之後呢？」平四郎明知故問。

美鈴也察覺平四郎是刻意這麼問，露出好一會沒見到的笑容，臉上出現了深深的酒窩。

「看了之後要是中意，我就嫁到這裡來，請佐吉娶我當老婆。」

六

結果，美鈴在鐵瓶雜院的佐吉家裡度過了初夏漫長的午後。即使如此，她回家時仍一臉不捨，幾乎是被小平次推著走的。

之前小平次到湊屋交代小姐擅自行動的藉口，據他所說，小姐甩開陪同的侍女而不見人影，今天不是第一次，湊屋也不見慌張的模樣。出來應對的掌櫃——是個看來約莫四十來歲，態度莊重、儀表出眾的人——小姐的淘氣實在令人好生煩惱。嘆著氣問著「又去看戲了嗎？還是又去買東西了？」卻也沒有緊抓著小平次、要他立即帶路去找小姐的態度。不僅如此，甚至還說「哎，也只有現在能隨意在町裡到處玩了，不想管她太嚴」之類的話。小平次裝傻，問起那是爲什麼，這位一表人材的掌櫃撫胸答道，小姐已經談成一樁極好的婚事了。

若親事還沒有個定論，不可能特地對小平次這樣的外人提起。換句話說，即使美鈴本人再怎麼不願，她嫁到大名家的事，幾乎已經是拍板定案了。

從自己身邊的瑣事到習藝、對戲劇及伶人的好惡、吃食——美鈴天南地北無所不談，平四郎細聽她的話，度過了愉快的半日時光。因此午後便無法到其他地方巡視，但反正也不是每天都幹勁十足地到處去看，也就無所謂了。即使如此，見美鈴還是擔心因陪她說話而在鐵瓶雜院打混的自己，平四郎便如此勸道——如果是我去巡視，剛好在場便能阻止的爭吵，即使我不在也有人會出來收場；若是當場誰都壓不下來，吵鬧到最後成了大騷動，那一開始即使我在場也一樣壓不下來，所以我在不在都一樣。一聽這話，美鈴呵呵笑出聲，大樂讚道「井筒大爺眞是個有趣的公差大人」。

「今天下定決心來眞是來對了。我早從我爹的話裡，聽出井筒大爺一直很照顧佐吉。能夠見到大爺眞是太好了。」

臨走之際，美鈴摘下近視眼鏡，水汪汪的眼睛凝望著佐吉，說了這幾句話：

「我還會再來，因爲我好像眞的喜歡上佐吉了。」竟連這種話都說了。

她一走，佐吉那簡樸的家裡突然冷清起來。那感覺就像一隻鳴聲悅耳、羽翼鮮麗的南國之鳥飛走了。

「那你呢，怎麼辦？」

平四郎問佐吉。當美鈴還在屋內時，佐吉一臉徬徨失所地到處晃來晃去，而現在她走了，仍找不到自己的容身之處，坐也不是，站也不是。

「什麼怎麼辦？」

「要娶那姑娘嗎？」

「大爺。」佐吉的眼神幾乎像是怨恨。「不要取笑我。」

「可是，那姑娘眞有那個意思啊。她好像很中意你。」

「小姐的親事都已經定了。」

「就是因爲不喜歡那門親事，才想和你私奔吧。我倒覺得這主意不錯，她是個好姑娘喔。」

「大爺一遇上不干己的事，便信口開河，連這種緣木求魚的事都說得出來。」

「那當然，每個公役都是這樣的。」

平四郎大言不慚地說道。佐吉望著平四郎一會，望著望著，就好像堆疊的東西崩倒似的，突然笑了出來。

「湊屋的小姐對我來說，就像主人家的千金一樣。」

「你用不著這麼貶低自己吧，你也有湊屋家的血統啊。」

佐吉默默搖頭。

「湊屋夫婦可是經常提起你。」平四郎說著，摸摸長下巴。「頻繁得讓那姑娘興起想見上你一面，瞧瞧令爹娘如此在意的佐吉是個什麼樣的人……哪。」

「湊屋不是在意我，而是擔心鐵瓶雜院現下的樣子。」佐吉以洩了氣般的聲音應道。「再不然可能是認爲，把雜院交給我遲早會完蛋，覺得派我過來畢竟是失策。」

「喂喂。」平四郎蹙起眉頭。「這是什麼意思，是說你會挾著收來的房租一走了之？」

「即使我這麼做，也不算出人意表吧？若說血統，我倒是繼承了那種娘親的血統。」

「我從上次就一直想不通，我說佐吉，這件事到底是誰亂說的？」

佐吉露出了嚴峻的眼神。「亂說？這種說法真奇怪。」

「對。因爲照我對湊屋所做的調查，沒聽過這種說法。我告訴你，這可不是我親自去調查的，要我來調查，連就在頭頂上的東西我都瞧不見。其實，我是走了門路，請隱密迴調查。」

這下，佐吉顯然相當驚訝。「隱密迴——」

「沒錯。那些人，要他們去查，就連湊屋總右衛門用的草紙值多少錢都查得出，卻沒查到葵和夥計私奔的說法。偷錢的事也是。只打聽到葵在你十歲的那年秋天，留下字條離開了湊屋。」

「所以這是因爲湊屋瞞得很緊啊。私奔這種事，本來就不是件體面的事。」

「上回你也是這麼說。的確，這也不是全然不可能。但是，佐吉，我委託的那個隱密迴，也說過這樣的話。葵出走當時，湊屋之中有兩種傳聞：一個是葵是被總右衛門的老婆阿藤攆出去的，另一個就是葵在外面有了男人，留下你去找那個人了。那你覺得呢？就葵出走這件事，如果湊屋眞的瞞得很緊，應該不會出現這種傳聞吧？這些一樣也不怎麼體面呀。」

佐吉仍頑固地把嘴一撇，以平板的聲音說道：「可是，就算是這兩種傳聞，也比哄騙夥計私奔來得好些。我娘出走這件事，本就瞞不過店裡的人，對傭工編點小謊稍加掩蓋，強過硬要全部隱瞞。這是很高明的做法。」

「那麼，美鈴的話又怎麼說？你也聽到了吧？那姑娘也說她娘和葵之間處不好，不是嗎？難道這也是捏造的？」

「那是她自己從語意裡拼湊臆測的吧？本來就不足爲信。」

平四郎覺得很有意思，情緒有些高昂起來。這男人分明不笨，爲何偏偏在這件事上如此堅持自己的說法？

「既然這樣，我就不客氣地說了。佐吉，你忘了最重要的一點。」

佐吉也有些動氣。「哦，哪一點？」

「如果你娘當眞和店裡的夥計私奔，店裡其他人不可能沒發現。因爲，昨天明明還在的夥計，今天竟然不見了？這怎麼都說不通。當時，你還只是個十歲的孩子，對店裡的事情大概不太明白，要騙你很容易。但是，傭工可就沒這麼好騙。」

佐吉不肯讓步。「只要說剛好休假就行了。」

「和葵出走同一天？」

「只要說夥計休假的日子是事先決定好的，而我娘出走是臨時起意，剛好撞期，傭工就會相信了。」

平四郎緊咬不放。「那是不可能的。如果葵和那個夥計親密到會私奔，店裡的傭工一定會有人事先察覺，很容易就能猜到。要堵住這些人的嘴，可不是一件簡單的事。」

「對傭工來說，主人說的話全都是對的。」

應了「哦，是嗎是嗎」一句，平四郎便住了嘴。這樣爭辯下去沒完沒了。

相反的，他問道：「佐吉，那個夥計叫什麼名字？」

佐吉像側腹突然挨了一拳似的，氣怯了。

「你不會不知道吧？」

「他們當然告訴過我……」

「叫什麼名字？是個什麼樣的人？」
「叫松太郎……當時二十五歲……」
「好。」平四郎往膝蓋上一拍。「來查他一查。」
「大爺，」佐吉認輸了似地態度軟了下來，「就算了吧。我和大爺為這種事爭辯很奇怪，而且都將近二十年前的事了，是怎麼樣又有什麼關係呢？」
「我可不認為沒關係。就算是過去的事，不說清楚講明白，照樣會影響眼下的日子。現在不就是如此嗎？瞧你好好一個大男人，腦筋清楚，個性也耿直率真。可是，你卻為了你娘的事，整個人變得畏畏縮縮、陰陰鬱鬱，不肯向前看。你自己也知道吧，湊屋總右衛門的兩個兒子，風評絕稱不上好，外頭都說他們不是繼承父親的料。既然如此，不如你和美鈴結為夫婦，繼承湊屋不也很好嗎。你或許忘了，但小時候總右衛門可是拿你當繼承人看待。」
「那種作夢般的事……」
「不是夢。就連美鈴那姑娘都看不過湊屋裡的男人，特地跑來見你，不是嗎？你仔細想想。」
「可是我！」
佐吉突然大聲說道。對此，他本人似乎反而大吃一驚，霎時間臉色慘白。
「對不起……我竟大聲吼大爺。」
「別放在心上。」平四郎笑道。「我這人從不講究禮數，你也知道的。」
佐吉無力地微笑，伸手撫額。
「可是我，他們一直告訴我，我娘是……是個忘恩負義的人。我這輩子心裡想的，就是絕對不要變成像我娘那種隨便的人，絕對不要成爲一個恩將仇報的人，所以……」

如今要他質疑這個前提，當然沒有那麼容易，這一點平四郎也非常明白。

「但是，就因爲如此，這事才這麼討人厭啊。」

平四郎在內心嘀咕。

無論是誰，那個讓佐吉深信生母葵素行不良的人，目的是希望藉由這種做法，讓佐吉過著現在這樣的日子——覺得虧欠湊屋，對湊屋百依百順，唯唯諾諾地接受在湊屋恩惠下才得以享有的人生。不，或許這才是其主要目的。

世上多的是被父母的惡行惡狀拖累的孩子。即使如此，這些孩子並非全都沒有出息，也不是個個都對父母的行爲不檢而自卑。佐吉也一樣，即使葵眞的是個忘恩負義、貪財好色、無可救藥的女人，只要早點和湊屋斷絕關係，遠離不時會被迫想起過去的生活，他的心態和想法多少會有些不同吧。

「我可不喜歡這樣。」

對平四郎而言，很難得地，這份怒氣久久不散。帶著從湊屋回來的小平次，總算準備離開鐵瓶雜院時，午後陣雨似乎算準時候般落下。當頭頂著強勁的雨勢，走得又快又猛的平四郎心想，搞不好打在頭上的雨水會被熱得冒煙。

翌日。

昨天因與美鈴聊開而中斷的巡視，今天平四郎認眞地走完一遭，一臉嚴肅地到奉行所露面，光這樣便累壞了。因爲天氣實在太熱，豔陽高照，路上又塵沙遍布，水都給晒滾了，平四郎全身汗水又濕又黏，只想早點回到八丁堀的宿舍沖個涼。一回來，卻聽見灶下頻頻傳來笑聲。平四郎招呼道「我回來了」，似乎也被笑聲淹沒，沒有人出來。小平次幫忙洗腳的當兒，平四郎把耳朵張得跟團扇一般大，使勁想聽裡頭的對話——有小孩的聲音。

老喊著「姨媽、姨媽」的。平四郎轉念便想到，這傢伙該不會就是那個叫弓之助的小鬼吧？細君說，這孩子美得不平常。從裡頭傳來歡樂的笑聲當中，似乎也雜著廚房小下女的嬌聲，越聽越是可疑。

平四郎故意加重腳步走進起居間，裡頭大概總算注意到了，細君匆匆自灶下來到走廊。嘴裡說著「哎呀，你回來了」，臉上卻還在笑。

「有人來了？」

細君更是笑開了。「是的，弓之助從佐賀町送泥鰍過來。天氣突然熱了起來，姊姊要他送過來，給我們消暑。所以，今晚已經備好泥鰍湯了。這是相公愛吃的吧？」

話倒眞多。這幾年可沒見細君煮了什麼，還開開心心地說這是平四郎愛吃的。

細君的二姊所嫁的佐賀町河合屋是個富有人家，之前也經常送些當季的吃食來，卻從沒差過河合屋的孩子做這跑腿的差事。一旦養成這個習慣，下回、再下一回，慢慢就熟了，要不了多久，即使沒事也會在這裡出入，而平四郎這人凡事不拘小節，到頭來一定會覺得「哦，弓之助啊，把那傢伙留在家裡也不賴嘛」。這陣子平四郎的心思全放在鐵瓶雜院上，井筒家收養子的事，似乎就這麼在細君經手之下，暗地裡悄悄進行。

灶下又揚起笑聲。平四郎橫了細君一眼，她一笑置之。

「在笑什麼？」

「弓之助老說一些有趣的話。」

「好好一個男孩子，竟這麼輕浮。」

「哎呀，不是那樣的。我這就去帶他過來打招呼。」

細君腳步輕快地離開了起居間，旋即又帶著細碎笑聲回來。接著，對那個緊坐在她身後、在唐紙門前端正拜伏的小小人影說道：

「來，向你姨爹問好。」

「我是河合屋的弓之助。」

小小的人影手輕輕點在木板地上，頭仍舊低著，說道：「姨爹今天也不畏酷暑巡視，當真辛苦。甥兒帶來消暑的吃食，是河合屋的一點心意，還請姨爹賞用。」

口齒清晰地說完，人仍拜伏在地。平四郎從鼻子裡哼了一聲，細君瞪了他一眼。

「相公，哪有人用哼回應的呢。」

「你口條倒是挺清楚的。幾歲了？」

天氣熱，平四郎不顧體面，拉開和服赤裸胸膛，搧著團扇問。

「不用趴在那裡，過來。」

「是，謝謝姨爹。」

弓之助抬起頭來。平四郎搧團扇的手停下來。細君一臉期待地不時望望夫君，又瞧瞧弓之助。

果然，好一張漂亮端正的臉，細君的話不假：渾圓靈活的眼睛，光滑秀美的額頭，尺畫線拉般挺直的鼻梁。一身乾乾淨淨的打扮，不用開口便知是商家的孩子，劉海上的髻結得小小的像頂顆小丸子，即使如此，這孩子仍有著引人注目的光輝。

這該怎麼說呢——平四郎思忖，不久便想到了。就像上好的精緻糕點，給人一種咬下去肯定美味的感覺。

「你就是弓之助啊。」平四郎指著他道。

「是。」少年精神十足地應道。「上次見到姨爹，是我五歲那年的端午節。那是七年前，我現在十二歲了。」

「是嗎。」平四郎搔搔下巴。不知是否太過端正秀麗的臉龐都有相似之處，總覺弓之助的臉和美鈴的臉看來是一個樣。

「你近視嗎？」平四郎不由得問。

「啊？我的眼睛看得很清楚。」

「相公，你在說些什麼？」

平四郎接著又問：「有沒有人說你裡面好像塡滿了豆沙餡？」

弓之助圓滾滾的眼珠子轉了一下，想來是吃了一驚。細君笑出來。

「相公，你問的話眞奇怪。」

「可在我看來，弓之助好像包了滿滿了白豆沙餡。」

「白豆沙餡，是嗎？」弓之助正色複述。「沒有，至今沒有人這麼說過。」

「咬下去好像會甜甜的。」
「那是因爲相公你愛吃甜的呀。喜歡的東西看起來都是相像的不是？」
細君，這可是誘導問話。
「八丁堀的公役每個都是刀子嘴。表面上是只限一代的，在公差當中身分最低，俸祿也少。加上整天在市井小民町場裡打混，自然就會變成粗莽之輩。」
「是。」弓之助應聲點頭。
「所以，你要是來井筒家當養子，繼承我成爲奉行所的公役的話，別人首先就會給你起渾名，像是豆沙助、井筒屋的白豆沙啦，這樣你不覺得討厭嗎？」
「相公，現在就說這些也未免……」
細君想插話，平四郎卻揚起下巴只管望著弓之助。少年眼珠往右轉，想了一會兒，然後緩緩地說：「我不覺得有那麼討厭。」他回答。「而且渾名的話，現在也有人幫我取了。」
「哦，叫什麼？」
「鯨仔。」
「啊？鯨仔？海裡的那個鯨魚嗎？」
「不是的，是鯨尺（註）的鯨。鯨仔是簡稱。」
平四郎望著細君。細君高雅地掩著嘴忍住笑。

註：江戶時代主要用來測量布匹的尺。一尺長定爲三七・八七九公分。

「弓之助說他見到什麼都量。」她細聲悄笑地說。「我也是今天才知道的，聽說他很久以前就有這個癖好了，還說總是爲此挨姊姊的罵。」

「什麼都量……」

平四郎才開口，弓之助便開心地以唱歌般的口吻應道：

「姨爹的雙眉之間正好是五分。右邊眉毛長八分再多一根頭髮左右，左邊的眉毛長九分。右下眼皮下三寸二分有顆黑痣，那顆黑痣的直徑差一些些就是一分。」

見平四郎睜大了眼睛，便繼續說道：

「姨爹的眼珠子直徑大約是七分。」

細君忍耐不住，彎身笑了出來。

「瞧，我們剛才就爲這大笑不已呢。」

一起用過晚膳後，活生生的鯨尺弓之助，好奇地平四郎在家中走來走去，憑空量起各種東西：櫃子的寬度、橫梁的長度、門框的高度、小平次的身高、腿長，及細君的步幅。平四郎手裡拿著鯨尺與曲尺，跟在少年身後，確認他所測量的數值。驚人的是，每一項都完全吻合。

「我走路一定都以一尺二寸的步伐走，這是基礎。」弓之助抬起小腳解釋。「一開始很難，但先生教過之後，現在無論在何處，我都能以同樣的步幅來走了。爲了有個參考，在鞋子的前後各釘了一根鉚釘。這麼一來，只要用走的，到哪裡都能測量了。」

翻過鞋子一看，果如本人所言。

「先生是誰？學堂裡的先生嗎？」

「不，是佐佐木道三郎先生。」

據說是住在佐賀町一座雜院裡的浪人。年紀和平四郎相仿，自西國輾轉流浪至江戶，無妻無子，孤身一人。日子三餐不繼，但喜愛測量，可以不吃飯卻不能不量，是個相當奇特的人。

「測量……量地面能做什麼？」

「好用來做藍圖、平面圖或地圖啊，姨爹。」

很快便與平四郎熟絡起來的弓之助，口吻已很親暱。

城裡的平面圖或地圖並非人人都能做。幕府設有「普請方」與「測量方」等官役。即使請學者製作，也必須在幕府監督下方可執行，亦不許做成的地圖、平面圖等擅自傳出，只有幕府許可的出版處才能刻版印刷。換句話說，佐佐木道三郎這個浪人的所做所為，全都是非法的，而且還教給孩子，眞是不知天高地厚。

「這是爲了自己研究學問，沒有什麼好心虛的。」

「可是，要是被知道可不得了。」

「只要如常生活，就不會被知道。」

儘管身在自己家裡，平四郎仍壓低聲音說道：「你也幫忙做平面圖、地圖嗎？」

「是。」弓之助答得光明磊落。

「那有什麼用處嗎？」

「不知道。」弓之助爽快地老實承認。

「但是姨爹，測量這個世界，是非常有趣的一件事。量了之後，就能知道東西與東西之間的距離。」

「知道距離……能做什麼？」

「能知道東西的樣子。」

回答之後，弓之助有些羞赧。

「佐佐木先生是這樣說的。總有一天，天底下沒有人量不出來的東西。藉由測量，人們可以了解這朦朧的世界，不僅認識自己所知所在的這個小地方，更能想像天下國家是什麼樣子。」

平四郎聽不太懂。然而，想像起迎弓之助當養子、成人之後，他穿著條紋和服與卷外褂，在江戶市中昂首闊步，卻一面以一尺二寸的步伐走到哪量到哪的模樣，不禁好笑起來。

「你眞是個怪人。」

弓之助沒有半點不高興的樣子，也不害怕地回答「是的，現在是」。

「佐佐木先生也說，我們現在還只是一群怪人。」

對某件事感興趣的時候，時間總是過得很快，不知不覺天已全黑。爲怕河合屋擔心，平四郎差小平次送弓之助回家，與細君兩人獨處時，說道：「妳現在還認爲那個奇怪的孩子適合當咱們的養子嗎？」

細君有些困惑。若只是一個什麼東西都量的孩子也就罷了，但若正在學習製作地圖、平面圖這種一不小心就會受幕府懲罰的事，就沒有那麼簡單了。所以細君也不便再像之前一樣，只管連聲說好了吧。

「姊姊、姊夫不曉得知不知道這件事。」
「孩子那麼多，照顧不到那裡吧。」
「我一直只知道擔心弓之助長得太美，怕他以後會遭桃花劫而步入歧途，看樣子從今天起，又有別的得擔心了。」
「我倒是很中意那孩子，沒事常叫他來玩吧。」
「哎呀……」細君嘆口氣。「相公也是個怪人呢。」
平四郎回到自己的房間，面緣廊的格子門本應是關上的，現在卻打開了。今晚是個彎月之夜，沒有點燈的室內被昏暗籠罩著。但平四郎平日幾乎用不到的那張書桌——因而除了硯盒之外理應沒有任何東西——之上，擺著一件細長的小東西，在透過格子門照進來的淡淡月光下，微微發著白光。
走近拿在手裡一看，原來是封信。會做此風雅之事的，自然是「黑豆」。
——那傢伙打哪進來的？
他肯定是不久之前還在屋內，看著家裡的情狀。信封上什麼字都沒有，但一翻過來，一行字草草寫著：
「染料盤商有個青出於藍的俊才。」
平四郎笑著把信打開。
「黑豆」說，找到拜壺的八助一家人了。

令人驚訝的是，他們已離開江戶，一家人和樂融融地在川崎弁財天寺院門前開了一家茶店。八助仍繼續當臨時木匠，但日子顯然比在鐵瓶雜院時好過得多。「黑豆」找出他們的線索，據說是八助寄給昔日工作夥伴的信；八助不識字，應是請人代筆。想來是八助發揮了他懦弱守禮的本性，怕他們以形同連夜潛逃的方式離開鐵瓶雜院，會讓留下來的親朋故舊擔心吧。

那封信裡，一五一十地說明了一家人爲何在自己人生早已過半後，才突然移住別處、開始經商，乃至於得以過著富裕生活的經緯。

說穿了，關鍵便在於湊屋。正如同平四郎的猜測，勸八助假作拜壺，以此爲藉口離開鐵瓶雜院的，果眞就是湊屋。八助得意地表示，有個自稱來自湊屋的人到了工地，當場給了他二兩金子，悄聲要他當晚五刻（註），到上野不忍池附近一家名叫「三輪」的幽會茶室，屆時將有改變人生的幸運等候著他。

八助雖不聰明，好歹也懂得好事不會平白無故上門。於是他先回家，與妻子阿秀與女兒阿倫商量，結果三人同赴不忍池之約。一到那裡，果然有個約四十來歲、相貌堂堂的男人在等著。他自稱是湊屋的人，一副「既然一家人都來了，那就更省事」的模樣，向他們提起拜壺之事。

四十來歲、相貌堂堂的男人，湊屋的人。平四郎心想，會是小平次昨天在湊屋見到的那個儀表出眾的掌櫃嗎？

這人對八助一家人說，只要假作信壺離開雜院即可，往後的生活自有湊屋照應。阿秀與阿倫母女倆的夢想，便是自己開一家茶店，再小都好。她們提出這一點，對方即刻答應，說若在江戶城外便不成問題。

就結果而言，八助不僅自己一家人離開了鐵瓶雜院，還帶走了其他兩戶人家。這兩戶人家不知八助一家人只是裝模作樣，眞心信起壺來。八助深感爲難，與湊屋那名男子商量，得到的答案是若那兩家人也離開更好，湊屋保證不會虧待他們，命八助放心假裝到底，直到離開。據八助所言，那兩戶人家被帶到京都地方，各得了一筆錢，雖比不上自己，但儘可安定下來過不錯的日子。

湊屋何必爲趕走鐵瓶雜院的住戶動這種大費周章的手腳？八助自然也會起疑。於是湊屋那人解釋，事關小姐的親事，無法細說分明，但鐵瓶雜院所在之地別有用處，希望能儘早悄悄讓住戶搬走。

「與美鈴的親事有關。」

這是種含混的說法。但也可視爲一個方便的藉口，因爲對方不可能一問便回答眞話。然而，至少湊屋想趕走鐵瓶雜院的住戶，且希望不至於引人注目，這兩點是確然無疑的。

「即使花錢耗時費工夫也在所不惜。」

平四郎兩手揣入懷裡，想著久兵衛知道這一連串的事嗎？當然是知道的吧。他是湊屋一手栽培提拔的底下人，做爲一名管理人，也深得鐵瓶雜院住戶的信賴，沒有他軋一腳，這個計策是萬萬行不通的。這麼說來，他出走失蹤這件事本身，便是打一開始就計畫好的？

久兵衛離開雜院，接著佐吉被送進來。像阿德這些死心塌地在雜院居住多年的住戶，對各方面都不合「管理人」規矩的佐吉自然不會有好臉色，於是鐵瓶雜院開始產生動搖。心生不滿、欲離此

註：晚上八點。

雜院而去的風，便在住戶間陣陣吹起——

一切都在計算之中。

「這麼一來，佐吉簡直就是個小丑嘛。」

也難怪他會神色憔悴，暗嘆「我在這裡究竟在做些什麼」。湊屋想必是對他好言相託，說久兵衛出那種事跑路去了，又沒有人肯接手，請他務必幫忙。而佐吉深覺自己有虧於湊屋，根本不可能拒絕。

然而，他被分派的角色，打從一開始便是「當一個失敗的管理人」。湊屋正是希望他與住戶之間摩擦衝突不斷，好讓鐵瓶雜院空屋一間多過一間。相反地，因佐吉的盡心盡力，像豆腐鋪夫婦等安分的住戶，以及久米這樣的新房客，開始心生信賴，且最近阿德對他也稍加刮目相看，這樣的演變對湊屋而言是失算了。

「久兵衛這人也眞不厚道。」

想著想著，平四郎在淡淡的月光下皺起眉頭。

久兵衛出走，肇因於八百富的太助之死。那椿命案，是妹妹阿露因哥哥想對臥病不起的父親富平下手，想不開而殺了哥哥。不，平四郎原以爲「應是如此」。

然而，如今已明白湊屋的意圖，重新想來，那椿命案發生得會不會太巧了？

要爲久兵衛離開鐵瓶雜院找藉口，那椿命案著實太完美了。更何況，沒錯，太助是死了，但富平因此撿回了一條命，而久兵衛把一切都攬在身上，說是自己招人怨恨才造成這樣的結果，一走了之。因此抓著阿德哭倒在地、坦承殺了哥哥的阿露，沒有受到任何罪責，至今仍照顧著父親。兩人搬到猿江町，住進久兵衛舊識任管理人的雜院，近來還聽說富平的病情稍有起色。

換句話說，除了心起邪念、想殺死臥病父親的不孝子太助之外，沒有任何人蒙受損失。

「久兵衛不久前才在鐵瓶雜院附近出沒。」

之前「黑豆」的來信裡，不正提過有人在鐵瓶雜院旁的水道上，看見久兵衛的身影嗎？不能設法逮到那傢伙嗎？同時，也有必要將一切開端的那椿八百富太助命案，重新理過頭緒。

平四郎感覺脖子上起了雞皮疙瘩，不由得伸手用力搓搓後頸。

「黑豆」的信還未完，繼續看下去。只見他先聲明，說不知此事與趕走鐵瓶雜院住戶有無關聯，但湊屋的老闆娘阿藤與獨生女美鈴之間，最近關係極爲惡劣。

「我最討厭爹和娘了。」

沒錯，那姑娘如此斬釘截鐵地說。

據「黑豆」打聽來的消息，母女倆並非一開始就不合。在美鈴十歲之前，阿藤也像少女懷抱著心愛的人偶一般疼愛美鈴，好比她早已與丈夫總右衛門分房，卻仍一直陪著美鈴安睡。

然而這幾年來，卻像年糕起了裂縫般，母女間感情越來越糟。這令湊屋的下人驚疑不已，同時也感到相當爲難。無論事情大小，母女倆總是衝突不斷，爲數眾多的下人自然也不得不分爲阿藤派與美鈴派，使全店不得安寧，簡直如同將軍後宮女人爭權一般。

資深的湊屋下人中，有些將此解釋爲是因美鈴長大成人後，出落得越來越美，那張臉活脫就像葵，阿藤因此忍無可忍。如此推論應該是對的，連美鈴本人也這麼說：因爲我長得像葵姊姊，娘就恨我恨得要命。

更令人好奇的是，阿藤與美鈴的對立更形劇烈，是自美鈴開始談及婚事以來——這一段。

平四郎沉吟。此處也提到了美鈴的親事。向八助解釋原委的湊屋男子，不也說要將鐵瓶雜院清空，與小姐的親事有關？「黑豆」雖特地事先慎重聲明，不知兩件事是否關聯，但在平四郎看來兩者肯定相關。

接著，「黑豆」寫了一件令人心驚的事。阿藤有時會對跟在自己身邊的下人說，像美鈴這種女兒，最好一輩子都不嫁，讓她關在家裡等死。

「此等心緒思量，顯非爲人母者對親生女兒之情。」

「黑豆」所言甚是。平四郎認爲，阿藤心神有些不正常，可能已無法分辨可恨的葵，及與她長得一模一樣的女兒美鈴了。

「湊屋正臨一場意料不到的花禍，眾下人苦心孤詣，仍難免近鄰皆知。」

兩名當代一流的美女，確是堪稱花禍。然而，平四郎卻恍惚感到一陣微寒。

阿藤爲何至今仍對葵懷有如此激烈深刻的執念，爲何非如此憎恨葵不可？

思慮重重滿胸臆，
卻聞官九郎嘎聲啼。

——欲知端的，且看後續

七

井筒平四郎記性不佳，最不會記人名和長相。若要他記住一件事情錯綜複雜的前因後果，更加不在行。這種人也不太適合當定町迴同心吧。即使如此，遇到工作需要，多下點工夫總能應付。諸如做做筆記，說給小平次要他記住，實則他也這麼應付過來了。至今，平四郎直接經手的複雜案件屈指可數——萬幸萬幸。

然而，在如此健忘的人眼裡看來，對豈止幾年前，根本是幾十年前的怨苦仇恨念茲在茲，簡直形同特技，非毅力過人者不可爲。

湊屋的女主人阿藤，對一個十七年前自她面前消失後便音訊杳然的女子「葵」，至今仍深惡痛絕，「鮮活」一如當年。何以憎恨至此？平四郎起疑的同時，亦深感佩服。這阿藤的毅力眞是非常人可比啊，難道不是嗎——

平四郎躺在起居間裡，翻來覆去四處尋找涼爽之處，一面把事情講給弓之助聽。

弓之助這孩子，現在頻繁地出入井筒家。當然，他的造訪，是出自母親的指使外加平四郎細君示意。說起初來時做了些什麼，就是在起居間向平四郎問安之後，便規規矩矩地坐在那裡。在這熱得發暈的夏日裡，即使平四郎打盹午睡，他仍乖乖坐著。問他不無聊嗎？他答道目測屋裡的種種，不會無聊。只問起下次能不能帶曲尺、鯨尺來，點頭答應他，他還當眞興興頭頭地帶來了。

好一陣子沒開口的平四郎問細君，把那孩子放我這，要讓他做什麼？細君大感意外，不滿似地嘟起嘴，曰道：哎，就教他些論語也好呀。平四郎這才發覺，細君自己分明也是八丁堀土生土長，竟仍對八丁堀同心這種人有著天大的誤會，不禁大吃一驚。

——不如幫他找個練劍的道場，還比較實在。

於是，平四郎重託擅於照應人的朋輩，找了一家風評頗佳、對一般百姓也肯悉心指導的直心影流道場，送弓之助去習武。每個月的束脩由平四郎支付。弓之助家河合屋是富裕的商家，平四郎認爲這點學費大可由河合屋來付，但細君卻堅持這筆錢該由井筒家出，說這是爲栽培弓之助日後繼承井筒家所花的錢，由井筒家出才是道理。這裡頭，似乎有著細君對弓之助之母，也就是她親姊姊的那麼一點似虛榮、似負氣的感情在內。平日她們姊妹感情極好，因而更顯得既微妙又不可思議。

另一方面，令人擔憂不出三天便會逃出劍道場的弓之助，則出乎意料，習劍習得頗爲快活。在道場裡東量西測，嚇壞了一干學徒；不僅如此，劍術的天分也不差，這才眞教人驚訝。道場的練習兩天一次，沒有練習的日子便到井筒家。而令人欣慰的是，這孩子說姨爹姨媽出錢供他上道場，至少該幫著掃地汲水，便勤快地想動手幹活。

細君首先制止了他，接著小平次也漲紅了臉勸阻，說是讓少爺做這種事，小平次便無事可做。

「可是，小平次叔的工作，是幫忙平四郎姨爹吧？」

被這聰明懂事的孩子反過來一問，小平次的臉越發紅了。

「家裡的事也是我的工作。更何況，少爺，將來要繼承井筒家之後的男孩，不可以去擦地板、掃庭院。」

就這麼著，弓之助便又閒下來了。他早在學堂裡學過讀書寫字打算盤，平四郎沒什麼好教他的。雖如此，實在沒事做，便叫他習個字來瞧瞧。只見他在文案前一坐，寫出來的字端正漂亮，令大人汗顏。那字眞是好，直教字跡出名拙劣的平四郎得倒退十步，誠惶誠恐才行。

——這豈有不好好拿來用的道理。

於是，平四郎開始每兩天一次，將平日巡視中該記下的事，要弓之助寫下來。該提交給奉行所的文件，早已過了期限而不便委託書記的，也要弓之助寫。不但交了差還可兼作訓練，一舉兩得，平四郎心下大是愜意。原以爲孩子只是種費事麻煩的東西，弓之助倒反過來了。認眞考慮收爲養子或許也不賴。

話說，到了今兒個早上。這天較前一日更熱了，平四郎忽地興起一念，是該將至今的梗概與自己目前的想法好生整理，回個信給「黑豆」了。說穿了，其實是一早見陽光刺眼逼人，便起心躲懶，想找個法子不必出門巡視，至少等日頭斜了，午後陣雨下完、吹起涼風再說，且看能不能先找點事在家裡做。爲了偷這個懶，平四郎可也費了不少心思。

要叫弓之助給「黑豆」寫回信，得由平四郎在心裡打底稿，再出聲說出來。待平四郎說完一回，便想問正老老實實、安安靜靜動筆的弓之助作何感想。也許該重查八百富那椿命案，該深思湊屋那難以理解的行動背後，是否隱藏著女主人阿藤對葵根深蒂固的怨恨，這些均爲平四郎的想法。驀地，他興起一個念頭，想知道在這個有些奇特而腦筋極爲靈活的孩子看來，這些想法又是如何。於是，他便先提個話頭問道，一個人竟能恨上另一個人十多年，這本事著實驚人，你覺得呢？

「我娘——」

弓之助手裡還握著筆，圓滾滾的黑眼珠往平四郎一轉，說道：

「直到現在，還會爲我爹成親才三天便在睡夢中喊別的女人的名字這事，大發脾氣。」

「嗚嘿！」平四郎掠小平次之美，驚呼了一聲。「這可眞是個陳年大醋罈。不過，你怎麼知道有這回事？」

「因爲爹娘會大聲吵嘴。」

平四郎腦海裡浮現細君姊姊河合屋老闆娘文靜秀氣的面孔。哦——那樣的人也會呀。

「每當一開始吵，大掌櫃就會說蛇獅大戰開打了，便逃之夭夭。」

平四郎躺在起居間，仰望天花板大笑。一骨碌翻個身，枕著手肘看弓之助。他也滿面笑容。

「你不說我倒忘了，河合屋老闆確實是一張獅子臉。鼻翼這兒張得開開的。」

「是的，確實是張得開開的。」

「你倒是像你娘。」

「好像是。」弓之助細心將筆收入筆硯盒，微微蹙眉。

「我娘爲此很是擔心，說我不適合當商人。」

「鼻翼和當不當得了商人有關嗎？」

「娘說，商人要像這樣，鼻翼張開來才好。河合屋代代當家都長了一張獅子臉。所幸，我大哥二哥都是。」

「都張得開開的嗎？眞可憐。你哥哥他們一定很羨慕你。」

「照姨爹這麼說，只要哥哥他們和我都還活著，這羨慕之情恐怕會一直持續下去吧。」

弓之助不經意地這麼說，平四郎也不經意地聽著，但一個呼吸過後，便發覺這句話回答了剛才那個問題。

「你是認爲，怨恨、羨慕這類感情，終究不會因歲月而消失？」

「一般似乎都是這麼想的。」

「唔——。」

平四郎抓抓鼻梁。好像是昨晚睡大覺時，蚊子趁隙在鼻子旁叮了一口。可能是蚊帳有了破洞。

「好吧。可是啊，若是當面鑼、對面鼓地互相怨很，我也還能理解，但那阿藤的情況可不是這樣。葵這女人老早就從湊屋消失了蹤影，都十七年前的事了。十七年，這麼長的時間，連當時出生的小嬰兒都長成十七歲的大姑娘了，不是嗎？像我，要我十七年都記著一個女人的長相，根本辦不到。」

弓之助歪著頭，接著喃喃冒出一句。

「葵……眞的消失了嗎？」

「啊？」

平四郎抬起頭來。現下弓之助俯視的那張臉，想必十分可笑，孩子啊哈哈地笑了。

「不是的，葵定是十七年前離開湊屋後，便沒有再回來了。但即使如此，湊屋裡頭應該還留著一些足以令人想起葵的事物吧？」

平四郎思忖道：「你是說美鈴隨著年紀漸長，越來越像年輕時的葵嗎……」

「是的，而且鐵瓶雜院還有佐吉在。」

葵所拋下的孩子。

「據美鈴小姐所說，湊屋夫婦常提起佐吉。這教阿藤不想起葵也難吧。說起來，鐵瓶雜院沒了管理人、後繼無人那時，總右衛門把佐吉叫來——這件事本身，定然令阿藤感到不是滋味。那可是有權有勢的湊屋呢，縱使出過那種事，一時半刻找不到人接替久兵衛，但好好去找，不會沒有其他人選的，大可不必去找佐吉。可這時卻特地找他過來，總覺得太過刻意了。」

阿藤與葵的關係極差，因此葵消失時，周圍眾人議論紛紛，謠傳葵是被阿藤給攆走了。這一切總右衛門應該都知道；明知道，卻在十七年後，刻意將佐吉叫到近前——

「聽說葵還在湊屋時，總右衛門拿她的兒子佐吉當接班人看待。」

「那就是很喜歡他嘍？」

「那時候是吧，現在就難說了。久兵衛因爲那樣的內情出走，總右衛門卻故意把鐵瓶雜院這個燙手山芋丟給佐吉，而且一面讓佐吉當管理人，一面卻在背後搞鬼，暗地裡提出條件讓住戶離開鐵瓶雜院？倘若他現在也把佐吉當兒子看待，相信他的人品，想藉這機會讓他學著成爲能獨當一面的管理人，就不會去做這種居心不良的事。我雖不是你，但打這估量，實在很難相信總右衛門對現在的佐吉懷有好意。不過，若說把佐吉叫來這件事，對阿藤也不算是個體貼的做法——啊，這是明擺著的，眼前這對夫妻便一天到晚在吵架——你倒說說看，總右衛門腦袋裡到底在想些什麼？打的是啥主意？」

平四郎一靜下來，彷彿是在等待這一刻，油蟬一齊鳴聲大作。起居間裡立時充滿了從天而降的蟬鳴聲。

半晌，弓之助像聽蟬鳴聽得出神似的，微偏著頭。然後，小聲地說「眞奇怪」。

裡。

「很奇怪吧。」平四郎也應道。好似在滂沱大雨中對談，這對姨甥的話語聲幾乎要淹沒在蟬鳴裡。

弓之助提起筆，面向著紙，好像要寫些什麼，卻又將筆尖停在半空中，直盯著紙看，最後卻啪噹一聲，用力將筆放回筆硯盒。

這一聲令油蟬一齊戛然而止。

「姨爹，可能是測量的基點不同。」弓之助說道。

「怎麼說？」

「阿藤為何如此痛恨葵？佐吉在湊屋總右衛門心裡又是個什麼樣的角色？為何要安排佐吉當鐵瓶雜院的管理人？湊屋總右衛門為何要偷偷將鐵瓶雜院的住戶趕走？阿藤過去對美鈴寵愛有加，為何這幾年卻衝突不斷？是因為美鈴像葵嗎？或者是有別的理由？」

弓之助一口氣說完，眼睛閃閃發光。

平四郎不由得起身。雖不明所以，但他感覺得出弓之助這模樣之中，有些什麼令他不得不猛然起身。

「這一切，」弓之助燦然一笑，對平四郎說道。「或許全都必須以不同的基點來測量。」

「你是說，這些事全都沒有關聯？」

「不是的，根源必定是同一個。但是，開始測量的基點各自相異。」

平四郎抓抓頭。唐紙門後傳來細君的聲音。拉門喀啦一聲打開了。

「哎呀，你們姨甥倆正專心講究學問呀。弓之助，要好好向你姨爹請教哦。」

瞧她心情好的。
「我做了冰涼的白玉丸子呢，好好嚐一嚐吧。相公，你也喜歡白玉丸子吧？」
當天臨走之際，弓之助又說了句謎樣的話——女兒阿律險些被抓去抵賭債的木桶匠權吉，值得調查一番。
「我覺得，知道是什麼人找權吉去賭博很要緊。」
「你是說，那件事或許也是湊屋設計的？」
權吉沉迷賭博，害阿律被帶走，令他在雜院裡住不下去——
平四郎沉吟。「這我也想過。權吉確實好賭，有人相約一定馬上陷進去。但是，只爲了要趕走這對父女，便設計把阿律賣掉，未免太殘酷了。這作風和八助他們拜壺那時相差太多了吧？」
弓之助笑了。「但是，如果當時阿律被妓院的人帶走，之後會如何可就不知道了。也許一離開雜院，稱是爲湊屋辦事的那個俊掌櫃就趕上來說，阿律姑娘，眞是對不住，其實我們有苦衷，不得不瞞著妳們父女倆，請妳們搬走，才演了這麼一齣亂來的戲。權吉的債務妳不必擔心，我會爲妳安排新的住處和工作；權吉把妳賣了，阿德會讓他怕得存不了身，遲早會離開鐵瓶雜院的，要不了多久就能和妳團聚了——」
平四郎睜大了眼睛。沒錯，弓之助說的對。劇情極可能是如此安排的。
「就結果而言，阿律因佐吉的話改變了心意，因此離開鐵瓶雜院的就只有阿律一個，權吉現在還留在雜院裡吧？」

「是啊，還在。」

「這麼一來，湊屋便沒有達到目的。姨爹，阿律在丟下權吉、逃離鐵瓶雜院之後，在哪裡做些什麼呢？湊屋那個俊掌櫃有沒有去找她呢？阿律不掛念父親嗎？」

平四郎盯著弓之助人偶般的臉蛋瞧了一會。這張臉蛋精巧如匠人的傑作，但腦袋裡的東西更不得了。

「來盯一盯權吉吧。」平四郎說道。

這時候最不方便的，便是平四郎除了小平次之外，沒有別的手下。不用說，平四郎不能親身到鐵瓶雜院監視，因爲結果不外乎是被佐吉發現，問起大爺在那裡做些什麼。小平次也一樣，十成中有九成會被阿德喊住，說「你來得正好，幫忙清清水溝再走」，被狠狠使喚一頓後徒勞而返。話雖如此，又不能差遣鐵瓶雜院裡的人。若是別的事也就罷了，這件事可不行。平四郎希望事情暗中進行，不讓雜院眾人察覺。

僅煩惱片刻，平四郎便又出門前往本所深川的大頭子茂七家。破鑼嗓子的老爺子已自湯療回府，但用不著勞動他，找政五郎談就行了。而所談的話，其實平四郎並未詳加解釋，只說權吉的沉迷賭博與女兒離家出走，背後似乎有黑手。即使如此，大頭子的心腹仍二話不說，爽快承應。

「我會先監視五天，調查這位權吉木桶匠的去處、見過哪些人。」

「不好意思，若權吉和女兒阿律碰面，麻煩你順便查查那姑娘現在住哪裡、做些什麼。」

平四郎有些客氣地加上一句。

「權吉年紀也不小了，不可能自己出主意作主，搞出什麼花樣。賭博和女兒離家出走這兩件事倘若眞有內幕，定是阿律依那黑手的話，要父親行動的。」

「我明白了。」政五郎說著，嚴肅的臉上露出笑容。「不過，大爺肯來找我們幫忙，眞教人高興。大爺千萬別那麼客氣，若不嫌棄，今後有機會也請多關照。」

平四郎笑了。「我看起來像在客氣嗎？」

聽阿德說，阿律離家後，權吉雖嘴硬，但整個人無精打采，賭當然是不碰了，連酒也比較節制。

「我們也覺得該讓他受點教訓，所以打算先不管他，等到他眞的有困難了再幫忙。」阿德是這麼說的。

事實上，就之前平四郎不經意瞧見的，權吉確實神情黯然。木桶匠的工作需要熟練的技巧，但權吉多年來懶散的生活已使雙手不再靈巧，承包的工作量也減少了。對打零工的工匠而言，沒有工作便等於沒有進帳。權吉也爲此著急，似乎出門到處找工作，但信用與風評一旦跌落便不易挽回，因此權吉的日子應當過得相當苦。

政五郎言而有信，平四郎前去委託的翌日傍晚，隨著日暮六刻（註）的沉沉鐘聲，遣人送來最初的報告。來的是大額頭，因此並不是送寫在紙上的報告來，而是裝在腦子裡而來。這且不管，聽了他的傳話，平四郎大吃一驚。

註：晚間六點。

第一天便大有斬獲。權吉離開鐵瓶雜院來到外面，便一路走過永代橋，過日本橋到北岸，往內神田的瀨戶物町去了。完全沒有迷路或問路的樣子。顯然，這條路他走慣了。

後來，權吉進了一幢十戶連棟雜院。那雜院不知是否最近發生過火災，大門和屋子都有明顯修繕的痕跡。權吉與主婦打招呼，也沒有生疏的模樣；和在鐵瓶雜院時比起來，態度可親得多。接著，權吉又毫不遲疑地，打開雜院中間一戶人家的油紙門，消失了身影。問過街坊的主婦，說權吉和年輕的女兒阿律兩個人住在那裡，權吉因工作之故，白天在家、晚上出門，而女兒就在前頭馬路轉角那家陶瓷鋪做事。

這對父女是這年春天時節在這幢雜院住下來的。阿律便是在那時離開鐵瓶雜院，時間上接得正好。

「傍晚回來的女兒，長相大致是這個樣子。」

大額頭仔細描述。平四郎越聽越篤定那就是阿律，錯不了。

「謝啦。勞煩你也跟政五郎頭子道謝。」接著，平四郎稍微想了想。「哪，大額頭，我沒用過岡引，實在沒半點頭緒。想來這時候該包點禮金，可是該包多少，你知道嗎？」

大額頭應聲「是」，點點頭。「頭子確實提到大爺定會這麼問，要我到時候跟大爺收這幾多錢。」

「政五郎設想得眞周到。」

「是大頭子交代的。」

大額頭行禮道謝，回去了。平四郎也給了他一點跑腿費，他說這也要先給頭子看過，不能擅自動用，愼重其事地收進懷裡。好個乖孩子。

大額頭一走，平四郎便朝唐紙門後叫道：「喂，寫下了嗎？」

「是，都寫下了。」說著，坐在文案前的弓之助現身了。

「姨爹，那可眞是難得一見啊。」

「很罕見的額頭吧？」

「不是的，額頭確實也是，不過他記性之佳，眞教人吃驚。」

「你可不能爲這點小事就吃驚。大額頭那小子，把他大頭子講給他聽的事都記住了，連二、三十年前的都記得一清二楚。不過，要是中途打斷他就得從頭來過。有趣得很，下次你也試試。」

「姨爹，」弓之助睜大了眼。「這工作您做得很愉快吧？」

「是啊。」平四郎搔搔下巴。

翌日，平四郎讓弓之助歇了一天沒去道場，帶他一起外出。至於小平次，不僅沒讓他看家，反而不講理地命他代爲巡視，令他大爲不滿。

弓之助穿著做工精緻但稍短的圓袖和服、趿著鞋，平四郎則脫掉同心外褂，只穿輕便和服。這一大一小的組合怎麼看怎麼怪，而且，錯身而過的行人，個個都睜大了眼睛回頭看這兩人。不消說，自是驚異於弓之助的美貌。其中還有些年輕姑娘，本以爲走過之後早已向右拐彎，結果竟跟在身後。見平四郎回頭斜睨她們一眼，便慌慌張張地拿袖子遮臉，連忙逃走，還眞是可愛。

平四郎的目的地當然是瀨戶物町。阿律工作的陶瓷鋪，看來生意相當好，店頭的貨整整齊齊地排放著，打掃得極乾淨。兩人在鋪子前來回觀望，不久，出來了一個頭戴阿姊頭巾（註），手持撢子，綁著袖帶的姑娘，啪嗒啪嗒撢起一落落鍋碗瓢盆。那側臉是阿律沒錯。平四郎雙手還揣在懷裡，就這麼往鋪子晃過去。

「喂——店家。」

平四郎粗聲粗氣一叫，阿律應了聲「來了」，堆著笑抬起頭，便像個活生生的人偶般僵住了。

「這小鬼頭老是尿床，能不能幫我選個便盆？最好是南天竹花樣的。」

「姨爹！」弓之助紅了臉，橫了平四郎一眼。接著轉向阿律。

「妳是春天時還住在鐵瓶雜院的阿律姑娘，木桶匠權吉的女兒吧？我們有些事想請教才冒昧前來。可以商請鋪子老闆，占用點時間和妳談談嗎？」

「就是這麼一回事。」平四郎說道。心想，帶著弓之助，我的懶散大概會更上層樓吧。

或許是意外來訪令人無法招架，阿律對平四郎與弓之助有問必答。聽她所供述的一切，平四郎——雖有一半早已預料到——還是吃了一驚。因爲內容和先前弓之助所推測的幾乎完全一致。

「把我賣掉來抵賭債，可爹爹卻一副沒事人的樣子，那張臉讓我一時氣不過……直到離家出走，都是我自己的主意。」

平四郎好歹是個貨眞價實的公役，陶瓷鋪的老闆客客氣氣地空出後頭的起居間。三人在此坐定，喝著阿律親手端來的清茶談話。解開袖帶、整理袖子，除下頭巾的她，在短短一段時間裡，神色舉止忽然有了大人樣。現在不像個姑娘家，倒像個穩重的女人。儘管是暫時的，但一旦下過完全拋下父親的決心，反而令阿律成長許多，如此說來，這段親子關係還眞是蘊含了諷刺的趣味。

「要離家可以說走就走，但不能不跟那時工作的茶館打聲招呼，所以隔天我就去了。受了鋪子那麼多的照顧，卻爲了要離開爹爹，不得不辭掉那麼好的工作，雖然可惜，卻也沒法子。」

結果，湊屋的人已經先在那裡等她了。

「是個四十開外、儀表出眾的男人吧？」

不知爲何，阿律對平四郎這個問題紅了耳朵。「他說他是掌櫃，但不是專做店裡的事情，是直接奉湊屋老爺的命做事。」

「妳知道他叫什麼名字嗎？」

阿律一個勁搖頭。「不知道。」

平四郎覺得這是謊話。原因他也說不上來，只是覺得她一定在說謊。

一如弓之助的推測，那個掌櫃告訴阿律事情的原委「其實是如此這般」。湊屋希望鐵瓶雜院的住戶搬走，但卻不想讓人認爲是被趕走的，而權吉的事也是爲此而安排——

「那掌櫃好生有禮地向我道歉……也幫我安排了現在的住處和工作。他說，我在那種情況下丟下爹爹，暫時大概不會想和爹爹一起生活，要我先自己住；湊屋也會看爹爹怎麼過日子，要是實在過不下去，會另外設法幫忙。」

阿律便依了他的話，獨自生活了兩個月。但待生活安頓下來，心裡便無法不掛念權吉。

註：女性手巾的纏法之一，多用於勞動時防塵。

「我實在忍不住，便找掌櫃商量。掌櫃的說，由他先去跟爹爹說我在這裡，很擔心爹爹；然後，要是爹爹願意，就帶來這裡瞧瞧。」

權吉來到瀨戶物町的雜院，一進門就大哭著向阿律道歉。

「爹爹說他再也不賭了，而我也覺得，事到如今，實在無法捨棄爹爹，所以，心裡其實很想馬上就接爹爹過來……」

「但湊屋卻阻止了？」

阿律點點頭。「要我再多等一些日子，到入秋時再看看。掌櫃說，要是立刻接爹爹過來，也許有人會對我離家時鬧出的騷動感到奇怪。所以這件事，也要爹爹絕不能說出去。」

平四郎嗯的應了一聲。弓之助則說了句「是嗎」。

「那麼，阿律。」平四郎忽地問道。

「什麼事，大爺？」

「湊屋給了妳多少？」

這回阿律整張臉都紅了。光如此便足以代替回答，平四郎便說「算了」。

「妳在這裡安頓好之後，湊屋的掌櫃還是常來看妳吧？」弓之助問道。阿律一臉爲難地望著平四郎。

「一定的吧。」平四郎代她回答。「先別管這個，阿律，湊屋爲何非趕走住戶不可，那掌櫃告訴過妳理由嗎？」

阿律毫不遲疑，立即答道：

「因為想在那塊地上蓋新房子。」
「什麼樣的房子？」
「聽說是湊屋要用的，所以應該是大宅吧。」
平四郎與弓之助對望一眼。這倒是初次耳聞，是新的收穫。
阿律不解地望著兩人。
「蓋大宅這種事，大富人家常做呀，沒什麼好奇怪的吧？」
「是啊，既是湊屋，想在哪裡蓋座大宅住都沒問題。」
但是，也不必特地挑深川北町這種粗鄙之地，而且還不惜暗中趕走現在的房客。
弓之助微微傾身向前。「有沒有聽說過湊屋的哪個人篤信什麼神明？」
這話問的是阿律與平四郎兩人，兩人雙雙搖頭。
「哦，這樣啊。」
「你怎麼會想知道這個？」
「我是想，要在一個不相干的地方蓋房子，或許是為了方位。」
平四郎哦了一聲，這才明白。這種聯想是不會出現在他腦海裡的，再怎麼說，他可是個出了名不信鬼神的人。
平四郎告訴阿律這段談話是密談，她與權吉都沒有涉及什麼見不得人的事，大可光明正大地繼續目前的生活；只是，平四郎姨甥倆曾經來此，並已知道湊屋正悄悄將鐵瓶雜院的住戶趕走之事，絕不能告訴湊屋那個俊掌櫃——千叮萬囑後，離開了瀨戶物町。

頂著大日頭，朝著大川邊才邁開腳步，弓之助便道：「她一定會說的。」
「一定的吧。」平四郎也這麼說，從懷裡取出手巾擦汗。
「不過，說也無妨。我們就來瞧瞧，湊屋知道事情被發覺後有何對策。」
「反正看這樣子，也不會有什麼危險。」
平四郎個子高，若不將頭整個低下，便瞧不見並行的弓之助的臉。他稍稍停下腳步探頭看，孩子似乎嚇了一跳，立即停步。
「你今年十二吧？」
「是的，姨爹。」
「那心思還眞機敏。」平四郎又邁開腳步。天氣實在炎熱，一停頓便覺烈日灼身，一走卻是汗如雨下。
「會嗎？」
「你怎知阿律定會將我們的事告訴湊屋的掌櫃？」
弓之助泰然答道：「因爲她喜歡那個親切又俊俏的湊屋掌櫃。」
「所以啊，你是怎麼知道的？」
「因爲她看到我，一點都不驚訝。」弓之助愉快地說道。
「女人一見到我，大多會吃驚地直瞅著我。可是，偶爾也會遇上無視的人。這樣的女人都有心上人；也就是說，她們的心眼裡只有那心上人，瞧不見別的東西。」
在這沉悶熾熱、文風不起的午後，平四郎卻放聲大笑，這笑聲掀起了風，令正好經過的賣風鈴小販扛著的風鈴，一齊叮噹作響。

「哇啊，好好聽哦！」弓之助很高興。

「我很中意你，買一個給你。」

「真的嗎？哇啊！謝謝姨爹。那麼，我想要那個金魚的。」

瞧賣風鈴的高興的模樣，那肯定是最貴的風鈴。弓之助似乎也擅長這方面的測量之術。

「真是個不能大意的小鬼。」

雖做此想，平四郎仍非常愉快。早知有孩子會是如此有趣，便該早些叫他來。

弓之助一臉天真無邪地拎著那金魚形狀的風鈴，不時高高舉起，端詳細看。

——雖不能大意，畢竟也還是個小鬼。

鐵瓶雜院這檔事，尚有許多不明之處。但是，何事不明，該往何處去尋，已有了眉目。過去不知是在玩些什麼遊戲卻被迫參加，如今已知這遊戲原來是場捉迷藏。

平四郎被蒙住了眼，帶到各處去。由拍手聲引導著，無知地跟隨，雖不至於落入陷阱，但那個拍著手移動的真正的「鬼」，卻將他步步引開，遠離那個無論如何都不想令人看見的東西。

——捉迷藏，正是小孩子的事。

找弓之助來幫忙，搞不好是正辦。牽著弓之助的手，走在滿是塵沙的夏日之中，平四郎哼哼地笑了。在偶然撞見的人眼裡看來，或許是這男人最大無畏的表情，也或許只是在豔陽下瞇起了眼睛。

八

井筒平四郎不怕熱，且喜愛夏天。他就愛夏天天氣的單純明快。天晴時便天晴，午後陣雨又短又猛，來了就走。對這個凡事嫌麻煩的人來說，這種簡單爽利合了他的脾性。

然而，世上就是有人怕熱，視夏天如人間煉獄。平四郎的二哥便是其中之一，兒時一到盛夏，看著半死不活的兄長，平四郎既感同情又覺有趣。只見他覺也睡不好，飯也吃不下，只是猛喝水，叫他回應好像也慢半拍。分明被同樣的日頭晒著，同樣流著汗，卻只有二哥獨自受罪，在一旁看著，不知爲何總會有些慶幸又有些竊喜，心情頗爲複雜。

即使是盛夏，鐵瓶雜院裡阿德的滷菜鋪當然也得升火做生意。然而多年來的持續鍛鍊，讓阿德在炭火熊熊的爐灶前仍能行若無事。平四郎問她耐熱是否有訣竅，阿德回答：「哪來什麼訣竅，全靠習慣啦，習慣！一忙，身體自然就會挺過來！」

可悲的是，並非全天下的女人都同阿德一般健壯。眼前，梅雨時節起開始跟著阿德學做生意的久米，入夏後憔悴了不少。當天下午，井筒平四郎撿著日陰走在前往鐵瓶雜院的路上，遇見瘦得下巴有些尖了的久米，頸項上貼著白色藥布，像鬼魂般幽幽地走在路上。

「怎麼，累到得風邪啦？」

聽見平四郎搭話，久米吃力地轉過身來。她那天生輕佻的舉止，已完全收斂起來。

「哎呀，大爺。」說著，她難爲情地摩娑著頸上的藥布。「不是風邪啦。這個呀，是長、痱、子，痔子呢，很沒情調吧。」

平四郎大笑，仰望著湛藍無底的夏日晴空。小平次代替無情的他，擔心地望著久米的頸項。她捲起衣袖、鬆開領口，讓他們瞧身上各處的藥布。

「我聽說長命寺再過去一點兒，有個大夫給的膏藥治痔子很有效，就上那兒去。真的跟人家說的一樣有效，可是好貴呢。大爺，要賣滷菜可真不容易。」

「妳之前幹的那一行，不也有花粉腫嗎？不管是什麼營生，都有它麻煩的地方。」

平四郎意在鼓勵，開朗地這麼說，但久米確實顯得相當難受。

「阿德姊罵我，說我就是太散漫才會讓痔子上身。」說著傷心地垂下頭。

「哎，別這麼洩氣。不過，在這兒遇到妳倒是省了我的事。既然是從大夫那裡回來，稍微繞個路阿德也不會知道。我請妳吃個洋菜凍吧！」

「哇，好高興！」

兩人稍稍偏離了大路，到一家面水道擺著長凳的茶店去。小平次在水道旁蹲下，取出菸管。奇的是，一到夏天，這一板一眼的中間菸癮似乎就大了起來。還有，小平次夏天幾乎不會流汗。他只在驚懼時流冷汗，而這是不問季節的。

平四郎想問的是，最近阿德與八百富的阿露之間來往的情況。今年初春，八百富發生了不幸的命案，過後，阿露連同生病的父親一同離開雜院，阿德有段時間頻繁地造訪他們新的落腳處，幫忙阿露。他們至今仍密切往來，或者阿露父女生活安定後，便少有接觸了呢？照他想，現在久米與阿德走得最近，也許會知道些什麼消息。

平四郎有意重新調查一切原點的那場八百富命案。因此，這陣子也想找機會去見阿露，但他必須愼重行事。阿德與阿露之間的來往，直接問阿德當然最眞確，但若一個不愼，阿德不免起疑，很可能會質問他：「大爺，都這麼久了，您還想找阿露問些什麼？」因此還是旁敲側擊的好。

「八百富……」久米開心地拿筷子夾洋菜凍，一面喃喃說道。「那時候我還不在鐵瓶雜院，事情是聽人家片片斷斷提起的。」

平四郎將八百富這案子表面上是什麼樣貌，以及阿德等與命案有關的人所相信的「眞相」大致做了說明。久米雖一臉疲累，聽話時仍頻頻點頭回應。

「阿德沒跟妳說過詳情？」

半點也沒有——久米說道。

「只說久兵衛爺遇到有些可怕的事所以走了，就這樣。阿德姊不會多嘴的。」久米一面將洋菜凍吸進嘴裡，一面說：「她呀，嘴巴雖壞，卻不會在背後數落人家的不是，也不會說三道四的。所以呀，幫不上大爺的忙眞是對不起，可她是不會對我這個跟阿露啥關係也沒有的人提起的，所以阿露的事我什麼都不知道。」

「阿德會不會單獨出門？」

「從我常到她那之後，都沒有。」久米說著，笑了笑。

「可是，大爺，要是那個阿露和阿德姊現在也很親的話，之前阿德姊病倒時，應該會提到吧？阿德姊那個樣子，就沒辦法去找阿露了，應該會託我跟阿露說一聲，要她別擔心；或者阿露會覺得怎麼這陣子都不見阿德姊，該過來瞧瞧才對。」

「說的也是。」平四郎也吸著洋菜凍點頭。「妳眞聰明。」

「既這樣，我就再表現一下吧？」久米得意地笑了，臉上似乎恢復了點生氣。「要我是阿德姊呀，等阿露的生活不必再擔心，就不會跟她來往了。命案已經是半年多前的事了吧？過了這麼久，就不會再去管她了。」

「爲什麼？」

「因爲，阿露那個姑娘其實殺了親哥哥，阿德姊明知道，卻又要她忘了、當沒這回事，是吧？要忘掉最快也最簡單的法子，就是離開鐵瓶雜院，也就等於離開阿德姊。可是，要是阿德姊一直去噓寒問暖的，阿露不就每次都得想起往事嗎？」

久米的話越聽越有道理。

「阿德姊也不是傻瓜，這道理她也懂。所以，她現在一定沒跟那個阿露姑娘見面了。」

「妳很聰明，阿德也很聰明，就數我最笨了。」

「那是因爲大爺是男人呀！女人的聰明和男人的聰明走的是不同的路子。」

久米將盛洋菜凍的碗放回托盤，伸手拿涼麥茶。或許是被醋（註）嗆著，咳了幾聲。

茶店的長凳旁沒有其他客人。頭頂上藍底白字的「洋菜凍」布條隨風飄動。過路人形色匆匆地揚起塵埃，擦著額上、頸上的汗。久米確認般悄悄往四周張望一番，彷彿陽光很刺眼似地瞇著眼轉向平四郎。

註：日本關東地方的洋菜凍多搭配醬油醋來吃。

「之前的管理人久兵衛爺，和阿德姊很熟吧？」

「是啊。所以到現在阿德不也一直說，鐵瓶雜院的管理人就只有久兵衛一個嗎？」

「嗯……」久米若有所思地輕撫著頭上的藥布。「不說閒話的阿德姊，最近很難得地跟我說了一件事。」

平四郎哦的附和了一聲。久米微微噘起嘴。

「大爺剛問起久兵衛爺離開那時的事，我這才想起來。跟您說喔，大爺，久兵衛爺打他自鐵瓶雜院消失前，就不時會來找阿德姊發牢騷。」

——這話妳別說出去。湊屋老爺想要讓一個叫佐吉的年輕親戚，來當我身後的管理人。

平四郎睜大了眼睛。嘴上叼著菸管昏昏欲睡的小平次見了他這神情似乎吃了一驚，差點就要站起來。

「那是在八百富命案之前吧？」

「嗯，對呀。」

「既然如此，什麼事都還沒發生，久兵衛怎麼會對阿德說那種話？久兵衛怎麼會知道佐吉這個人？」

「大爺，這我怎麼會知道呢。」久米搖搖頭。

「妳們怎麼會講起這個？說起來，這算是背地裡講佐吉的壞話吧？」

阿德至今仍對佐吉極爲嚴厲，這點平四郎也很清楚。阿德對其他人都親切和善，照顧有加，不知爲何只對佐吉極爲冷漠，簡直可說是蓄意和他作對。近來情況稍稍有些改變，但依舊極其嚴厲。

「就在前天，賣魚的箕吉兄夫婦吵了一架。好像是爲了件芝麻蒜皮的小事，可箕吉嫂卻說要和箕吉兄離婚搬出去。箕吉兄在氣頭上，也就回說『好啊，快給我滾』。這時佐吉兄來了，好說歹說地勸架，總算沒事。他幹得實在漂亮，我就稱讚佐吉兄，說他眞了不起，明明還是個單身漢，竟能勸和人家夫妻。才稱讚完，我就心想糟了，因爲我知道阿德姊討厭佐吉兄。豈知阿德姊竟沒生氣，臉上的表情好像啃了澀柿子，一直不作聲，過了好一會才說話。」

——妳說的對，佐吉是做得很好。

「我嚇了一跳就說，眞難得阿德姊竟會這樣誇佐吉兄。結果阿德姊就正經八百的說，其實佐吉這麼用心努力，她也不想說他的不是，只是久兵衛爺曾經怨嘆過，便把剛才那番話告訴我了。」

阿德是這麼說的。

「久兵衛爺是因爲出了不少事，才離開我們鐵瓶雜院的，但在那之前，畢竟年紀也不小了，一直爲自己身後誰來當鐵瓶雜院的管理人發愁。那湊屋老爺就想把他一個親戚叫佐吉的，因爲有些緣故沒辦法繼承湊屋，當花木匠也當不好的男人，安插在這個位置，可是久兵衛爺大大反對，有時候他會跟我提起這件事。他說，別的不提，光是年輕就不行了，更何況那個叫佐吉的人品又差。管理人這個工作，賣水肥的錢可是全數落入自己的荷包，很有油水的。可要是存心想偷懶，也簡單得很。說到頭，全是靠那個人的人品。久兵衛爺說，就算那是湊屋的親戚，他也實在不想讓老爺推薦的那個佐吉進這鐵瓶雜院，說他那個人很不像話。這話他不知跟我說過多少次了……」

平四郎倒是聞所未聞。因太過驚訝，一個不小心又點了份洋菜凍。

「聽說久兵衛爺這個人，不怎麼會發牢騷？」

「啊？哦，是啊，他本來話就不多。」

「所以阿德姊就說，久兵衛爺會再三地跟她說起這件事，一定是很放心不下吧。所以……」

——久兵衛爺走了之後，佐吉一來，我心裡就想，啊，就是他！一開始就對他恨得要命。

——可是，我總覺得佐吉，怎麼看都不像壞人呀？我最近越來越糊塗了。佐吉做得很好，越來越有管理人的樣子。可是，我還是不想承認他，不然怎麼對得起久兵衛爺！

「她那神情難過得很呢。」久米也以消沉的口吻說道。「阿德姊會跟我吐苦水，一定是實在難過得挨不住了。」

平四郎等著追加的洋菜凍，握著筷子，心下大爲不快。久米嗅嗅摸過藥布的手，抱怨著味道難聞。

「原來是這樣啊。」平四郎低聲說。「原來是有過這麼一段，阿德才會打一開始就對佐吉百般挑剔。現在要改變態度就難了。」

「嗯，我是這麼想的。」久米答道，聲音像累壞了似的沒精神。接著又補上一句，「總覺得好可憐喔。」

「誰？佐吉還是阿德？」

「兩個都可憐。阿德姊會看人，要是沒那回事的話，應該老早就站在佐吉兄那邊了。大爺也這麼想吧？可是，就爲了久兵衛爺說過的那些話，便鬧起意氣來，跟久兵衛爺講義氣。」

可是，佐吉兄是個很好的管理人喔——久米小聲說道。

「大爺，我先走一步了。我們一道回鐵瓶雜院不太好吧。謝謝您的洋菜凍。」

久米說聲嘿咻，站起來。

「大爺問我的話，我當然不會告訴任何人。」

「噢，拜託了。妳說的話，我也會藏在心裡的。」

「嗯。」久米點點頭，仰望刺眼的陽光，聳起瘦削的雙肩。

「豆腐鋪一家人呀，好像要搬家了，一早就在收拾東西。」

追加的洋菜凍來了，平四郎卻不下箸，內心更是不快。

「這我倒是沒聽說。他們幹麼搬家？」

「說是以前很照顧他們夫婦的豆腐鋪老闆病了，鋪子開不下去，所以他們要去幫忙看店。」

「知道那家鋪子在哪裡嗎？」

「不知道，好像不在本所深川。豆崽子他們說要到很遠的地方去。」

久米踩著和剛才見到時同樣不穩的腳步回去了。望著她那瘦削的背與臀，平四郎吃起追加的洋菜凍，只覺一個勁的酸，沒味道。

豆腐鋪一家子搬家的理由，反正定是跟八助與阿律父女一樣是編出來的吧。背後必有湊屋指使，當然湊屋肯定給了錢。這麼說，他們並未改變計畫，事情仍照舊進行。還是平四郎和弓之助料錯了，阿律沒向湊屋那個俊掌櫃通報他們已查出許多眉目的消息？

縱然如此，仍令人不快。

久米聽到阿德表白的那些話，照平四郎手上掌握的脈絡，無論怎麼看，那都是設計好的把戲。

久兵衛對湊屋極爲死忠。據平四郎所知，他從未說過東家的不是，亦從未對主人總右衛門的判斷有過任何異議，更不曾聽阿德等雜院的住戶提起久兵衛曾經如此。這也就表示，他眞的不曾這麼做。對久兵衛而言，湊屋總右衛門便是一尊活神明。

正因熟知久兵衛平日的態度，他偶然間提到對「老爺的親戚佐吉」的不利言語，才會深植於阿德心中。那個叫佐吉的年輕人，仗著有湊屋這座靠山，竟令久兵衛爺如此擔憂、不安、困擾；不能原諒，絕對不能饒過他！依阿德的性子，也無怪乎會這麼想。

自八百富的太助命案起，久兵衛出走，佐吉被提拔，枉費他如此奮力，住戶仍接連搬走——這一連串的事情，全出自湊屋有目的的策劃，而久兵衛必定也是其中一員，因他凡事以湊屋爲重。如此一來，久兵衛對接下來會發生什麼事心知肚明：知道太助會死、會傳出不愉快的流言、結果會迫使自己離去、其後佐吉將來到此處等，全都在他的意料之中。不僅如此，還對阿德灌輸對佐吉莫須有的不平、不滿與疑慮，以操縱阿德，好讓佐吉這個管理人當得力不從心。

好讓住戶棄鐵瓶雜院而去——不，好讓住戶因「各有緣故」而紛紛離去的景況，在外人眼裡看來順理成章。哦，沒法子啊，鐵瓶雜院的管理人是個不對頭的年輕人，跟那的老房客阿德怎麼都處不來，也難怪人家住不下去。

這作法單純卻高明，簡單卻周密。只要摸清楚阿德的脾氣便成了。但，久兵衛可曾察覺到，可曾料想到？當佐吉眞的來到鐵瓶雜院，老實而盡心盡力地當管理人，開始得到住戶的信賴時，阿德會夾在對久兵衛的義氣與佐吉的勤勉當中進退不得？既然了解她的脾氣，早該料到會如此了。

「久兵衛啊！」

平四郎自言自語。

「鋪子的人爲了鋪子會做的事，我這輩子都不會明白。」

匆匆結束巡視，平四郎再度造訪深川大頭子茂七家。政五郎在家，一如以往地鄭重迎接。最初，平四郎的打算是略過詳情，僅託付政五郎欲辦之事。然而，要如此委託本就不易，對苦於深思熟慮、細密策劃的平四郎，更是難上加難。更何況，平四郎當時正怒火攻心。就他這人來說，心情難得如此欠佳。此時，人往往流於多話。一個人會拿「這話別說出去」當話頭，大多是在心情激動之時。

因此，待平四郎回過神來，他已向政五郎原原本本地道出一切，包括鐵瓶雜院中正在進行的詭異陰謀，以及他對此的想法。

政五郎很擅長傾聽。只有一次，當平四郎正換氣的時候，悄身離座旋即又回來，爲平四郎奉上盛滿冰涼麥茶的茶杯。那時機抓得著實巧妙。

平四郎總算把話講完，喘了口氣，政五郎便拍手喚人，立刻有人端上熱煎茶與點心。端來的正是大額頭。這孩子奉上茶點，便在政五郎身邊端坐，待政五郎一示意，便順溜溜地背誦起來，說的是平四郎方才敘述的事情經過。

平四郎一面吃水羊羹，一面聽。聽完後大感佩服。

「沒錯，記得眞清楚。什麼時候開始聽的？」

政五郎先表示惶恐。「大爺一到，我便要他候在唐紙門後了。」

一見大爺的神情，便知今日的談話較先前來得複雜——政五郎是這麼說的。

「你這人眞可怕，幸好是跟我站在同一邊。」

「不敢當。那麼，大爺要我們去盯這阿露姑娘的梢嗎？」

不著痕跡地帶入正題。

「對。不過，這次的獵物比上次的阿律難辦得多。」平四郎解釋。「阿露這姑娘應當知道自己是這案子的關鍵。因爲，她哥哥太助被殺時，她應該就在現場。」

政五郎沉穩的眼神閃過一道光。「依您這說法，大爺，您認爲殺死太助的不是阿露？」

平四郎垂下緊閉的嘴角兩端，點點頭。

「殺手來殺了哥哥——阿露這話該如何解釋？」

「那是說給阿德聽的。」平四郎平靜地說道。「我是從阿德那聽來的。」

「那麼，說得更正確一點，您所聽到的是阿德對於『殺手』的推測，而阿德的臆測則來自於阿露的話？」

「是這樣沒錯。」

「那麼大爺，我想在這件事上頭，阿德也是被操縱的。」

平四郎沒有馬上點頭。他覺得阿德實在太可憐了。

「阿德是鐵瓶雜院的中心人物，就像雜院的『心』一樣。」他說道。「這可要說清楚，不是雜院的頭領，全然是心而已。因爲她不是個能靠道理來思考的女人。」

「女人都是這樣的，」政五郎柔軟地回應。「所以才可愛，不是嗎？」

平四郎不由得笑了，政五郎也笑了。平四郎心想，在這裡，我的威嚴完全比不上人家。

平四郎脫下外褂，隨意盤坐。政五郎與大額頭則是規矩地端坐著，兩人皆不見絲毫怕熱的模樣。茂七大頭子的這幢宅子，或許是考慮到在屋內常有不便讓旁人耳聞的對話，並未因夏天而撤除隔間，唐紙門與屏風仍在。但屋內通風極佳，像進了寺院般涼爽。

「久兵衛出走這場大戲，我想，劇本是相當難寫的。」平四郎想了又想，開始解釋。「在『勝元』時，久兵衛與正次郎這男子之間曾有過不愉快，這話大概是真的。但是，正次郎是否至今仍為此深恨久兵衛，就不得而知了。首先，沒有人知道正次郎的消息。換句話說，讓一個不知是否存在的人當兇犯，怕他再次襲擊，為眾人添麻煩，因此久兵衛走了——這種情節，且不論道理說不說得通，感覺上就很難令人信服吧？起初，就連雜院裡的人也認為這說法有些假。」

因此，不能光靠這個說法。這時便得安排另一個橋段，就說殺死太助的其實是阿露，她有著不得已的苦衷；久兵衛知道真相，卻為了包庇阿露，編出「正次郎尋仇」的說法，離開鐵瓶雜院——這套副劇本。

「而且從阿露或久兵衛嘴裡聽到——或說是被他們暗示這劇情的就是——」

「阿德，是吧。」政五郎搶先一步。「鐵瓶雜院的心。」

「沒錯。」平四郎深深點頭。「控制了心，其餘的就簡單了。由阿德率先將這似巧實拙的雙重劇本傳開來。其實，政五郎，事到如今說來著實丟臉，我當時也一頭栽進這陷阱裡。久兵衛離開鐵瓶雜院前夕，我正想好好質問阿露，要她說出八百富究竟出了什麼事。可後來久兵衛和阿露走的走、哭的哭，阿德又跑來說什麼實情內幕，結果就不了了之，什麼事都沒做就放手了。」

政五郎滿面笑容。「正因心慈，大爺才之所以為大爺。我倒是認為一點都不丟臉。」

平四郎大口喝茶。水羊羹的盤子早就空了。

「阿德的丈夫死前在床上躺了一年多，是阿德獨自照料他的。」

平四郎端著茶杯喃喃地說著，政五郎應道「是的」。

「阿德有過這段經歷，所以阿露的那段假話，效果必是立竿見影。哥哥要對臥病在床的爹下手，我不能不管——」

平四郎沉聲說道：「阿德眞可憐。」

「因爲她不得不騙阿德？」

但政五郎卻毅然回道：「不，大爺，我不認爲阿德可憐。可憐的恐怕是說了謊的阿露。」

「這也是原因之一。」政五郎說道，微微蹙眉。「即使阿露說的是假話，太助卻眞的被殺了。這麼一來，大爺，太助定是有其他不得不被殺的理由吧？」

平四郎細細咀嚼政五郎的話，明白了其中涵義，身子不由得越坐越直。

「對……你說的沒錯。」

「無論湊屋是何居心，他爲要趕走住戶，出手大方，用的法子也絕不粗暴。阿律那次，搬出的是討賭債的戲碼，不得不找幾個莽漢，但那也只是表面上，實則阿律連一丁點細皮都沒碰破。然而，只有太助一個人丟了性命，您不認爲這待遇相差懸殊嗎？」

的確。與其他住戶被對待、被騙、被操縱的方式相較，唯獨太助所受到的處置不合理而殘酷。

「這件事，應該有其相應的理由才對。而這個理由與湊屋無論如何都想把鐵瓶雜院清空的原因也有所關聯吧？我覺得，若太助與此毫無關係，理當不至於會賠上一條性命。」

政五郎說完，向大額頭瞄了一眼。這下平四郎才發覺，原來大額頭的嘴唇一直不停地微微開闔，似乎是靠口中複述來記憶眼前的對話。

「總之，我們會監視阿露。」政五郎承應。「她過著什麼樣的日子、與誰碰面、錢財出入與家計境況又是如何，我們詳加調查後會通知大爺。還請大爺相信我們，放心將一切託付給我們。若大爺不嫌棄，這件事全盤解決前，請別像上次權吉與阿律那時僅關照一次，且讓我們權充大爺的手下。不，是我們懇求大爺。」

平四郎並無異議。「可是，幫我做事，你們可沒有多大的好處。這樣你們也願意？」

政五郎露出一種懾人的笑容，好像將他懷裡深處最細密的縫分，剎那間翻出來讓平四郎看了一眼。

「湊屋與那個仁平有所牽扯。」

那個岡引仁平，追根究柢地前來詢問鐵瓶雜院住戶只減不增的理由，同時也深恨著湊屋。

「先前也對大爺說過，他是岡引中的敗類。我們……」

若能藉此一舉令仁平失足，便是大功一件了。不等他說完，平四郎笑了。

「原來如此，那就萬事拜託了。」

當天晚上，平四郎做了一個奇怪的夢。

地點是阿德的滷菜鋪。鍋子在店頭咕嘟咕嘟地冒著熱氣，平四郎最愛的芋頭、蒟蒻已讓湯頭和醬油滷透，看起來好吃極了。

然而，夢中的平四郎並沒有偷吃。那不是偷吃的時候。平四郎從高處望著夢裡的自己。因此這雖是夢，但確實聞得到阿德滷菜的味道，也感覺得到鍋子冒出來的熱氣。

阿德不在店裡，也不見久米的身影。靜得出奇。

平四郎打開通往後面狹小起居間的格子門，發出喀啦聲。

只見阿德死去的丈夫端端正正地坐著。他叫什麼名字來著——對，叫加吉，記得是加吉沒錯。

加吉很瘦，身上穿著洗白了的浴衣，但領口敞開，瘦骨嶙峋的胸口整個露了出來，甚至可以根根細數他的肋骨。他端坐在一直鋪在那裡的薄鋪蓋上，不知為何頻頻向平四郎低頭行禮。

「喂，加吉，你不能起來，得躺著才行。你是病人，不躺好會挨阿德罵的。」

雖然在夢中如此勸他，但做著這個夢的平四郎自己，卻想著我沒見過加吉，可不認得加吉的長相。

然而一回神，加吉已不見了。起居間裡滿是鮮血，太助的屍體便倒在那裡，面朝上，胸膛和頸項上刀傷歷歷。

「太助怎麼會死在阿德家裡？這不是很奇怪嗎？」

心裡雖想著沒法子，這是做夢，平四郎仍著手收拾太助的屍身。放著不管，阿德生意就甭做了。他脫了鞋，進了起居間，抓住太助攤在起了毛的榻榻米上的手，把他抬起來。

一抬，太助冷不防爬了起來，雙手要抓平四郎。太助的眼睛望著另一個方向，嘴巴無力地大張，舌頭掉了出來。

平四郎哇的一聲逃出來。太助的手纏了上來，他拚命甩開。但甩了又甩，死人那冰冷軟脹的指頭仍抓住平四郎的手臂和肩膀，怎麼都不肯放手。

「你早就已經死了，不要亂動！」

平四郎大叫著彈起身來。這回，換另一個人「呀」的叫了，碰咚一聲翻了過去。平四郎在鋪蓋上坐起，胸口起伏不定猛喘氣，一面環視周遭。

只見弓之助趴在鋪蓋的另一側。

「你這是幹麼？」

弓之助仍趴著，發出「唔唔」呻吟。嘴裡一面叫痛，好不容易才揉著頭爬起來。

「姨爹還問呢！這不是太過分了嗎？」

「哪裡過分？」

平四郎伸手擦掉臉上的汗。天已大亮，炎炎日光照在格子門上，小院子已聽不到鳥叫聲。顯然是狠狠睡過頭了。

「姨爹被夢魘住了，我是來叫醒姨爹的。」

「被夢魘住了？我嗎？」

「是的。簡直像妖怪猛獸一樣。」弓之助恨恨地將嘴角往下一撇。「一叫，姨爹就把我摔了出去。姨爹，您究竟做的是什麼夢？」

汗總算止住，平四郎的氣息也調勻了。但一鎮定下來，便見到件可笑的事，捧腹大笑。

「什麼事這麼好笑？」

平四郎指著他。

「你的臉，上面有榻榻米痕。還有，你眼睛上那一圈瘀青，一定是剛才撞得太猛了。」

弓之助伸手撫臉確認。「難怪覺得刺刺辣辣的，原來是擦破皮了。」

「不過，你身手還眞是有待加強。竟會被睡迷糊的我摔出去，還搞出那種瘀青。我看，你是不知道世上有『受身』這回事。」

弓之助更加不高興了。「這瘀青不是剛才摔出來的，是今天一早在道場弄的。」

「練劍被打到臉了？你正面挨打啊？」

弓之助似乎想回嘴，但像是用力把話往肚裡吞似地止住了。「我的臉不要緊。姨爹，我是來通知您一則消息的。」

平四郎磨蹭著離開鋪蓋。

「什麼消息？」

「阿律從瀨戶物町的雜院消失了。」說著，趁吃驚的平四郎插嘴前一路說下去。「我想到她可能會離開瀨戶物町逃往他處，昨天便去瞧瞧樣子。果然被我料中了。」

「什麼時候跑的？」

「前天。」

「權吉知道嗎？我昨天傍晚去探了下，那傢伙還在鐵瓶雜院哩。」

「既然如此，那麼阿律這次就是眞的丟下沒出息的父親走了。權吉沒吵嚷，一定是她給了什麼藉口，不然就是湊屋交代的。總而言之，現在不知道阿律的行蹤。當然，她陶瓷鋪的工作也辭了。」

平四郎拿睡衣領口擦臉。「會是湊屋把人藏起來了嗎？」

「也許。」

「好吧，不要緊。昨兒我已經決定要與政五郎他們聯手了。」

平四郎大略說明。「阿律的行蹤，也請政五郎他們去探探。他們找得到的。」

弓之助又摸了摸臉，榻榻米的痕跡仍未褪去。「姨爹，您今天還會到鐵瓶雜院巡視嗎？」

「會啊。昨兒豆腐鋪一家搬走了，佐吉喪氣得很。我想多去瞧瞧他。怎麼？」

「我想請姨爹帶我一塊去。」弓之助猛一鞠躬。「我不會礙事的。要是小平次叔無論如何都不願意，我可以偷偷跟在後面。可是，若沒有姨爹幫忙，就沒辦法測量了。」

「測量？量什麼？」

弓之助眼珠一轉，臉上的神情似乎略帶著一點兒心機，答道：「量阿德的耳力有多好，以及八百富到管理人家的距離。」

接著，那張人偶臉盈盈一笑。「還有，如果能找到一位與阿露年紀相當的姑娘，就更好了。」

平四郎搓著下巴上冒出來的鬍子。

「這麼說，你是想找一個和阿露相似的年輕姑娘，量量她的腳步聲會不會傳進阿德耳裡，是嗎？」

弓之助就這麼坐著直接彈起。「正是！」

「可是，那又何必？阿德一定是聽到阿露的腳步聲了，不然也不會醒來。」

即使聰明如弓之助，腦袋大概也熱壞了。平四郎大打哈欠，拾起扔在枕邊的團扇，朝孩子的臉搧了搧。

「我說過好幾次，阿德是鐵瓶雜院的要穴，爲了制住這要穴，就非得把阿德扯進來不可。所以久兵衛和阿露——也許心裡頭老大過意不去，至少我希望他們這麼想——卻也演了那齣戲。可是，那種事我可幹不出來。」

弓之助點點頭。「我了解姨爹的心情。我也認爲事情就像政五郎頭子和姨爹想的一樣。可是姨爹，若是這樣，那天夜裡阿德就算沒聽到腳步聲，也一樣會被捲入這場大戲，不是嗎？」

「嗯，是這樣沒錯。」

原本劇情的安排，可能是八百富發生不幸之後，由久兵衛去喚醒阿德吧。由於阿德耳朵靈，省了這道工夫，但這應該是純屬偶然。

「就是這一點呀，姨爹。」弓之助眉毛直往上揚。「阿德是恰巧聽到腳步聲醒來，並不是阿露爲了將阿德捲入，刻意發出腳步聲在阿德住處前來回走動。」

「那當然了。這麼做，難保不吵醒其他人。」

「那麼，」弓之助膝行而前。「吵醒阿德的那陣腳步聲的主人，也可能不是阿露吧？」

平四郎停住搧團扇的手，嘴巴張得老大。

「那你說是誰？」總算問了這一句。

「會是誰呢？」弓之助滿面笑容。「阿德起身趕往久兵衛住處時，久兵衛和阿露都在那裡。」

「是啊，聽說阿露跑到久兵衛家。」

「臥床不起的富平則在八百富。」

「他還能上哪去啊。」
「太助也死在八百富。」
「用不著擔心他會起來吧。」
弓之助再度膝行而前。「我再重複一次，八百富的太助之死，也是湊屋爲了趕走鐵瓶雜院的住戶而安排的劇情。」
「是啊。」
「若一切全依湊屋的意思發展，那麼殺死太助的就不是阿露，而是湊屋的手下，也就是第三者——這是極有可能的。」
平四郎又搧起團扇。
「所以——」弓之助說道。「吵醒阿德的腳步聲，我想應該是來自那第三者。」
「你是說，他從八百富逃出時嗎？」
「是的。」
平四郎停了一拍，不由自主地發問：
「逃到哪？」
弓之助一臉認眞地偏著頭。「阿德聽到腳步聲不久，便往久兵衛那兒去了，那人要逃離雜院，時間上恐怕來不及。再說，阿德聽到的腳步聲是朝久兵衛住處那個方向——」
平四郎低頭凝視弓之助。
「你是說，久兵衛藏匿那人？」

「是的。」弓之助篤定地點頭。「時間應該不久，多半天亮前就讓他走了。說藏匿太誇大了，那第三者可能只是先在久兵衛那換件衣服、洗個手而已。」

弓之助或許猜中了。第三者——

「你是爲了查證這些，才要去量阿德聽到的腳步聲是怎麼傳進她耳裡的？」

「是的。視狀況，也許能夠推測出那腳步聲的主人的體重或步幅。甚至身高也——」

「別量了。」平四郎當下便說道。「我可不願意，別量那些了。」

弓之助眼珠一轉。「姨爹？」

「用不著去量那些，你說的話就很有道理了。殺死太助的不是阿露。那姑娘身上會沾著血，想必是爲了讓劇情逼眞而做的手腳。再不然，就是抓住死去哥哥的身軀時沾上的。無論如何，太助被殺時，阿露都在同一間屋子裡。」

「是……」

「就像你說的，一定是有第三者在場，對太助下手。不管怎麼樣，我都得逮到他。那人有多高多重，步幅又是多少，知道了也沒用。要到處去量全江戶男人的身量、步幅，我可沒那工夫。」

「用不著找遍全江戶，那人一定是湊屋的下人。」弓之助爽朗地說，但被平四郎狠狠一瞪，聲音忽地變小。「也可能是那個俊掌櫃——」

平四郎將團扇一扔，接著嘿咻一聲站起來。

「姨爹？」

「我要換衣服，來幫忙。」

「姨爹，您的神情好悲傷啊。」

是的，不知爲何，平四郎的心情忽地消沉鬱悶起來。爲什麼鐵瓶雜院又發生這種事呢？逮捕兇手、揭露祕密，都不是平四郎擅長的。不知道的事就讓它不知道，沒聽到的事就讓它沒聽到，不懂的事就讓它不懂，這才是平四郎喜歡的。他不想和弓之助這樣的孩子談論兇手的眞面目。

他更不想讓阿德得知這些。若要照弓之助的話去做，勢必得將實情告訴阿德。他不想讓阿德對阿露與久兵衛起疑。倘若可以，他希望別讓阿德知情。即使她受了騙、莫名成爲這齣戲的演員，但如果阿德不會因此而蒙受重大傷害，那麼他寧願不要去打擾她。

「我想幫姨爹的忙，可也許我是多管閒事了。」弓之助喃喃地說。「也許我說的那些，都是自作聰明。」

「沒這回事，你很聰明，事情看得很透澈。你只是把看到的、想到的直接說出來罷了。」

「可是……」

「別放在心上。我有點起床氣，因爲我作了個怪夢。」

平四郎低頭對弓之助一笑。

「我帶你去鐵瓶雜院。小平次呢，就叫他去別處巡一巡。正好，我也想讓你見見佐吉。」

弓之助雙手伏地，低頭行了一禮。「謝謝姨爹。」

「甭多禮了。幫我去叫你姨媽來，我可得趕快洗把臉。」

弓之助垂著頭不動。平四郎一時擔心起來。他再聰明也只是個孩子，以爲挨了罵，氣餒了嗎？

「弓之助？」

低頭一瞧，弓之助臉皺得像個包子。

「姨爹——」

「啥事？你怎麼了？」

弓之助滿臉通紅。

「姨爹，我的腳麻了。」

說著，咕咚跌倒。

小平次相當不服氣。爲什麼是少爺跟著大爺，卻派我巡視別處？大爺已經不需要我了嗎？這陣子還用起以前那麼討厭的岡引，我眞是不懂大爺的想法！

「嗚嘿！」平四郎掠他之美，驚呼一聲。「別發這麼大脾氣。我只是帶弓之助去認識佐吉而已。有什麼關係，你就像井筒家的人呀。這孩子將來可能會繼承我，你就別跟他計較了。再說，政五郎也是個人物，別這麼反感。」

他自認已盡力安撫，但小平次出門時仍氣得多肉渾圓的肩膀直抖。弓之助對此也顯得頗無奈。

「難不成，我繼承了井筒家，小平次叔的孩子就會當我的中間嗎？」

「小平次沒有兒子，只有女兒。」

「啊，太好了。」

「但是女兒會招贅呀。不管怎麼樣，你還是死心，和他好好相處吧。」

頂著火辣辣的太陽，滿身大汗地來到鐵瓶雜院，只見佐吉正專心地清掃著豆腐鋪搬家後的空屋。頭上用來防塵的手巾遮住半張臉，但從中露出來的雙眼，與大太陽相反，顯得黯淡無光。

出入的格子門已拆下，上頭糊的紙也撕掉，格子框的每一處都沖洗得乾乾淨淨。看來是爲了待乾後糊上新的紙。榻榻米也一帖不剩地翻起來，曝晒在日光下。

「現在不好叫他，回頭再來吧。」

弓之助直盯著勤奮工作的佐吉看，沒有回答。

「怎麼樣？要不要去阿德那裡露個臉？」

弓之助專注地看著佐吉。

「久米也在那邊。你一去，她們一定會聒噪得不得了，嚷嚷著可愛的。」

弓之助眼睛一瞬不瞬地看著佐吉。

「喂。」平四郎往弓之助的頭上一敲。「你要知道佐吉的身量，我會去問，別在這裡目測。」

弓之助摸摸挨打的地方。「姨爹看出來了？」

「我也已經習慣你了。」

「我並沒有懷疑佐吉，因爲他沒有義務非得幫湊屋殺了太助不可。」

「那當然。」

弓之助嘴裡含含糊糊地咕噥了一句。若平四郎的耳朵還靈光，他說的應該是：

「太助爲什麼會被殺呢？」

不出所料，弓之助——正確地說，是弓之助那張漂亮的臉——令阿德與久米驚爲天人。久米大喜，而阿德則是拿平四郎與弓之助相比，然後大笑。

滷菜鋪店頭很熱，久米似乎仍爲痱子所苦，憔悴依舊，也聞得到藥布的味。然而弓之助似乎不以爲意，有禮地寒暄問候，拿出乖巧伶俐的好孩子模樣，討兩位大嬸的歡心。平四郎則吃著阿德招待的熱騰騰的蒟蒻和冰涼的麥茶，興味盎然地瞧著弓之助規矩又開朗地回答女人的問話。

「是喲，你是染料鋪河合屋家的少爺呀。原來大爺有這麼一個有錢有勢的親戚，我都不知道呢。」

「那只是我老婆的姊姊嫁過去而已，與我無關。」

「聽說我娘當年是個野丫頭，當不了同心的妻子，才被嫁到商家去的。」

「妳聽聽這口條！阿德姊，我可是第一次聽到小孩子家這樣講話呢！」

「有什麼好大驚小怪的。去看鍋子，別煮焦了。」

「小少爺，你們河合屋裡頭，還有沒有一個叫染太郎的夥計呢？個子高高的，鼻梁窄窄的，下巴長長的，膚色白白的。我跟他很熟……」

阿德打斷了久米，含笑對弓之助說話，一面又往久米的腿一踹。

「小少爺，你一定很熱吧。賣水的（註）好像來了，你去幫我叫賣水的來，好嗎？順便到外頭透透氣。不好意思呀，謝謝你了。」

弓之助一臉心領神會的表情，出去了。久米噘起嘴。

「阿德姊眞過分，怎麼突然踢人家。」

「笨蛋！怎麼可以在小少爺面前提起妳以前的相好！」

「染太郎可是個好男人呢！情意最濃了。」

「妳現在已經是賣滷菜的了，要講究濃淡，在調味上講究就夠了。」
「這樣人生多無趣呀。大爺你說是不是？」
「吵妳們的，別來問我。」
弓之助將賣水的帶來了。趁阿德去招呼，平四郎悄悄問久米。
「豆腐鋪搬走了，沒人要搬來嗎？」
久米搖搖頭。「沒聽說呢。」
「佐吉正埋頭一個勁地打掃哪。」
「眞可憐。」久米唉聲嘆了口氣。
「枉費他那麼賣力。最近，連外頭都有人說三道四了。說鐵瓶雜院又是殺人又是久兵衛爺走人，開始倒楣，大概沒救了。」
「什麼有救沒救？雜院又不是人，哪來的壽命啊。」
「才不呢大爺，就是有。」
阿德拿濕手往圍裙上擦，一面走回來。弓之助在店頭逗著狗玩。一頭尾巴捲成一圈的小狗，最近開始在鐵瓶雜院附近出沒。雖然是野狗，長得倒挺討喜的，眾人會餵些殘羹剩飯，日子過得相當不錯。
「我可是住過不少雜院。年輕時比現在來得窮，連後雜院茅坑旁的房間都住過。我見過的雜院

註：本所深川地區爲海埔新生地，井水無法飲用，因此衍生出販賣飲用水的賣水生意。

多著呢。」

阿德望著弓之助又跑又跳地與汪汪叫的小狗玩耍，一面這麼說。

久米自店後頭搬來醬油桶，什麼話都沒說，只是極有默契地往阿德身後放，阿德便往上面坐。過去，阿德做生意時從不曾坐下，平四郎雖吃驚，另一方面卻也寬心不少。阿德與久米，可不是一對好搭檔嗎！

「不是說房子本身有壽命，但店家、雜院、租屋等，倒眞是有相應的壽命。那是人聚集生活的地方吧？當然有氣數盡了的時候。有些是再三有人連夜潛逃，房客越來越少；有些是出了火災，把人全都燒死了。還有些是流行病讓人病得一個都不剩，後來就再也沒人搬進來。這不是頭一遭，我遇過好幾次了。」

阿德以粗壯的手臂環抱自己的身體，對平四郎露出略顯疲態的笑容。

「久兵衛爺一走，鐵瓶雜院就這麼散了。這一下，大限就突然到來。這裡已經沒救了。不光是豆腐鋪，賣魚的阿箕好像也要離開了。」

平四郎眉毛一揚。「箕吉他們有地方去了？」

他心想，又是湊屋搞的鬼嗎？卻見阿德卻毫不猶豫地搖頭。

「沒有啊。只是在商量，覺得搬家的時候到了。我也在考慮呢，大爺。只是，就算找到了新家，又不能找佐吉當保證人，得去找別的門路。」

「我之前那裡的管理人可能會願意幫忙。」久米一點也不擔心，攪動鍋子。

「妳的意思我懂。我平日也不是在路上白逛的。的確，有些房子雜院會因爲出過事，變得不好住。」平四郎說著，看著阿德。

「但是，鐵瓶雜院既沒失火，也沒染上瘟疫，更不曾出過一個那種不得不連夜潛逃的房客。不說別的，這雜院蓋好也才十年，要說大限已到，也未免太早了點吧。」

阿德聳聳較病倒之前消瘦許多的雙肩。「難說吧。也許該說是竟撐了十年才對，可能這塊地原本就不吉利。」

「這眞不像妳會說的話。」

阿德露齒一笑，但並不是愉悅的笑容。

「因爲，這裡原本是個不小的燈籠鋪，生意相當好，房子漂亮得很。不僅有住家，還有工坊，還請了包吃住的工匠。可燈籠鋪的老闆一出事，一下就倒了。」

這件事平四郎也知道。燈籠鋪生意走下坡，不斷借錢，最後不得不賣掉房子土地，是湊屋買了下來，後來蓋了鐵瓶雜院——這是十年前的事了。

「這裡打一開始，便留下那種不好的回憶，本來就不是能讓我們待得愉快的土地啊，大爺。」

平四郎皺起眉頭。往久米一看，她也一臉爲難地眨巴著眼望著阿德。弓之助則正隔著狗與街坊的孩子說話。那是個可愛的女孩。手腳還眞快。

「這都是阿德姊最近心情不好啦。」久米打圓場似地說道，然後看看阿德的臉色。「阿德姊，可以告訴大爺吧？」

阿德默默以圍裙擦臉。

「什麼事？」平四郎問久米。她稍微壓低聲音。

「大概十天前起，阿德姊就常夢到死去的太助。」

「八百富的太助？」

「不然還有哪裡的？」阿德口氣有點衝。「對啦，就是那個滿身是血死掉的太助。」

「別這麼凶啊。那麼太助跟妳說了什麼嗎？」

「什麼都沒說。只是恨恨地瞧著我。我拚命拜託他，要他趕快轉世投胎去。我說，你是很可憐，但阿露也是千萬個不得已……」

話沒說完，阿德便嚇然收口。表面上，太助是被正次郎這個曾在「勝元」廚房工作的人殺死。表面上，「殺手」的眞面目已然以此爲定論。

「我不想再待在這雜院裡了。」阿德將圍裙下襬揉成一團說道。「我也常跟阿箕他們這麼說，阿緣他們也說想搬家。誰會想住這種有一戶沒一戶，空蕩蕩的雜院啊！」

平四郎想起今天一早自己所做的夢。內心一角則思索著，阿德爲何會夢見一臉怨恨的太助呢？是因爲阿德雖然毫不知情，仍隱約感覺到太助之死不單純嗎？或者，正因爲相信阿露殺了太助，對太助的悲憫之情演變爲噩夢？

「佐吉兄做得很好，」久米柔聲說道。「所以，我們也覺得很可惜。不過，大爺，與其讓佐吉兄在這裡吃苦也得不到回報，還不如到別的地方去，或許更好些。」

簡直有如聽到這段對話般，官九郎自外面上頭某處啼了一聲。牠一叫，阿德頭也沒抬，便罵人似地說道：

「誰教他要帶烏鴉來！」

與阿德她們告別之後，弓之助顯得有些浮躁。平四郎心情欠佳，沒立時發現。

「怎麼？要小解嗎？」

「不是的，姨爹。」

弓之助內疚似地縮起脖子。

「我知道姨爹心情不好，可是，既然我已經知道一半了，鐵瓶雜院發生的事沒解決，我的心就靜不下來……」

「這我知道。所以呢？」

「可以讓我看看八百富的空屋嗎？當然，別讓佐吉知道。」

每一處空屋都打掃得乾乾淨淨，但這簡陋的建築自不會上鎖，可自由出入。遊目四顧，並不見佐吉的身影，因此不需顧忌。

「這容易。但只能看一眼哦？」

「好的，不要緊，現在只看一眼就夠了。」

八百富一家三口在此生活時，屋裡東西少歸少，總也是有家具，有鋪蓋，牆上有月曆，架上有花，而店頭自然有當令的時蔬——這曾充滿暖意的房子，如今卻空無一物。唯有陽光毒辣辣地晒得燠熱，反而令人不快。

弓之助在一樓的起居間、灶下、泥土地一帶來回走動，只顧盯著腳邊看。接著兩手往腰上一放，嗯了一聲，向平四郎問道：

「姨爹，您知道這裡蓋成鐵瓶雜院以前的那家燈籠鋪，是什麼來歷嗎？」

「不是很清楚。」

「他們的屋子一定很大吧？」

「是啊。不光是住房，聽說工坊也在這裡頭，想來也有庭院吧。再說，燈籠這東西，做的時候很占地方。」

弓之助嗯嗯有聲，自顧自地點頭。

「我之前曾跟姨爹提過向佐佐木先生學習測量的事吧？」

「是啊，但我可沒跟任何人提起喔。」

擅自進行測量與製作地圖是違法的，搞不好還會遭到斬首示眾。

「先生那裡，也許有這燈籠鋪還在那時的平面圖。燈籠鋪的藍圖，請當初蓋房子的木匠找找，就要得到了。」

「你在打什麼主意？」

弓之助不答，在空洞的屋裡壓低聲音。「我想，燈籠鋪的老闆或許與湊屋有什麼淵源。」

「嘿？」

「或者，他也可能是與湊屋的妻子阿藤娘家那邊的人。總之，應該跟他們有所關聯，不會是全然無關的陌生人。」

「你啊——」平四郎覺得他是熱壞了。空屋的熱氣直擊腦門。

「八百富的富平也是……」弓之助仰望著天花板繼續說道。「搞不好，與湊屋有什麼關係。可以設法調查嗎？」

「調查……」

平四郎慌了。看來，弓之助說這話，腦袋是很清楚的。

「倘若富平與湊屋有關係，用不著去查，阿德就應該知道。她是第一個住進鐵瓶雜院的。」

「不見得吧。」弓之助露出有些人小鬼大的眼神，搖搖手指。他定是刻意這麼做態的，有演戲的味道。

「阿德姨不是神仙。別人刻意隱瞞的事她看不穿，別人說謊她一樣會上當。阿德姨人很好，善良又肯照顧人。可是，正因爲這樣，即使她擅長把舊衣翻過來找出沒縫好的接縫，但是要她將人心翻過來找破洞，恐怕不在行。」

「瞧你講得一副很懂的樣子。」

「對不起，天性如此。」

不用說，平四郎也很清楚。

「不能問本人嗎？問問富平。他身體似乎好些了，應該能說話了……」

弓之助垂手望著平四郎。

「姨爹，搜索調查這種事，不就是因爲問本人就一切泡湯，才要悄悄進行的嗎？」

「而且問本人，也不見得會說眞話？」

「正是。」

平四郎望向無人居住、任憑日晒的格子門。泛黃的顏色教人悲傷。屋子要有人住才叫屋子。

「要查可以查啊。」他搔著脖子回道。總覺得好像答應做什麼壞事般，有股內疚感。
「一點也不費事。」託「黑豆」即可。
「謝謝姨爹。」弓之助行了深深一禮。接著，稚氣突然重回臉上，拉著平四郎的袖子。
「我們趕快出去吧。好熱，口好渴。」
離開八百富的空屋時，弓之助匆促莫名，但卻像看到什麼令人不忍的東西似的，以心酸的神色回頭望，雙手唰地拉上格子門。這時，平四郎聽到他似乎喃喃說了一句——南無阿彌陀佛。平四郎心想，他終究還是在意出現在阿德夢裡的太助吧。
來到佐吉住處，他在家；不是一個人，也不是和長助兩個人。美鈴來了。
而同樣令人驚訝的是，她掛著那厚厚的夾鼻眼鏡，綁起那有著華麗刺繡的和服袖子，站在灶前。燙青菜的味道飄散著，一旁可見三、四片蛋殼。放在通風陰涼處的提桶，蓋子下露出竹葉，大概是生魚片。
佐吉與長助一副被關進壁櫥的模樣，離美鈴遠遠地偎在一起。她看來開朗至極，而佐吉則是爲難至極。
「哎喲，自己跑來當現成老婆啦？」
聽平四郎出聲招呼，美鈴一下子紅了臉。
「哎呀，大爺就愛說笑，眞討厭。」
竟連說話都突然像個女人了，也難怪佐吉在後面頭痛。
平四郎一面賊笑，一面爲三人介紹弓之助。佐吉吃了一驚上前來，正想鄭重行禮，平四郎還未阻止，弓之助本人便已打斷他了。

「我是姨爹的外甥，卻也是河合屋這微不足道的商人之子，還請別行如此大禮。」

佐吉一呆，忍不住笑了出來。「你說的話也太鄭重了，少爺。我是這裡的管理人，一樣微不足道。」

「那麼，我們就算扯平了。」

聊了一陣子閒話，弓之助便緩緩捲起袖子，說要幫美鈴的忙。平四郎進了起居間，摸摸驚得瞪大眼睛的長助的頭，喝了佐吉泡的茶，擦了汗。

「小姐是自己來的？」

佐吉無力地搖頭。「今天是下女送來的，傍晚會來迎接。小姐說，在那之前要做好晚飯。」

「那也不錯，就讓她去吧。長小弟也不會怕那個姊姊吧？」

長助抬頭看佐吉，臉上的表情好像在笑。

「不過，明知小姐是來這裡，湊屋還肯放人啊。」

「聽小姐說，她揚言若不讓她來，就要在店頭大鬧。」

「哈哈！要是讓那愛說閒話的街坊，看到即將嫁入大名家的小姐，露出內衣飛腿踹掌櫃的模樣，事情反而更難收拾。」

「大爺說得還眞輕鬆。」

「抱歉啦，我就是那喜歡看熱鬧的人嘛。」平四郎吊兒郎當地說，這當然不是眞心話。他既爲阿德擔憂，也掛慮佐吉的內心。無論湊屋目的何在，恐怕他也是受了騙，遭人利用。

即使如此，平四郎在場或許仍讓佐吉的情緒和緩了些，平四郎一問，他便將豆腐鋪搬家後之事；北町的管理人聯會因鐵瓶雜院住戶越來越少而出言譏諷之事；地主湊屋因此大爲頭痛，特地派大掌櫃來了解情形之事，一一說出。

「依大掌櫃的話，湊屋老爺說，看來鐵瓶雜院氣數已盡，乾脆讓住戶遷到別處，或者索性在湊屋蓋個宿舍供眾人住。」

或許是心下自責，佐吉弓著背這麼說。

然而，這話聽在平四郎耳裡，已不僅是可笑，簡直荒謬絕倫。面對毫不知情的佐吉，竟然好意思厚著臉皮說出這種話。

「你這麼勞心勞力，苦幹實幹，他們說得倒是簡單。」

佐吉的背拱得更厲害了。「謝謝大爺爲我說話，可是我……」

「我知道。總右衛門是你敬畏有加的大恩人，是吧？所以你要爲他鞠躬盡瘁。」

佐吉不發一語。灶下，美鈴與弓之助正嘰嘰呱呱地說話。

「萬一——我是說萬一，一切如總右衛門的打算，這雜院沒了，你該怎麼辦？」

「沒怎麼辦呀，回頭去當花木匠而已。」

「能夠過活嗎？」

「我想師傅會樂意用我的，所以不必發愁。」

平四郎朝美鈴的背影努努下巴。「既然這樣，就沒什麼好拖延的了。你現在就討那小姐當老婆，回去當花木匠吧。」

「大爺——」佐吉望著長助向他求助。不巧，這孩子正專心吃著茶點。

「那是個好姑娘，雖不知做菜的本事如何。」

美鈴正嚷著蛋不知怎麼了。

「那姑娘眞的愛上你了。」

「這種事誰知道呢。」

「我知道。那弓之助呀，臉蛋漂亮得就像狐仙變的吧？實在不像人生的。」

「大爺的比喻眞誇張——不過，那瘀青確實嚇人，聽說是練劍受的傷？」

平四郎搬出弓之助的理論向佐吉說明。即看到他的臉沒有出神痴望的女人，必有心上人。

「美鈴見了他，一點也沒出神，因爲她滿腦子都是你啊。」

佐吉撇著嘴角，垂下眼睛。平四郎忽地想起一個極單純的問題。

「你有約定終身的對象了？」

此時，灶下傳來有東西噴出來的聲響。弓之助發出慘叫，美鈴大喊：

「對不起！」

弓之助雪白的臉上，滿是黃色黏糊糊的蛋。加上一早上身的瘀青，雪白的臉變得五顏六色。

「蒸過頭，一掀鍋蓋就噴出來了！」

佐吉一把抱住弓之助便往井邊衝，長助又瞪大了眼睛。平四郎撫著他的頭，心想：「啊，眞是可惜了那些蛋。若做成玉子燒該有多好吃啊。」

當晚，弓之助在井筒家用晚飯。所幸臉上沒有燙傷，弓之助當平四郎的細君面，泰然自若地說著「姨媽，上街巡視眞有趣」。

用餐時，在灶下較低處動筷的小平次，顯然神情愉悅，不時掩嘴偷笑，令平四郎好生在意。且他似乎斜眼窺見弓之助的臉便竊笑。

餐後，平四郎把弓之助叫到起居間。原是想問他是否做了什麼令小平次嘲笑之事，但在那之前，弓之助先開口了。

「在井邊洗臉時，美鈴小姐告訴我一件有意思的事。」

是關於鐵瓶雜院這特別名稱的由來。

「這我也知道啊。淘井的時候，淘出兩樽鏽紅的鐵瓶吧。」

弓之助正色點頭。

「那鐵瓶，是湊屋在『勝元』裡用的。」

這就是新聞了。「當眞？」

「是的。聽說上面有『勝元』的商號。美鈴小姐說這是從『勝元』的下女領班那裡聽來的。」

這確實有點意思，但又如何？然而，弓之助的眼睛卻閃閃發光。

「我想，這果然與一連串的事情有關。」他有力而篤定地說。

時候晚了，便住下來吧——平四郎與細君都如此留他，他卻堅持無論如何都要回家。而河合屋似乎算準時間，遣人來接了。

「大概是換了枕頭就睡不著吧。」

細君這麼說，但平四郎卻發現小平次目送弓之助時，拚命咬牙忍笑，便悄悄叫他來問。喂，你是怎麼了？

小平次在爆笑中招出：

「那個少爺，沒法子到別處過夜！因爲他會尿床！」

被平四郎硬派去巡視時，小平次對平日弓之助過著什麼樣的生活心生好奇，便稍微繞到河合屋，卻見屋後正在晒尿床後的鋪蓋。

「那也不見得是弓之助的吧。」

「大爺巡視時，我可不是只會傻傻地跟在後頭。我向正在洗衣服的下女問過了，那少爺確實有尿床的毛病。聽說夜裡不起來個一次，必定會出事。」

河合屋裡，草木皆眠的深更半夜，廊下若未響起弓之助匆匆奔往茅房的腳步聲，次晨必定得行晒鋪蓋之儀。

「話雖如此，小平次，」平四郎笑道。「你也別認眞跟小孩子計較啊！」

深夜裡，著枕就寢，卻因天氣悶熱而睡不著。平四郎心想，腦筋再怎麼好，孩子畢竟還是孩子啊……

聞著燻蚊煙的味道，平四郎昏昏欲睡。心想著眞不願做夢，反而將夢招來。

漆黑的夜裡傳來腳步聲。那是奪走太助性命的殺手，在黑暗裡疾馳而過的腳步聲。那殺手沒有臉。睜大眼想瞧仔細，只望見一片黑。雖在夢裡，平四郎卻感覺臂上起了雞皮疙瘩。昨晚的夢似乎也跟著甦醒，太助血淋淋的屍骸正在黑暗的另一端哭泣。殺手的腳步聲不理會太助，逕往平四郎靠近——那緊迫的腳步聲，往這裡來——奔過廊下——

便在此時。

「姨爹，茅房在哪裡？」

弓之助急切的聲音響起，一見他的臉，平四郎猛地睜眼。

又是夢。平四郎在蚊帳底下打從心裡笑了，接著熟睡到天亮。心想，弓之助果然厲害。

九

井筒平四郎又給「黑豆」寫了封信。

這次是封長信。關於鐵瓶雜院所發生的事，他所知道與不知道的；想請「黑豆」調查先前位於鐵瓶雜院這塊地上的燈籠鋪，及八百富老闆富平的來歷；還有委託調查乃是基於弓之助的希望；他與弓之助之間的對話等，東拉西扯，將整卷紙從頭到尾塡得密密麻麻。

依前例將信交給出門當習字先生的細君後，有好一陣子平四郎都在文案上支著肘，拔著鼻毛。不知是熱力四射的夏天高潮已過，還是打算稍事休息，今日打一早天氣便還算好過。他迎著越過小庭院吹來的風，出神發呆。

實情究竟如何，不請人調查不知道。但當弓之助說出「燈籠鋪和八百富的富平，多半與湊屋或其夫人阿藤有淵源」時，即使是平四郎，也勾起了一些想法。將這些推測與湊屋的背景、鐵瓶雜院發生的事拼湊起來，便如洋菜凍過喉般，滑溜順當之極。

搞不好，眞相便是如此——至少，他相信有部分是如此。

這令平四郎幹勁大失。

他討厭麻煩，也不喜見人哭鬧。無奈因職務之故，常得向犯人說教，但他從不曾感到有趣。多數時候平四郎總認爲，無論怎麼說，事情做了都做了也沒辦法，而做了也總有做的理由。

以前，「黑豆」曾笑說平四郎兄這樣就好。

「平四郎兄至今從未遇見光憑一句『做了都做了』無法交代的惡事吧。」

他說這是件幸福的事，不必硬要捨棄這分幸運。

平四郎感到懷疑。眞是如此？自己很幸運嗎？這與「心不在焉」在意義上有相當部分重疊了吧。對此，他並不在意。要走世間路，與其凡事看得一清二楚，不如稍微眼花些還比較好走。

平四郎遇著案子，之所以會認爲「做了都做了」，是因爲聽了犯人的申辯，弄清事情的前因後果後，絕大多數都會認爲「要是讓我待在同樣的處境，我也會做出同樣的事」。懶人若想要錢，爲了賺得多、賺得快，有時不免傷害別人。飽受虐待欺凌，忍無可忍而予以反擊時，力道多少過了頭也沒法子。平日強忍不滿一同工作，最後不滿終於爆發，吵起架來失手殺了人，也是人之常情。

同樣的道理，看來「正發生於鐵瓶雜院裡的事」的根源「湊屋所隱瞞之事」，亦應足以令平四郎諒解。當然，這得是他們的推論沒錯——平四郎覺得，雖然湊屋的人犯下那個案子引發後來的一連串是非，但他定能理解他們的心情。

「哎，頂多就是覺得難怪吧。」

平四郎拔了一根鼻毛。

「只是八百富的兒子太助倒楣了些。」

只不過，視他當初所扮演的角色，結論也可能會有所不同。

「姨爹，」話聲自廊下響起。「方便打擾嗎？」

平四郎背對著那聲音說道：

「哪，弓之助，活著卻無用的人，和死了還比較有幫助的人，你覺得哪一種多？」

弓之助喀啦一聲拉開唐紙門，不爲所動地答道：

「這個問題和『世上幸福的人與不幸的人哪種較多？』一樣難。」

「沒錯。」平四郎朝著庭院笑了。

「小平次叔告訴我，姨媽出門去了。」

「嗯，去教小鬼頭讀書寫字。」平四郎決定懶散到底，仍坐沒坐相地靠著文案。

「姨爹。」弓之助稍微壓低聲音。

「小平次叔突然對我好起來。」

「哦，那不是很好嗎。」

「是姨爹居中幫我說了好話嗎？」

「我什麼都沒做啊。」

「可是……」

「小平次對你好，是因爲他手裡有你的弱點。人都是這樣的。不過……」

平四郎自己發了話，又逕自思忖道：

「照這說法，對誰都好的人，就是絕不能掉以輕心的可怕人物了。你不覺得嗎？」

然而弓之助似乎滿腦子都是自己的事。

「我的弱點……」他喃喃地說。

平四郎大剌剌地說：「你會尿床，不是嗎？」

一陣安靜。隔了一拍，弓之助生硬地說：

「大額頭，這就不用記了。」

平四郎一回頭，只見大額頭端坐在弓之助身旁。

弓之助紅了臉，而且今天在與前幾日瘀青相反的另一隻眼睛上，又是一大圈瘀青。

「大額頭是奉政五郎頭子之命來的。」

大額頭中規中矩地雙手扶地，行了一禮。

「問大爺的好。」

「政五郎頭子查出，八百富的阿露與一名意外之人碰面。」弓之助仍紅著臉，一本正經地說道。

「且慢，我來猜猜看。」平四郎對兩人說道。「若我猜中了，你們倆就跑一趟，到大路上去買洋菜凍。當然，錢歸你們付。」

外頭正傳來小販「又涼又滑的洋菜凍喲——」的吆喝聲。兩個孩子面面相覷。

「若我沒猜中，就由我請客，一起到轉角的三好屋，去嘗嘗那店裡風評不錯的『葛粉條』，聽說那點心是老闆娘自京都學回來的。如何？」

「好。」弓之助仍是一臉正經。「您認爲阿露與誰碰面?」

平四郎立即答道:「湊屋的俊掌櫃。」

「不。」弓之助不見一絲笑容地說道。「是之前的管理人久兵衛。」

「哇!有葛粉條吃了!」大額頭高興地說。

自調查以來,阿露與久兵衛碰過兩次面。第一次是三天前,第二次是昨日午後。

「阿露搬家後,便包下附近多家單身漢、忙著做小生意的住戶的家事,藉此賺錢。她人聰明乖巧,賺的錢似乎比一些幫傭的下女來得多。」

將葛粉條一掃而空,連碗底的黑糖蜜都舔得乾乾淨淨之後,大額頭開始說話。

「富平有段時間病情大有起色,但恐怕是一般所說的『迴光返照』,再加上天氣熱,這個夏天又虛弱了不少,所以阿露貼身照顧,片刻不離。」

三人背對著大路,並排坐在面水道的長凳上。平四郎只著輕便和服,不知在路過人眼裡看來這三人是什麼路數,多半像是閒來無事帶孩子出門吧。

「你說虛弱,是說性命有危險嗎?」

「同一個雜院的人都說,恐怕拖不久了。」

阿露每兩天都會到日本橋另一端的藥店去抓大夫開的藥。看來,久兵衛是相準了這個機會與她碰面。這兩次,正巧都與現在平四郎三人一般,並排坐在點心鋪前,趁著喝茶講幾句話而已,之後阿露便匆匆回到富平所在的猿江町雜院,而久兵衛則朝馬喰町走去。

「久兵衛準備去旅行？」

馬喰町有許多供流動商販投宿的小客棧與簡陋旅店。

大額頭緩緩搖頭。「他穿著素色條紋單衣，竹皮草屐。」

「也許是在客棧換過衣服了。」弓之助插嘴道。「因爲，久兵衛不太可能一直待在江戶吧？難保不會遇見熟人。」

上次便有人看見久兵衛乘船經過鐵瓶雜院附近的水道。當天下雨，久兵衛頭戴斗笠遮臉，身穿蓑衣，但仍教熟人認了出來。

「可能躲在附近。無論如何，既然他穿著打扮得體，一定不缺錢用。」

「他給了阿露包袱。」

「兩次都給嗎？」

「是的。但是第二次的包袱很大。」

「這麼說，先是給錢，第二次大概是吃食或衣物之類吧。」弓之助斷言。「久兵衛定是也擔心富平與阿露的生活。」

「**雜院管理人，化為白骨仍舊是，雜院管理人。**」平四郎吟道。

「姨爹，久兵衛還活得好好的，應該是『骨裡髓裡仍舊是』才對。」

接著，弓之助仰望平四郎問道：

「久兵衛現身了，姨爹卻不怎麼驚訝呢。」

「你不也一樣嗎？」

大額頭有些毛躁不安，兩顆黑眼珠往上翻，似乎是在「倒轉」。平四郎與弓之助興味盎然地看著他等候。

大額頭的黑眼珠回到原位。「政五郎頭子有位舊識，是在築地那邊的岡引，二十年前，見過當時還在築地湊屋當掌櫃的久兵衛。

據說那位岡引年輕時，曾爲追查專偷鮑參翅的一群竊賊而到湊屋問話。」

「久兵衛在湊屋？不是『勝元』？」

平四郎揚起亂糟糟的眉毛。

「那時候，阿藤嫁給總右衛門才一年……」

弓之助插進來。「這樣啊，那時候還沒有『勝元』，難怪久兵衛在湊屋本店。」

「而且也是葵帶著六歲的佐吉，前去投靠總右衛門的時期。」平四郎說道。

「是的。」大額頭用力點頭。

「而『勝元』是又過了兩年才有的。久兵衛奉湊屋總右衛門之命，出任『勝元』的掌櫃。」

平四郎算了算。「在那裡待了八年，燈籠鋪倒了之後蓋起鐵瓶雜院，他便來當管理人，而這是十年前——時間順序是這樣吧？」

「久兵衛這一生是怎麼走的，我至今幾乎從未想過。」

弓之助人小鬼大地在胸前交抱雙手，喃喃說道。在外頭一看，他眼周的瘀青顯得更加鮮明。

「那陣子，湊屋也才剛在築地開起現在的鋪子吧？在那之前，久兵衛是在哪裡呢？」弓之助問道。

「據當時聽聞的消息，是在一家同樣位於築地的貨船行工作。然而那船行卻身家不保而倒閉，於是久兵衛失去了東家。當時他年紀已將近五十，走投無路之際，蒙湊屋收留，因此他對湊屋總右衛門感激萬分。」

「久兵衛沒有成過家吧？」

「沒有。」

這在一心為東家做事的傭工當中並不罕見。對他們而言，店鋪便是家，便是家人。平四郎驀地想起成美屋那個娶了主人不要的女子，總算得以有妻有子的掌櫃善治郎。

「政五郎的那位朋友，當時見到葵或阿藤了嗎？」

大額頭一臉過意不去地垂著大大的頭。「沒有。」

「嗯，這也難怪。既是追查竊賊，自然不會調查到家裡去。」

「是的。因湊屋似乎沒有被那幫竊賊盯上，純粹是打聽消息時順道拜訪……」

即使如此，做事一板一眼的久兵衛仍認真地問政五郎的那位岡引朋友，為避免成為竊賊的目標，該小心哪些地方，若眼見耳聞可疑之事，該向何處通報等，兩人自然就聊了起來。

「哦。」平四郎摸摸下巴。上面似乎沾到了些黑糖蜜，有些黏黏的。

「不過，岡引知道的事情還眞多哪。」

「他們是遍布全江戶的『岡引網』啊。」弓之助正色注釋。

「政五郎頭子想請問，接下來該怎麼做。」大額頭偏著頭問。

「要跟蹤久兵衛，找出他現在的落腳處嗎？」

平四郎沒有考慮太久，便道：「不了，不用吧。就算放著不管，他也會常來找阿露吧？阿露也可能知道他的住處。倒是……」

話還沒說完，他看看大額頭。只見他睜大了眼猛眨，顯是已爲記住交代的話做好萬全準備。

平四郎解釋，他已走了點「門路」，託人追查那燈籠鋪與八百富的來歷。

「所以，想請政五郎查查燈籠鋪的風評、富平他們的生活，以及這些人是否曾與什麼案子扯上關係。再小、再無聊的事都不要緊，可以麻煩嗎？」

大額頭行了一禮。「明白了。是，我會轉達的。」

平四郎站起來，弓之助也溜下長凳。

「姨爹，要往哪去？」

「到鐵瓶雜院走走吧！」

信步開始走，便發現天空一下變得又高又遠。原來如此，秋天已自夏天的日頭身後露臉了。仰望天空，雲像用排刷刷上的，令平四郎的心情較平日更加開闊。

然而，弓之助卻不太對勁。若在平時，他總寸步不離平四郎，今天不知爲何有些落後。看來像是腳痛。

「怎麼，受傷了？剛才去吃葛粉條的時候，不是還好好的嗎？」

弓之助露出難爲情的神色。「走久了就覺得不舒服，對不起。」

「那也是練劍師父的處罰？」

「這是練習，是鍛鍊。」

雖不明所以，但將孩子打得鼻青臉腫，不投平四郎所好。

「喂，我背你吧。」

弓之助猛地往後一彈。「那怎麼可以！我怎麼能讓姨爹背，太放肆了！」

平四郎捏著下巴，捏出一條歪理。「你要拖著那隻腳跟著我，是吧。這麼一來，路過的人一見，最初會想，井筒大爺帶著的那個孩子大概做了什麼壞事。然後就想瞧瞧被大爺逮到的那個作惡的孩子長什麼模樣，便留意細看。你可是長了一張漂亮又無辜的臉，再加上那一圈瘀青，只消看上一眼，沒人不同情的。於是人們就會開始說，真過分，看不出井筒大爺是這麼無情的人，雖不知是怎麼回事，但怎能修理一個一臉無辜的孩子，受了傷也不給治，還硬要拖著人家走，大夥以後別理大爺了。這麼著，到頭來吃虧的是我。」

弓之助「唉」地嘆了一聲。「請姨爹背，應該會覺得輕鬆一點。」

弓之助意外地輕。話雖如此，平四郎從未背過這個年紀的孩子，其實是作不得準的。

「請在雜院附近放我下來，不然阿德姨會擔心。」

「那我們就避開阿德的滷菜鋪吧！反正我今天沒穿黑外褂，不算在當差。我們是在散步。」

「姨爹打算去找人嗎？」

「沒有，只是想再去瞧瞧八百富那空屋。」

背上感覺得到弓之助有些緊張。「爲什麼呢？」

「你出的謎題，我也稍微想過了。」平四郎哈哈一笑。「大白天的，鬼不會出來的。」

弓之助小聲說道：「可是，很可怕啊。」

「死人不會做壞事的。」

經過水道旁直接來到雜院井邊，只見木桶匠權吉孤伶伶地坐在井邊洗衣服。洗衣桶裡似乎全是他自己的和服與兜襠布。

雜院生活雖無嚴格規範，但卻有「守望相助」的不成文規定。權吉表面上是遭女兒阿律離棄、孤身生活，依常例，此時雜院的主婦應會聯手照顧權吉。然而，想必是他對阿律的作爲大大激怒了雜院的婦女，且怒意仍持續燃燒。否則，他不會落到自己洗兜襠布的下場。

「喲，積了不少嘛。」

平四郎出聲招呼，權吉嚇了一跳，差點站起來。一瞧見平四郎背上的弓之助，更加詫異。

「大爺……來巡視嗎？那少爺是？」

「我外甥。你們沒見過吧。這是木桶匠權吉，阿律的爹。」

弓之助自平四郎的頭旁邊探頭出來，即使在他有「久聞其名」之感，仍照規矩打過招呼。

權吉正面和服因洗衣濕透了，就這麼垂著雙手站著，只見淚水立時泉湧而出。

「大爺……」叫了一聲，便突然哭出來。

「喂喂，怎麼啦，權吉？」

權吉淚汪汪地仰天而望。「大爺，我也想要兒子。」

「弓之助不是我兒子。」

權吉無心聽他解釋，一面放聲大哭一面訴怨，說女兒眞沒用。

「阿律那丫頭，竟丟下我這個父親，不知跑到哪裡去了。都五天了，連個影都不見，也沒捎來半點消息。她丟下我了，大爺。女兒真是無情，一有了男人，就一心在男人身上，把孝順父親給拋到九霄雲外。」

平四郎回頭向弓之助悄聲道：「有戲看了。」

弓之助很生氣。「一個想賣女兒抵賭債的人，還好意思說這種話？」

「幸虧你是男孩，萬一河合屋倒了，至少不必擔心會被賣到妓院。」

「姨爹！」

平四郎一手抓住權吉後頸，將他拖往他的住處。

在形同垃圾場的屋裡，平四郎先是讓呼天搶地的權吉哭上一陣子。弓之助則是打一進門便不客氣地捏著鼻子，一臉苦相。

看來，阿律逃離瀨戶物町後，一直未與權吉聯絡。她是個秉性溫柔的姑娘，不會真的棄父親於不顧。恐怕是那個照顧她的湊屋俊掌櫃，勸她暫時別和父親見面。想當然耳，這是對平四郎等人的行動有所警戒而做的處置。

喝醉酒的人翻來覆去說的都是那幾句話，同樣地，哭訴的人所說的話，也會自某處開始打轉。當權吉如紡車般開始重複相同的牢騷時，平四郎便打斷他。

「對了，權吉，你說阿律有男人，是真的嗎？」

「真的啊，大爺。」權吉吸著鼻涕點頭。「她是這麼說，還讓我見過。」

「哦，在哪裡？」

「在瀨戶物町那裡，阿律的住處。她在那裡找到工作。」

平四郎不懷好意地望著弓之助。悲怒交加之下，權吉壓根把表面上阿律是離家出走後便未回到父親身邊、也斷絕消息的事忘得一乾二淨，完全沒發覺自己正一股腦將該保密的事說了出來。

弓之助很不高興，以戒備的眼神瞪著起毛的榻榻米。「姨爹，屋裡有蟲子亂爬。」

「你到那邊陽光照不到的地方去找找，可能還長了菇。」平四郎說完，掏出懷紙（註）遞給權吉。「好了，擤個鼻涕吧。阿律的男人是什麼樣的人？」

「在鋪子裡工作的。」權吉擤鼻涕的聲音驚天動地，令弓之助倒退一步。

「長得不錯？」

「那當然了，也很有錢。」

「他在哪家鋪子？」

「這個嘛……」權吉總算露出想用點腦筋回想的表情，但隨即搖頭。「我不知道。是了，我沒問過。」

弓之助毒辣地譏誚：「反正只要女兒逮到一個有錢的男人，肯照顧自己，又何必管那男人是什麼來歷，是不是？」

「哎，火氣別這麼大。」

權吉總算止住淚的眼睛往弓之助瞧。「少爺在生什麼氣？」

平四郎傾身向前，擋在他們中間。「那男人對阿律很好嗎？」

權吉將下巴一歪。「當然好了。所以阿律一顆心都在他身上，早忘了還有個爹。」

「也才五天吧！阿律一定也忙，不能怪她。又不見得一定是把你給丟下了。」

「哼！難講。女人根本靠不住。」

弓之助翻起髒污的萬年鋪蓋，發現下面真的長了菇，眼睛睜得斗大。平四郎繼續說道：「權吉，到底是誰找你去賭的？」

權吉突然問氣虛了。「大爺，都這麼久了，何必問這事呢？」

「沒什麼，我想，找你去賭的人可能是一開始就看上阿律，爲了把她弄到手，才拉你去賭的。阿律畢竟是個美人哪。」

「會嗎？」權吉重新坐好。「阿律有那麼美嗎？」

「有啊，我是這麼認爲的。」

「早知道，就該早點送她到好賺的地方。大爺，女人只有年輕的時候才有賺頭。」

權吉露出一副眞心懊悔的模樣。若讓弓之助拿頂門棍打人就麻煩了，因此平四郎一手按住他的和服下襬。弓之助像狗一樣，齜牙咧嘴，低聲咆哮。

「吵死了，別咬牙切齒的。」小聲喝斥後，平四郎又問道：「怎麼樣，權吉，記得是誰找你去的嗎？」

註：古時日本貴族摺疊後放入懷裡隨身攜帶的紙，用途類似當今的手帕，用以取點心、擦拭杯口、書寫和歌等。現多用於茶道。

權吉唸唸有辭地咕噥半晌，最後也只答得出好像是同樣是打零工的年輕工匠，又好像是在蕎麥麵鋪認識的那個一臉威嚴的武家僕從。

他想不起來，平四郎也認爲無可厚非。無論找權吉去賭的是湊屋的什麼人，都不會令人輕易想起他的面孔與名字。既然要設圈套，對方自然也會挑選合適的人。

「你年輕時就愛賭，你老婆也爲此吃了不少苦吧。」

當著還在低聲咆哮的弓之助，不說說教可能難以收場。平四郎是因此才開口的。

權吉非但沒有歉疚之意，反而嘿嘿地笑開了。「不過大爺，中了就是一大票哪。我老婆也嘗過甜頭啊！我年輕時身體可健旺得很，還會到八王子那一帶去賭。扣掉食宿，有時候不但有找還有賺哩！」

八王子賭場很多。自江戶來遊山玩水、拜神謁佛的人潮川流不息，更好的是位在奉行所轄區之外，管束查緝也較江戶城內寬鬆得多。

「說到這——」權吉原本露出追憶往昔的眼神，這時碰地雙手互擊。「大爺，那個跟之前的管理人有仇，結果被八百富太助修理的傢伙……叫什麼名字來著？」

「你是說，以前在『勝元』廚房工作的正次郎？」

「啊，對對對，就是那個正次郎。我呀，在八王子的賭場遇見他。」

「你說什麼？」

平四郎很驚訝，弓之助更是大吃一驚，連咆哮都忘了。

「什麼時候的事？」

「就在最近。我欠了錢，要把阿律……」

「搞什麼，原來你不是只有年輕的時候才大老遠跑到八王子去賭？」

權吉縮起脖子。「因為，那邊才是正統的啊！而且就像剛才說的，我以前在那裡風光過，自然想再去重溫舊夢嘛。」

「好吧，算了。然後呢？」

「然後……就只是看到他而已。」

「你怎麼會認得正次郎？」

弓之助氣勢洶洶地問，把權吉嚇了一跳。「這少爺是怎麼了？」

「別放在心上。不過，我也想知道。你怎麼會認得正次郎？」

權吉不可一世地點點頭。「就是前年那次，那傢伙跑來找久兵衛爺尋仇，太助跑去救人——哎，大爺，那可不是鬧著玩的。」

「我知道。哦，我懂了，出了那檔事時，你也看到正次郎的長相了？」

「何止看到。我可不是不服老，那時候還幫了太助一把呢。」

「這麼一來，正次郎認得權吉叔也就不奇怪了。」弓之助說道。

「你們在賭場碰面時，他有沒有說你上次竟敢壞我的好事，找你麻煩？」

權吉搖搖頭。「他根本不記得我。」

其實，權吉去幫忙太助的說法多半是誇大不實，他與那件事的關聯，實際上大概只是在一旁湊熱鬧而已。因此，權吉認得正次郎，正次郎卻全然沒發現權吉是那鐵瓶雜院的房客。

「正次郎看來怎麼樣？」

「還滿稱頭的哩！賭也賭得不大。眞沒種，虧他還是年輕人。他的賭法，就只是小玩而已。」

平四郎皺起眉頭。「這麼說，正次郎並不落魄了？」

「他好像在八王子工作，不知是食堂還飯館的。他是跟那裡的人一起去的。」

「姨爹，」吃驚到好一會說不出話來的弓之助，拉拉平四郎的袖子。「這麼要緊的事，這人怎麼不早說？」

「因爲他不知道這很要緊啊。」

「大爺，什麼事很要緊？」

平四郎望著權吉，接著說道：

「跟我打賭的事，你還記得嗎？」

「我跟大爺的賭？」

「對。我不是跟你打了賭，看佐吉會不會成爲一個好管理人，在這裡安定下來嗎？」

權吉臉色一亮。「是啊！是有這麼一回事。」

「這場賭是我輸了。現在住戶有出不進，這裡整個空蕩蕩的。」

權吉高興地搓著手。「賣魚的箕吉，昨天也搬家了呢。」

「果然搬了，我之前也聽阿德說過。」

「阿德姊也不知道會待多久，大爺。」

平四郎從懷裡掏出荷包，取出一兩金子。「這是我的私房錢。」

權吉嘿嘿地笑了。

「我跟你賭是賭十兩，但沒法子一次付清，所以今天先給一兩……」

「謝大爺。」

權吉伸出手，平四郎卻視而不見，站起身來。

「我把這一兩放阿德那裡，請她來照顧你。這樣對你也比較好吧？不必再睡在這垃圾場裡，也不必自己洗兜襠布了。」

「大爺太狠心了！」

平四郎不理會權吉的吵鬧，來到屋外。

弓之助說身上癢，平四郎也覺得癢。兩人一逕衝回八丁堀，直奔澡堂，好好沖洗了一番，感覺重獲新生。一回到宿舍家裡，弓之助便迫不及待地說道：

「這下子，前年正次郎攻擊久兵衛的事也變了樣。」

平四郎也搧著團扇點頭。

「看樣子，背後是有些關聯。」

正次郎爲何會對久兵衛「懷恨在心」呢？前年出事時——

「久兵衛雖仍會出入『勝元』，但他當時已是鐵瓶雜院的管理人，與『勝元』應是無關的。但他卻憑著自己深受湊屋總右衛門的信賴，連『勝元』廚房裡的人怎麼做事都要挑剔，向總右衛門告狀。結果，正次郎被開除了，他便是因此而怨恨久兵衛——之前說是這麼一回事。」

「這道理是說得通的。明明不是管事的人，卻多嘴多舌，可惡的老頭子——是這樣沒錯吧。」弓之助說道。

「所以就拿著菜刀去找久兵衛。」

事情雖未鬧上檯面，但平四郎狠狠罵了正次郎一頓，警告他不得再接近久兵衛，將他趕走。

「可是，半年前他又回到鐵瓶雜院，對太助下手……」

「目前是這麼一回事，」弓之助說道。「表面上。」

平四郎扔下團扇。

「但是，殺了太助，接下來應該伺機對付久兵衛的正次郎，卻在八王子體面地過日子。」

「這麼一來，便會出現一個疑問：攻擊太助的兇手，眞的是正次郎嗎？」弓之助搔搔頭。「不過，這原本便是一個疑點了。」

「哪，弓之助，」平四郎望著被扔下的團扇，喃喃地說：「人不管做什麼，總會有失手的時候吧？」

「啊？」

「就是會有無法順利按照計畫進行的時候。」

弓之助端正坐好，偏著頭。

「姨爹，您在想什麼？」

「前年，正次郎攻擊久兵衛的那件事……」

「是的。」

「那會不會也是設計好的？」

平四郎雙手在胸前交抱，弓之助也做出同樣的姿勢。

「換句話說，我是在想，現在發生在鐵瓶雜院裡的事，他們是不是前年已經試過一次了。」

弓之助睜大了眼睛。「啊，原來如此！」

「然而，前年失敗了。」平四郎抬臉看弓之助。「湊屋的人全都是串通好的，當然正次郎也只是按吩咐照做而已。一夥人商量、策畫好，要正次郎去對久兵衛下手。也就是說，他們打算製造一個令久兵衛心生畏懼到無法繼續在鐵瓶雜院存身，想離去也不至於引人猜疑的情境。」

「而要達成這個目的，正次郎便必須攻擊久兵衛，讓他受點傷，自己順利逃脫……」弓之助接著說道：「但當眞動手時，卻來了太助這個意想不到的阻礙，於是正次郎被逮住了。」

「沒錯。我也到場把正次郎罵得抬不起頭來，並轟他走。所以，久兵衛也就說不出『因爲害怕而無法繼續待在雜院』的藉口。」

對呀——弓之助應道，眼睛閃閃發光。

「所以姨爹剛剛才說是失手吧。若當時一切依他們的計畫進行，前年那時久兵衛便已離去，後來湊屋只好搬出找不到接手的管理人這個託詞，要佐吉來到這裡……」

「令住戶認爲那種年輕人不可靠而心生不滿。」

「拜壺信壺、欠賭債等細節——也許這些小地方會有些出入，但照樣會設下種種圈套逼住戶離開。」弓之助說道。

「最後，鐵瓶雜院一樣會變得空蕩蕩的。」

平四郎的腦海裡浮現了這樣的景象──湊屋所落下的一道長長的影子上，有著鐵瓶雜院與其中的住戶──而那道影子不但長得不得了還極寬，一大群人中有些注意到了、有些沒發覺，全都踩在那道影子上過日子。

弓之助拾起平四郎扔下的團扇，啪嗒啪嗒地朝著臉搧。「這麼一來，正次郎殺死八百富的太助這件事，就益發不可能了。」

「也許除了毫不知情的住戶之外，所有與湊屋有關的人都是串通好的。」

「佐吉也是嗎？」

平四郎張開嘴，卻不知如何回答。不會吧……不可能連佐吉都對我們演戲。

「你說呢？」

弓之助搖搖頭。「我認爲他什麼都不知道。至少，在我寫的劇情裡是這樣。」

「我也這麼認爲。」

平四郎嗯嗯點頭。

「走到這一步，眞想趕快知道燈籠鋪與八百富的來歷。」

此時，廊下響起細君的聲音，說我回來了。

「相公，又有信了。」

平四郎眨眨眼睛。定是「黑豆」的來信，但若說是回覆平四郎送去的信，也未免太快了。想必是「黑豆」自己有所發現，便來信通知吧。

「是我的老朋友來的信，下次有機會也讓你見見他。」

平四郎對弓之助一笑。

「他也長於調查，不過跟政五郎他們又有些不同。」

信果然是「黑豆」寫的。彷彿要爲驚訝連連的這天再添一筆，信裡又記載著另一件令人意外的事實。

十

信不長，但一如往常，紙面密密麻麻布滿「黑豆」獨特的字跡。平四郎一面讀，一面「哦」、「嗯」有聲，令弓之助在一旁坐立難安，強自按捺著想偷看的心情。

「姨爹，信上怎麼說？」

弓之助伸長了脖子問。平四郎不回答，將信捲至最後讀完，吊人胃口般自顧自地笑了。

「有什麼新發現嗎？」

弓之助屏息以待。平四郎一手拿著捲成筒狀的信，笑著拿紙筒往弓之助的額頭上碰地一敲。

「湊屋的阿藤……」

弓之助傾身向前。「老闆娘阿藤怎麼樣？」

「有段時期極爲迷信。」

弓之助雙眼猛地大睜。「咦，果然？」

「求神拜佛就不用說了，聽說有段時間甚至一打聽到哪裡有出名的方士巫覡，便不管三七二十一地迎入家裡奉拜。」

弓之助嗯嗯點頭，輕撫著瘀青處思忖。「那是什麼時候的事呢？」

「最早是五、六年前，好像是迷上一個去唐土學會用算籌卜卦的算命師。這算命師以半貴客的身分在湊屋住了兩年。」

「五、六年前……」弓之助喃喃說道。「果然……是這麼一回事。」

「嗯。但是，不久阿藤便與這算命師失和——好像是算命師對湊屋的下女動手動腳——便把他趕走了。總右衛門本就反對讓來路不明的算命師登堂入室，也爲此與阿藤有過不小的爭執。阿藤大概也學乖了，接下來的這段時間，只到處去參拜一些據說對消災解厄靈驗的神社。如此便不須擔心引狼入室，所以總右衛門也沒去理會。」

然而，距今約兩年前，阿藤又遇到一位號稱法力通神的巫女。

「也不能算是遇到吧。阿藤對這類人來說，形同待宰的肥羊，他們自然會找上門去。」

「聽姨媽說，姨爹是不信神佛的。」弓之助以略微拘謹的語氣問道。「那是說姨爹不敬神佛嗎？或者，凡是信奉神佛的人，一概不予信任呢？」

「你問的問題挺難回答的。」

爲爭取時間思考答案，平四郎伸長了人中猛搓。

「我也不清楚究竟是哪一種。倒是你呢，你怎麼想？」

弓之助立即回答：「我尊敬神佛。」

「對嘛，你爹娘也都很虔誠。不過，生意人都是這樣吧。」

「姨爹，您認爲生意人爲什麼會信仰虔誠呢？」
「爲什麼……不都會拜財神嗎？那是做生意的神明吧？」
答非所問。平四郎仔細窺看弓之助的神色。
「我不知道。」
「河合屋有個從祖父那一代便在鋪子裡的大掌櫃，」弓之助說道。「話是這大掌櫃告訴我的，不是我自己的看法。」
「那也不必客氣，你說的話很少不是你自己的看法。」
弓之助突然臉紅了。「姨爹的意思是——我很狂妄？」
平四郎完全沒有繞圈子損人的意思，因而不由得笑了出來。
「嗯——你因爲頭腦好，遇事就會想太多。沒有，我從不認爲你狂妄，倒是常覺得你是個奇特的孩子。那，大掌櫃說了什麼？」
生意人之所以敬神佛、仰賴其力，是因爲行商有些非人力可及之處——大掌櫃這麼說。
「非人力可及啊……」平四郎頭一歪。「可是，生意是人在做的吧？所以有眼光、有商才的人能賺大錢，變成巨商富賈。這與神佛無關，不是嗎？」
弓之助莞爾一笑。「可是，農作和漁獲的價格會因當年的天候和海相而丕變。有些木材行因火災或洪水而生意興隆、大發利市；但也有木材行因同一場火災或洪水燒掉了店鋪或沖走了木材，反而血本無歸。大賺與大賠，說穿了都是運氣，非人力所能掌控，全憑神佛主宰。因此商人才重視神佛。」

「也得要拜了敬了眞能通神才行吧。」平四郎提出沒有絲毫虔敬之心的證明，拔著鼻毛這麼說。「可是不管是神還是佛，也無法實現每個人的願望。總不能河內屋生意興隆，近江屋也門庭若市吧。」

「是啊。不過，這樣就好。」

「明明誠心禮拜，沒有效驗也好？」

「是的，只要心靈能有個依靠就好。一切順心時便當作是神明保佑，不如意時便當作心不夠虔誠。這麼一來，非人力可及的幸與不幸、走運與不走運，便有法子應對了。」

「日子就會好過一些，是這樣嗎？」

弓之助點頭稱是。「湊屋是有商船的鮑參翅商，一定供著金比羅神（註）。即使店裡的人極為迷信，也絲毫不足為奇，阿藤的迷信也因此才難以勸阻吧。但問題是，阿藤迎進這些方士巫覡，究竟是在拜些什麼、想驅除什麼。」

沒錯。話怎麼會扯到這裡來呢？平四郎視線落在「黑豆」的來信上，回想了起來。

「這裡是這樣寫的——詳情尚未明瞭——不過，似乎與女兒美鈴有關。」

弓之助雙眸發亮。「哦，果然是這樣嗎。原來如此。」

「別自個在那裡心領神會，我可不懂。美鈴曾生過大病、身體虛弱嗎？」

弓之助又輕撫眼周瘀青，打謎似地說道：「姨爹，是長相啊，長相。美鈴小姐長得像某人……」

這次換平四郎眨眼了。回想起寫信給「黑豆」時的思路，腦海裡浮現出美鈴那張標致的臉，再對照現在弓之助說的話，事情輪廓便逐漸明朗。然而，的確，若這要不信神佛、毫無信仰之心的平四郎來想，想上一百年也想不出個所以然。

平四郎心想，「黑豆」大概是考慮到此，才捎這封信來通知的吧。他雖未對弓之助提起，但其實信開頭處，「黑豆」還特地問起未來可能繼承井筒家的小少爺可好。

平四郎再次將視線落在信上。

「『黑豆』說，他找到一個曾經得阿藤歡心的巫女。」

這個巫女名字很奇特，叫做「吹雪」，此際被關在小傳馬町的女牢。她受託祭灶除穢時，在雇主家裡偷錢，當場被活逮。據說這並非初犯，只要稍加逼供，定是前科累累。

「只要去找這巫女，不必費神推量，阿藤託她做什麼，就一清二楚了。」

「您要到小傳馬町去找她嗎？」

「當然。門路打點好就去。」

「那眞是不得了。」

「別說得像個局外人，你也要一起去。怕什麼，只要沒做壞事，那裡一點都不可怕，放心吧。」

即使如此，弓之助仍有些心驚膽跳的模樣，平四郎便對他笑笑。「信最後，寫了一件有意思的事。『黑豆』大概不覺得這是什麼大事，我也認爲不必費勁調查。」

平四郎這麼說，反而勾起弓之助的興趣。「什麼事呢？」

註：又作「金毘羅」，爲日本民間信仰的海上守護神。

平四郎向他說明，佐吉利用官九郎與王子一家茶館的小姑娘阿蜜通信，而這阿蜜正是湊屋總右衛門在外為數眾多的私生子女之一。

「阿蜜的親生母親已經死了，這家茶館是阿蜜的舅舅家。」

「所以她是被收養了。」

「對。而她舅舅、舅媽有個女兒，算是阿蜜的表姊，名叫阿惠，正好二十歲，十五歲就到江戶的武家宅邸去當下女（註）。本來說好是去學習禮儀，為期三年，但那裡的夫人非常中意阿惠，便要她繼續待下來。等找到接替的人選，總算才辭職回家。」

據說有人作主，要讓這阿惠與佐吉成親。

「不知『黑豆』是從哪打聽來的——再怎麼說，這傢伙的工作就是探聽消息，一定是用了各種手法吧。不過聽說這樁親事，湊屋總右衛門也很贊成。其實半個月前，總右衛門曾親自拜訪王子的茶館安排親事，因此這件事應該不假。」

「當事人又如何呢？」弓之助擔心地低聲說。「還有，美鈴小姐又作何感想呢……」

「對總右衛門來說，為了打消美鈴對佐吉那份特殊的好感，也希望儘早讓佐吉與別的女人成親吧。」

平四郎雙手在胸前一架，裝出不善的臉色，翻起白眼盯著弓之助。

「而且……要是我們的推測屬實……應該是八九不離十……讓佐吉和美鈴結為夫婦反而更殘酷，不是嗎？」

弓之助發起抖來。「姨爹，請不要露出這麼可怕的表情，我會睡不著的。」

「這樣搞不好能治好尿床喔！」平四郎發出威脅般的聲音，裝出更可怕的表情。

「湊、湊、湊、」弓之助一面逃一面說，「湊屋多少也有考慮到佐吉的將來吧！姨爹，我這就告辭，明日再來拜訪！」

聽著弓之助落荒而逃的腳步聲，平四郎深感有趣地笑了。因小平次聽到笑聲過來探看情況，便加油添醋地將弓之助害怕的模樣說給他聽，又一起笑了一陣子。不偶爾這樣幫小平次做做面子，弓之助將來怕會不好過——這樣想著，才發覺自己早已打算收他爲養子了。

「哪，小平次。」

「大爺，什麼事？」

「有小孩是件好事嗎？」

小平次高興地點點頭。「好極了。」

「要是孩子很多，一定很累吧。」

「是的。但累歸累，還是很好。」

「和老婆哪個重要？」

小平次往圓圓的頭上一抹，汗開始涔涔冒出。

註：年輕女孩到武家宅邸去當下女，稱爲「武家奉公」，目的是學習貴族的禮儀教養與待人接物。一般平民女孩有過這一番歷練，身價便截然不同，可望嫁入好人家。因此江户女孩的夢想便是「武家奉公」，而到將軍後宮「大奥」做事更是其中之最。

「嗚嘿！」來聲他慣有的驚呼。「大爺的問題總是很難回答。」

平四郎笑了，擺擺手說自己問了無聊的問題，讓他退下。即使如此，腦海裡仍想像著將老婆與女兒放在天秤兩端，而滿面愁容的湊屋總右衛門，對牆望了良久。

小傳馬町的牢房，並非直接隸屬於南北奉行所。寺社奉行（註一）、火付盜賊改方（註二）的犯人也會送來此處，而掌管牢房的牢屋奉行，代代均由繼承石出帶刀名號者世襲，不得由旁人出任，儼然自成天地。同時，小傳馬町牢房所囚的犯人，除了「過怠牢」（註三）等一小部分外，並非是在此服刑，而是案件仍於調查中而遭拘留，或案情審訊已畢的等候裁決者。

平四郎至今亦曾數度出席牢內的審訊，所幸從未目睹嚴刑拷問。原因之一是平四郎經辦的罪犯中，不曾出現窮凶極惡、桀驁不遜者，不需拷問；且負責審訊的公役均是箇中好手，多半不須動用刑具便可使犯人招供。傳言中駭人聽聞的重壓、灌水等拷問，實際上並不輕易執行。

即使如此，老實招認，平四郎並不想接近牢房。剛才雖說了那種話來逗弓之助，但純粹是開玩笑。那不是孩子該去的場所，甚至也不是平四郎能愉快地哼著歌出入的地方。

至於原因，便是衛生極度惡劣。將大批人關在一處，卻幾乎無日照可言，密不通風、濕氣逼人，形同疾病的溫床。有些異想天開的人，一聽到女牢便垂涎不止，但平四郎再好色，也不會想占女囚的便宜——想都不會去想——應該不會想吧——這個，不到時候不知道，但有九成不會——若真的走投無路則另當別論——總之，權且當作不會吧。

真頭痛。

吹雪這巫女是以竊盜罪名被捕，若有其他罪責，大概也是像這類偷竊，若非犯下什麼重罪拖著未結，那麼調查可能早已結束。這麼一來，要提調她出來，必須有其他藉口。這就得去低頭拜託朋輩、看審吹雪案子的公役臉色、低聲下氣陪笑。眞麻煩。

再說，另一個更現實的問題，便是危險，因爲還有那個仁平在。那些當岡引的，隨便什麼人對牢房裡的消息都比平四郎這些跑外勤的同心靈通，稍有行動，立刻會被看穿。仁平只上門過一次，認清平四郎是個不值得託付的大爺後，便沒再來，但暗地裡定是繼續執拗地探查湊屋的破綻，因此平四郎想必已被納入監看之下，這是無庸置疑的。因此，若草草布局便將吹雪叫出來，可能反而會令仁平起疑：哦，那個迷糊大爺在做些什麼呢？就平四郎而言，與那陰險的岡引再度碰面的耗神之事，他無論如何都想避免。

於是，接下來兩、三天，平四郎便在漫然籌策中度過。弓之助曾一度問起何時前往牢房，見平四郎又裝出那副可怕的表情，便連忙說佐佐木先生要我去幫忙查點東西，逃回去了。看他腳似乎已經不痛了，但眼周又多了其他瘀青。看來，他的練劍師父似乎是個下手不留情的人。

註一：江户時代除了維護江户治安的「町奉行」外，還有管理寺廟神社等宗教的「寺社奉行」，與執掌幕府直轄領地財政出納的「勘定奉行」，並稱「三奉行」。

註二：「火付盜賊改方」爲專門取締緝捕江户時代三大重罪「縱火、強盜、賭博」的單位，與町奉行在職務上看似重複，但權限更大，除高階武士及其家人外，可逮捕任何人。

註三：江户時期犯人身分爲婦孺而被判笞刑時，得以坐牢代替，稱爲「過怠牢」。

見平四郎難得地動起腦筋來，小平次也擔心起來，在一旁幫著出主意。雖不抱期待，但向小平次說起事情是如此這般，小平次竟說，原來是這麼回事，大爺怎麼不早說呢。一問之下，原來牢房的僕役是和小平次一起長大的朋友。那人名叫作次，現仍偶爾會碰面喝酒，令平四郎大感驚訝。

「這世界巧合還眞多啊。」

見平四郎驚嘆不已，小平次笑得皺起了臉。

「大爺，不如說是我們生活的世界很小。」

而幾乎所有事情，在這小小世界中便能圓滿解決——小平次說。否則，奉行所的公役和其中間的代代世襲便失去意義了。這段意味深長的話，令平四郎不由得再次端詳小平次，懷疑是否在不知不覺中換了一個人。

小平次隨即去找那作次商量。一天後有了回音，牢裡的確有個名叫吹雪的女人，因詐稱巫女偷竊，正等候發落。她是個脾氣拗、性子倔的女人，在女牢裡遭到排擠，受其他女囚私刑虐待，身上傷痕不絕。平四郎聽了有些洩氣。

「犯人沒有別的事可做，極善於彼此逼問，要是誰身上有那麼一丁點風吹草動，立刻便會察覺而引起騷動。」

「也就是說，要是我這個與吹雪幹下的偷竊案全然無關的同心去傳喚她，事後吹雪便可能因此倒大楣，是嗎？」

「是的。」小平次正色點頭。「女囚尤其善妒，常因懷疑有人得了什麼好處，便展開嚴厲的私刑。大爺，若吹雪能對大爺有所幫助，您便打算爲她說情開脫，是吧？」

「即使我沒這個打算，她也會這麼期待吧，否則也不肯開口了。」

「那是當然的，過去多的是類似的例子。因此，若讓其他女囚察覺了，便會引起眾怒。」

「吹雪現在也飽受折磨吧？要是一個沒弄好，搞不好會被殺。」平四郎大感頭痛。「乾脆等吹雪的裁決出來再說吧？她頂多是被打個幾十大板，趕出江戶吧。到時候再問……」

小平次翻起白眼。「您這話是認真的嗎？那種小案子，天知道何年何月才會裁決，也許得花上兩、三年。」

「說的也是……」

「作次也幫忙想了許多法子，他說，若是這種情況，最穩當的作法便是稱說要傳喚的犯人患病，移到醫牢再悄悄碰面。」

所謂的醫牢，是收容牢房內的病人之處。絕大多數的囚犯或多或少都有病痛，因此這是個方便的藉口。且吹雪也真的渾身是傷，作次保證若拜託牢房大夫，應該能幫忙設法。

「說的也是……看來就只有這個法子了。」

平四郎便要小平次去託作次幫忙安排，又過了一天，得到的回音卻令平四郎更加頭痛。

「作次問大爺認不認識一個叫仁平的岡引。」小平次一臉爲難地說道。「我問他爲什麼這麼問，他說，這幾年仁平那傢伙極力討好牢房的同心大爺，得以自由出入。他在牢房裡權勢大得很。」

平四郎吃了一驚，但仔細一想，仁平會做到這個地步，或許不足爲奇。牢房這種地方，形同消息匯集之處，在別處難以打聽到的事情，全都聚在這裡。尤其是對仁平這種以製造罪犯爲生存意義的岡引來說，從牢裡那些任憑他宰割的囚犯嘴裡搜羅到的消息，無論是中傷、是真正的告發還是純屬訛傳，每一則都是寶。

「牢房大夫現在是由一個老大夫與一個年輕大夫兩人輪值，老大夫早已被仁平拉攏，所以只要塞錢給仁平或是提供有力的密告，即使沒生病，也可憑那位大夫的一句話移至醫牢，在那裡吃白米飯、享受種種好處。」

聽到這話，一股厭惡的味道從平四郎的嘴裡擴散開來。仁平在那邊緣廊坐著時的模樣——一雙白多黑少的小眼睛、瞧不起人似地斜斜上吊的嘴唇——老人般的駝背、笑時喘氣般的聲音——一一浮現，身上皮膚都快發癢了。

「那傢伙的門路倒是比我料想的來得多。」

「是啊，眞了不起。」

小平次的說法似是語帶讚許，表情卻顯得無力。「所以作次才說，如果井筒大爺和仁平有交情，事情就簡單多了……那是一定的。」

平四郎搖搖頭。「糟糕，事情反而更棘手了。」

「是啊。」小平次也很失望。

「黑豆」辛苦調查出來的寶貴線索，要運用似乎很難……想著，平四郎雙肘靠在文案上，望著小庭院。酷暑日漸趨緩，陽光也不再像盛夏那般咄咄逼人了。平四郎喜愛的柿子、栗子結實的秋天，不久即將到來。自鐵瓶雜院發生那一連串的麻煩以來，已過了不少日子。

「牢房大夫裡頭，可靠的就只有那個年輕的了。」

平四郎喃喃說著。小平次應道正是。

「聽說年輕大夫正氣凜然，是號人物。如果他能出手相助，那就再好也不過了。」

「是啊。無論如何，牢房我可是輕易去不得。」

一天不令湊屋總右衛門陷入萬劫不復的境地，仁平執拗的恨意恐怕便一天都無法消除。或許，當仁平出入牢房、賄賂公役、以甜言蜜語籠絡老大夫、凌虐囚犯、勒索敲詐，掃視著這污穢黑暗有如人間煉獄的糞坑般處所，或許心裡想的是要將總右衛門關進這黑牢裡。不，必定是如此。

平四郎不欠湊屋總右衛門任何人情，也沒有私心偏袒的理由。鐵瓶雜院這一案背後之事——眼下於平四郎所推測的案情之中，雖不知湊屋總右衛門扮演了何種角色，無論如何他的所作所為絕非善行，必將受到應得的責罰。

然而，這責罰就平四郎所想的，與仁平毒蛇般的腦子裡翻騰洶湧的相去甚遠。他不願草率行動，而生出令總右衛門落入仁平手中的機會。若演變至此，恐怕餘生吃飯都會食不知味。

院子裡樹叢中，麻雀啾啾而鳴。牠們也為豐收之秋的到來而歡欣不已嗎？平四郎心想，便在此時，靈光一閃。

「對了！」他出聲道。「還有動用官九郎這個法子！」

要騙佐吉並不容易。且不說騙佐吉，平四郎根本不善說謊，臉上藏不住事情。

「要送信給牢房的囚犯？」

佐吉顯然大為驚訝。這也難怪。

「這會兒，牢房的門檻對我來說高了些。能助我一臂之力嗎？啊，這時候，應該說是一翅之力？」

既然是公事，大爺也不方面透露吧——說著，佐吉最後是答應了，但也解釋道，官九郎與人類孩子不同，不能說了地點，交代一聲「好了，去跑一趟」便派出去辦事。

「要由我帶官九郎過去，告訴牠地點才行。而且，若是未曾去過的地方，得要去上好幾次才記得住，需要一點耐性。」

事情透過作次進行，數日之內，便疏通了年輕的牢房大夫，問清楚哪個是醫牢的窗戶、該朝何處遞信。平四郎將這些告訴佐吉。

「詳情我不能說，但牢房裡有岡引仁平的耳目。派官九郎去，最好是趁深夜進行，以免被發現。至於出門的藉口，由我來想辦法。」

一聽這話，佐吉好笑地說道：「大爺，官九郎是烏鴉，晚上瞧不見，不能飛的。既然如此，我趁清早帶牠去。」

佐吉雖露出許久不見的開懷笑容，卻因聽到仁平的名字，接下來便不發一語。多半是察覺平四郎手上進行之事多半與湊屋有關吧。

這段期間不巧遇上下雨，結果花了十天，一切才打點就緒。佐吉訓練官九郎時，平四郎叫來弓之助，構思遞送給年輕牢房大夫的信。

年輕大夫將吹雪移至醫牢後，在該處依平四郎遣官九郎送去的信，向她問出必要事項，並趁待在牢房執勤的這段時間，寫信給平四郎。待年輕大夫結束值夜工作，臨走之際，亦即翌日早晨，再次遣官九郎飛往小傳馬町，年輕大夫將信綁在官九郎腳上後，再若無其事的照常打道回府——此爲全般步驟。

年輕大夫的任務吃重。平四郎沒見過他，心底難免對將他牽扯進此事是否妥當感到不安，但作次拍胸脯保證萬事無虞，且暗中充當密使的小平次也說那位年輕大夫値得信賴，便決定將一切託付給他。一問之下，原來年輕大夫早對牢房內的腐敗與仁平的專橫憤慨不已。

於是，官九郎出動的早晨來臨。月曆剛好掀到九月一日那一頁。平四郎雖覺得這事微不足道，但正好是個新的開始，倒也不賴。吹雪若肯吐露所知之事，平四郎便不需再深入追查此事。

再來——只要稍微費點勁查證即可。

平四郎雖然挺有幹勁，但實際做的，只是在一旁看著佐吉放官九郎飛往空中。雖對官九郎說了聲「萬事拜託了」，但官九郎也不懂得要啼聲「嘎」來回應。總覺得自己有點蠢，便搔著後頸找佐吉說話。他正凝望著官九郎消失的那一方天空。

「這陣子只顧著官九郎，沒跟你聊上幾句，雜院那邊怎麼樣？」

佐吉垂下視線，同時也垮下雙肩。「又有人搬家了，兩戶。」

「那不是你的錯。」

「空出這麼多屋子，住起來也不方便吧。沒有左鄰右舍，要借個米、味噌、炭爐什麼的，也借不成。換作是我，我也不願意……」

「阿德和久米呢？好久沒去了，上門去討個蒟蒻吃吃吧！」

「阿德姊很好，久米姊好像被痱子折磨得很厲害。」

「還在長痱子？現在早晚天都涼了啊。」

「大概是拖著沒治好反而更嚴重，都腫起來了。她抱怨去瞧的那個大夫開的膏藥，又臭又貴，要貼又費事，一點效用都沒有。大爺要順道去看看嗎？」

「也好，去露個臉吧。反正得枯等到明天早上。」

這一天在滷菜鋪店頭，大滷鍋仍冒著熱氣幹活。阿德舉起手裡的杓子，大聲說道大爺來得正是時候。

「我想來個入味的蒟蒻。」

「今天吃這個吧。」

阿德伸筷進滷鍋，取出一顆像蛋的東西。那東西也像小芋頭，看筷子夾起的模樣，感覺比小芋頭更加柔軟有彈性。

「這是什麼？」

「拿魚漿去煮的。裡頭加了蛋來塑形，很奢侈吧！」

阿德拿了個小碟子盛裝，省得滷汁滴下來。平四郎本想用手抓著吃，反燙得抓不住，猛吹手。

「聽說住戶又變少了。」

阿德斜瞟了平四郎一眼。「大爺見過佐吉兄了吧。」

「妳也會叫佐吉『佐吉兄』了啊，他也真是熬出頭了。」

熱騰騰的滷菜很美味。「這個好，客人一定會喜歡的。」

「這是久米想出來的。」阿德得意地說道。「像我這種打骨子裡窮出來的人，才想不出這麼精巧的東西呢！她啊，有錢的時候可是闊綽得很。」
店裡卻不見久米人影。
「久米出門啦？」
「又到大夫那裡去了。我說，大爺，痱子會那麼嚴重嗎？」
阿德從鍋子處轉身正對平四郎，露出像小姑娘般百思不解的眼神。
「不知道……我沒長過痱子。大夫怎麼說？」
「那種蒙古大夫，聽他的咧！對像我們這種窮人，閉上眼睛摸一下，隨便下個診斷就算了事。只有在收錢的時候才會把眼睛睜開。」
「妳這話還眞不客氣。」
但是，想起之前吃洋菜凍時久米那模樣，看來確實是瘦弱了不少。現在比起當時，又更嚴重了嗎？
「大爺——我是覺得……」
阿德把難以啓齒的話在嘴裡咕噥了一會兒，才吐出來：
「那個，眞的是痱子嗎？她會不會是染上別的不好的病？」
「什麼不好的病？」
阿德氣急跺腳，震動了鍋裡的滷汁。
「就是下面的病呀，花柳病。」
阿德懷疑是久米賣春時，被客人傳染的。

「這……我就不能說什麼了。」

「我以前見過。在同住的雜院裡，有個『夜鷹』（註）出身的女人。她也一樣，全身長滿東西、越來越瘦，死的時候連腦子都病了，明明沒半個人，還對著土牆說話。」

阿德一口氣把話說完，粗壯的雙手環抱著碩大的身軀，抖了一下。

「可是，在這個夏天之前，久米都還健朗得很呀？」

「哎，大爺眞是什麼都不知道。那種病要過好幾年才會冒出來的。在那之前，就躲在身體裡，等到旁人都看得出來的時候，就已經太遲了。」

平四郎不知如何反應，便將空了的小碟子遞給阿德。阿德接過碟子，往身後台面一放，嘆了一口氣。

「久米的病有這麼嚴重？」

「腳那邊呀，長東西爛出來，都快可以看見骨頭了。」

聽得平四郎也直打個哆嗦。

「看得都想起我家那口子的褥瘡。那絕不是痱子。大爺，怎麼辦？該怎麼辦才好？」

向平四郎求救，平四郎也無能爲力，但內心卻爲阿德擔心得變了臉而感動。

「妳還挺喜歡久米的哪。」

這話不假思索便脫口而出。結果阿德忽地生起氣來，漲紅了臉，又用力跺了一腳。

「大爺人也眞是太好了！竟以爲我眞爲那種女人擔心？我擔心的是我的生意。那女人得的要眞是下面的病，我可不能讓她在店裡工作。」

眞是太不像話了——說著，一個人在那裡裝作氣呼呼的。平四郎苦笑了一下，說他會向奉行所裡熟悉那方面疾病的人請教。不說點什麼安撫阿德，阿德的氣多半不會消。

「眞的嗎？大爺，那就拜託了。」

讓阿德送出了鋪子，穿過鐵瓶雜院的大門，只見如排刷刷出般美麗的雲飄浮在蔚藍的青空中，而不夠格入畫的小平次，以此爲背景，以那不夠格入畫的模樣急奔而來。

「大爺、大爺！不好了！」

小平次一面跑，一面喊平四郎。

「發、發、發、」

小平次勢頭太猛，眼見著就要衝過平四郎身旁，平四郎拉住他的後領。

「發現溺死屍了！」

這並不稀奇。平四郎一臉那又如何的表情，小平次口沫橫飛地說道：「是那個正次郎的屍體！被草蓆捲起來扔進大川，一打開，全身都是燒傷、打傷的痕跡……」

正次郎。要平四郎的腦子將這個名字與其所代表的意義連結起來，費了兩手碰地互捶的時間。他就是那個當過「勝元」傭工，攻擊前管理人久兵衛，據傳殺了八百富太助的人。

「大爺，不是那邊，是一目橋那邊！」

平四郎提腿就跑，小平次自他身後大喊。

註：江户時，將夜裡在路邊招攬客人的下級妓女稱爲「夜鷹」。

屍體已打撈上一目橋畔，用草蓆蓋著。看熱鬧的人站得遠遠的，議論紛紛。政五郎站在草蓆旁，一見平四郎，便彎腰行了一禮。在茂七大頭子家碰面時，政五郎的氣度不像岡引，反而更像個能幹的商人，但現在則紮起衣襬、捲起袖子，十足是捕吏辦案的模樣。

「聽說是之前待過『勝元』的正次郎？」

平四郎喘著氣問道。政五郎默默點頭，掀開草蓆一角讓平四郎看。

草蓆下露出一個黑綠色西瓜般的東西，平四郎一時沒認出那就是屍體的臉。多半是泡過水的緣故，扭曲膨脹，活像顆沒長好的冬瓜，連眉目口鼻都難以分辨。

「好慘……」

「胸腹積了水，」政五郎一面說，一面伸手放在屍體的肋骨上。「多半是溺水時吃了水。被綁住扔進河裡前，雖已去了半條命，但應該還沒死。」

「那就更慘了。不過，這樣竟能認得出是正次郎？」

「屍身的兜襠布用的補綴，用的是『勝元』以前印了名號的的手巾。還有，背後有紋身。現在不方便看……」

政五郎抬起屍體左肩。「這個地方，紋了一個天女圖。遣人去『勝元』一問，人人都立刻說那是正次郎。很多壽司師傅和廚師都喜歡紋身，常互相炫耀比較，因此誰有什麼樣的紋身都記得。身高也相近，所以我想應該不會錯。」

「關於正次郎，我最近才知道一個消息……那是什麼？」

原本正想說出木桶匠權吉和八王子賭場的事，平四郎卻不禁中斷自己的話大喊。原來，弓之助正踏著河邊濕潤的泥土，往這裡走來。大額頭緊跟在後頭，而弓之助不知正興奮地向大額頭說些什麼。

「那是大爺的外甥啊，」政五郎一本正經地說道。「還有我們家的大額頭。」

「這我知道。」平四郎往兩人奔去。「喂！你們在這裡做什麼？」

一見平四郎，弓之助的臉色整個亮了起來。「啊，姨爹，您總算來了。」

「什麼總不總算，你怎麼會在這裡？」

「政五郎爺的人到八丁堀來通報時，我正好在宿舍打擾。於是便直接過來了。」

接著略帶辯解意味地補充道，一聽說是正次郎，便實在忍不住。

「我太僭越了嗎……」

「我倒想問你，不怕嗎？」

「怕什麼？」

「看到那種——屍體啊。」

弓之助向後瞥了大額頭一眼，兩人一齊聳聳稚氣的眉毛。「我們沒有看屍體，一直在這一帶勘查。」

平四郎「呼——」的吐了一口氣。「你姨媽竟然肯讓你來。」

「姨媽吩咐我要好好表現。」

細君顯然已一心當弓之助是養子了。

「勘查之後，發現了什麼？」

弓之助搖搖頭。「正次郎似乎不是從這一帶的河岸被扔進水裡的。」

「怎麼說？」

「因爲沒有留下類似的足跡。那人雖然全身被綁住，但身軀不小，何況他是個男人，一定會掙扎得很厲害。搬的時候，可能要兩人合力，甚至三人。因爲並非一般的行走，腳印應該會相當紊亂。可是，卻沒看見那樣的痕跡。」

「可能是被扔在很上游的地方，過了一整晚才被沖到這裡。」

「政五郎爺說，看屍體的樣子，在河裡的時間應該不到一晚，還說可能是今天一早被扔進去的。」

平四郎伸手摳起鼻翼，接著不慌不忙地問道：「那，你認爲是誰下的手？」

兩個孩子圓睜著兩對眼仰望平四郎。

「我只是問問而已。」平四郎乾咳一聲。「看你們說話的樣子，好像你們知道兇手是誰似的。」

「依現在的狀況，要緊的或許不是『誰』，而是『爲什麼』。」

「怎麼說？」

問了這句後，平四郎忽地說：

「我怎麼問起你來了。」

身後看熱鬧的人笑了。平四郎聽而不聞，而弓之助也一臉若無其事。

「正次郎被折磨得很慘吧？」

「嗯，很慘。」

「動手的人之所以會拷問正次郎，一定是想從他身上逼問出什麼話來。」

平四郎雙手在胸前交抱，定定地盯著弓之助好一會。然後，以唸書般的口吻說道：「正次郎知道什麼嗎？」

弓之助點點頭。「八百富的阿露、富平，還有久兵衛都平安無事吧？」

平四郎連忙轉身趕回政五郎處。兩人商量不到幾句，便決定好如何安排，剛才一直聽政五郎指揮行事的、一名平四郎沒見過的年輕手下，奔過橋消失了身影。

「富平他們本就有我們的人在監視，應該不會出什麼大亂子，但小心是沒有過度的。」政五郎說道。

「權吉也就罷了，阿律不知如何？」

「若是湊屋那個俊掌櫃將她藏了起來，也就不必擔心。」

屍體已決定移往鄰近的辦事處。小平次跑了好幾趟奉行所後，決定由平四郎負責驗屍，因此一行人圍著抬著屍體的擔架行動。一目橋一帶的町役人，看看弓之助又看看大額頭，詫異地皺起眉頭，但平四郎未做任何說明，弓之助他們也沒作聲。

在辦事處裡，再次仔細檢驗屍體。此時不須顧慮看熱鬧的人，便掀開草蓆讓屍體整個露出來。平四郎與政五郎不時發話，都由擔任書記的老人寫下，只見大額頭則在一旁翻著白眼，似乎也正忙著「寫」進腦裡。

弓之助看到屍體，臉色微微發青。聽政五郎面不改色地說著左手小指指甲被拔掉、指尖遭炭火炙燒等，每聽一次臉色便更慘白。

政五郎以熟練的手法打開屍體的嘴往裡看。「牙齒並沒有被拔掉……全都在。」

「有那種拷問啊？」

「在常出入賭場的人當中，並不罕見。」

「眞叫人頭皮發麻。」

弓之助說了句話，卻因聲音顫抖，初時沒聽懂他在說什麼。

「……髒的。」

「什麼？」

「牙齒。」

「牙齒怎麼了？說清楚點。」

弓之助嚥了一口唾沫。「牙齒是髒的。」

政五郎以沉著的眼神望著弓之助，說道：

「溺死的人，會喝進很多髒污的河水。」

「就是這麼一回事。」平四郎作結。

弓之助向前一步，走近屍體蹲下，指出正次郎從嘴唇間露出來的牙齒。

「可是，我想這裡的髒污並不是河裡來的。這是血吧？」

平四郎與政五郎重新細看屍體嘴內。一打開嘴臭味更濃，平四郎便屏住氣，但政五郎卻行若無事。平四郎心下不禁暗自佩服。

「也許是溺水的時候太痛苦，咬到舌頭了。」
平四郎逕自喃喃說道，但政五郎和弓之助都沒說話。政五郎微微皺起眉頭。
弓之助突然回頭對擔任書記的老人說道：「不好意思，請問這附近有沒有賣天婦羅的人？糯米丸子鋪或烏龍麵鋪也可以。」
這話使在場所有人都吃驚地睜大了眼。老人沒料到有此一問，墨汁自筆尖滴落。大額頭的「記錄」也中斷了，黑眼珠回到正中央。
「怎麼，你肚子餓了？」平四郎笑道。「看你的臉色倒不像有食欲。」
「我想去要一點東西。」弓之助正色道。「有嗎？」
老人說，做這些生意的人都住在附近雜院裡，並告訴他所在地點。弓之助留下一句「失陪」，便跑出辦事處，留下眾人滿臉錯愕。
老人泡了茶，眾人便坐下來歇口氣。
「大家臉上盡是著了狐仙道的模樣，也請狐仙喝杯茶吧？」平四郎輕鬆說笑。
弓之助跑了回來。平四郎嘲笑地問是買了天婦羅還是糯米丸呀？卻見他帶回來白色年糕狀的東西，手裡正不停揉捏著。
「那是什麼？」
「烏龍麵麵糰。」
弓之助過意不去地聳聳肩。
「拿吃的東西做這種事，實在令人好生內疚。」

他一面說一面靠近屍體，將白色的麵糰往正次郎嘴裡塞。仔細拓下他的齒形，先是上顎，接著是下顎。

「哈哈——原來如此。」政五郎感到佩服。平四郎丈二金剛摸不著頭，只顧張著嘴。

「這是啥咒術嗎？」

「不知道。」弓之助燦然一笑。「不知道幫不幫得上忙，不過這樣我就滿足了。」

弓之助細心地以懷紙包起麵糰，小心翼翼地收進懷裡，免得壓壞。平四郎半開玩笑，但半是眞心地低聲說道：

「你很勇敢，連摸屍體都不怕，腦筋又聰明，爲什麼尿床的毛病會治不好呢？」

大額頭不再翻白眼，縮起下巴困惑地望著弓之助。政五郎爲了忍住笑而把頭低下。擔任書記的老人，筆尖又滴下墨來。

「回去吃烤焦的蜥蜴尾，」老人說道。「煎成藥服下，包你馬上不尿床。我孫子也是靠這法子治好的。」

「謝謝您。」弓之助答謝，卻向平四郎不滿地嘟起嘴。

一夜過後，翌日天亮前平四郎被細君叫起，說「黑豆」送來一封信。

「就放在灶下爐旁，我想該早點讓你看過。」

正次郎在八王子的住處、工作地點與他出入的賭場，已請政五郎的手下調查了。昨天爲安排這些，後來便在政五郎邀約下，於茂七家用晚餐；邊吃邊喝，將至今鐵瓶雜院相關的事情首尾，以及平四郎的想法、今後的計畫等，詳盡討論了一番。心情因此清爽不少，腦袋卻因宿醉而疼痛不已。然而，細君無情地打開了擋雨窗，弄得滿室晶亮，也無法再睡回籠覺。

這次的信雖短，但「黑豆」的「妙筆」對這天早上平四郎金星亂閃的眼睛仍是個不小的負擔，花了點時間才了解箇中含意。

鐵瓶雜院那塊地上原有的燈籠鋪，老闆名叫藤太郎，長阿藤三歲，是阿藤母方的表兄。阿藤是獨生女，兒時與藤太郎兩小無猜，雙方雖是表兄妹，也曾談到將來結親的事。

十年前燈籠鋪之所以歇業，是由於藤太郎得了病，視力急遽減弱，要從事精細的工作、指示工匠都有困難。且藤太郎個性難以相處，眼睛一出問題，之前遭他打壓的弟子便心生輕蔑，不是藉機報復，便是私自帶走客戶自行開店或捲款潛逃，醜事不斷。眞正是屋漏偏逢連夜雨。

藤太郎有個結縭多年的妻子阿蓮，孩子則是尙在襁褓中便夭折了。如今仍是夫婦兩人，住在阿藤娘家的料理鋪，半接受親戚待遇，半過著傭工般的日子。

平四郎搔著頭讀信，想起昨晚政五郎的話。那已是十五年前的事了，阿藤娘家的料理鋪遭火災波及，當時曾讓無處可去的傭工暫時借住藤太郎的燈籠鋪。由於那場火災有縱火的嫌疑，政五郎等人曾詳加調查，因此印象深刻。

「親戚啊，青梅竹馬，是嗎？」

平四郎揉揉眼睛，打個哈欠。

「這麼一來，若拜託什麼事一定肯幫忙了。」

另一方面，八百富則看不出與湊屋、總右衛門或阿藤有何直接關聯。這一點倒是猜錯了。

「不過，問問本人就行了。事情發展到這個地步，大可公開了。」

平四郎認爲，既然昨天正次郎被殺，能從容辦事的時期便已過了。這案子雖然原本就疑點重重，但追查陳年往事，與追查途中又出現新的犧牲者，就辦案者而言，心情是全然不同的。眼下，是誰、爲了什麼緣故將正次郎拷問殺害，就算能做出種種推論，卻也莫衷一是。但平四郎與政五郎都一致認爲，必須儘早解決此案。

信末，「黑豆」才明白表示，湊屋總右衛門暗中與西國諸大名家往來——主要是放款予大名——而這些大名家無一不是「外樣」（註）名門，因此上面正密切監視他的金錢動向。此時所說的「上面」，便代表那是「黑豆」奉命調查的工作之一吧。因此他對美鈴的婚事亦知之甚詳，且附注一筆，說若湊屋方面若非發生非同小可的醜事或失職，婚事應可順利進行。

「哦，原來如此。」

「黑豆」在平四郎委託他調查這些小事之前，便因自己的職務對湊屋總右衛門及其左近展開調查——只是尙未明白平四郎針對湊屋要調查何事之前，不便掀開自己的底牌吧。

無論以何種身分從事何種工作，總免不了那份工作才有的煩心之事。當初次自平四郎口中聽到「湊屋總右衛門」的名字，或許「黑豆」心下暗自吃驚，不知平四郎要做些什麼。

然而，事到如今卻特地如此表明，可見「黑豆」這傢伙也認爲平四郎的調查已到了最後關頭。眞有他的，腦筋怎能如此靈活？平四郎打了大大一個哈欠。朝陽耀眼，令人不禁要瞇起眼睛。

伸了個懶腰站起來，彷彿正在等他這麼做一般，庭院傳來了啪沙啪沙的搧翅聲。平四郎猛地拉開格子門。只見官九郎偏著頭，停在最靠近自己的那株茶樹枝頭。

「喲，早啊，辛苦你了。」平四郎出聲招呼。「下次也叫『黑豆』使喚使喚你吧？」

十一

年輕的牢房大夫寫得一手好字。信一開始便聲明，吹雪目不識丁，年輕大夫盡可能將她所說的話，原封不動地記下來。也因為如此，看不了多久，平四郎便讀到年輕大夫端正的楷書寫著「那個天殺的臭老太婆」。

這詞是吹雪用來咒罵湊屋阿藤的。

人們請到家裡祭灶的巫女，大概有一半是假冒的。這些巫女以此為由，登堂入室，陪酒賣春。江戶是個男多女少的城市，多的是一家子只有男人的人家。十個大男人同住的商家裡，女人就只有一個年過七十的煮飯婆——這種情形四處可見，也才會有她們這門生意。

這些冒牌巫女自然不會有眞才實學，一字不識者也不少見。要冒充巫女所需的套語祝禱，若非同業前輩口耳相傳，便是有樣學樣，不須有什麼學問。當她們脫下僞裝巫女的裝束，露出賣春婦的本性時，就算還稱得上貌美，也同樣降格為粗野低俗的女人。滿口粗言鄙語其實才是她們眞實的樣

註：江戶幕府將諸侯大名分為「親藩」、「譜代」與「外樣」三種。「親藩」為德川家康的男系子孫，「譜代」為德川家康取得天下（關原之戰）前便跟隨德川的功臣，「外樣」則是德川取得天下後歸順的大名。以與將軍的親疏而言，親藩高於譜代，譜代高於外樣。

貌，不必訝異。

話雖如此，劈頭便來個「天殺的臭老太婆」還眞嚇人。

據牢房的僕役作次說，吹雪在女牢裡，大言不慚地炫耀自己當巫女時的風光，把女囚都得罪光了。作次與小平次都認定她的話必是吹噓，但平四郎倒不這麼認爲。吹雪有段時期定是優秀的巫女，只因改不了偷東西的毛病，才搞得年紀輕輕便惹得一身腥，否則也不至於進牢房。就算她眞是個冒牌貨，想必也曾以巫女的身分，讓請她驅邪作法的人感激涕零、千恩萬謝，收的是金包銀包，吃的是山珍海味，過著順心如意的日子。不說別的，至少湊屋的老闆娘就曾耳聞她的風評，特地請她作法。

然而，蒙受垂青的人，卻罵那個阿藤「天殺的臭老太婆」。

平四郎讓官九郎帶去的信上，寫著幾個直截了當、簡潔明瞭的問題。湊屋阿藤對找巫女的原因作何解釋？曾要她驅什麼邪嗎？曾要她祭拜什麼嗎？爲此又付了多少錢？前後總共與阿藤見過幾次面？後來不再見面，是阿藤要她不必再來了，還是另有原因？——依年輕大夫的來信，吹雪對這些問題，撇開混雜其中的咒罵不談，倒是回答得有條有理。她說眞的是很氣湊屋阿藤，所以記得非常清楚。

距今約兩年半前，吹雪首次被叫到湊屋，來到大宅深處阿藤的居室時，阿藤要她驅走附在這個家裡作怪的惡女之靈。吹雪問起阿藤如何得知她這個人，阿藤提起日本橋通一丁目和服店的大老闆娘。和服店有個十二歲便死於天花的孫女，魂魄在家裡遊蕩，大老闆娘說是請吹雪來安魂的。

吹雪說自己擅長安撫徬徨迷失的遊魂，也因而受到不少人感謝。年輕大夫在此加注，說吹雪現下模樣雖然淒慘，但其實是個聰穎機伶、個性爽朗，臉蛋也頗惹人憐愛的姑娘。若非誤入歧途，應該不至於身陷牢房。這年輕大夫該不會愛上吹雪了吧？平四郎操起不必要的心，捏捏下巴。

吹雪只進出過阿藤的居室，沒去過湊屋其他地方，但魂魄徘徊逗留之處，會有一種令足尖冰冷的獨特寒意，吹雪卻沒有感覺到。因此當阿藤說有女人的惡靈，她也無法立時有所感應。於是她試圖問出箇中情由，但阿藤不願說，只是倨傲地道，要妳驅邪就驅邪，辦不到就滾。

然而，吹雪也是個生意人，藉口說要呼喚迷途的遊魂需要一定的步驟，到湊屋走了兩、三趟，並以各種手法籠絡阿藤，雖只是隻字片語，卻也成功問出她爲何煩心。她嘴裡的惡女，看來是湊屋老闆總右衛門的情婦，且那女子似乎死不瞑目。但這是許久之前的往事，並非近日才發生的。而且，這女子的靈魂要對湊屋報仇，也只是阿藤自己的說法。至少，處理過許多這類實例的吹雪一聽到「鬼報仇」，當下會想到的病苦、接連有人死於非命、家道中落等實際損害均未發生。最後舉出的這一點，尤其令吹雪感到可疑。

然而，第四度上門之際，一個小小的偶然解開了吹雪心中的疑惑。由於家中有巫女出入，湊屋的女兒美鈴深感好奇，便趁吹雪在時來到母親的居室。

說到當時阿藤的驚慌失措，即使說美鈴是個死人，眼睜睜見她從棺材裡爬出來，也不過如此。不要靠過來！不要靠近我！要說幾次妳才懂！尖叫著叱喝女兒，將她趕出居室，狠狠將唐紙門一關，一副要撒鹽驅邪的模樣——不，若非吹雪在場，她大概眞的會撒鹽。

美鈴走了之後，阿藤鐵青著臉頹然而坐，吹雪抓緊機會上前安慰。阿藤嚇壞了，將之前堅決不肯透露的祕密和盤托出——死去女人的惡靈附在女兒身上，占據了女兒的身體，要對我加以報復，因爲美鈴的長相一年比一年像那女人……

於是，阿藤再三堅稱的「鬼報仇」是怎麼回事，吹雪也懂了。她在別處也曾聽說過類似的例子。

吹雪更進一步問起「那女人」是誰，然而這卻是畫蛇添足。阿藤差點要脫口回答，但發現吹雪那熱切的神色，忽地回過神來，反咬一口問道，驅邪有必要知道女人的名字嗎？

吹雪答道，驅邪當然要知道名字。既然夫人至今曾聘請算命師、靈媒，當時自然也問過名字吧。然而阿藤卻再也聽不進吹雪的話。她對自己因一時失態，不愼將極欲保密之事說溜了嘴感到切齒之悔，當眞咬緊牙根開始吵嚷起來，叫著：「快給我滾！妳滾！要錢就拿去！像妳這種骯髒的女人，不准再踏進這個家一步！」據說罵得很兇。

阿藤也眞的開了裝金子的錢箱，拿小判（註）扔吹雪。其中一枚打中吹雪的臉，正好碰到右眉與右眼間的柔軟處，割破了皮，流了血。這使得阿藤更加如得失心瘋般，又是踢打又是拉扯地動起手來，吹雪幾乎是連滾帶爬地逃走了。

在此，年輕大夫又下了個注解，寫道吹雪臉上的這個傷痕仍相當清晰，一眼便看得出來。臉蛋可是重要的生財工具，吹雪之所以對阿藤忿恨難消，絕大部分是爲此。

做吹雪這種生意的女人，通常都不是單獨行動，她背後便跟著一個吃軟飯身兼保鑣的可怕「大哥」。吹雪對這男人並未詳加描述（平四郎認爲定是礙著年輕大夫在眼前的緣故）。若在平常，遇到這種事必定會向「大哥」哭訴，要他到湊屋大鬧一場。吹雪當眞心有不甘，也不是沒考慮過此事。要知道，對方可不是一般小商人，而是湊屋。若手法得當，定可大敲一筆。

然而，吹雪並沒有這麼做，因爲她害怕。能向湊屋要到一大筆錢自然開心，但她深怕會因此無法擺脫這個男人。這男人於合作當初倒是沒什麼問題，但一旦成爲吹雪的入幕之賓，便立刻顯露出本性，將吹雪賺的錢搜括得一乾二淨，若敢頂嘴便拳打腳踢，自己卻沉溺於賭博喝酒，集窩囊廢本質於一身。

這些「大哥」通常物以類聚，因此吹雪深怕若隨便說出湊屋的事，事情將更不可收拾。那時她已兩度因偷竊而與公役「結緣」，但罪行輕微，並未沾染過「惡事」。這裡年輕大夫也親切地加了注釋，寫著認爲吹雪不是會做那種事的姑娘。

而且吹雪還說，雖只乍見一眼，但她深深同情湊屋的女兒美鈴。只不過是長得像以前和總右衛門過從甚密的女人，便被自己的母親視如妖怪。吹雪沒見過自己的母親，但一心相信所有母親都是溫柔的，自己的母親也一定溫柔有加。因此看見阿藤對美鈴的態度，不禁感到心痛。

「那個天殺的臭老太婆，」

吹雪是這麼說的。

「她一定是殺了湊屋老爺的情婦。因爲是親手殺的，才怕鬼魂作祟找她報仇。可是，她又不敢正視自己犯下的事，這樣是沒辦法好好驅邪的。那種沒良心的臭老太婆，死了最好！」

將吹雪移至醫牢的行動相當順利，作次也小心安撫了其他女囚，因此不須爲吹雪擔心。又，彙整此信時，岡引仁平也至牢房探視，與獄卒閒聊後便走了，應該沒有注意到我方的舉止——年輕大

註：江户時代的金幣單位，由政府發行。依發行時代重量略有出入，但通常以一枚小判爲一兩。

夫如此作結。

平四郎一面將紙卷捲回原狀，一面自鼻子深深吸氣，刻意發出鼻息聲再將氣呼出來。有了這些佐證，已經無庸置疑了。

「惡女之靈嗎？」

那是指葵。阿藤這樣稱葵。葵已經死了。她沒有留下佐吉出走，也沒有與別的男人私奔。她被阿藤殺了，屍體被藏了起來。

平四郎撫著後頸，閉上眼睛。一起床便讀了封長信，覺得脖子好像僵了。一作此想，卻又立刻失笑。因一旦做起接下來該做的事——

「可不是肩頸酸痛一下就能了事的。」

朝陽燦爛的秋日庭院中，好幾隻麻雀翩然飛落。

「因爲，我可得去把一個在地底下沉睡了十七年的女人挖出來啊！」

麻雀啾啾鳴囀。有一隻停在緣廊邊，歪著頭望著平四郎，似乎是不懂他在笑什麼。

平四郎拍手喊細君。

待弓之助一到，平四郎便帶著他前往政五郎處。

平四郎一反往常，沉著一張臉，機伶的弓之助想必也察覺到了，一路上保持沉默。但當一碧如洗的天空彼端，出現茂七大頭子那結構氣派但建材質樸的木板屋頂時，他似乎終於按捺不住地開口了。

「牢房那邊回信了，對不對？」

平四郎嗯的應聲。算不上回答，只能說是發出嗯的一聲。事到如今，似乎已經太遲了，但他不願再讓弓之助更深入接觸此事。然而，這奇特的孩子定然已充分推測出案情眞相，叫他別跟仍舊會跟來吧。因此乾脆別再多慮，讓他早些體驗這工作的精華之處，也就是揭開被隱藏的事實——雖未必是件愉快的事——才是上策吧。

然而，在腦子裡東推西敲，與當場耳聞目睹，兩者之間有道深深的河。至少平四郎是如此認爲。而這條河，還是要等年紀到了，心上那層皮夠老夠硬了，否則是不該渡過的。待一切塵埃落定後，再告訴弓之助「一切如你所推測」，不就好了嗎？

只見大額頭站在茂七大頭子家後方矮樹籬內，拿著杓子灑水。離落葉紛飛的季節還有一段時間，這精巧院落的一隅卻籠著火。一看之下，燒著的盡是柴薪。有種略帶焦味卻又芬芳的味道，乘著淡紫色的煙，往平四郎等人所在的路旁飄來。

大額頭向平四郎問好後，隨即領兩人入內。他端上茶邊道歉說，政五郎正在盤每十日一結的帳，得知大爺來訪，即刻便來會客，還請大爺稍候。

「你們那不是在燒落葉吧？是在燒什麼？把盤帳盤出來一些不方便外洩的文件拿來燒嗎？」

平四郎雖是說笑，大額頭卻正色行了一禮，說剛才挑水肥的才來過，便焚香木除臭。平四郎哦了一聲。

「這倒是雅事一樁。下次也告訴我是什麼香木。八丁堀每次挑過水肥，總是要臭上好一陣子。」

大額頭應了兩聲是，便退下了。

平四郎雖不知茂七家平日有多少人出入居住，但考慮到他這大頭子的身分實力，手下人數必定不少。十日挑一次水肥所賣得的錢，應是筆不小的收入。怪不得政五郎會配合著盤帳。

一般雜院或租屋，這筆收入歸管理人所有，一毛錢都不必交給地主，這是長久以來的不成文規定。房客住戶多，水肥賣得的錢也越多，照這個道理來看，應該是種對管理人的獎勵吧。

佐吉來到鐵瓶雜院之後，並沒有什麼好結果。如今雖已贏得阿德的信任，住戶也與他逐漸熟絡、建立起感情，但鐵瓶雜院卻一天空過一天，現在只剩下阿德、久米與被阿律丟下的權吉三戶。派他到雜院的人用意便是在此，任憑佐吉如何努力，然而串起算盤珠子的最後一檔，早已被定在那裡，莫能奈何。

即使如此，佐吉仍垂頭喪氣，只要看他最近的樣子就知道。這是當然的。努力成爲徒勞，任誰都會感到灰心。

然而佐吉手邊應該有一筆錢，理當如此，因爲有賣水肥的收入。平四郎沒過問他如何處理這筆錢，但假使他拿去湊屋上繳，對方一句那是管理人的錢，拒而不收，他也只能把錢留著。他是個謹守分際的人，一定是存起來了。

然後，不久鐵瓶雜院便不再需要管理人，佐吉將回頭去當他的花木匠。屆時，他所存的這筆錢，便會成爲他新生活的本金吧。這筆錢應該不少，將來他與那個叫阿惠的姑娘成親時，這筆錢就很有用處了。

這次讓佐吉扮演這個角色的人，大概連這一點都盤算在內了。平四郎自挑水肥聯想至此，越想越覺有理。拿佐吉當棋子擺布的人，想給他一小筆錢，也有義務這麼做，但無法正面採取行動，便想出此策做爲不得已的手段——

「大爺，讓您久候了。」

在政五郎招呼之下，平四郎從沉思中回過神來。身旁的弓之助乖乖坐著。政五郎放下親自端來的栗子點心，瀟灑地將和服下襬一撩，坐了下來。

平四郎說道：「我們得挖開鐵瓶雜院底下的土地，找出葵的屍骨。」

政五郎略略停頓了一下，而且不知爲何，趁機朝著弓之助微微一笑，才點點他那結實的下巴。

「果然走到這一步了。」

平四郎開始說話時，唐紙門便悄悄地打開，大額頭回來了，黑眼珠向上吊，照例執行著他的任務。

「二十一年前，總右衛門在築地當起大老闆，他的姪女葵前來投靠。這便是一切錯誤的開始。」

葵牽著當時五、六歲的佐吉，母子兩人立時獲得總右衛門喜愛。總右衛門愛上姪女，也疼愛姪女的獨生子。佐吉簡直被視爲湊屋的繼承人。

至此，假使——這是個虛無的假設，總右衛門此時仍單身，事情便極其簡單。叔父與姪女的婚姻在重視血統的貴族與武家中並不罕見。尤其這對叔姪的情況，叔父總右衛門早年便離家闖天下，與父母兄弟絕緣已久，雖說葵是兄長的女兒，腦子裡明白是明白，但要眞心當她是與自己血脈相連的姪女恐怕很難。總右衛門並非看著葵長大，她是在長大成人之後，才突然出現在他眼前。容色絕美，充滿女人的魅力，還帶著可愛的孩子，全然是個成熟的女子。葵帶著一個孩子——而非黃花閨女，也許反而成爲禍因。

反過來從葵這方面來看，也是同樣的道理。最初，她前來投靠時，心裡多半是把總右衛門當叔父看待。而接下來，該說是郎有情妹有意嗎？赤手空拳闖出一番名號的總右衛門在她眼裡，想必也是個魅力十足的男人。況且，若能成爲他的妻子，自己與佐吉便能得到莫大的幸福，足以彌補過去人生中的不幸，尙且綽綽有餘。

然而，總右衛門有妻子。那個名叫阿藤，一年前才剛過門的正妻。總右門衛是因商人中地位崇高——當時仍遠高於他的阿藤父親作主，才得以破格迎娶阿藤。阿藤也深知這一點。從小備受呵護寵愛的阿藤，是富商家裡高傲的千金小姐，出嫁後仍是個高傲的少奶奶。

於葵，阿藤是個障礙；於阿藤，葵是個眼中釘。

兩個女人之間起了什麼樣的摩擦衝突，而這看在總右衛門眼裡又做何感想，平四郎是無法了解的，連要想像都很困難。然而，葵失去蹤影後，湊屋的下人間傳出「葵是被老闆娘攆走」的風評，至今仍或多或少留了下來，這倒是値得深究。由此可知，至少在眾人面前，葵是採取守勢的。她並未自恃總右衛門寵愛，就當著店裡的人公然忤逆阿藤。然而，若少了他人的耳目就另當別論了。

縱使並非如此，女人這種生物，無不精擅此道：不需開口、不需動一根指頭，只要一個眼神，一切盡在不言中——我討厭妳，我一定要把妳趕出去，我比妳更討老爺歡心，妳自己心知肚明——千金小姐出身的阿藤，應鬥不過世故的葵吧。在店裡的人面前責罵葵、毆打她、露骨地迫害她，反而惹惱了總右衛門。阿藤定是再三重蹈覆轍。她應該不是個蠢笨的女人，懂得從失敗中記取教訓，也發現到這麼做等於自曝其短。但任性了一輩子的阿藤，就算心裡明白，仍無法控制自己的情緒。明知會令總右衛門不悅，卻無法不對付葵。不僅如此，可能還向總右衛門訴苦，說葵在你面前一副乖巧可人的模樣，私底下卻是個可惡的女人，刁鑽奸猾一如蛇蠍。

邊想邊說，平四郎不禁悲從中來，本應美味的栗子點心，吃在嘴裡也索然無味。

「大爺，看來您似乎是認爲阿藤比較可憐。」

政五郎一面倒茶，一面以平靜的語氣說道。

平四郎搖搖頭。他自己也糊塗了。當然，命喪他人之手的葵也值得同情，被留下來的佐吉也很可憐。但是，阿藤也一樣……

「十七年前，阿藤對葵下手。」

政五郎緩緩地，像要列出重點般地開始說道。

「這個祕密只有阿藤與她的親信知道，總右衛門並不知情——大爺是這麼想的嗎？」

平四郎望著政五郎。「你認爲呢？」

「我也這麼認爲。」政五郎說道。「若十七年前那時，總右衛門便已得知實情，那麼，要隱瞞世人的手法應該更高明才是。」

平四郎接著望向弓之助。孩子臉上出現一種悲壯的神情，臉色雪白如紙，唯有嘴唇是鮮紅的。

「我可以說話嗎？」弓之助仰望著平四郎問道。

「嗯，說說看。」

「我認爲……那場爭執……是發生在那家燈籠鋪裡。」

他指的，是以前在鐵瓶雜院那塊地上的那家燈籠鋪。

「燈籠鋪的老闆藤太郎是阿藤的表哥，兩人情誼深厚，可說是阿藤的盟軍。阿藤終於忍無可忍，想找葵當面談判時，一定是認爲在湊屋裡談不妥。就算屏退眾人，但同一個屋簷底下仍有店裡的人，畢竟隔牆有耳。再說，把葵叫到自己那裡痛罵，豈不是正中葵下懷？要是葵走出門後嚎啕大哭，或是在灶下含淚啜泣，又將集眾人的同情於一身。」

平四郎大口喝茶，政五郎兩手放在雙膝上，以略帶鼓勵的神情望著弓之助，大額頭則是翻著白眼。

「於是，她悄悄向燈籠鋪的藤太郎借了個房間……」說到這兒，喉嚨好像哽住了，弓之助咳了一聲。「把葵叫去談，可是卻鬧僵了……」

「便發生了不幸。」政五郎搶先說道。

「是的。」弓之助點頭。

「失手之後，阿藤才回過神來，哭著向藤太郎求助：怎麼辦，該怎麼辦才好？」

「並不能怎麼辦。」平四郎說道。「屍體比一般人的想像來得重。就算要棄屍，不出動擔架、貨車是搬不動的。白天耳目眾多，夜裡搬東西則會令門衛起疑。燈籠鋪和阿藤都不是奸惡之徒，不懂得如何收拾善後，當時定然不知如何是好。」

但是，燈籠鋪是座大屋，占地廣大。

「在家裡找個地方——大概是平日絕少有人出入的倉庫或空房，掀起榻榻米、拆掉地板，先藏在那裡。但屍體遲早會開始腐爛發臭，必須儘快挖開地板下的土地埋屍才行。」

平四郎思忖，即使是爲了青梅竹馬的美麗表妹，不得不在家中地板下藏個死人，對藤太郎來說也算是一場無妄之災。要包庇阿藤到底，必須說服老婆阿蓮。

對，藤太郎的老婆、燈籠鋪的阿蓮，她並沒有義務與丈夫一起擔這份風險。對於丈夫支持阿藤，也不可能無條件贊成。此時必然會打翻醋罈子。

「燈籠鋪的阿蓮，定是考慮到將來的好處吧。」政五郎又一次搶先低聲說明。「想來不會單純出自對阿藤的同情心。這種事，若非考慮到利益得失，沒有人會去做。」

亦可能是阿藤主動表示，若肯幫忙收拾善後，不會虧待他們夫婦。

「這麼一來，事情便暫時先壓下來了。」平四郎繼續說道。「阿藤回湊屋去，一臉去看戲或參拜後回家的模樣。然而，到了深夜，同樣出了門的葵卻沒回來。家裡的人開始擔心，阿藤也跟著一起擔心，或刻意擺出『那女人眞是會替別人找麻煩』的態度。」

而總右衛門——湊屋總右衛門又如何？

假使——又是「假使」，此時總右衛門知道了眞相，而曾逼問阿藤，那麼事情的後續發展便會截然不同吧。就算是亡羊補牢，也應該以更高明的法子來掩飾。

殺人已是滔天大罪，再加上總右衛門有仁平這個對他恨之入骨、時時伺機而動的麻煩人物。這件事要是讓仁平知道了，他定會善加利用，不僅阿藤，連總右衛門也一併打入牢房，湊屋的財產便會慘遭充公，他憑才幹所累積的身家，將全數被剝奪，分文不剩。這番揣想是準得不能再準了。

假如總右衛門知情，爲求愼重，後來對燈籠鋪的處置應當更加謹愼。因爲燈籠鋪及其內埋藏葵屍身之處，不僅能致阿藤於死地，也已成爲總右衛門的罩門。

然而，現實中事後又如何？七年後，燈籠鋪因老闆得眼病而生意不振，向阿藤求助，請湊屋買下了那裡的地——到此爲止尚可，到此爲止仍安然無事，但壞就壞在接下來的發展。湊屋在那裡蓋了鐵瓶雜院。他拆掉燈籠鋪，蓋了鐵瓶雜院。倘若總右衛門知道葵就被埋在裡面，絕不可能這麼做——此乃第一點。

因此，事實上總右衛門一直不知情。或許阿藤隱瞞的手法極爲高明。總右衛門——也許多少曾經起疑——就這麼接受了葵失蹤一事。一名年輕夥計幾乎與她同時離開湊屋、告訴佐吉葵偷了錢等，可能都是阿藤耍的花招。平四郎認爲，這些伎倆多半是奏效了。

「你們認爲如何？」平四郎問道。這問題不是針對政五郎，也不是針對弓之助，而是朝著兩人之間提出的。

弓之助還沒開口，政五郎便呼的吐了一口氣，說道：「若這當中總右衛門得知任何消息——就算會買下那塊土地，也不會搭建雜院吧。好比興建其他建築或做作爲防火空地主動捐給官府等，多的是其他手法。要捐，也不必捐出燈籠鋪的整片地，只要能讓葵埋身之處原封不動即可。」

平四郎默默點頭，弓之助坐得端端正正，身子一直繃得緊緊的。

「土地的買賣，在交易之前，必須向政府提出申請，也必須經過地主聯會的同意。換句話說，這屬於公共事務。公役與地主聯會都知道湊屋財力雄厚，因此對於買地之事定然不疑有他。即使如此，還是會問起用途，買這塊地做什麼用呢？搭建雜院招攬住戶或許不光是湊屋的主意，也可能是來自町役人或地主聯會的提議，認爲這麼做，對當地的發展有所助益。」

「而總右衛門也沒有異議，」平四郎說道，「如果他對葵的事毫不知情的話。」

「是的，若毫不知情的話。因此，直到此時他應該仍是一無所知吧。」

接下來，正當總右衛門開始興建雜院時，阿藤是否將葵的屍體埋藏於該處之事告訴他了呢？這點難以推測。即使招認了，當時的情況總右衛門也無力挽回，只能佯裝不知，令工程繼續進行吧。不過雜院的工程本就相當簡陋，不會挖深地基。就算阿藤沒有招認，也幾乎不必擔心工程作業會掘出屍體。換句話說，若阿藤不說，總右衛門便不得而知；且不管知不知情，總右衛門都無其他應對之道。因此關於這一點，只有詢問當事人才知底蘊。

無論如何，祕密仍未見天日，繼續沉睡。對於葵的失蹤，亦無人投以懷疑的眼光。所幸，鐵瓶雜院未經大火洪水洗禮，平平安安過了十個年頭。

然而，破綻卻自意外之處萌生。那便是，隨著年齡增長而亭亭玉立的美鈴，有如葵投胎轉世。美鈴與葵，說起來是叔父的女兒與姪女的關係，也就是堂姊妹，血緣不算濃。然而，有些孩子不像父母親，卻像死去的舅舅，或是孫子像極了祖父等，血緣這東西，有時便是如此促狹。冷靜想想，美鈴與葵相像，一點也不奇怪。

然而，看在雙手染了葵鮮血的阿藤眼裡，便成了「詛咒」。巫女法師換了一個又一個，無論再怎麼除魔驅邪，既然葵不可能饒恕阿藤，透過美鈴降臨在阿藤身上的詛咒就不會消失。看在阿藤眼裡，出落爲美人的女兒活脫是過往的噩夢，逼迫著她，讓她對美鈴沒有好臉色，甚至說出「那種女兒，最好一輩子關在家裡等死」這等驚世駭俗的言語——

到了這個地步，總右衛門終於逼問情狀有異的阿藤，這才得知事實；或者先前已然得知，見阿藤的情狀已太過危險，明白無法再將葵的屍骨置之不理。眞實情況是前者或後者亦無由得知，但無論是何者，總右衛門能做的極爲有限。爲安撫阿藤的情緒，讓祕密始終是祕密，他必須仔細籌劃。不僅如此，總右衛門身邊還不時有仁平怨恨的眼光環伺。他的籌劃定要迅速縝密，不能讓任何人察覺，這是最要緊的。

「到現在才想叫鐵瓶雜院的房客搬出去，照我想，恐怕是想挖出葵的屍體加以供奉吧。」

「或者，也可能是想興建湊屋的別邸，在其中設廟祭祀葵，用以鎭魂。無論如何，我認爲一切正如大爺所推測。」

政五郎說著，似乎要詢問「少爺也這麼認爲吧？」般，望向弓之助。臉色已稍稍恢復的弓之助點點頭。

「若將阿藤置之不理，不久之後，她可能會眞的神智不清，說出不該說的話。此事若不愼防，將成爲總右衛門的致命傷。」

平四郎輕啜著涼掉的茶，再次思忖湊屋總右衛門是個什麼樣的人。這十年，他是以何種心情度過？十七年前，葵一聲不響便失蹤時，他曾經懷疑過阿藤嗎？或者他與葵之間早生嫌隙，她何時出走都不足爲奇？

葵失蹤之後，總右衛門非比尋常的風流，是爲了追尋她的影子嗎？或者，是對奪走葵的阿藤所施展的報復？或者，他本就是這種人？只因爲他是個沒有群芳簇擁便活不下去的男人？

「他還眞是不怕麻煩哪。」

本以爲只是在內心低語，卻好像眞說出口了。政五郎與弓之助對望一眼，噗哧一笑。

平四郎摸著光溜溜的武士頭頭頂，刻意嘿嘿笑著矇混。

「總之，由於這一段經過，事到如今，總右衛門不得不把鐵瓶雜院裡的住戶趕走。這陣子發生的一連串怪事，像八助拜壺、權吉突然又沉迷起賭博，甚至一開始八百富的太助命案，全都是爲此所做的安排。」

「說到八百富的命案……」

弓之助眼睛發亮，平四郎便要他將先前兩人的談話說出來。太助命案發生的一年半前，正次郎「眞的」前來襲擊，卻因意想不到的幫手太助趕到，復仇不成反挨打。這件事，會不會是與這次趕走住戶具有相同意圖的嘗試？

「原來如此，那是最早發生的吧，這樣我明白了。恐怕正如大爺所說。」

政五郎大大點頭之後，向大額頭瞄了一眼，好確認他是否好好「在記」。大額頭一副大車輪全力啓動的模樣，黑眼珠完全縮到眼皮裡去了。若不讓他喘口氣，只怕會口吐白沫。

「原先的管理人久兵衛，打一開始——這話是難聽了點——就是共犯。十年前，總右衛門向他表明了實情，在離開『勝元』來到鐵瓶雜院時，他定是全然知情。雜院裡，就屬管理人權限最大，要動工修房子、淘井，都不能沒有久兵衛的許可。要監視葵的屍體會不會一個不小心被挖出來，他是不二人選。」

久兵衛工作多年的店鋪倒了，年過半百卻失去謀生之道時，由湊屋收留，他對總右衛門定是感激不盡。總右衛門也看準了這一點，認爲久兵衛足以信賴，才命他擔任管理人。

「一年半前，總右衛門絞盡腦汁，想出久兵衛因與正次郎結怨而遭襲擊這一案。正次郎在『勝元』廚房工作，同樣是總右衛門手下的人馬。他與久兵衛之間眞正的關係，也許是相互照應才對。換句話說，正次郎也是一枚總兵衛能夠動用的棋子。」

然而，八百富太助的闖入，使正次郎鎩羽而歸。總右衛門與久兵衛不得不重新來過。

「太助不是傻瓜，他人在現場看到來砍人的正次郎和被砍的久兵衛的模樣，可能察覺有異——啊，這些全都是我的推測，要是太離譜就喊停吧。」

弓之助表示鼓勵般地點點頭。

「是的，我明白。不過姨爹，一點都不離譜。請繼續說下去。」

平四郎對於外甥的激勵感到有些羞赧，乾咳了一聲繼續說道：「久兵衛也知道太助已看出事有蹊蹺，與總右衛門商量之後，兩人又動了一次腦筋。我想，大概是豁出去，對八百富的人吐實了。當然，葵的屍骨埋在雜院地底下這件事，是不會告訴他們的。多半只說，有些不得已的情由，想叫住戶搬出去，才編造出這次的事情。」

「當然，想必也給了錢，希望他們對此事守口如瓶。」政五郎補充說道，接著又做了更詳盡的解釋。「只是，八百富有沒有收下這筆錢就不知道了。富平多半沒有收吧。他定是認爲這請求乃出自管理人，而不是別人，說不需要給錢，他們會保密。」

「可是，太助卻想要那筆錢。」弓之助說道，臉色又開始有些蒼白。

「而且更糟的是，富平病倒了，八百富裡太助說的話越來越有分量……」

政五郎忽地伸出手來，往大額頭的額前碰地一敲。好像原本拴緊的環勾鬆脫了般，大額頭的黑眼珠自眼皮後掉下來，變回黑白分明的模樣。

「你可以休息一下。」政五郎說道。「大爺和少爺，再喝杯茶吧。」

大額頭嘆了一口氣，累壞了似地垂下頭。弓之助擔心地望著他。政五郎俐落地更換茶壺裡的茶葉，倒進熱水。茶香四溢，令平四郎也跟著放鬆下來。

幾個人像是出席喪禮似的，在一片肅靜中喝了茶，吃了栗子點心。不知不覺香木已燃盡，自庭院裡飄來的輕煙也散了。

「今年春天，令久兵衛出走的那個案子……」

政五郎緩緩開口。一旦稍事休息後，要繼續這種話題會令人心情沉重。他深自理解當場的氣氛，自願挺身擔任這不討喜的角色。

「想來應有兩個目的。其一，是將久兵衛這個要角自鐵瓶雜院弄走，送來佐吉這個格格不入的年輕人，好讓鐵瓶雜院住戶日益減少也不至於讓人起疑竇。其次，便是要收拾掉隱約察覺到湊屋總右衛門見不得人的祕密，將來可能成爲麻煩的八百富太助。」

弓之助喉嚨發出咕嘟一響。不知是嚇到了，還是被栗子點心噎著了。

「阿露——果然是知情，且從旁協助吧。」

平四郎如此喃喃說道，政五郎強而有力地回答：

「阿露的話並非全然說謊。太助嫌棄臥床不起的富平，想擺脫這個麻煩，只怕是事實。自從天上掉下來一個大好機會，讓太助開始感覺到湊屋已成爲一棵搖錢樹，他的人可能就變了，一心想著要和茶水鋪的女人一起享福。而妹妹阿露也許是站在一個分歧點上，看是要選父親的性命，還是選見錢眼開的哥哥。」

「而且，久兵衛說服了她，」弓之助接著說道。「富平……怎麼說就不知道了……畢竟病得起不了床……」

殺手來了——當天夜裡，阿露是這樣告訴阿德的。殺手來了，殺了哥哥。

殺死太助的，終究是湊屋派出來的人手嗎？還是阿露下的手？或者是久兵衛本人？

「無論如何，她都騙了阿德。」

對平四郎來說，這一點才教人感覺最不舒服。話雖如此，事到如今若要把實情告訴阿德，感覺更糟。

「阿露也不願意欺騙阿德吧。她內心想必是很過意不去的。」

「那麼，姨爹，」弓之助硬要轉變話題似地，發出反常的活潑聲調。「姨爹對於葵長眠於鐵瓶雜院的哪一處，有想法嗎？」

「沒有。」弓之助話聲才落，平四郎便接著回答。「猜不勝猜。」

「那麼，您打算把雜院的土地全部翻遍？」

「如果有必要的話。沒辦法啊。」

「少爺有線索嗎？」政五郎問道。

「佐佐木先生那裡保管的平面圖……」

弓之助冷不防就發話，平四郎連忙把他的頭一按，解釋說弓之助師事的那位佐佐木先生，是個可以不吃飯卻不能不測量的測量師，本來要經過公家許可才得以進行的測量與平面圖，這位仁兄都私下進行。

「興趣嘛，我也就沒追究。」

看著慌張的平四郎，政五郎呵呵笑了。「好的。那麼那位測量的佐佐木先生的圖，能夠幫上忙嗎？少爺？」

弓之助表示，距今十五年前所繪製的燈籠鋪一帶平面圖，對燈籠鋪內部的建築物註記有附加說明。

「因爲那是棟大房子，而且不僅是燈籠鋪，所有商家的倉庫、小屋的位置都記載在上頭。」

「然後呢？」平四郎探過身來。「你有什麼想法？」

「燈籠鋪有個小屋。」弓之助的雙頰上看似浮上紅潮。「不知爲何而建。圖上沒有紀錄，佐佐木先生的私塾裡也沒有記得當年之事的人。不過，那屋子的大小，是六帖房加四帖半……」

「就跟阿德那裡、八百富的大小差不多吧。不是連棟雜院，是前雜院那邊。」政五郎說道。

「是的，正是。」弓之助點點頭。「那個地方以現在鐵瓶雜院來說，正好就是八百富家。」

平四郎腦裡想著一些他平日不會思考的事。這——是因緣，是怨念。若葵眞是埋在八百富底下，那麼富平、太助與阿露被牽連進殘酷的命案，難道就是這個緣故？八百富這三人分明毫不知情，難道是葵殘留於人世的一縷怨念操縱了三人，使他們形同與湊屋爲敵，拖垮總右衛門極欲進行的計謀？

「少爺，可以向先生借出平面圖嗎？」

「我一人去可能很難，若政五郎爺能向先生說明是公事要用，先生也許會答應。」

「那就走吧。」政五郎幹勁十足地說。「幾時動手挖掘、人手該如何分配，還必須與大爺商量，但是大爺，必要的工具我們會準備，請大爺放心交給我們。」

平四郎嗯了一聲。連自己都覺得這一聲好深沉。

「姨爹？」弓之助窺伺他的臉色。

「挖的時候，我不想讓雜院裡的人知道。權吉要不就是出外亂晃，要不就是喝了酒睡大覺，不必理他；但阿德和久米是個麻煩，要怎麼把她們支開呢？」

「尤其是阿德姨？」弓之助微笑道。「姨爹好體貼呀。」

平四郎在心底暗想——這算不算體貼我不知道，但就連你，我也覺得挖東西的時候最好是別讓你看到。你也好阿德也好，我可不想要你們渡過這深深的河，去看那黑色的河水。

但他沒有把這話說出口，反倒說了另一件掛心之事。

「你們覺得拷問、殺害正次郎的人是誰？」

政五郎與弓之助對望一眼，接著不約而同地垂下眼睛。

「這件命案不可能與這次的事情無關吧？碰巧被賭徒的爭執波及——有這麼巧的事嗎？」

也許有。太陽底下終究沒有新鮮事。

「不能再慢慢來了。」平四郎說道。「正次郎這個人，對事情也知道一小部分。應該還有其他人也一樣，縱使不是全盤皆知，卻窺見了一小部分。把這些人找出來，將他們所知道的一小部分拼湊起來，全貌就會顯現出來了。」

再拖下去，也許這些人當中又會有誰被扔進河裡。

「加速行動吧！」政五郎說道。與此同時，大額頭哈啾一聲，打了一個噴嚏。

「結束了嗎？」他以略顯疲憊的表情說道。「我的頭快爆開了。」

十二

井筒平四郎睡覺總是睡得很沉。只要有必要，無論何時何地都能沉沉入睡——這其實是井筒家男子共同的一門「絕技」，平四郎的父親、兄長都是如此。那種睡法，令人乍看之下分辨不出究竟是睡著了還是死了。而井筒家男子又有一個共同的特徵——血色差，也使得判別更加困難。

平四郎在青年時代，曾有一次因自道場回來有些倦了，再者也不敵那暖烘烘的陽光，忍不住倒頭就睡，猛然睜眼醒來時，發覺有人伸手探他的鼻息。原來是打掃內室的下女，正一本正經地確認他是否還有氣。她是個莽莽撞撞的小姑娘，幫不上什麼忙，才半年便被辭退了，但長相甜美可人。當時平四郎還有那麼一點喜歡她。不知她現下如何？

他之所以想起這些，是因與政五郎等人商量妥當、返家之後的當晚，又做了和上次一樣清晰無比的夢，而在半夜裡醒來的緣故。

那是個極為冰冷的夢。已記不清內容了，但有種在漆黑之中無法喘息的感覺。心臟有些悸動。平四郎仰望著天花板，大大的呼了一口氣。

死者是怎麼知道自己已死？——驀地他思考起這一點。

死者之所以會作怪或成為遊魂，一定是因為死後仍遺留著強烈的感情吧。但是在那之前，他們是如何了解到自己已成死人？是有人告訴他們嗎？是閻羅王，還是地獄的獄卒？可是，死者那麼多，要一個個通知，地獄裡管事的人恐怕連喘口氣的時間都沒有。還是死者本身在暗處看見有人哀慟他的逝去，才從中領悟的？

如此，若沒有人爲他而傷心，那麼死者不就無法接受自己已死的事實了嗎？

平四郎在鋪蓋上坐起，將雙手往胸前一架。不知不覺間，夏天已悄然離去，夜裡寒意襲人。屋裡沒點燈，什麼都瞧不見。這一晚沒有月亮，不會有月光自擋雨窗的縫隙照進來。入夜時起了雲，想必星光也被掩沒了。四周一片漆黑。

平四郎認爲，剛才的夢多半是葵的夢。在夢裡，我成了葵。然後，他摸摸雙臂，感覺臂上的肉仍在，便在自己也未曾預期到的安心之下，再度鑽進被窩。

翌日早晨，政五郎前來知會工具與人手均已備妥，並說已自手下裡挑好了嘴巴特別緊、行事穩當的兩人，要動用蠻力的工作儘管交給他們。

弓之助已自怪人佐佐木先生（平四郎一這麼叫，便遭到抗議，說至少請稱爲奇人佐佐木先生）處，依約借來燈籠鋪的地圖，平四郎便帶著他，再度前往政五郎處。過去從不和岡引打交道的平四郎竟三番兩次與政五郎碰面，小平次似乎爲此大起疑心，堅持要跟著去，平四郎花了好大一番工夫才勸住他。

「這會耽誤到您巡視的工作。」

「我不會在政五郎那裡待太久，你先去等我。」

「您要我在哪裡等？」

「這個嘛，鐵砲洲渡口如何？」

好不容易擺脫小平次，起步出發，弓之助便笑著說：「小平次叔放過我了，卻不肯放過政五郎爺他們呢。」

「是啊，因爲政五郎不會尿床啊。」

這政五郎，領平四郎姨甥倆進了昨天那處居室，今天立刻將唐紙門關上。大概是今兒個風向轉了，從政五郎老婆在正門開的蕎麥麵店，傳來陣陣醬汁味，令平四郎覺得有點可惜。不由得便想，待將這事了結後，定要將這有全深川醬汁用料最捨得之稱的蕎麥麵好好吃上一頓。

「一早，我們的人到鐵瓶雜院探過了。」政五郎開了話頭。「住戶終於只剩下權吉和滷菜鋪阿德、久米了，冷清得很。」

「佐吉不在嗎？」

「在打掃。不過沒出聲喊他，不知他情況如何。」

對了，大爺——說著，政五郎單膝向前。「照您昨兒個的意思，是希望挖八百富底下的時候，把佐吉、阿德等人自鐵瓶雜院支開，您可有這方面的藉口？」

平四郎笑著搖搖頭。「沒有，才一晚想不出來。你有嗎？」

政五郎雙眉之間形成一道淺淺的皺紋，兩眼筆直地只望著平四郎，對坐在他身邊的弓之助那張小臉，則是連眼角餘光都沒掃過去，說道：「那個叫久米的，病了吧。」

被政五郎直勾勾地瞧著，平四郎一時之間愣住了，但同時上次阿德憂心忡忡地向他提起的話，瞬間在腦海裡甦醒。

——那眞的是痱子嗎？

——我是說，下面的病啦，花柳病。

「啊，原來，」他不禁出聲道。「是這麼回事啊。你這麼認爲？」

政五郎點點頭。「是，應該錯不了，已經相當嚴重了。」

弓之助骨碌碌轉著眼珠。然而，他是個聰明的孩子，似乎明白這語焉不詳的對話，談的是不願令自己聽聞的那類話題，也就乖乖地沒有開口。

「你對這方面的病很熟？」

「我是診斷不出來的。是這樣子，今天一早派到鐵瓶雜院的，是我們家大額頭。我讓他扮成賣蜆仔的過去。阿德說要煮味噌湯，便買了一盤，還多給了大額頭一些零頭。大額頭說，看得出後面內室有人躺著。」

「是嗎，久米已經病倒了啊……」

平四郎相當後悔，阿德之前明明找他商量，他答應要幫忙打聽卻說過便忘。

「聽了大額頭的話——先前從大爺這聽說久米從事哪一行，我有些放心不下，便算準了滷菜鋪開始做生意的時候，派了一個年輕的過去。啊，他可不是對醫學有什麼心得的人，只是在被我們家大頭子撿回來之前，在吉原當『牛』，對那方面的病是不會看走眼的。」

所謂的「牛」，相當於吉原的保鑣，負責監視妓女與前來尋歡的客人。當然，唯有可怕的「大哥」才能勝任。

聽到這裡，弓之助的表情，透露出他已明白現場對話中所說的「病」的意思。平四郎認爲他聽得懂也是個問題。還太早了。

「那麼，你們那個年輕人怎麼說？」

「相當糟。」政五郎簡潔地回答，搖搖頭。「他說，不早點接受妥當的治療就不妙了。」

所以，阿德的擔心果然成眞了。

「關於這件事，大爺，聽說千駄谷那邊，有個作風特異的大夫……」

「住的地方也很偏僻啊。一定是個老頭吧？」

「是的，據說是個怪人。住在一個四周沒有半戶人家的地方——聽說是租了以前大農戶的房子，讓患者住在裡面治療。這也是我們那個年輕人說的。」

「跟養生所（註）沒關係？」

「沒有。養生所確實是一項德政，但是，那個……多半不會收容久米吧。」

一點也沒錯。平四郎點點頭。弓之助一反常態，像隻被帶到陌生人家作客的貓似的，不作一聲。

「讓久米去給那個大夫診治如何？把事情告訴阿德，請她帶久米過去。」

平四郎望著政五郎。「好是好，可是那種大夫開價不低吧？」

阿德沒那個錢。

「那種病是會傳染的吧？」政五郎說道。他是個成熟穩重的人，依然筆直地只望著平四郎。但既不成熟也不穩重的平四郎，卻忍不住望了弓之助一眼。傳染是會傳染，但你知道是怎麼傳染的

註：此處指江戶第八代將軍吉宗所設立的「小石川養生所」，為免費救濟赤貧民眾的醫療設施。

嗎？你不知道吧？還是你已經從喜歡尋歡作樂的父親那裡知道了？

弓之助低著頭，玩弄著借來的地圖的一角。

「身為保護雜院的管理人，不能放著身患傳染病的房客不管，這是天經地義的。該是佐吉出面的時候了。由管理人出錢，讓他陪著阿德和久米一起到千駄谷，您認為如何？否則，要阿德一個人帶久米過去，她心裡一定會感到不安吧。」

這眞是個好主意——平四郎正要捶手時，弓之助幽幽地冒出一句話：「可是，佐吉那裡有長小弟呀？」

「是那個小孩吧？」至此，政五郎今天才第一次對弓之助說話。「這個嘛，將那孩子寄放在我這裡可好？我們這裡有大額頭，應該不會讓他感到寂寞。」

弓之助的臉一下子亮了起來。「這也是個好主意，姨爹，您說是不是？」

平四郎將手碰碰捶了兩下。

接下來，眾人花了半個時辰，攤開弓之助帶來的地圖詳加商討。驚人的是，弓之助不僅帶來向佐佐木先生借的地圖，還憑一己之力繪出了鐵瓶雜院現在的地圖。

「這是之前就做好的吧？」

「因為我想可能會需要。」

聽平四郎解釋弓之助是個什麼都要加以測量的高手，目測與步測都極為準確，政五郎大喜道：「難怪和大額頭談得來。說到專長，我們大額頭的那個也是一絕。」

對照新舊地圖後，眾人得出一個結論：可疑的果然是燈籠鋪的小屋——現在鐵瓶雜院八百富的空房。攤開地圖開始談起步測，即使是當著這種案情，弓之助的表情依然耀眼生輝，平四郎不由得心下感佩。

「好，這麼一來，等佐吉他們一出發，當天就動工。」平四郎說道。

「如果佐吉他們能在千駄谷待個幾天，萬一沒猜中，不是八百富，也還可以去挖別處。」

「不會猜錯的，姨爹。」弓之助先前愉快的表情完全自臉上褪去，小聲地說。「就是八百富。」

「你還眞有把握。」

「我覺得八百富的人會被捲進那種事端……不是偶然，而是葵的靈魂使然。這樣想……會很奇怪嗎？」

不奇怪。平四郎本身也這麼想。但在他開口之前，政五郎便說道：

「這麼一來，準備便萬全了，但是大爺，要將事情告訴阿德，想來不是一件愉快的事。找個人——要不要叫我剛才說的那個年輕人陪您一道去呢？」

的確，這麼做和阿德也比較好說。平四郎想了想，最後還是搖頭。

「不了，我自個來。我覺得這樣比較好。」

第二天、第三天，都降下了清冷的秋雨。平四郎曾一度來到冷冷清清的鐵瓶雜院，繞到佐吉那兒去，只見雜院靜得跟墳場一樣，唯有阿德店頭發出的滷菜熱氣是暖的。這反而令人備感淒切。

平四郎一反常態地畏縮起來，暗忖天氣如此陰鬱，實在不想提起久米的病。然而正次郎死得那麼慘，若不早點將葵的屍骨挖出，難保不會又有人遭殃，必須及早採取行動。但明知如此，他仍說不出口，甚至不敢到阿德處露臉。

說實話，他寧可找藉口，只盼能拖一步是一步。繼續佯作不知，就讓一切順著湊屋的計謀演變，又有何妨？反正沒有人會因此而蒙受無妄之災。過去的事又無法挽回，麻煩事可就敬謝不敏。

平四郎認爲，自己就是這樣，才會是個軟弱的人。到頭來，畢竟不是個當公役的料。

這天早上，雨總算停了。即使如此，天空仍是暗雲低垂，氣溫驟降，彷彿冬天乍然降臨。前不久才滿頭大汗，嚷著要吃洋菜凍、養金魚、沖涼的，現在已恍然若夢。

平四郎帶著小平次前往鐵瓶雜院。佐吉不在，平四郎便穿過大門，踏著後雜院的水溝蓋進去，只見佐吉正拿著掃把掃著後面茅廁一帶，將雨濕的落葉集中在一處。

聽說房客只剩下阿德等人，放心不下便過來瞧瞧——平四郎以此開頭。佐吉一臉神清氣爽的模樣，說「我果然當不來雜院的管理人」。

「之前搬走的房客是怎麼說的？」

「說不想住這種跟墳場沒兩樣的雜院。這是當然的啊，大爺。」

與佐吉一同回到他家，長小弟的手雖然還不穩，卻也認眞勤快地泡了茶送上來。平四郎相當訝異，稱讚他才一陣子不見竟變得這麼懂事。佐吉看著長助，著實感到開心。長助能得佐吉收養確實幸運，但事情演變至此，有長助在身邊，佐吉也很幸運。因爲佐吉可以引爲心靈的依靠：至少幫助了一個人，而且是一個年幼而無依無靠的孩子。

「湊屋那邊對雜院的事，有沒有說什麼？」

正因爲這是個重要的問題，平四郎往茶杯裡吹著氣，單刀直入地問。不久，無可隱瞞的時候即將來到，但在那之前，平四郎不想告訴佐吉他被迫擔任著什麼樣的角色，也絕不能讓他有所察覺。

「湊屋老爺打算讓阿德姊她們搬走，拆掉雜院。」

看吧，來了。

「這話，你是親耳聽湊屋說的？」

總右衛門啊，你是拿什麼臉對佐吉說這些話的？

「不是，是聽掌櫃的說的。」

「你說的是個儀表堂堂的俊俏掌櫃？」

佐吉睜大了眼睛。「咦？不是的，湊屋有三個掌櫃，其中兩個年事已高，另一個……說年輕雖是其中最年輕的……」

「卻不俊俏，是嗎？」

佐吉笑了。「啊，可以這麼說吧？」

平四郎想了想。這麼說，在湊屋總右衛門手下四處奔走的那個「湊屋的俊掌櫃」，恐怕不是眞正的掌櫃，而是「影子掌櫃」。

「那，你要怎麼辦？」

「我……回去當花木匠啊。不過在那之前，我得幫阿德姊她們找地方落腳。我自己怎麼樣倒是其次。」

瞧他說得若無其事，其實相當頹喪。也難怪，畢竟鐵瓶雜院空了。對不知湊屋眞正目的的佐吉而言，這就代表他是個失職的管理人，未能達成總右衛門的託付。

「湊屋老爺安慰我，說久兵衛在那種情況下出走，無論是誰來接管，結果都一樣，要我別放在心上……」

「嗯，我也這麼認爲。」平四郎大力表示同意。「你做得很好。」

不過，湊屋竟有臉說出這種話來安慰佐吉。

佐吉靜靜地露出微笑。「可是，我也太天眞了。要是世故一點，當初也就不會答應。」

「我說你啊，心太好了。」

「因爲大爺，我在這裡學到好多東西。我很慶幸能來到這裡。」

「我說，佐吉。」

平四郎把茶杯放在身邊，深覺自己也實在太漫不經心了，沒來到這裡親眼見到，就把長助的事給忘得一乾二淨。

「你回去當花木匠，長助怎麼辦？你要獨自繼續扶養他？」

「是的，不妥當嗎？」

佐吉老實地直接反問。

「不會呀。可是你將來成家之後呢？你將來的老婆，可不見得會和你一樣樂意扶養長助啊。」

「哦，這件事我們已經商量過了，沒問題……」

話說到這裡，佐吉倒抽了一口氣，嘴巴扁成一直線。

平四郎呵呵笑了。「她叫阿惠，是不是？」

佐吉仍是閉著嘴，臉色漸漸轉紅。

「是王子那邊阿蜜的表姊吧？收養了阿蜜的舅舅、舅媽的獨生女。她在武家宅邸的工作已經期滿了嗎？」

佐吉什麼話都說不出來，此刻已是滿臉通紅，連髮際都紅了。

「你和阿蜜是透過官九郎傳信吧？一開始是怎麼認識阿惠的？她休假省親時，跟她碰過面嗎？你跟阿惠也通信……」

「大爺。」佐吉啞著嗓子出聲。本在一旁專心玩耍的長助嚇了一跳，抬起頭來看佐吉。「大爺，您怎麼知道的？」

「很多事我都知道，因爲我是深入民間的小官差啊。」

平四郎吊兒郎當地笑了。聽見蹲在門口抽菸的小平次，似乎刻意乾咳了幾聲，便說道：

「這些都是小平次去調查出來的。他可是密探小平次，在那一行裡，他的外號『順風耳小平次』可是響叮噹哪。」

聽平四郎這麼說，小平次照老樣子「嗚嘿」了一聲。

「眞可怕。」佐吉做了一個擦汗的動作。在這微寒的日子裡，額頭和鼻頭卻閃著亮光。

「阿蜜是湊屋總右衛門在外面生的孩子吧？」

「是的，我把她當妹妹看待，湊屋老爺也交待我要這麼做。」

據說，在佐吉還未成爲獨當一面的花木匠之前，便交代了——我有個女兒在王子，由她舅舅收養，不過，她自個一定很寂寞。她和你也算是親戚，你好歹也偶爾帶點孩子喜歡的點心，去瞧瞧她吧。

「其他還有別的私生子女吧？」

「傳聞是如此，但我只知道阿蜜一個。」

佐吉往長助一轉頭，吩咐他去阿德姨那裡，問她今天有沒有什麼事情要幫忙。孩子乖乖站起來，啪躂啪躂向外跑去。

「久米姊病倒了，」佐吉一面倒茶一面解釋。「偶爾我會叫長助去幫忙。先前還替他擔心，但阿德姊用人的手法實在高明。長助能有這麼多的進步，實在是要感謝阿德姊。」

平四郎頻頻點頭。佐吉也好、長助也好，都已不必擔心。時機成熟，該是談那椿要事的時候了。

「其實，佐吉，我今天之所以來打擾，不爲別的，就是爲了阿德和久米。」

聽平四郎講沒幾句，佐吉的臉色很快便恢復；還因恢復得過了頭，變得有些蒼白。放在膝上的手握成拳。

「這樣啊……」他低著頭，朝著拳頭說道。「阿德姊的擔心果然成眞了。」

「阿德已經跟你說過了？」

「嗯，最近才說的，就在久米姊病倒之前。」

平四郎感覺到心底一塊生了根的疙瘩掉了。阿德已經打從心底認同你了，你已經是個了不起的管理人——他眞想這樣告訴佐吉。甚至差一點就想告訴他，住戶離開並不是你的錯。

「我明白了。既然我也能幫得上忙，就一塊到千駄谷那位大夫那裡去。去了，無論如何都要大夫幫久米姊看病。」

「搞不好那大夫很貴。」

「不要緊，我雖然窮，但雜院有錢。」

果然如平四郎所料，這半年來水肥賣得的錢，佐吉全數存了起來，一毛錢都沒動過。

「你這人跟城牆一樣方正，依我看，你都可以代替金座（註）的大秤了。喲！人肉大秤來了——」

佐吉笑了出來。「大爺，您今天心情特別好，是怎麼了？」

是啊，爲何如此開心呢？因爲就快見到佐吉的娘——那個名叫葵的女子了。因爲那之後必須和湊屋總右衛門談判，看一切該如何落幕。當然開心啊！不開心點，教人怎麼幹得下去。

「湊屋總右衛門是個什麼樣的人？」

驀地，平四郎的腦袋全被自己的想法占據，沒頭沒腦地問了這一句。佐吉一臉不解地望著平四郎。

「什麼樣的人……一個很了不起的商人啊。」

「好女色，是吧？就一個將來要守著阿惠、成家立業的男人來看如何？你不覺得很氣人嗎？」

佐吉轉移目光，不說話了。

「我倒是不覺得，眞奇怪。」

分明話說到此便應打住，平四郎竟不假思索地繼續道：「事到如今，總右衛門還在找誰呢？」

註：江户幕府發行、鑄造金幣的單位。

「大爺？」

平四郎站起身來。「好了，到阿德那裡去吧，得把事情告訴她才行。」

聽說，久米腦筋已不太清楚，嘴裡有時會冒出囈語。

將滷菜鋪交給佐吉和長助看店，平四郎帶著阿德，再度回到佐吉的住處。好好坐著談——要面對久米的病，對阿德來說似乎是件難事，她不時伸手撥弄火盆的灰，或拔榻榻米上起毛的稻草。雖然如此，嘴上卻連珠砲般說個不停，讓平四郎想插嘴都不可能。

「我也仔細想過了，也問過她。結果，大爺，她的病不是最近才開始的。像之前那樣，在看得到的地方長一些痱子般的疹子，是這個夏天開始的沒錯。可在那之前其實就已經長了東西，只是長在胳肢窩、大腿內側、陰部等各處，長了又好，好了又長——眞是的，這家的火盆這麼早就拿出來啦，眞奢侈。」

「佐吉說長助偶爾還是會尿床，那時都會起個火。」

「我很氣她。」

阿德把火盆擺到一邊，不滿地說。

「我問她怎麼不早點老實招，我這裡可是做吃的呀！要是早知道，我連一步也不會讓她進門。結果她怎麼說？她說自己也沒放在心上，沒注意到是這麼一回事，還一臉爲難！在那裡裝老實，說什麼對不起。」

眞是，只會給別人添麻煩！阿德咒罵似地說了這一句，又朝著天空，罵了好一陣子。什麼妓女啦、不三不四的女人啦、自作自受啦、遭天譴啦，口沫橫飛，不住口地說了一大堆造口業的話。

接著，突然哇的一聲哭出來。

「大爺，」阿德淌著眼淚問平四郎。「我到底哪裡不對？」

「什麼不對……妳是怎麼了？」

「只要和我一起過日子的人，每個都會生病，都會不得好死。是我做錯了什麼，所以老天爺才罰我？既然這樣，要病讓我病不就好了？可我總是好好的。我那口子生病的時候也是這樣，他動也不能動只能躺著，我肚子卻會餓、卻要吃飯，連個傷風感冒都不上身。這次也一樣，久米嘴裡咕噥著些莫名其妙的話，我卻還削著我的芋頭。就算被毒蟲螫了，抹點鹽，過一晚也就沒事了。這不是很奇怪嗎，大爺，很奇怪吧？」

阿德雙手捂著臉哭，平四郎只能默默在一旁望著她。阿德健壯渾圓的雙肩，隨著她的啜泣上下起伏。眼淚鼻水留下來，連下巴都閃著水光。

即使如此，阿德終究止住了淚。像阿德這樣的人，一定會收起淚水。這一點，連不知如何安慰女人的平四郎也看得出來，但他也懂得「妳這種女人想哭也哭不久」這話算不上鼓勵。

「妳就帶久米上千駄谷那位大夫那去吧。」平四郎說道。

「佐吉會陪妳們一道去。儘管待在那裡，等治療有了眉目再回來。別擔心錢，佐吉會張羅的。妳們不在的這段期間，雜院就交給我。」

阿德正以手背擦臉，但仍故作姿態似地哼了一聲。「什麼？大爺要來管雜院？省省吧，大爺連佐吉兄的一半都做不來的。」

平四郎笑了。「沒錯。不過很不巧，現在的鐵瓶雜院空空如也，要管個空雜院，我來就行了。」平四郎告訴阿德，已託了深川茂七大頭子手下第一能人岡引政五郎，請他派手下過來看門戶。

阿德臉頰上還掛著淚水，用小姑娘般的眼神看平四郎。

「原來大爺也跟岡引來往啊？」

「妳不也跟不三不四的女人來往嗎？」

阿德頂著一張涕淚縱橫的臉笑了。「是啊。討厭啦，眞是半斤八兩。」

翌日做好準備後，將長助交給政五郎照顧。政五郎相當細心，親自帶著大額頭來鐵瓶雜院接人。長助顯得很不安，但只是等佐吉回來的這段期間而已，又知道可以將烏鴉官九郎一起帶到政五郎頭子家，好不容易才肯放開佐吉的手。

官九郎乖乖地收攏羽毛，蹲在細竹籤做的鳥籠裡。這樣一來，看上去不像隨處可見的烏鴉，卻像隻外國引渡來的高級禽鳥，反倒引人發笑。牠「本人」似乎也深知這點，擺出一副高貴的姿態。

「大爺、大爺。」

大額頭緊貼在官九郎的鳥籠旁，難得地開口叫平四郎。

「啥事？」

「我若去碰這隻鳥，長助會不會生氣？」

「這個嘛，長助大概不會生氣，但官九郎可能會。這烏鴉就叫官九郎。你可要好好叫牠的名字，牠聰明得很，你若不好好地叫，可是會被耍得團團轉。」

大額頭心生畏懼，連聲稱是。

佐吉表示想將自己暫時離開雜院之事通報湊屋一聲。當然，平四郎制止了。

「我明白你的心情，但萬一去說了，若不許你去，不是麻煩嗎？反正房子有人幫忙照看，你就去吧，用不著說了。又不是要離開江戶，只不過是千駄谷，要是有需要，憑你的腳力不到半天就能來回了。放心吧！」

這麼著，佐吉才總算讓步了。

次晨聽著黎明六刻（註）的鐘聲，佐吉、阿德與久米向千駄谷出發。許久不曾正面瞧見久米的平四郎，爲了讓臉上不顯露驚異之色，用掉了不少膽氣。久米看來似乎還不到她往日身量的一半。即使如此，她一知道平四郎也在，仍想露出笑容，但眼睛似乎連東西都看不清了。

久米只能勉強走幾步，因此路上泰半都要讓佐吉背著走。他一口承應，保證沒問題。

「那麼，我們走了。」

「大爺，這段日子，這裡就勞您多關照了。」

目送三人之後，平四郎佇立原地吹了好一陣子的風。心裡只想著，怎會有如我這般無用之人呢。秋日爽朗得令人生氣。

既有了幫佐吉看守房子的名目，政五郎和手下進出鐵瓶雜院時，便不須再顧慮他人耳目。政五郎帶著四、五個年輕手下過來，要他們做的第一件事，便是打掃整個雜院。他本人則是趁

註：早上六點。

這個當頭，去拜訪附近雜院的管理人、門衛、町辦事處、商家老闆等，發手巾一一問候——我和佐吉兄有緣結識，受他之託，帶著年輕人來打掃。因鐵瓶雜院的住戶搬得差不多了，佐吉兄一個人忙不過來，不打掃又怕給左鄰右舍添麻煩。我們會盡全力幫忙，還請各位多多關照——

平四郎大為佩服。聽了這番說詞，任何人都不會想到佐吉不在。這才真叫口齒玲瓏。

「你真的是岡引嗎？」

聽平四郎如此打趣他，政五郎啊哈哈地笑了。

年輕手下幹勁十足地捲起袖子打掃，從日頭高掛忙到半偏西時，已經大致清理完畢。雜院空房的榻榻米都掀起來，也拆下壁櫥的門。唐紙門和格子門該補的都補了，該重貼的也重貼了。水缸也清空，各自倒放在泥土地上。垃圾清乾淨，老鼠敢露臉的也順便整治。

打掃完畢後，政五郎只留兩個手下，要其他人回去。這兩個人，大概就是那口風緊、做事牢靠的。政五郎對他們嚴厲指示，他們卻也甘之如飴地領受。兩人看來都才二十多歲，但似乎只要剃個光頭就像個和尚，一臉洗淨人世滄桑的模樣。

「那麼大爺，我們走吧。工具已經放進八百富了。我們從後門進去吧。」

政五郎說著，領先走向八百富。平四郎默默踏出腳步，準備跟著走，卻瞥見有人自水道上的小橋那頭匆匆趕來，便轉頭過去瞧個仔細。

是弓之助，正邁開那雙短短的小腿，拚命跑著。他那張臉精緻如人偶，神色凜然跑來的模樣還真有些嚇人。

弓之助不是單獨一人，還有個人跟著他一齊跑來。高個子——看來是個年輕人，卻穿著窄袖和服、沒有剃髮，正拎著褲裙跑著。那身打扮看來是位大夫。

「姨爹——！」

弓之助一認出平四郎便喊道。政五郎退回來，看著平四郎。

「沒有，我沒告訴他今天開挖。我不想讓他看到這場面。」

政五郎微一點頭，望向奔來的兩人。「那人——看來像位大夫。」

「我也這麼想。」

弓之助怎麼會跟一個大夫比腳力呢？

「姨爹，太好了，沒錯過。」弓之助氣喘吁吁地說道。接著，抬頭看一塊來的年輕人。「這位是相馬登先生。姨爹，就是牢房大夫。」

這下，平四郎的眼睛也亮起來了。「啊，是年輕大夫！」

「井筒大爺。」長相端正的年輕大夫，規規矩矩地行了一禮。「我到宿舍拜訪，得知井筒大爺在此，便冒昧前來相尋。」

「幸好我正好在姨爹家打擾，可以幫大夫帶路。」弓之助神情緊張。「姨爹，事情不好了。」

相馬大夫向弓之助點點頭，接著說道：

「昨天，巫女吹雪遭到囚犯圍毆，受了重傷。」

平四郎的心從胸腔直沉到腰部。

「昨天，我值的是日落後的夜班，進了牢房才知道有這回事。聽說是女牢裡發生爭吵，但反正這都是表面上的藉口。除了吹雪之外，還有許多人受傷，因此確實是發生了扭打群架，但……」

平四郎簡短地插進來：「有人發現了吹雪的事，是嗎？」

「恐怕是的。我自以爲已經十分小心了，是我的責任。」

大夫的眼睛充血，想必是徹夜爲眾囚治療吧。

「本想及早前來通知，但一時間找不到吹雪……」

「找不到吹雪？」

「她被沉在牢內茅廁的糞坑裡。本人全然不省人事，似乎連聲音都發不出，因此直到早上都找不到她的人。若再遲一點發現，便會淹死在穢物裡。」

將她沉在坑裡的人，當然是以此爲目的。牢裡會發生各種卑鄙下流的事情，而絕大多數都以茅廁爲舞台。證明了人只要有必要，什麼殘酷無情的事都做得出。

「下手眞狠。那麼，吹雪有救嗎？」

年輕大夫拭著額上的汗水，看樣子他是一路跑來的。「是的，現在還躺在醫牢裡。性命是保住了，但還不能大意。我託作次小心看好她，而且事情鬧得這麼大，牢屋同心也無法掉以輕心，應該不至於立即又遭遇危險。只是……」

相馬大夫年輕的臉突然暗了下來。

「我今天一早下班，直到明早換班之前，必須將吹雪交給另一位牢房大夫。我想井筒大爺也知道，現在牢房裡暗無天日，我的同僚大夫已經完全被收買了。」

「嗯，這我知道。」

「我放心不下，便堅持說情況特殊，要繼續留下來値勤，但上面不允許。我想在那裡空焦急也不是辦法，便往這裡來找大爺。」

平四郎一咬牙。光是正次郎一個死人，就太多了。

「別這麼內疚，年輕大夫。這不是大夫的錯，都怪我拖拖拉拉……」

弓之助拉扯平四郎的袖子，打斷他的話。「姨爹，現在先辦事再說。我們不知道折磨吹雪的人逼問出了什麼，可是，被仁平看出端倪的危險性大增卻是事實。趕快動手吧！」

在一旁如佛像般沉穩地聽著這番對話的政五郎，也簡潔地發聲。「少爺說的對。大爺，來吧。」

平四郎移動了。邁開短腿追上來的弓之助，又一次以他的小手用力拉扯平四郎的衣袖。

「姨爹，我知道您認爲那不是我該看的東西。」

平四郎停下腳步，低下頭正視弓之助。孩子的臉美得懾人心魄。那一瞬間，細君苦口婆心地勸說不能讓這孩子當商人的理由，平四郎也懂了。

「姨爹是對的。」弓之助繼續說道，「可是，我已經跟看到沒有兩樣。這陣子，我一直作夢。姨爹，請讓我也一起幫忙，讓我把這一切結束。」

平四郎用力抓住孩子的後領。

「好，來吧。」

平四郎等人動手挖土，挖了又挖。一開始是兩個手下，憑著年輕人的蠻力猛掘。他們似乎不知道什麼叫做累。不久，他們捲起衣袖露出來的肩膀便冒出汗水，但他們仍舊不停地動作著。

自八百富的泥土地開始，到掀起了榻榻米的地板下，一寸寸挖過去。很快地，平四郎覺得光看著不行，也拿起政五郎準備的鋤頭。這麼一來，政五郎也加入陣容，連因緣際會到場的年輕大夫也一起動手。弓之助也想幫忙，但工具不夠。平四郎便派他擔任檢查掘出來的土壤這個差事。

一干人動手挖土，挖得忘了時間。不知不覺太陽已然西斜，夕陽透過八百富出口的格子門，射進橘黃色的陽光。每個人都半裸著上身。

然而，什麼都沒找到。

「這是怎麼回事？」

平四郎蹲下來，拿黃八丈（註）的袖子擦臉，汗水與塵土立即將布染成茶色。

「會不會是——不在這裡呢？」

政五郎將鶴嘴鋤往地上一放，撐著鋤柄調勻氣息。

「不可能的。」弓之助的鼻尖上沾了土。額上、頰上，還有撥開土壤的雙手也都是黑的。「看地圖也知道，只能是這裡。」

「可是，挖了這麼久卻什麼都沒有……」

「燈籠鋪可能挖得更深。不然，就是蓋鐵瓶雜院的時候，湊屋重新埋得更深。」

弓之助死命堅持。

「不然就是蓋鐵瓶雜院的時候，把葵的屍骨挖了出來……」

平四郎還沒說完，弓之助便哭叫似地打斷他。「姨爹，那麼為何到了現在，還有必要將住戶趕出去？那說不通啊。葵在這裡，她一定就在這裡！」

「可是……」

平四郎轉向默默地拿鋤頭鏟土的相馬大夫。

「年輕大夫，過了十七年，骨頭也很脆弱了吧，會不會碎得跟土一樣？」

大夫停手，伸手肘擦擦下巴。「不會的。若是埋在土裡，過了三、四十年，骨頭也還是會保留原本的形狀。」

「一定要挖出來。」

弓之助已經哽咽了。要是這時候讓他哭出來，搞不好又會露出剛才那懾人的表情。平四郎不想看到他那個樣子，便急忙靠近，用力摸摸弓之助的頭。

「好好好，姨爹知道了，你別急。」

這時，相馬大夫出聲了。

「咦，這是？」

一干人有如聽見野兔足音的餓狼，一齊轉向他。

年輕大夫單膝跪地，左手撐著鋤柄，右手拿著一樣東西。接著左手放開鋤柄，鋤頭便啪嗒倒地。年輕大夫顯然聽而不聞，他正忙著用雙手將那東西上的泥土撥掉。

「這是……」

話還沒說完，平四郎便看見那樣東西了。弓之助也看見了，政五郎幾個也看見了。

註：日本八丈島的傳統染織綢布，主要爲黃色條紋式格紋。江户時代的同心多半穿著黃八丈所製的和服，外罩黑色外掛。

下顎——是下顎。那是一個歪曲的半圓形，上面有牙齒。很小，但是——

「是下巴的骨頭。」弓之助顫聲說道。

突然間，後門喀啦一聲開了。

「喲，眞是辛苦啦。」

那下流的聲音，絕不會讓人聽錯。平四郎抬起頭，在刺目的斜陽中瞇起眼，認清聲音的主人。是仁平。他駝著背，站在門口。不動聲色時，也算是美男子的那張臉上，堆滿了邪惡的笑容。

「我急得很呢，就怕你們找不到。啊，眞是太好了、太好了！」

仁平長驅直入。有個體格雄壯，令人誤以為是相撲力士的男子，緊跟在他身邊走了進來。原來如此，手下便是反映其頭子為人的鏡子——平四郎此時此刻，腦袋裡竟想著不相干的事。政五郎的手下便反映出政五郎，仁平的手下便反映出仁平，比看本人還清楚。

「這是什麼？咦，這是骨頭嘛，骨頭。」

仁平喜不自勝地咕咕笑著，晃著身體走向年輕大夫。然後，一副這時候才注意到般，瞅著他的臉，故作驚訝。

「哦，這不是相馬大夫嘛？眞是巧遇啊！原來大夫是井筒大爺的舊識？分明又忙又累，還幫公役辦案，眞是位奇人。」

弓之助坐倒在土堆裡，彷彿看到什麼稀世怪物般望著仁平。他那身褪了色的直紋和服，原本多半是淺黃色或草綠色吧，但在夕陽之下，看來竟像紅色。

「這骨頭，是湊屋總右衛門的姪女——十七年前便不知去向的那個叫葵的女人的吧，大夫？

不，井筒大爺？我該問誰才是？」

相馬大夫平靜地說道：「箇中詳情我是不太清楚……」

仁平又誇大地將雙手一攤，打斷大夫的話，驚道：「哦，你不知道？那麼大夫，接下來可就有趣了。湊屋總右衛門和他老婆阿藤的罪行就要被揭露出來了，鉅細靡遺、一項不漏，全部都要被攤在大太陽底下。」

相馬大夫右手托著下顎骨，搖搖頭。「但是……」

「年輕大夫不要說話。」仁平無禮地以蔑視的態度說道。「井筒大爺倒是老早就知道了。對不對，大爺？」

平四郎問道：「你知道多少？」

仁平臉上肌肉扭曲，不可一世地笑了。說謊的人嘴角總是彎的，這說法似乎是真的。

「和大爺知道的一樣多。」

「但是……」相馬大夫又想插話進來，仁平急上前一步。

「我叫你閉嘴！年輕大夫！」

相馬大夫卻像是懷疑仁平是不是瘋了般，正色直勾勾地盯著仁平的眼睛。

「我的確不知箇中詳情，但你似乎也斷定得太早了。」

這樣的態度，似乎讓仁平有些慌張。「你、你在說什麼？」

「聽你的話，似乎是把這東西當作那個叫葵的人的骨頭。」

「沒錯，這還用得著問嗎！」仁平雙手一揮，指向平四郎等人。

「井筒大爺會這麼慎重其事，來挖這塊爛地方，就是爲了找出那女人的骨頭！」

雖不願承認，但事實確是如此。這傢伙眞是死纏不放，難不成頭的另一側也長了眼睛？平四郎心裡這麼想。湊屋也完了——

「可是……」相馬大夫依然一臉正經，但嘴角卻露出了一絲微笑，似乎覺得什麼事情很可笑。

「可是啊，這不是人的骨頭。」

這話花了兩下心跳的時間，才傳到仁平耳裡。

「你、你說什麼？」仁平的嘴朝著剛才奸笑時的反方向扭曲。「你睡昏頭了嗎？大夫。」

「睡昏頭的不是我，是你。」相馬大夫將手上的顎骨拿到仁平眼前。

「看仔細了。這確實是下顎的骨頭，但是，這個地方有獠牙。」

平四郎等人也站起身來，一起靠近相馬大夫。只有弓之助還站不起來，坐倒在地。

相馬大夫拿指尖戳戳顎骨的一角。「看，就是這裡。尖端折斷了可能比較難看出來，不過這是獠牙，錯不了的。再說，光看其他牙齒的排列方式和形狀就知道，這不是人的下顎。」

不是人的骨頭。

「是狗的骨頭。」相馬大夫說道。「雖然只是略看一下，我也沒有十足的把握，但少說也是二十年前的東西了吧。有人把死掉的狗埋在這裡。」

一干人鴉雀無聲。

政五郎乾咳了一聲，接著說道：「眞是驚人啊。」

於是，空氣解凍。平四郎笑了出來，政五郎的兩個手下也笑了。仁平則張著嘴說不出話，他的手下則眨巴著小小的眼睛。

「喂，大夫！」仁平情急之下威脅道。「你不要看我是個外行人，就自以爲了不起，以爲唬得了我。」

「我沒有唬人。」年輕大夫依然一本正經。「這是狗的骨頭，我照實說了。」

「少胡說八道！」仁平將右袖一翻，往年輕大夫逼近。

「我沒有胡說。我是大夫，不會把人的骨頭和狗的看錯。不然，你可以去請教其他大夫。」

「我聽你在放屁……」

仁平正口沫橫飛地鬼吼鬼叫，不知何時站起身來的弓之助卻走近他，一雙眼睛睜得斗大，血色從雙頰消退，眞的成了一尊活人偶。

「你、你、你做什麼！」

仁平向後退。弓之助瞧也不瞧仁平的臉，只顧盯著他挽起袖子的右臂看。

「這是什麼？」他如歌唱般地問道。「這是什麼傷痕？」

平四郎大步走近仁平。弓之助沒有說出來的話，如同打著燈籠就近照亮一般，明明白白、不言可喻。

仁平的右臂內側柔嫩之處，有著一對齒痕。雖已開始癒合，但當初大概是被狠狠咬過，現在仍清晰可辨，連有幾顆牙都數得出來。

「被咬這一口的時候想必很痛吧，仁平。」平四郎說著，用力抓住他的手腕。

「是誰咬的？看來不是狗。」

仁平的臉轉眼間失去血色，嘴角忙著向左右扭曲。

「這、這、這……」

「難不成是貓咬的？」

「我……大爺，我這傷有什麼好追究的。」

「先前從一目橋那裡打撈上來的溺死屍，」平四郎刻意仔細解釋。「那情狀顯然是受到嚴刑拷打後被殺的，牙齒是髒的，而且還髒得厲害。所以，我們就想，他會不會是受折磨的時候，咬了下手的人一口呢？」

「哦，是嗎。」仁平眼發異光，笑道：「那可真是不得了，我也來幫忙辦案吧？」

「嗯，是要請你幫忙。」平四郎握緊仁平的手腕，勁道強得簡直要壓碎骨頭。「所幸我們留下了那屍體的齒印。你倒是讓我跟這傷痕比對看看，這麼一來，就不必再另外費事了。」

平四郎瞪著仁平，僅有嘴角露出得意的笑。政五郎與兩個手下已在不知不覺間包圍住仁平。

「我知道了，你是從正次郎那裡問出來的，是不是？你腦筋確實聰明，懂得去盯那個曾在『勝元』工作，又到鐵瓶雜院鬧過事的人。」

仁平想逃，政五郎等人一齊撲過去。正當此時，弓之助發出姑娘般「呀」的一聲尖叫。平四郎一回頭，只見仁平帶來的那個如相撲力士般的彪形大漢，從背後勒住弓之助的脖子，拿著一柄匕首指著弓之助的臉。

「放、開、頭子。」魁梧的手下似乎不太會說話，面相殘暴，卻以稚拙的語氣威脅道：「快點、放開。」

弓之助被勒住脖子，似乎隨時都會斷氣。這個身軀過於龐大而使得血液送不到腦袋的手下，一副不懂得下手分寸的模樣，彷彿當場就要勒死弓之助這個寶貴的人質。

一時之間，平四郎等人不敢妄動。政五郎大吼，你會勒死那孩子！然而魁梧的手下好似要證明他的愚蠢般，聽了這話反而將弓之助的脖子勒得更緊，同時還一步步往後退。

「幹得好！」仁平奔向門口。「大爺，真是可憐哪！」

這下，總右衛門完了——仁平的喉嚨裡發出直衝天花板的尖笑。智能不足的手下一瞬間為這笑聲分了心，鬆開了手。

「呀！」弓之助又叫了聲，邊往那手下的手臂用力一咬。這次換對方大叫了。有那麼一瞬間，他推開了弓之助。弓之助往前逃，但那手下也有兩把刷子，立刻伸長了手臂，整個人撲向弓之助，想壓倒他。

弓之助不僅沒逃，反而雙手抓住那手下粗如樹幹的手臂。然後，嘿的一聲，突然蹲下。本應手到擒來的弓之助這麼一蹲，魁梧的手下便因勢道過猛而站不住腳。弓之助只要乘勢四兩撥千金即可，那手下便自行騰空飛了出去。

當著平四郎等人的面，魁梧的手下背部著地，翻著白眼。

政五郎等人立刻動手。最後，仁平還是沒能走出八百富一步。

「你很厲害啊。」

平四郎奔到弓之助身邊，手擱在他頭上。見那手下掉落的匕首滾落在腳邊，便拾起來。

「竟能將這麼一個大塊頭摔出去。」

弓之助喘著氣，眼睛發光，瞪著仁平那個躺平的手下。

「我的劍術師父……」弓之助以有些走調的聲音道。「說不該教普通百姓的孩子正派的劍術，該教的是防身術。師父很嚴厲，所以我總是渾身瘀青。」

這倒是。那些瘀青總算沒有白挨。

「可是姨爹……」

被逮著、制伏住的仁平哇哇大叫，以致平四郎聽不清弓之助的聲音。平四郎彎下身來。

「什麼？」

「我——怕極了。」

平四郎看著弓之助腳邊。不知為何，只有那裡下起雨來。

他又看弓之助的臉，眼裡汪著兩泡淚。上面下雨，下面也下雨。

平四郎碰地拍了一下他的肩膀。

「哎，沒辦法。你就當是大白天裡作夢尿了床吧。」

「是，對不起。」

弓之助放聲大哭。仁平大吼大叫，政五郎等人開懷大笑，年輕大夫則仔細查驗著狗骨頭。

十三

秋日品紅柿，何家愛犬成白骨……（註）

——字數不足。

井筒平四郎正趴在緣廊。今兒一早就是陰天，連鳥叫聲聽來都悶。

他身邊就一個碟子，上頭只殘留吃剩的柿子籽。那是河合屋差下女送來的，說是今年的第一批柿子。雖還只略有甜味，但清脆的橘紅色果實，確實有著秋天的味道。

聽那被打發來的河合屋下女說，弓之助昨晚發燒，下不了床。熱度雖然不高，但本人覺得身體不爽快，沒什麼精神。才剛遇到那種事，疲累是當然的。平四郎覺得讓河合屋的雙親知道他尿褲子未免可憐，便帶他回來換了衣服，才讓他回去，但可能是讓身體受涼了。

平四郎躺在地上翻來覆去。該去巡視、該出勤找同僚商量、該處理成堆的文件，卻打不起精神來。昨天做了一向少做的粗活，腰又有些刺痛。

向公家領得捕棍，自恃公家的加持庇護便作威作福，這些人一旦反過來被捕棍對付，都是同一副德性，實在不堪一擊，仁平也不例外。被拉到町辦事處，拿弓之助以烏龍麵糰拓下的齒印，與仁平手上留下的齒印對照，叱喝他一聲「你看，根本一模一樣」，便老實招認正次郎是他殺的。且作勢要拉住平四郎求援般，以嘶啞的聲音投訴，說正次郎確實是他殺的，但那是在拷問時不幸造成的結果，並不是一開始便蓄意殺人；而且之所以會拷問他，也是爲了要揭發湊屋的壞事，這一點大爺也很清楚。

註：此處平四郎欲吟的是「徘句」，爲日文的一種短歌型式，三句成歌，分別爲五、七、五個音節，內須含表徵季節的「季語」。未含季語、諷刺世情者，則爲「川柳」，如第九章譏諷久兵衛爲雜院管理人者。

平四郎裝傻。湊屋的壞事，什麼壞事？我可不知道。總右衛門的姪女葵？那是誰啊？哦，十七年前從湊屋出走了啊，那可眞是個多情的女人。不過，那種人多半是不守婦道的老太婆。咦？我爲什麼要去挖八百富的地？你沒聽政五郎說嗎？那裡的管理人佐吉，託政五郎他們看守房子，所以政五郎昨天才會領著手下去大掃除。一掃，發現到處都有蛀蟲築巢，再這樣下去可能會把整座雜院的房子都給蛀掉。他們看準了那蛀蟲的大本營就在八百富下面，才動手去挖。我嘛，也受了佐吉的重託，反正我也是閒得發慌，就當是活動活動筋骨，出手幫幫忙。什麼，我扯謊？喂喂，我幹麼爲這種無聊小事扯謊啊。你腦袋裡是不是被蛀出洞來了？去找相馬大夫給你瞧瞧如何？

仁平顯然是想與平四郎談條件。他的打算不言可喻，即使落到最慘的下場，被裁定爲殺人犯，也要拖總右衛門下水。好一個執迷不悟的人。

他昨晚被綁在一目橋那裡的町辦事處柱子上，大概在這份偏執的煎熬下過了一整夜。平四郎託政五郎等人看守，不需擔心。因仁平而立下功勞的奉行所公役不在少數，所以平四郎逮住他的消息一傳出去，可以想見會有種種反應，諸如想知道內幕、來託他網開一面、說他是個有用的人於是施壓要平四郎放他一馬等。平四郎告訴政五郎，若有人來說情，要立刻通知他。

但是，目前沒有任何動靜。

一般而言，當岡引或其手下不幸被關進牢裡，囚犯會蜂擁而上，將他們整治得生不如死，最終走上大喊「讓我死了吧」一途。然而，仁平的情況略爲不同。他畢竟是個在牢房裡吃得開的人物，如果一時大意，放進牢房，極可能反而是縱虎歸山。若非如此，他也會多方疏通，還是關在町辦事處才是上策。

但比起這些，最麻煩的是他聲嘶力竭地喊著「湊屋總右衛門幹的壞事」，若不先釐清箇中眞相，萬不能令其他公役接近。因此對平四郎而言，解決葵的命案已成爲當務之急，較之昨日與以往都更加迫切。

然而，卻沒有挖出骨頭。至少，在八百富底下沒有。一定是在別處。

「結果，還是得全部挖嗎？」

果眞如此，可是大事一件，而且也引人注目。待久米的治療有了眉目，佐吉也會立刻回來吧。事情便會傳進他的耳裡，當然湊屋也是一樣。

若不想搬上檯面，便不能如此明目張膽。

平四郎自問，有什麼關係呢？湊屋總右衛門下場如何、阿藤下場如何，是他們家的事。只是自作自受罷了。

仁平的確是個討厭的傢伙，爲了自己的功勳，便將大群做了虧心事的人踩在腳底下，當成自己的墊腳石。政五郎憤慨地形容他爲「岡引中的敗類」，平四郎很能理解那種心情。

然，若將湊屋能因此全身而退的責任全歸咎於仁平——這樣畢竟太不公平了。

即使如此，到了現在平四郎才仔細去想，自己之所以不願將湊屋的葵命案公諸於世，並不是爲了總右衛門與阿藤，而是牽連其中的人太多了。佐吉就不用說了，他們的女兒美鈴，鐵瓶雜院先前的房客們，尤其是阿露與富平、阿律，以及前任管理人久兵衛，阿德與久米，還有燈籠鋪夫婦，湊屋與「勝元」兩處的僱工。

把事情抖出來，沒半個人有好處。這些人全免不了詫異、傷心、失業，或本身也要承受罪責。

就此而言，仁平便截然不同。孤獨的人果眞吃虧。

自己實在不該管這檔事的。都怪當初不想想自己的能耐，便出手去管。事情到了這個地步，我實在應付不下來了。正當他如此喃喃自語，又翻來覆去時，唐紙門打開，細君露臉。

「相公，有客人。」

「誰啊？」

「鐵瓶雜院的管理人久兵衛爺。」

平四郎一骨碌爬起。

細君心情極佳。

「久兵衛爺說久疏問候，還帶了好肥的秋刀魚來呢！相公，你很愛吃秋刀魚吧。」

久兵衛整個人顯得小了一圈，但身上的行頭倒不賴。和服與外褂看來都是新縫製的。

「做工不錯呢，是誰的手工？」

一開口，平四郎便這麼問。久兵衛拜伏在地，不肯抬頭。

「之前聽說有人在鐵瓶雜院附近看到你，說你於雨中坐在小船船頭。」

久兵衛仍低著頭。

「你也和阿露、富平見過面吧？他們父女搬到猿江之後，我就沒見過了，不過聽說富平有一陣子不是很有起色嗎，現在怎麼樣了？」

細君端茶點過來。久兵衛一度抬起頭來，又拜伏下去。細君擺上茶點，說著「別這麼拘謹，不過眞是好久不見了呢，身體精神可都還好」，寒暄了好一會才總算走了。

「她對外頭的閒話一概不知。」平四郎拿起茶杯說道。「不過，我也沒料到她竟不知道你早已不是鐵瓶雜院管理人了。也是啦，我不會在家提起那些。」

「井筒大爺。」久兵衛總算抬起頭來，臉上是毅然決然的表情。「井筒大爺，不用小的多說，井筒大爺想必已知情一切。小的一直以來內疚於心，深知應爲自己的所作所爲鄭重向大爺道歉，但今天小的是奉主人湊屋總右衛門之命前來。因此，小的才斗膽求見大爺，以轉述主人的吩咐。」

即使是平民，因故必須穿上外褂之人自有其威嚴，現在平四郎首次親眼見識到了。的確威嚴懾人。他心想，原來這才是久兵衛眞正的模樣，這本事佐吉終究比不上。

他本想隨便哼一聲以示回答，實在不敢，便不作聲。他不發話，久兵衛也不作響，默默又拜伏下去。

「哎，」平四郎雙手空著，便摸摸下巴。「你請說吧。」

久兵衛沒有笑。平四郎所認識的鐵瓶雜院管理人久兵衛已不復存在。斥責豆腐鋪的豆子夫婦、在滷菜鋪店頭與阿德商量事情、拿著頂門棍在下頭指揮修理屋頂的房客、掄起拳頭敲欺負小狗的孩子們——那個久兵衛已經給收得小小、小小的，藏在眼前這個久兵衛身上的和服袖子一角了。

「湊屋老爺怎麼說？」

平四郎發問。久兵衛說道：「敝上總右衛門說，想請井筒大爺賜見。」

平四郎用手指著鼻尖。「要見我？」

「是。」久兵衛總算直視平四郎。

「不用說，是爲了鐵瓶雜院的事——沒錯吧？」

「正是。」久兵衛清晰地回答。「您說的沒錯。」

平四郎連著剛才沒說出口的份，加倍在內心「哼」了一聲。

聽他這麼一提，倒覺得這才是最妥當的法子，自己怎麼沒想到呢。和湊屋總右衛門正面對質，這不是很好嗎。

「我本來也想去見他的，只是沒想到你們家老爺肯見我。」

平四郎不正經地笑著，久兵衛卻沒跟著笑。即使如此，平四郎卻也覺得他雙眉間稍微放鬆了些。

「今晚……不知大爺可否方便？」

「可以。」

「那麼，小的派人來接。屆時還要勞動您的大駕。」

久兵衛深深行了一禮之後，又說道：

「小的深知這次的作爲無可辯解，爲井筒大爺增添無謂的麻煩了。」

一口氣說完，緊接著說聲「那麼小的就此告辭」，便又拜伏在地。眼見他離去，平四郎終究連「那麼你近來可好？」這句簡單的話都問不出口。

日頭偏西時，一如約定，湊屋遣人來接了。

見了來人的臉，平四郎又吃了一驚。他穿著湊屋的短褂，年約四十出頭，儀表出眾。

是那個「影子掌櫃」。

「已於柳橋畔的船屋備好船，大爺請上轎。」

平四郎考慮了半天，最後還是決定脫掉公役的外褂，穿著一身輕便和服，而這身打扮似乎無法與影子掌櫃的短褂相抗衡，感覺很奇妙。

一路上，影子掌櫃就走在平四郎所乘的轎子旁。好幾次平四郎都想向他搭話，但要隔著轎子說話，就得扯開嗓門。結果，平四郎便默默地被轎子一路抬過去。

抵達柳橋畔時，日已西沉，長庚星在西方天空中閃耀。影子掌櫃點著燈籠，爲平四郎照路。燈籠上沒有題商號，是一只素燈籠。

短短的棧橋盡頭，泊著一艘屋形船。船夫頭上纏著手巾，露出薄暮中仍引人注目的雄壯上臂，撐著篙站在船頭。蹲在他身旁的人一見平四郎便站起身來，深深行禮。是久兵衛。

平四郎走上棧橋，忽地停步，回頭轉向影子掌櫃，然後問道：「阿律還好嗎？」

燈籠不見絲毫晃動，影子掌櫃的表情也不見有何變化。平四郎接著問道：

「你眞的是掌櫃嗎？」

這次，影子掌櫃的臉上微微露出笑容，卻不答話，只將提著燈籠的手向前伸到近處，照亮平四郎立身之處。

「請小心腳下。」

離開柳橋時，屋形船內便只有平四郎與久兵衛兩人。

船裡備了酒肴，脫下外褂穿上湊屋短褂的久兵衛，不斷勸平四郎喝酒吃菜，但嗜吃如平四郎，這時也沒吃喝的心情。

與話不多的久兵衛兩人獨處，不免陷入沉默的尷尬。於是平四郎便有一句沒一句地對他說，今晚與湊屋總右衛門碰面之事，已知會岡引政五郎，而與湊屋總右衛門的談話無論是何內容，平四郎都有義務轉告；同時，仁平正由政五郎看守，但仁平仍激動地大談葵的命案，聲稱只要把這件事叫嚷出來，便足以抵銷自己殺害正次郎的罪等。久兵衛無論聽到什麼，都一逕保持沉默，只是恭謹地待在一旁。先前見面時的那份威嚴，似乎沒有帶上船。是因爲湊屋的短褂嗎？同樣一件短褂，給了影子掌櫃足以壓倒平四郎的力量，卻帶走了久兵衛的威嚴。

待熱酒轉涼時，船發出嘰嘰聲響靠了岸。久兵衛向平四郎告了罪，拉開格子門走至船頭。船再度駛離埠頭。即使坐著也感覺得到水的流動，與船夫使船逆水而前的力道。

格子門開了。一名個子較久兵衛高大許多的男子，彎著身走進屋形船。

他就是湊屋總右衛門。

面對面一看，那張臉較想像中年輕許多。年紀應當五十好幾了，但嘴角仍有種不知該說是討喜還是帶笑的神情，平四郎不由得心下暗讚，這確實是張能討女人歡心的臉。他忙著觀察，連總右衛門的問候都聽而不聞。

一如平四郎爲穿不穿外褂而煩惱般，不知總右衛門是否曾細心挑選過和服，或者男人不太在穿著上費心思？商人又另當別論嗎？不過，那眞是一身上好的和服。一定是縐綢吧。在這個單衣、夾服難以抉擇的季節，他身上這件是單是夾呢？要個剩下的一小塊回去，老婆定會開心地縫成上等綢巾吧。不過，他頭上那髻結得也未免太後面了吧？總右衛門是長臉，是因他本人在意這點嗎？

聽到有人叫喚，平四郎才從自己的思緒中醒來。出聲的是久兵衛。

「井筒大爺。」

平四郎回答了一聲「喔」，還挺有氣勢的。「啊，抱歉，我有些暈了。」

「您並沒有喝酒……」

「不，是暈船。」平四郎說著，重新坐正。不知湊屋總右衛門是否爲刻意，臉上沒有任何表情。

「那麼，大忙人湊屋老爺，特地找我說話，究竟要說什麼？」

總右衛門微微垂下眼，在眼皮下轉動眼珠。

「我正想著，若能直接請教是再方便不過，因此這倒是個好提議。只不過，倒是不必這麼客氣。」平四郎往酒肴一指。「我呢，還只是個不成氣候的小公役，能領受的自然領受，領受得太多，就成了禍源了。」

啊哈哈——一笑之後，平四郎發現自己似乎有些緊張。器量畢竟太小了，應該帶弓之助一起來的。

湊屋總右衛門輕咳一聲後，開口了。「井筒大爺，過去我就聽久兵衛說您說話不喜歡繞圈子，因此今晚便不揣冒昧，設下水酒陋宴。若令您不快，在下總右衛門在此謝過，請您見諒。」

話雖說得客氣，聽來卻不太怎麼有歉意。不過，這麼一個富商巨賈，想必與道歉絕緣已久，這也難怪。只不過，嗓音聽來倒是好聲音哪！當和尚唸唸經肯定不錯。

平四郎搔搔後頸。「你說的對，我就怕說話繞圈子。」

總右衛門不作聲，凝視著平四郎。久兵衛則縮在一旁。

「所以，咱們就開門見山吧。湊屋老爺，你爲何要特地派久兵衛，還遣了佐吉，不惜耗時費力又花錢，要把鐵瓶雜院的住戶趕走？說實話，我只要明白這一點，其餘就簡單了。」

總右衛門初次露出微笑。平四郎心想，這男人多半不會大笑吧。光是微微一笑，一切便足矣。

「井筒大爺，您怎麼想呢？」

這是個平靜的問題，平四郎嗯了一聲。船緩緩向右傾，平四郎等人的身體也跟著傾斜。感覺著水流，平四郎總覺得腰部沉沉的。

「我不太會說話，要是哪裡聽不懂，就岔進來問吧。」

做了這點聲明之後，便開始說。

若讓弓之助來，定然比我高明。政五郎看來也慣於說話。但是，像這樣將自己所想過、做過的事，有條有理地向他人說明的機會並不多，說得不好也無可奈何，畢竟這實在很難。

當平四郎的話前後不連貫時，總右衛門便相準時機提問，主導方向。每次都令平四郎心下佩服。說起話來喉嚨自然感到乾渴，於是便以冷了的酒潤喉，但也暗自小心不讓自己喝醉。

當平四郎將能說的講完後，久兵衛人又小了一圈。他晃得尤其厲害的地方，是平四郎說到八百富太助命案，以及之前正次郎襲擊久兵衛的那一段。久兵衛有兩、三度閉上眼睛。而平四郎說明不知殺死太助的是何人，但阿露編出自己對兄長動手的一段話，並私底下告訴阿德，讓身爲鐵瓶雜院中心人物的阿德相信這說法，以此相助久兵衛，也讓湊屋所寫的劇本得以繼續下去。提到這一段時，久兵衛忽地抬起頭來，似乎想說些什麼，但終歸沉默。

「能幹的管理人久兵衛爺，你要離開鐵瓶雜院，需要一個不容置疑的故事，也需要預作鋪陳，好讓後來的佐吉不管如何盡力，也無法輕易贏得以阿德爲首的雜院主婦的信賴。前年，正次郎來襲時，那場戲若順利上演，便不需要第二回，但就是那回失手了，以至於事後必須再編出更錯綜複雜的故事。要騙人，實在是件難事啊。」

平四郎累了。說話時，船晃動得厲害起來。腰好重。

「湊屋老爺，」平四郎問道。「葵到底埋在哪裡？不知道的話，我們——你也一樣——便束手無策了。」

船似乎正在掉頭。轉過船頭，回棧橋去。

湊屋總右衛門靜靜地說道：「葵沒有死，她還活著，所以鐵瓶雜院的地下什麼都沒有。」

格子門外傳來嘩啦啦的水聲。

除了這一點外，皆如平四郎等人所推測。

總右衛門低頭行禮，說道眞是甘拜下風。尤其是弓之助的推斷：葵與阿藤爲當面談判所選的地點爲燈籠鋪的小屋，且在該處發生爭執，葵的遺骸應該被埋藏在此。對於這段經過，總右衛門以看戲法表演似的語氣讚道，眞精彩。

平四郎愣了好一會。連他自己都認爲，這恐怕是他這輩子最錯愕的一次。

「是嗎，原來她沒死啊。」他喃喃地重複總右衛門的話。「那眞是太好了——太好了——好嗎？」

怎麼會好。既然葵仍活著，平四郎等人的推測便不成立。

「不，井筒大爺，確實如此。」

總右衛門全然不為所動，唯有臉上浮現笑容。

「葵並沒有死。爭執到最後，阿藤打了她的臉，趁她倒地時徒手勒她的脖子。但是女人的——尤其阿藤是千金之軀，一輩子沒有拿過比筷子還重的東西，憑她這樣一個女人的力道，想必是沒有勒透吧。阿藤要燈籠鋪的藤太郎與阿蓮收拾殘局，便逃回築地家裡。其後，在正愁著不知如何是好的藤太郎夫婦眼前，葵復活了。」

平四郎張開嘴。就這麼張著，空虛地想說些什麼，最後仍閉上嘴巴。

「葵——正如您的推測，與我關係深厚。她立即命燈籠鋪的人來向我報信。」

「你……」平四郎終於說出話來了。「那天，你知道葵要去燈籠鋪和阿藤碰面嗎？」

「不，我不知道。阿藤也是當天早上才找葵出門的。」總右衛門似乎回想起過去，露出了痛苦的表情。「葵一開始也想過要先知會我一聲，但又認為與阿藤兩人單獨對質似乎也很有趣，便沒告訴我。」

無論結果如何，只要抓住了總右衛門的心，狀況絕不會對自己不利——葵定是有這樣的把握。

「所以，聽到通報我大吃一驚。不巧，當時有重要聚會無法脫身，我便派店裡的人先將葵藏起來。」

「等一下。」平四郎舉手打斷。「你當時派的那個店裡的人，便是今天來接我的那個掌櫃吧？」

原只是憑直覺問問而已，卻說中了。總右衛門點點頭。

「佐吉說他不知道有這樣一位掌櫃。這麼說，他不是眞正的掌櫃？」

「正如您所推測。我需要只聽命於我的心腹，依我自己的斟酌處置行事。而爲了辦事方便，我都讓他自稱爲『掌櫃』。」

當時那個影子掌櫃應該也才只是個乳臭未乾的年輕小伙子，爲了總右衛門暗中賣命，苦幹實幹了十七年。平四郎心想，這不就跟密探一樣嗎？

「對了，你可以告訴我嗎？殺了八百富太助的，就是你那心腹？」

總右衛門的表情文風不動，亦不作聲。久兵衛低著頭。

「用『殺』這個字眼太強烈了，是吧？應該說讓他住嘴、封住他的口嗎？」

總右衛門吐了一口氣。不是嘆氣，只是吐了一口氣。

「當時……」久兵衛低頭顫聲說道。「並沒有發生阿德他們以爲的事情。」

「嗯，我也料到了。」

「不是阿露殺的，當然也不是富平。」

久兵衛像舉起什麼極沉重的事物般，吃力地抬起眼，但仍無法將視線移至能看到平四郎的臉。

「也不是我殺的，這樣大爺能見諒嗎？」

不要緊的——平四郎說道，心想著幸好沒像弓之助說的那樣，憑著腳步聲去計算。

這時平四郎若板起面孔，咄咄逼人地堅持要查出是誰下的手，久兵衛爲了總右衛門定會翻供，說對不住，對太助下手的就是我。接著，爲了包庇久兵衛，就換阿露來向平四郎投訴說，不不不，哥哥是我殺的。再來，富平爲了保住女兒，定會嚷著說求大爺綁我了送官。

到頭來，只會換來一地心酸，事情卻沒個了結。不如這時賣個人情給總右衛門和他那個「影子掌櫃」也罷。

片刻間，三人均不發一語，只聞船槳破水之聲。

「當時我必須立即下決斷，現今回想起來，也許做了錯誤的結論。」

總右衛門開口了，語氣平平淡淡，與方才沒有兩樣。

「總之，葵得救了，運氣眞的很好。但是否要將事情原原本本地告訴阿藤……我卻躊躇再三。阿藤對葵的憎恨根深蒂固，若知道葵活轉過來，她所感到的恐怕不是自己不必背負殺人罪行的喜悅，而是自己竟失手沒殺死她的懊悔——我實在無法排除這個念頭。」

平四郎不假思索地說道：「可是，說起來這都要怪你缺德啊。」

久兵衛代總右衛門縮起脖子。這反應太過老實，平四郎差點笑出來。

「不過，這也輪不到我來發脾氣，倒是我多管閒事了。」平四郎說著，摸摸後頸。

湊屋總右衛門又微笑了。看不出這微笑的意思，是說「一點也沒錯，這不是像你這種三十俵二人扶持的小公差所能衡量的」，或者是「你說的對，確實是我無德」，但這話是不能出口的。

「結果，我決定當葵是個已死之人，」他以不變的口吻繼續說道。「然後放過阿藤。我預備暫時先這麼做：看阿藤的態度如何，若她對自己所作所爲深感懊悔，便告訴她實情。」

然而，阿藤沒有絲毫悔意。當葵一去不返，店內開始騷動時，她也隨著眾人假作擔心，數落她的任性妄爲；但看在知情的總右衛門眼裡，這種態度已遠遠超越可憎，而成爲可怕了。

「我覺得她眞不是人。」

平四郎又把差點脫口而出的話嚥了回去——所以啊，追根究柢都要怪你。

「我已交代好燈籠鋪，萬一阿藤問起來，便說葵的屍身已埋在小屋地底下，向她保證一定會守口如瓶，要她別擔心。當然，我答應絕不虧待他們。阿蓮立即同意了，但藤太郎卻很頑固……畢竟是阿藤的親戚。他堅持還是該將實情告訴阿藤，勸她別再做出這種事，怎麼也說不聽。我一口回絕，說勸阿藤也是白勸。」

結果，是阿蓮說動了藤太郎。想必是勸他這時候聽湊屋老爺的話才是上策。

「我與藤太郎和阿蓮在那個小屋裡密談了兩、三次。阿藤畢竟暫時不敢接近燈籠鋪。她曾打發小學徒送信來探消息，知道葵被埋在小屋底下也就放心了吧。」

於是，在談話當中，阿蓮說了這句話：

「要是知道葵還活著，也許阿藤表妹還是會追過來，眞的殺了她。」

「這話對於阿蓮，也許只是貪圖我提出來的條件，爲了說動丈夫而舉出的藉口之一而已，但這句話卻提醒了我。對，一定的，她一定會這麼做。葵還活著的事，絕不能讓阿藤知道。」

讓她知道了，葵就必死無疑——

由於葵是以出走的形式消失，湊屋當中便產生了種種關於她的傳聞。總右衛門在阿藤面前，必須爲這些傳聞故作不悅；對於葵爲何突然離去，也必須表示不解。見傳聞將葵說成淫奔無恥之人，阿藤心下大喜。葵是遭阿藤攆出去的說法或許也曾傳進她耳裡，但也許是可恨的仇敵已不在人世，自己親手將她收拾掉的事反而給了她自信，她倒不曾爲此翻臉生氣。

「我從佐吉那裡聽說，他母親出走時偷了湊屋的錢——而且他還深信私奔的對象是當時你相當看重，一個叫松太郎的年輕夥計。這也只是傳聞嗎？」

對於平四郎的問題，總右衛門大大搖頭。「這些當然都不是眞的。」

「但佐吉卻深信不疑。」

「想來是阿藤這樣告訴他的吧。只不過……」總右衛門微微蹙眉。「那時有個名叫松太郎的夥計，頭腦相當聰明，而我也頗爲賞識，這倒是眞的。那松太郎趁家裡店裡都爲了葵沒有回來的事惶惶不安、開始吵嚷的時候，幹下自錢箱裡偷錢、私離湊屋的醜事。那正是——葵失蹤兩天後的事。」

總右衛門微微一笑。

「是我的疏忽，竟錯看了底下人的素質。原來松太郎的聰明，只是狡猾而已。」

原來如此——平四郎解開了心裡的謎團，這就能夠解釋爲何連「黑豆」也沒能查出私離夥計松太郎的事。店裡的人即使會說些無傷大雅的風言風語，對於自己人裡竟出了對不起主人的叛徒，卻是三緘其口，不願提起。

「所以，是阿藤將原本全然無關的松太郎一事，和葵失蹤的事扯在一起，編成無中生有的故事，說給當時年紀幼小的佐吉聽了。」

「沒錯。她是極可能做出這種事的。」

「而你就眼睜睜地看著她做？」

平四郎問道。久兵衛垂下頭。

「我很擔心佐吉。」總右衛門說道。光憑他的語氣，聽不出他眞正的心緒。想必他做生意時也是如此。

「佐吉失去了葵這座靠山，阿藤對他也就毫不客氣。不巧的是，相信葵出走的人，即使可憐佐吉，但葵臨走之際還忘恩負義，因此對於阿藤要拿佐吉來洩憤，也認爲是情理中事，更助長了阿藤的氣焰。」

所以才讓佐吉離開湊屋，並送到花木匠師父那裡。

「葵——不想見佐吉嗎？」

對於這個問題，總右衛門嘴角微微扭曲，是被趁虛而入的表情。

「當然想，但是我不允許。佐吉還是個天眞無邪的孩子，誰都不能保證他何時會說溜嘴『其實我娘還活著』。因此儘管殘忍，我還是告訴葵，在佐吉心裡，妳已經死了。」

這話聽來與其說是深思熟慮後的做法，更像臨時編出來的藉口，平四郎心裡暗想「眞的嗎？」他一心認爲葵是個性格脫略的人。沒有任何理由，就是有這種感覺。

「正如井筒大爺所料，後來有好幾次向阿藤說明眞相的機會。」

其中最大最好的一次，不用說自然是燈籠鋪藤太郎眼睛有病，由湊屋收買那塊地時。

「表面上，我對那裡埋著葵的屍骨是全然不知的。因此，我便佯裝不知情，進行土地的買賣。阿藤應該會找機會說，一定會的、她會來求我，說買地可以，但千萬挖不得。我心想，等她一開口，之後就好辦了。」

以總右衛門這方來看，這是互相揣測。

然而，阿藤一直忍到最後，直到買了地，得到搭建雜院的許可，且公諸於世時。

「她……」

總右衛門說到這裡，頓了一下。那感覺不是難以啓齒，而是認爲什麼話都不足以表明。聽到接下來從他嘴裡說出來的話，平四郎這麼認爲。

「眞的是個可怕的女人。」

那塊土地上埋著葵的屍身。對，是我殺了那個女人，那是十年前的事了。阿藤說這話時沒有絲毫畏懼，如此告訴總右衛門。

我多想告訴你呀！簡直快憋死我了。你那心愛的葵已經不在人世，是我親手殺了她。葵已經到你碰不著看不到的地方，知道這件事，你會有什麼表情呢？你可知我多想親眼看見？

「她料想我一定會很痛苦，一臉大是快意的表情，得意得很呢，井筒大爺。她殺了葵還不夠，還痛恨我。」

所以呀，這還不都怪你，誰教你在這七年之間，和阿藤之間什麼都沒改變。平四郎在心底說道。這次要按捺不說就容易了，因爲他知道說了也沒用，這位仁兄是說不聽的。

「另一方面，又有一個叫仁平的麻煩纏在我身邊。」總右衛門繼續說道，口吻漸漸圓滑起來。

「考慮到仁平這人，最好是趁這個機會告訴阿藤眞相，讓她知道葵並沒有死。但看到阿藤那表情，我相信這麼做是太危險了。若說出事實，阿藤定會想盡辦法將葵找出來。而這次若讓她找著，一定會眞的殺了葵。對我來說，這比仁平更加可怕。」

這話的意思，是表示仁平對總右衛門的威脅，不如平四郎等人所料？不，應該說不到仁平自認的地步。搞半天，原來他也只是個小丑。

總右衛門聽了阿藤的自白，告訴她將會把萬事安排妥貼，蓋起雜院，好讓早應化爲白骨的葵不至於被發現。也警告她「所以妳也一樣，不要亂說話，搞得自己身敗名裂」。

於是，鐵瓶雜院落成了。

「之後，便如井筒大爺所料。」總右衛門說著，看了久兵衛一眼。

「阿藤沒有殺人，葵還活著。但是，我們必須當葵已經死了，必須讓阿藤相信她殺了葵。對我而言，葵的性命比什麼都重要，於是我便貫徹了這個謊言。」

總右衛門的聲音微微高了起來。或許他也注意到了，便一度中斷自己的話，閉口不語。

然後，恢復了平靜的語氣才說道：「接下來一切都很順利。」

直到亭亭玉立的美鈴，容貌越來越像葵，威脅到阿藤的心靈爲止——

「待住戶搬走後，我預備在那裡蓋起湊屋宅邸，讓阿藤住進去。這麼一來，她便能隨心所欲地供奉葵，心靈也可獲得平靜。」

「要讓阿藤去爲葵守墓？」

「她本人如此希望。」

「而讓美鈴小姐嫁到遠方？」

「離開，才是小女的幸福。」

平四郎雙眼凝視著湊屋總右衛門。

「你不認爲，這次可以將眞相告訴阿藤嗎？」

總右衛門毫不猶豫，以篤定的眼神回視平四郎。「想都沒有想過。」

久兵衛緩緩搖頭。

「井筒大爺若見到阿藤，一定能了解我的心情。她至今仍深恨葵，若知道葵還活著——那條她深信自己親手斷絕的生命仍殘留在世上，她自以爲親手從葵身上奪走的那些歲月，葵依舊擁有，那麼她必定會不顧一切。即使要同歸於盡，也要置葵於死地。」

至今仍深恨葵——平四郎認爲這種說法不對。正因爲是現在，正因爲過了十七年，才更恨她。

「葵還活著。」

平四郎喃喃說著，看著久兵衛。

「有證據嗎？」

久兵衛看著總右衛門。總右衛門答道：「若井筒大爺堅持，要安排與葵見面一點也不費事。」

久兵衛總算開口，以極小極小的聲音說道：「眼角眉梢與佐吉極爲相似，大爺一見便知。」

「換句話說，這十七年來，葵一直由你金屋藏嬌。」平四郎問總右衛門。「你玩女人如此放肆，也是爲了欺瞞阿藤耳目、掩護葵所放出的煙幕？」

總右衛門又是微微一笑。「任您想像。我沒有使任何一名女子不幸。」

「你有，」平四郎說道，「阿藤就很不幸。」

彷彿早料到平四郎會這麼說，總右衛門的笑容不減，應道：「但是，她的不幸不是我一人造成的。是她陷自己於不幸。難道不是嗎？井筒大爺。」

女人多膚淺啊！——他以感慨良多的語氣說道。

「佐吉爲了你們那些謊言，從小就相信自己的母親是個淫奔無恥、忘恩負義的人。這又如何，難道不可憐嗎？」

「若佐吉是個女孩，我也許會有不同的想法。因爲無論好壞，女兒都是以母親爲範本。」

「兒子就不同？」

「當然不同。」

湊屋總右衛門看似將身子挺直。

「井筒大爺，我湊屋總右衛門，本也是個無名小卒，父母都是微不足道的卑賤之人，但我仍憑一己之力，超越了這一切。男人就該如此。」

「可是，佐吉也想知道眞相吧。即使討厭母親，也會在內心深處暗想著『或許那不盡然是眞的』，這是人之常情啊！」

在這次談話中，平四郎首度以強硬的聲調質問。然而，平四郎彷彿能看見這些話在湊屋總右衛門面前，被捕鳥網攔住，還沒傳到他的心，就已糾結成團。

「眞相，井筒大爺您是這麼說的。」總右衛門說道。「這世上，有些什麼眞相？」

平四郎無法作答。

「若井筒大爺無論如何都執意要說，那麼請儘管告訴佐吉吧。我想，就算他知道了，也一定會感謝我保護了他母親的性命，不會有任何責難的言語。」

因爲就是總右衛門把佐吉教養成這種人的。

平四郎試著想說點別的，但只覺得彷彿在洋菜凍裡游動，冰冰冷冷、濕濕滑滑，抓也抓不住，全部從指縫中溜走。

「我沒什麼好說的。」

說著，重新坐好。

「葵沒死。既然沒發生命案，就沒有公役的事。被當作棋子的正次郎死得很慘，但既然不是你們殺的，總不能怪罪你們。」

連平四郎自己都認爲自己的聲音很洩氣。

「查辦仁平一案的與力那邊，我會去把這番經過交代清楚，這必是不可免的。他是個正派的公役，應該能夠體諒而將事情壓下來吧。這麼一來，無論仁平如何吵嚷，就只剩他殺害正次郎一案。仁平白殺了，正次郎也白死了。」

平四郎看了總右衛門一眼，也看了久兵衛一眼。

「正次郎這次被安排的角色實在可憐。仁平自然免不了殺人罪，但這也是正次郎的一條命所換來。你們可要好好供奉他。」

最後，平四郎喃喃說聲該告辭了。

總右衛門殷勤地說聲恭送大爺。

「那麼，可以當作井筒大爺答應不會將眞相外洩，是嗎？」

平四郎猛地抬起頭來，看著總右衛門。

「眞相？」

他刻意一笑。

「哪有什麼眞相？」

平四郎站起來。因爲勢頭太猛，頭撞上船頂的梁，發出好大的聲響，但由於怒火攻心，什麼感覺都沒有。

打開格子門，來到狹窄的船頭。

只見一片星空。唯有船頭掛著的燈籠在水面上晃動，像個歪斜的滿月。

船近岸邊，似乎是回到原先的埠頭了。只見那個影子掌櫃背對著船屋的燈光，站在棧橋上。

而且，他身旁還有一個女人。

一開始，平四郎還以爲是阿律，以爲是湊屋或久兵衛叫她來爲先前逃離瀨戶物町道歉。然而，當船嘎吱有聲地往棧橋靠近，平四郎便發現那女子的身形是全然陌生的。

年紀不小了——那身和服彷彿映照著星空般，是深色底上散落著白色的花樣。

啊，是阿藤——他總算想到了。

女人望向船，卻不是在看平四郎，像是看著屋形船的燈光，也像凝望著水面。在有限的照明中，難以看清她細部的表情。也許是平四郎想在當時看到的東西，以他想看到的形式出現了而已。

即使如此，平四郎也不知道自己想看些什麼，不明白自己在期待些什麼。因此，阿藤理應仍是個大美人，卻怎麼也看不出。若跳進水裡，一定會就這麼變成水吧。

她定是來迎接總右衛門的。阿藤走到棧橋的最前端，等候屋形船停靠。船離岸還有三尺以上，平四郎卻嘿的一聲，從船上跳下來。阿藤向平四郎行禮，平四郎卻快步離去。

然後，他才總算醒悟到，啊，原來湊屋總右衛門是要讓我看看阿藤長什麼樣子，覺得一定得讓我見上一面，好證實他自己的說法吧。

「相公。」耳裡聽到她喊總右衛門的聲音。之後，又短短說了幾句，卻聽不清。是寒冷的河風嗎？還是阿藤的聲音觸動了內心？驟然間，平四郎心想，在湊屋總右衛門冷硬的表情之後，確實隱藏了愧對阿藤的念頭，或許就只有那麼一絲絲、不仔細找尋便無法察覺。不惜沾惹那些麻煩，演那種愚蠢至極的戲，動用勞煩那麼多人，花了大筆銀子，就爲了要在阿藤面前隱瞞事實，配合她所深信的誤會。而總右衛門會這麼做，不單單是爲了保護葵，也是對阿藤有那麼一點惻隱之心吧。

也許只是平四郎希望他有而已。

平四郎快步向前，身後卻傳來追趕的足音。他頭也不回地丟下一句「我不坐轎子」。

「井筒大爺！」

是久兵衛喘著氣追上來。

「該說的都說完了。」

久兵衛氣喘吁吁地停下。平四郎放慢了腳步，卻沒有停。

「我走了。」

距離漸漸拉開。

「請大爺原諒。」久兵衛說道。

「沒什麼好原諒的啊。」

平四郎沒有回頭。

「那是你尊敬的主人，不是嗎？你理當爲他效力，不必向我道歉。」

這倒是眞的——他在心底說。

腰好痛。

過了兩天，有個老人來訪，說是爲住在千駄谷小旅店的佐吉傳信。老人的親人在那位大夫那裡看病，家住淺草。平四郎向老人道謝，要細君請他吃飯，並趁著這段時間看佐吉的來信。信很短。

大夫收留了久米，阿德陪著她，順便也看顧其他女子，幫忙煮飯。患者實在太多，人手不足，因此佐吉也幫著做些砍柴的粗活，以致耽誤了歸期。

大夫診察的結果，久米的日子大概不多了。阿德說至少要陪她到最後。佐吉則預備幾天後要先回深川一趟，因爲必須去找湊屋商量，幫阿德另覓住處。

望著那條理分明的文筆、工整的筆致，平四郎下了決心。

佐吉只要過他自己的日子就好。要讓他過自己的日子，最好是別再翻舊帳。不久的將來，他會有自己的家室，待生下孩子，更會是獨當一面的男人；這麼一來，他的人生便完全屬於他自己，沒有必要此時還去攪亂。只願那個叫阿惠的姑娘，是個如同上天恩賜的好姑娘。

老人明天便將再行前往千駄谷，平四郎便隨手寫了一句「這裡一切如常」的短箋，交給老人。然後，帶著小平次出門去。

傍晚，到奉行所辦公後回宿舍的路上，平四郎稍微絆了一下。竹皮草屐不知踢到了什麼，總之，眞的只是微微顚了一下。

然而，這卻讓平四郎閃了腰。

「小平次，」平四郎流著油汗喊。「慘了！」

「嗚嘿！」小平次驚呼一聲。「我去找擔架吧？」

「找輛拖車比較實在。」

在拖車上一路呻吟回家，細君滿口「哎呀呀」，像小鳥般驚叫連連，要小平次去找幸庵大夫。

「哎呀，相公，」細君以鳥囀般悅耳的聲音說道。「這次又是爲了救誰閃了腰呢？」

整晚唔唔不住地呻吟，一夜無眠，弓之助卻迫不及待似地跑來。他的感冒像是好了。

「有沒有需要幫忙的地方？」

孩子頂著他那張光滑精緻的臉蛋問道。

「沒有。喂，弓之助，你搞不好也是會閃到腰的體質。長大之後，可別隨便搭船。晃來晃去，眞是要命。」

待細君與小平次忙進忙出結束靜下來之後，平四郎將滿臉盡是疑問的弓之助喊到枕邊。

「好像要交代臨終遺言喔。」

「少觸我楣頭。事情政五郎都告訴你了？」

下了屋形船隔日，平四郎早早便上奉行所去向上司請願，說要審訊仁平那種難以對付的角色，非他能力所及，希望委派他人。上司當下便答應了。

接著，他到政五郎處，把從湊屋總右衛門那裡聽來的話和盤托出。

「反正，由我這種奉行所的小角色來審，也扳不倒仁平。要給他顏色看，只能靠你們這些岡引，還有信賴你們的公差……」

政五郎承應了，拍胸脯保證絕不會讓案子如仁平所願，平四郎便安心下來。

「但是大爺，您這麼說，是已決定將葵還活著的實情壓在心底，不打算公開了？」

「嗯。」平四郎毫不遲疑地點頭。「都這麼多年了，不必讓葵再活過來。死了就死了。」

「這樣好嗎？」

「嗯。」平四郎點頭。「這樣就好，我覺得這樣就好。我不知道佐吉想要如何，但總不能去問他。總之，這種事早了早好。」

政五郎咧嘴一笑。「也對。」

平四郎問道：「對了，湊屋給了你多少？」

政五郎悄悄豎起手指。平四郎見了，自己也豎起手指。

「有錢人就是不一樣。」平四郎說著笑了。「花掉花掉！我也要大把大把花掉！」

該給誰多少錢才能將吹雪弄出牢房，讓她的罪頂多是逐出江戶——兩人商量了一陣，沒花多少時間。反正用的不是自己的錢。花掉花掉！

「行情大概是這樣吧。」政五郎說道。「大爺，時候差不多了，用點蕎麥麵如何？」

平四郎在政五郎老婆的店裡大啖蕎麥麵，食量相當驚人，只差一盤就可以追上店裡最會吃的大食客——

「姨爹大吃一頓的事情我聽說了。」弓之助刻意插嘴。「政五郎爺的太太對姨爹稱讚有加。」

「那我可真有面子。對了，你還想繼承這個家嗎？」

弓之助燦然一笑。「姨爹，這不是我能決定的。」

「你頭腦好，一開始便看出葵被埋在那裡；就算不繼承我這個小公差，想做什麼都成。」

弓之助皺起眉頭。「姨爹，葵並沒有被埋在那裡啊。」

「就埋在那裡。」平四郎說道。「既然我們這麼想，就是那樣。」

我啊，還做了夢，夢到葵成了白骨被埋在地底下哩。那夢可是清晰恐怖得很，所以那是真的。

弓之助的眉頭仍皺了半晌，然後，才像春陽融雪般地笑開了。

「我明白了。」他笑道。「繼承的事，我會仔細考慮的。」

「對，最好好生考慮考慮。」

「可是……我開始覺得，像佐佐木先生那樣，光是靠測量來過日子也滿好的。」

是啊，平四郎也這麼想。量些能量的東西來過日子，東西測量之後就能看得清楚，眞是不錯。

「要是現在起步還來得及，我也想去量。」

「不行不行，測量器很重，姨爹拉不動的。」

弓之助碰地拍了平四郎的腰一下，平四郎大叫一聲。細君聞聲前來，見狀與弓之助兩人拍手大笑。平四郎一生氣腰便會因使力而吃痛，便別過頭去不作聲。

他心想著，是誰把上回閃到腰時的事告訴細君？讓我找到可饒不了他。

幽靈

「有個很離譜的笑話。」

阿德一面重繫鬆掉的袖帶，一面回頭這麼說。她想起了一件舊事。

扭乾抹布，正勤快地擦拭裡面四帖半房的年輕姑娘，聽她這麼說便停下手邊的事抬起頭來。

「對我們滷菜鋪來說，滷汁就是命根子，絕不會丟的。每天都要煮過，撈掉浮渣，過一陣子就得拿篩子濾掉雜質，同一鍋滷汁用上十年、二十年，跟鰻魚鋪的醬汁是一樣的。」

年輕姑娘跪著，微笑點頭。和前些日子比起來，她臉色明朗多了，雙頰也圓潤了些，但眼神孤寂依舊。

她是阿露。聽說阿德即將搬出鐵瓶雜院，便自猿江町的雜院來幫忙。

「所以也有些人很偷懶，十天半個月沒見過鍋底，只是開火煮過就算，他要裝個沒事人樣，外人也看不出來。實在很不應該。」

阿德一面說話，一面將洗得乾乾淨淨的空鍋擦乾。滷汁已移至大瓶裡、加了蓋，早一步運到新家了。

「然後，這是很久以前的事了。猿子橋那邊有家滷菜鋪——那裡是由一個皺紋比我還多的老婆婆獨自看店。」

阿露微微一笑。「阿德姨哪裡有什麼皺紋呢。」

「別拍我馬屁啦！」阿德笑了。「這老婆婆不行了，沒法子繼續做生意，又捨不得丟掉滷汁，就分給街坊鄰居，大家拿著鍋子來盛。結果，之前老婆婆嚷著說不見了的黃楊木梳子，就從鍋底給撈出來了。」

「哎呀！」阿露睜圓了眼睛。

「用黃楊木梳子來熬滷汁的滷味鋪，找遍全江戶大概也只有這老婆婆的店吧。當時還成了新聞呢，眞是的。」

「不過，那家鋪子的東西好吃嗎？」

「嗯，大概吧，不知情的話也就那麼吃下去了。看不見的東西，誰又知道呢。」

阿德說著揚聲笑了，阿露雖也跟著笑，眼神卻暗了下來。爲了不讓阿德發現，便匆匆拿起抹布擦拭。

「好啦，這樣東西就收拾好了。」

阿德擦完那口大鍋，搬上停在門口的大板車。車上已堆了許多行李、木箱。阿德如今是孤身一人，但過去曾有丈夫加吉，前不久還和久米住在一起，因此家具什物有三人份。

拿粗繩將鍋子綁好，阿德呼的吐了一口氣，抬頭看天空。天氣晴朗宜人，眞要感謝老天爺。不過，今天一早寒氣極重。時序已到了深秋，起床時噴嚏連連，好生麻煩。不久之前，早晚的涼意還算不上一回事，我果然是有年紀了，身子和脾性都虛了啊——阿德心想。

阿德是鐵瓶雜院最後的住戶。無論是前雜院還是後雜院，每間屋子都沒有半個住戶了。即使如此，處處都有掃把掃過的痕跡，乾乾淨淨的連一片落葉也無。多虧了那位名叫政五郎的岡引的手下，每天都來打掃。

空房的格子門都關得好好的。乍看之下，大概看不出是空屋。然而，一座雜院若聽不見主婦怒罵長舌，也聽不見孩子的歡聲哭鬧，畢竟是死絕了。夜裡，守夜人深怕有不良分子入侵，頻繁來巡視。光靠門衛友兵衛應付不來，所以政五郎的手下也來幫忙。阿德原本認為岡引這種人壓根不能相信，因而對此有些驚訝，也有些感動，不得不另眼相看。

說到這裡，昨天過午，滷鍋還沒熄火的當兒，井筒大爺來了，說在這兒吃蒟蒻是最後一次，混了一會才走。然後，也提起佐賀町有個叫仁平的岡引，因為殺人嫌疑被關在小傳馬町的牢房裡，現在處境淒慘。那個叫仁平的聽說是個狡詐吝嗇又討人厭的傢伙，仗著向上頭領了捕棍，不知欺負、凌虐了多少弱者。雖然如此，大爺還是滿嘴蒟蒻地咕噥著，看到他現在淒慘的模樣，還是會覺得可憐。

「那個岡引手銬腳鐐加身之前，和牢房挺有交情，在那裡很吃得開，所以我也沒想到他會被整得這麼慘。我本來還擔心讓他進了牢，反而是送他進去享福呢！」

阿德一笑，心想大爺也太天真了。做人沒有那麼容易。賣弄小聰明到處占便宜、欺負弱小之輩，終究會沒有人望，落了單、失了勢，也就完了。

「那個仁平殺了誰啊？」

阿德一問，井筒大爺正色說，是個年輕人，為了店家擔起別人不願擔的角色，賣力工作。哦，既是如此，那個仁平在牢房裡被欺負，正好可以給他一個教訓嘛——聽阿德這麼講，大爺想了想便笑著說，是嗎，既然妳這麼想，那我就當是這樣吧。

「阿德姨，這邊已經好了。」

阿露擦拭好起居間，正在沖洗抹布。阿德向她行了一禮說道，謝謝，多虧妳來幫忙。

「這怎麼可以！讓阿德姨道謝，我會遭天譴的。」

阿露連忙這麼說，眼睛望向放在居室一角有些陳舊的加吉的牌位，以及另一個小了一號的嶄新白木牌位。

「我把這個包起來好了。阿德姨，這妳要親手拿過去的吧？」

「是啊。就掛在身上帶過去吧。」阿德走近兩座牌位，說道：「老頭子，要搬家了。這次要去的地方比這裡還小一點，不要緊吧？」

阿露望著阿德，見她又對白木牌位說道：

「久米，妳很幸福吧，我們要搬到幸兵衛雜院呢。妳又可以在幸兵衛爺那裡過日子了。不過，我可是會好好付房租的，可別當我跟妳一樣。」

「這位久米姊姊，就是之前住幸兵衛雜院的那位嗎？」阿露問道。

「嗯，是啊。是個無可救藥的妓女，最後也死在這上頭。」

阿德本想為久米取個體面的戒名（註），但不僅井筒大爺、幸庵大夫，連佐吉都一道勸說久米不認得字，取了很難的戒名也看不懂，不如直接將名字寫上就好，阿德也就照辦了。白木牌位後方，只以平假名寫了「久米」兩個字。如今，阿德也覺得挺好的。將來每逢忌日，再給她好好焚些味道好的線香。

「是我們搬到猿江之後才來的喔。」

註：日本習俗，因相信人死後會於西方淨土出家乃至成佛，因此會請住持為死者取法號，即戒名。此時所用的多半為日常生活中不常用的佛典漢字，不諳此道者較難判讀。

「後來發生了好多事哪。」
阿德像鼓勵阿露一般，輕輕拍了拍她的肩。
「不止妳啊。」
阿露默默垂著頭，然後小聲地說：「阿德姨都瘦了。」
「是嗎？我自己倒不覺得。」
「因爲，袖帶——繫在之前的地方都太鬆了，瞧。」
阿露伸手爲阿德調整袖帶。是啊，又鬆了。
「眞是。」阿德笑了。「以前我的手臂可是粗得都繫不上呢！這也是因爲上了年紀吧。」
「阿德姨眞是的，說什麼上了年紀！」
阿德以明亮的眼睛凝視阿露，嘴角自然地露出笑意。
「妳正年輕，眞教人羨慕。」
阿露垂下視線。
「富平兄有妳爲他送終，走得很幸福。妳這個女兒，能做的都做了。所以，往後妳可要好好尋找自己的幸福，不必再顧慮別人了。」
阿德以爲阿露會點頭說是，卻見她只是低著頭。富平走了才十天，要撫平寂寞，也許還需要一些時日。
——大概還忘不了哥哥的事吧。
那不是阿露的錯。換作是我，處在那種境況下，一定也會做出同樣的事。在那個寒冷的夜裡曾經想過的事，又在阿德心底浮現。但如今說出來，非但無法安慰阿露，反而只是把那段阿露無法忘卻的痛苦往事，再次訴諸言語罷了，因此阿德什麼都沒說。

回想起來，那件事正是一切的開端。久兵衛如今在哪裡做些什麼呢？那麼一個老實能幹的人，一定過得很好，照顧著另一座雜院吧。但想到恐怕再也見不到面，還是感到寂寞。

「久兵衛爺眞是個好管理人。」

阿德不禁喃喃說道。阿露點了一下頭。接著，望著下方以耳語般的聲音說：

「阿德姨……」

「什麼事？」

「對不起。」

阿德笑了，往阿露的背上一拍。

「這姑娘是怎麼了，這時候道什麼歉呀！」

有人來喊道，說是在門衛友兵衛那裡，已爲阿德與幫忙的人備好了飯糰。阿德道了謝，讓阿露先過去。算算時候，先將瓶封的滷汁運到新家並打掃的佐吉，差不多該回來了。

阿德往架高的進門處一坐，呆呆地望著生活了十年的屋內時，佐吉匆匆回來了，手上提著一個大大的陶製茶壺。

「啊，阿德姊。」他一見阿德就笑了。「這是幸兵衛爺送的，說是甜湯。」

「那個管理人是把我們當成孩子了嗎？」

「這是心意嘛。」佐吉將茶壺交給阿德，走近大板車。

「這個也可以推過去了吧？」

「那個我自己來就好。」

「阿德姊在說什麼啊！那，我先送過去。」

「可是，友兵衛爺那裡飯已經煮好了。」

「我把這推過去放著就回來。」

阿德連忙出來，伸手拉住車子。「怎麼好一直勞煩你，你自己也才剛搬家吧？」

「我東西少，那算不上搬家。」

聽說佐吉要回頭當花木匠。新家在大島那邊，確實是片適合花木匠的土地，卻比這裡偏僻得多。

「哪，聽說你要成家啦？」

佐吉硬是要獨自推車走，阿德便祭出傳家寶刀。

「井筒大爺昨個悄悄告訴我了。不錯嘛，恭禧！」

佐吉面紅耳赤。阿德心想，喲，這人還真清純，真是老實到了家。

「湊屋那近視千金小姐的事，倒是傳遍江戶城了。聽說她的婚事也已經定了，要嫁到大名家去？雖說是側室，也真是了不起。」

「是……」

「湊屋老爺一定很得意吧！那個總右衛門老爺，我倒是想好好說他幾句，不過那小姐著實可愛，連我都想祝福她了。」

阿德接著又說出讓佐吉更加臉紅的話。

「那個小姐來過這裡幾次？一定是很喜歡你吧。不過，人家是千金大小姐出身，沒辦法跟我們這種人一起過日子的。對你呢，可惜是有點可惜，但對那小姐來說，這倒是門好親事。」

佐吉仍紅著臉，嗯嗯有聲地點頭。「我也這麼想。不過，阿德姊妳這樣說會讓人誤會，好像我錯失了美鈴小姐，我可不敢當。」

「眞的嗎？你對那小姐沒有那麼一點神魂顚倒嗎？」

阿德笑了，但看佐吉那侷促的樣子，便決定收起她的矛頭。

「成家是件好事呢！當然也有辛苦的地方。我也一樣——跟我那口子在一起，過得挺開心的。」

說著，邊向加吉的牌位揮了揮手。佐吉手還抓著大板車的拉桿，看看阿德又看看牌位，微微一笑。

「不知道我能不能像阿德姊那樣，好好成個家……」

「你在說什麼啊！當然能。你心裡有那個姑娘吧？那就沒問題了，因爲你是個刻苦耐勞的人。要是好吃懶作，還敢說什麼情啊愛的，我早就一腳往你屁股上踹下去了。」

「阿德姊確實像是會這麼做。」佐吉笑了。「不過，第一次聽阿德姊稱讚我，好高興哪。」

聽他這麼一說，才發現眞的是這樣。阿德不免內疚。

「對你倒眞是有些過意不去。」

「哪裡，怎麼會！」佐吉張大了眼睛。「我從阿德姊身上學到好多東西。」

「包括壞心眼在內？」

「這倒是沒有。」佐吉失笑。「再說，像我這種小輩畢竟當不來管理人。這點我十分清楚。」

「薑還是老的辣呀。」阿德燦然一笑。「不過，湊屋老爺要你來，你也不能不來。」

「那麼，這件事我們就別再提了吧。」

「是啊。」阿德點點頭。「對了，阿律呀……」

「木桶匠權吉的女兒？」

「對對對。」

阿律差點被她爹賣掉抵賭債，因而離家出走，但半個月前回來把權吉接走了。現在在日本橋通町的點心鋪工作。

「她說，要我們到她店裡去，說是那裡的金鍔餡餅很好吃，她會算我們便宜喔。我上次到幸兵衛爺那打招呼的時候去買過，眞的很好吃呢！」

「那眞是太好了。」

「阿律也提到，當面告訴你，你一定會不好意思，所以一直沒開口。其實那時候你說的那些話，眞像給了她當頭一棒。」

佐吉困惑地搔搔頭。「那眞是不好意思。」

「你這是助人，很了不起。」

佐吉縮起脖子，拉起大板車的拉桿。「那麼，我先把這送過去。」

「啊，我就說我也一起……」

「不用、不用，請先到友兵衛爺那裡！」

佐吉拉著車走了。阿德也笑了，這回沒有當眞去追。待佐吉和車都沒了影子，才雙手合十，微微一拜。

阿德確定沒遺漏東西，便將包了兩個牌位的包袱小心地掛在脖子上。手裡提著幸兵衛送的甜湯，緩緩走向雜院大門。

每一步，都勾起種種回憶。豆腐鋪的豆崽子追逐嬉戲的聲音，魚鋪箕吉夫婦做起生意滿腹牢騷的模樣，零嘴店熱呼呼的紅豆餡衣餅，轎夫家夫妻倆吵起架來的驚天動地。久兵衛指揮大夥修屋頂時，頂門棍揮過了頭，之後的四、五天手都舉不起來。天花較往年都厲害的那一年，眾人聚在管理人家拜天花神。

一回神，只見大門底下站著一個人。還以爲說人人到，是阿律回來了，趕過去一看，卻完全猜錯。那是個陌生女子。

整頭頭髮由深紫色的御高祖頭巾（註）包住，身上穿著金茶色底白菊碎花的和服，腳下是嶄新的白襪套。年紀——應該過了四十吧。一張引人側目的美麗臉孔，胭脂花粉卻施得很重。一靠近，便感覺到白檀般的香味撲鼻。

「請問妳是哪位？」

註：以四方形的布製成的頭巾，可將頭頸全部包住，只露出臉部或眼部。婦女多用來禦寒。

阿德出聲問女子。女子像是在找人般，一個勁地朝巷子底望，沒有立時注意到阿德。她的眼裡，有種足以令人悸動的強烈光芒。

「喂，這位太太。」

阿德上前半步，再次發話。女子一臉被潑了水般，猛眨著眼看阿德。

「哎呀，對不起。」

「妳找這雜院的人有事嗎？」

對於阿德的問題，女子不知爲何笑了，視線又望向巷子深處。

「不，不是的，我不是來找人。」

「既然不是找人，那要做什麼？」

那女子的模樣令阿德很不順眼。偷偷摸摸的在幹什麼？

「喏，這裡叫鐵瓶雜院吧？」

聽她這麼一問，阿德冷冷答道：「附近的人都這麼叫。」

「聽說是從井裡挖出鐵瓶，所以才這麼叫的，是不是？」

還眞清楚。這女人是誰啊？什麼時候來到這裡的？

「井跟陰世相通，而且死人又怕銅呀鐵的。」

女人鮮紅的嘴唇張開便滔滔不絕，沒人問卻說個不停。

「大概是叫久兵衛爺弄的吧。一定是很怕誰從陰世跑來，乾脆扔把刀下去不就好了，眞好笑。」

阿德光火了。腦子還來不及想，天生的大嗓門便出聲了。

「妳是誰？」

女子俏麗地將頭一偏，以嬌媚的眼神看著阿德。

「我是誰又有什麼關係呢。」

又是白檀的味道。看她這一身穿著打扮，想必相當昂貴。雖不知她是打哪來的，瞧那白襪套沒沾上半點塵土，就知道是坐轎子來的。

湊近一瞧，越看越美。這張臉好像跟誰有點像——這想法在腦海裡一閃而過，但一定是記錯了。阿德的生活與這種女人無緣。

這女子的年紀，可能較第一眼看時來得大些，但卻顯得更美。肌膚底下流動著水嫩嫩的女人味，渾身都散發出這種氣息。年紀要如何增長，才能長成這個模樣？那種美，對阿德這種人而言，是可望而不可及的奢侈之美。

但是，卻很討人厭。

「妳是誰？」

阿德又問了一次。女子似乎對阿德尖銳的語氣微感恐懼，稍稍向後退。

「我什麼人都不是。」

「妳在這雜院有親戚？」

「不，沒有的事。」女人揮揮春蔥般白皙的手。「我是不能踏進這裡一步的人。可是，我好想來看一眼。聽說這裡要拆了，便偷偷跑來。」

女子第三次望向小巷深處，不知為何，像看到什麼刺眼的東西似地瞇起眼睛。

「這裡要沒了呀。啊，總算。」

雖是懷念的語調，但她眼裡卻沒有半點阿德等人般的依依不捨。總算沒了？聽到這話怎能不追問下去。

而且——那種說法，聽起來很像是幸災樂禍。

阿德再一次以拿刀抵住脖子般的銳氣問道：「妳是誰？」

女子沒有看阿德，形狀優美的嘴唇綻出笑意，接著說道：

「我是，對了——我是幽靈。」

心裡一陣發毛與肚裡一陣光火，一股腦地冒了出來，阿德不禁揮手想趕走女子。然而不巧的是，那隻手裡正提著裝了甜湯的茶壺。說時遲那時快，女子華麗的碎菊花紋和服上，已被阿德潑了一身甜湯。

「啊，怎麼這樣！」女人低頭瞧著濕黏的和服與衣袖，臉色都變了。

「太過分了，妳要怎麼賠我？」

「誰要賠妳！」

阿德一下子激動起來，話也脫口而出。這一身甜湯的奢侈女！

「妳這老妖精還不快給我滾，鐵瓶雜院不是隨便給人看的！」

「兇什麼！我可是……」

女子美麗的眼睛盛滿怒氣地面對著阿德，但阿德以茶壺為盾，不甘示弱。

「甜湯還不夠，要我拿茶壺砸妳嗎？像妳這種不要臉的女人就要這樣修理！這樣、這樣、這樣！」

阿德拿著茶壺猛揮，女子尖叫著逃走，逃跑時踩了空，膝蓋著地，使甜湯濡濕的和服沾上塵土而黑了一大片，她卻毫不顧惜地一味竄逃。

阿德朝女子逃走的方向扮了一個大大的鬼臉。這下，心情整個清爽起來，就像今天的天空一樣。

「好了，老頭子、久米，我們走吧。」

阿德邁開腳步。哎呀，我好像也被潑到甜湯了，身上有甜甜的味道。不知道會不會引蟲子過來？

到了這把年紀還有東西肯靠過來，那也不錯嘛。阿德想著，獨自哈哈大笑。

到了門衛小屋前，只見井筒大爺還是老樣子，閒閒地將雙手攏在懷裡等著。中間小平次也照樣規規矩矩地跟在一旁。

「哦，怎麼這麼慢？我聽說有大鍋飯可吃，當然不能錯過。可妳沒到又不能動筷子，大夥都等著呢。」

大爺說著，看向阿德的模樣。

「阿德，妳潑到水啦？咦，不對，這是什麼味道？」

「是甜湯啦。」阿德得意地挺起胸膛。「幸兵衛爺送的。」

「大爺愛喝甜湯。」小平次插嘴。

「想也知道，大爺愛吃的東西就跟孩子一樣。不過很不巧，我把人家送的東西給潑了。」

井筒平四郎瞪大了眼睛。「多可惜啊，幹麼潑掉？」

阿德又將胸膛往前一挺。「用來趕跑嚇人的幽靈呀，眞想讓大爺也瞧瞧。」

「哦——」大爺沉吟一聲。「看來，妳已經恢復元氣啦。」

「大爺不也一樣。來，大夥一塊吃飯吧。等等佐吉就會回來了。」

進門衛小屋之前，阿德說著「拿去」，將茶壺遞給小平次。茶壺被潑出來的甜湯沾得黏黏的，小平次「嗚嘿」了一聲。

「大爺，裡面還剩一點呢。」

井筒平四郎沒聽見小平次的話，而望著阿德來時的方向。

「幽靈……是嗎？」

他搔著長長的下巴，喃喃說道。接著，滿意地笑了。

「也罷。喂，我來打擾了。」

他喀啦一聲打開格子門。大鍋飯美味的香氣與蒸氣陣陣飄來。

解說

在現代的眼光中看見時代的影子

曲辰

先來談談時代小說（註）好了。

從武士到市井

一般論者都認爲日本的時代小說是從中里介山的《大菩薩嶺》（原名：大菩薩峠）開始的，這本小說從一九一三年一路連載到一九四一年，寫了凡四十一卷一千五百三十三章五百七十萬字仍未完結，故事大致是在講武士机龍之助靠著自己的一把劍，在幕末的日本闖蕩的過程。作者巧妙的運用了當時動盪不安的社會情勢，讓龍之助進出於歷史之中，還讓他與新選組、坂本龍馬甚至滿州國牽扯上關係。

註：時代小說的定義一般而言，是以描寫明治維新之前的時代爲背景，並不涉及史實或是以歷史人物爲主角的虛構性小說，但隨著二十一世紀的到來，昭和時代也開始被併入時代小說的脈絡之中，或許我們可以說時代小說基本上就是針對不屬於我們這個時代的過去時光爲背景的小說。

以現今的眼光來看，這本小說眞正引人注目的，或許是在主角的性格塑造上。龍之助的性格衝動、易感而且嗜殺，甚至在小說一開始就犯下被日後時代小說奉爲首罪的「斬人試刀」（註），任意殺害了一個在路邊休息的老人，以培養隔日與人決鬥的敏銳度與膽量。之後更是不分青紅皀白的廣造殺業，不管是女人還是平民，只要他一時興起就會慘死於他的刀下，這種奇特的惡魔形象設定，在當時卻意外的受歡迎，也引起了一些作家模仿學習，從而建立起日本第一部大眾小說的地位。

如果這麼一路發展下去，或許我們現在也只能看到以武士爲主角的時代小說。不過相當慶幸的，岡本綺堂在一九一七年創造出的日本福爾摩斯「半七捕物帳」系列中，將時代小說的目光從具有特殊身分的「超人」拉到了市井小民身上，我們可以跟著「岡引」半七經辦的許多案件，穿梭於江戶的雜院巷道間，感受那些下層人民憂煩的、快樂的生活，所謂劍法、所謂歷史，都與他們沒有那麼直接的關係。

在兩個作者的聯手出擊之下，時代小說有著一個堪稱扎實的開端，儘管日後又不斷分支出忍者、遊俠、市井、人情、捕物帳、劍豪等次類型，但大體而言仍不脫上述兩套系列作品營造出來的範疇，往往不是針對劍客豪俠立傳，就是側寫當時小人物的生活種種。

所以台灣有媒體曾經用「日本的武俠小說」這個譬喻來引渡時代小說的概念，在我看來，這樣的類比實在是太過粗糙了點。一方面當然是有不少時代小說別說俠客了，連個武士都不一定會出現；另一方面爲即使是所謂的劍豪小說，其中也並未出現武俠小說中很重要的「江湖」概念。日本劍客不像中國俠士一樣，可以活在一個想像中的結界中，他們所存在的空間與當時的人們是一樣的，這讓時代小說中的刀鋒，總是帶著點世俗的氣息，但也就如此，每每教人更易親近。

仔細想想，時代小說眞的是一個打從庶民生活之中浸染出來的文類，特別是捕物帳，一開始岡本綺堂創造的主角只有岡引的身分，這讓他擺脫了與力或同心的武士階級官家身分，也讓辦案者與民眾的眼光是一致的；偵探必須要涉足民間，不斷接觸相關的人，才有可能得到案件相關的訊息。

或許宮部美幸也就是發現了這份親近感，因此將現代人關心的事情偷偷披上了時代的外衣，寫出屬於我們這個時代的時代小說。

現代視野的時代人物

按照宮部自己的說法，她在寫作時代小說上其實有著一定的門檻與痛苦，特別是手邊一定要擺著相關的資料與參考書，不僅寫作時要注意到不能帶入現代人的遣詞用句，甚至還需要襯以時代劇的音樂如「鬼平犯科帳」才能眞正進入那個寫作的狀態。

儘管她已經那麼用功了，仍然在語句中閃現出一些會被論者抓到毛病、指出錯誤的地方（據說有次她還不小心用了「週」這個時間量詞，連編輯都沒發現就上連載，之後才趕緊在單行本上更正）。相較於池波正太郎或五味康佑兩位大師級時代小說家，宮部的日文也的確太過新潮了點，並

註：辻斬，字面上是在十字路口邊砍人，實際意思是指在路邊隨意砍人，被當作是試試看刀子是否鋒利的見證，盛行於中世紀與江戶時代初期，原本被視爲是武士的特權之一，但後來在一六〇二年（慶長七年）被頒布命令禁止，但始終無法禁絕。

不是那麼純然的時代用語。但是即使我們將整個故事中的口吻、敘述、對話全都改換成那個時代應該有的樣子，對稍微敏銳一點的讀者而言，應該仍然可以看得出來這本小說的十足現代性。

當然我不全然指的是像大額頭這種人形錄音機的出現（都筑道夫有個叫「蛞蝓大雜院」的捕物帳系列，裡頭的大雜院就有好多奇人異士，讀來有點像江戶版的《虎膽妙算》（註）），雖然這樣的設定的確有種「飆風戰警」的味道，但我想講的是更爲本質的，例如人物塑造這一類的例子。

其實從偵探的角色設定，就大致可以看出端倪了。宮部這次描繪的井筒姨甥倆，可以說是一個獨特的嘗試。在過去像井筒這種的無爲同心可以說是絕無僅有，雖然同樣關心自己的町內事務，但似乎就是缺乏了股積極往前的動力；以小孩爲偵探角色，雖然在作者過去的小說中也曾出現，但像弓之助這樣俊美的像個精緻糕點的例子卻很少見（不過用甜點來形容美少年眞是個好譬喻），儘管涉世未深，卻有著驚人的直覺與辨察力，可以理解這個世界的背後運作法則，進而看出眞相的部分痕跡。這種設定相較於原來的與力與同心，或是岡引與手下的組合，顯得新鮮許多；也帶入了現代「業餘偵探」的基礎，從而建立出一套與過去東奔西跑不盡相同的捕物帳辦案模式（弓之助有時候的一些猜測與推理，還有著安樂椅神探的意味）。

但更吸引我目光的，卻是這本小說中的女性角色。江戶時代的女人，地位雖不像中國古代那麼卑微，但在許多時候仍是被當作男性的附屬品，所以宮部美幸也曾經寫過不少篇章描述女人面對命運的無奈與嘆息。不過在《糊塗蟲》中，很令人驚訝的，幾乎每個出場的女性都有著相當堅毅的身影。阿露願意爲了父親的存亡抵抗眞正當家的哥哥；阿律則是認清了父親的面目而決定拋下他自在的活著；湊屋的大小姐美鈴爲了把握決定自己命運的最後可能性，而不顧身分主動探訪管理人佐吉；更別提阿德的存在根本就決定了鐵瓶雜院的生死，就算住戶一一搬走了，整個雜院也只在阿德離開的那一刻透露出濃重的寂寥。

於是阿德與久米偕往尋醫的身影，才能深深的感動了我。一個丈夫過世了、另一個才剛結束皮肉生涯，兩個女子卻能體會到彼此面對人生寂寞脆弱的那一面，於是挽起了手面對即使知道不久將至而仍然惶恐的未來。她們或許都算不上什麼頂天立地的角色，但在夕陽到來的那一刻前，她們的身影仍舊如此巨大。

宮部美幸的陰性書寫

我也常在閱讀宮部美幸小說的過程中，感受到某種奇特的陰性魅力。當然這並不是說因爲作者是女性所以就會有陰性魅力，而是某種決定了宮部美幸之所以是宮部美幸的寫作要素。

如果以小說中的殺人事件爲例，一般的作者應該會朝向「誰殺的」、「怎麼殺的」、「爲什麼要殺人」這三個方向分項描述，繼而整合在一起呈現給讀者了解事件的眞相究竟爲何。但宮部美幸與其說她在意小說事件本身的形體，不如說她更在意這個事件看不到的部分。也就是說，這樣的事件

註：以下絕對是題外話，如果以現在年輕人熟悉的翻譯而言，我應該要稱呼爲「江戶版的《不可能的任務》」，但是「不可能的任務」原先的團體諜報工作概念早就在以湯姆．克魯斯爲主角的電影中消失殆盡了，所以這邊就還是先用《虎膽妙算》這個老名字了（雖然這絕對會洩漏我的年齡）。

是建立在怎樣的社會情境之中，眾人又會用如何的目光去看待這起事件。而更重要的是，在經歷過這個事件後，每個人的人生是不是會產生不同的變化，流向不同的方向？

也就是在面對如同白雲懸掛在我們頭頂的事件時，在撥開雲霧見青天之餘，她其實是把比較大的心力放在那片白雲在地上籠罩的陰影，畢竟當白雲懸掛在天上時，那就只是片雲罷了。只有在它透過光影與地面產生接觸後，對於我們才有意義。所以儘管《糊塗蟲》的本質其實是基於某種純粹的仇恨而造成的簡單事件，但這個當初原本很單純的仇恨，卻隨著歲月的遞嬗、人事的更動，而有著更爲複雜與深遠的影響；不但改變了懷抱仇恨者的一生，甚至連周遭直接或間接相關的人也都因而改變了他們接下來的人生。

或許也就是這樣的寫作手法，讓我們得以體會人生的一點點莫可奈何與一絲絲希望，即使是沒有挽回的餘地了，還是可以在最後盡情地將甜湯潑向整個故事的始作俑者，吃飽之後再重新展開另一段人生的旅程。

明天，會是嶄新的一天。

本文作者簡介

曲辰

大眾文學評論家，尤專於推理、奇科幻與恐怖小說。曾編選《文豪偵探》、《文豪怪談》等。

宮部美幸

作品集／19

Miyabe Miyuki

糊塗蟲

國家圖書館出版品預行編目資料

糊塗蟲／宮部美幸著；林熊美譯. - 二版.- 臺北市：獨步文化，城邦文化事業股份有限公司出版：英屬蓋曼群島商家庭傳媒股份有限公司城邦分公司發行, 2024.01
面；　公分. --（宮部美幸作品集；19）
譯自：ぼんくら
ISBN 978-626-7415-04-7（平裝）

861.57　　112019459

原著書名／ぼんくら・作者／宮部美幸・翻譯／林熊美・封面插畫／村上豐・責任編輯／張麗嫺・編輯總監／劉麗眞・榮譽社長／詹宏志・發行人／凃玉雲・出版社／獨步文化 城邦文化事業股份有限公司 104台北市中山區民生東路二段141號5樓 電話／(02) 2500-7696 傳眞／(02) 2500-1966; 2500-1967・發行／英屬蓋曼群島商家庭傳媒股份有限公司城邦分公司 104台北市中山區民生東路二段141號2樓・網址／WWW.CITE.COM.TW・讀者服務專線／(02) 2500-7718; 2500-7719・服務時間／週一至週五：09：30-12：00、13：30-17：00・24小時傳眞服務／(02) 2500-1990; 2500-1991・讀者服務信箱 e-mail／service@readingclub.com.tw・劃撥帳號／19863813 戶名／書虫股份有限公司・香港發行所／城邦（香港）出版集團有限公司 香港灣仔駱克道193號東超商業中心一樓 電話／(852) 25086231 傳眞／(852) 25789337 e-mail／hkcite@biznetvigator.com・馬新發行所／城邦（馬新）出版集團 Cite (M) Sdn. Bhd. 41, Jalan Radin Anum, Bandar Baru Sri Petaling,57000 Kuala Lumpur, Malaysia 電話／(603) 90578822 傳眞／(603) 9057 6622 e-mail／cite@cite.com.my・封面設計／蕭旭芳・排版／陳瑜安・印刷／中原造像股份有限公司・2008年8月初版、2024年1月二版・定價／540元

Printed in Taiwan　ISBN 978-626-7415-04-7（平裝）・978-626-7415-03-0（EPUB）

宮部みゆき